La virgen negra

Ilaria Tuti

La virgen negra

Traducción del italiano de Carlos Gumpert

NEGRA
ALFAGUARA

Papel certificado por el Forest Stewardship Council®

Penguin
Random House
Grupo Editorial

Título original: *Ninfa dormiente*
Primera edición en castellano: mayo de 2021

© 2019, Longanesi & C. (Milano)
Gruppo editoriale Mauri Spagnol
© 2021, Penguin Random House Grupo Editorial, S.A.U.
Travessera de Gràcia, 47-49. 08021 Barcelona
© 2021, Carlos Gumpert, por la traducción

© Diseño: Penguin Random House Grupo Editorial, inspirado en un diseño original de Enric Satué

Printed in Spain – Impreso en España

ISBN: 978-84-204-3896-2
Depósito legal: B-4797-2021

Compuesto en MT Color & Diseño, S.L.
Impreso en Unigraf, Móstoles (Madrid)

AL38962

A Jasmine y a Sarah.
A nuestras antepasadas, a las mujeres de hoy
y de mañana.

Tempus valet, volat, velat.

Soy todo lo que ha sido,
lo que es y lo que será
y ningún mortal alzó jamás mi peplo.

PLUTARCO, *De Iside et Osiride*

El final

Teresa piensa a menudo en la muerte. Pero nunca habría llegado a imaginarse que la suya iba a ser así. Hay cierto sarcasmo en el hecho de no poder recordar lo que podría salvarla.

Un incendio a punto de estallar, víctimas que aguardan a ser rescatadas y ella quieta, inmóvil.

La mente la ha abandonado. La confusión vuelve grotesco el último acto de la tragedia, con esos ojos suplicantes, esas cuencas arrasadas por el terror, que la ven hacer lo único de lo que es capaz en ese momento: nada. Teresa va a morir con expresión de idiota, está convencida. Morirá como una inepta, con los brazos en los costados y el escudo bajado, después de haber vivido como una guerrera.

Guerrera... Una agente de policía, si acaso. Una mujer de sesenta años, enferma, que trata de hacerse la heroína y que ni siquiera es capaz ya, en cambio, de dar un nombre a las cosas.

Podría tratar de adivinar. Parece que últimamente no puede hacer otra cosa para sobrevivir. Adivinar el camino que ha de tomar, la dirección hacia la que mirar, las palabras que ha de pronunciar y la sombra de la que debe dudar.

Hasta en su propio nombre ha hecho mella la duda, así como en el del asesino. Que está allí con ella, o tal vez en otra habitación. Lo cierto es que está dentro de esa casa, tan parecida ahora a un Hades listo para arder en la oscuridad del valle, porque Teresa ha osado desafiar el misterio incubado dentro de sus confines. Las montañas lo han custodiado, lo han enterrado en sus grietas junto con huesos sagrados y energías antiguas.

Teresa *lo sabe*, pero la mente aún no lo recuerda.

¿Cuál de las víctimas que van a ser sacrificadas en el fuego es inocente y cuál, en cambio, ha tenido la fuerza devoradora necesaria para arrancar un corazón aún palpitante del pecho de un hombre?

¿A quién tengo que salvar?

Y además está él, que la mira como el hijo que Teresa nunca tuvo. Su nombre sigue siendo únicamente el instinto de un susurro en los labios, pero un impulso visceral la une a ese hombre. Teresa lo percibe en su vientre, es el ardor de una cicatriz, la espuma roja que hierve en las venas.

Las paredes parecen estrecharse contra ella y empiezan a crepitar, como los murmullos que llevan días atormentándola y que han estallado ahora en ladridos: sus peores temores.

El nombre del asesino. El nombre del asesino...

En su caída al infierno, en presencia de la muerte, en lo único que piensa Teresa es en un acertijo, que oyó quién sabe dónde y quién sabe cuándo.

Un grito. Un alarido inhumano la arranca del letargo aterrorizado que la tenía apresada y la devuelve al mundo.

Entonces, de repente, él calla.

—Lo hemos encontrado —le oye musitar, como si de improviso quisiera retener las palabras entre ellos. Tiene las pupilas dilatadas—. Hemos encontrado el Mal. Está aquí. Nos estaba esperando.

Ha desgranado las palabras como perlas de un rosario diabólico. Alza un dedo índice entre las cuerdas que lo aprisionan y señala hacia una esquina de la habitación, donde la oscuridad parece latir al ritmo del miedo que los atenaza.

—Lo hemos encontrado. *No es humano.*

Grita de nuevo, tan fuerte que algo en Teresa se hace pedazos.

Ahora recuerda su nombre. Pero otra vez parece jugar el destino con las cartas de la vida y la muerte, del amor y del odio, tan despiadado como solo sabe serlo aquel que tiene la eternidad por delante.

Porque es el momento de comprender hasta dónde está dispuesta a llegar.

Es el momento de comprender si, para salvar a un inocente, Teresa está dispuesta a matar a Massimo Marini, el hombre que la mira como el hijo que nunca tuvo, el hombre que ahora tiembla como si allí, bailando en la oscuridad, estuviera el demonio.

El principio

La barra de hematites se desliza sobre la hoja. Dibuja arabescos que van tomando la forma de curvas conocidas y hondonadas que desembocan en labios entreabiertos. Traza arcos suaves y líneas desvaídas. Un perfil fino. Cabellos largos y oscuros. La blancura brillante del papel es la de la tez.

El rojo empapa, penetra en los recovecos de las fibras hasta que se convierten en uno. Los dedos lo extienden con una poderosa presión, un ímpetu desesperado. Empapan y colorean. Quieren aprisionar la imagen antes de que la belleza se desvanezca.

Los dedos tiemblan, se estiran, acarician. Los ojos lloran. Las lágrimas se mezclan con el rojo, lo diluyen y revelan inesperadas tonalidades violetas.

El corazón del mundo ha suspendido sus latidos. Callan las frondas y el canto de los pájaros. Los pálidos pétalos de las anémonas salvajes ya no vibran al viento y es como si las estrellas sintieran pudor al mostrarse en el crepúsculo. La montaña parece inclinarse para observar el milagro que se está produciendo río abajo, en un meandro donde el caudal de lecho pedregoso reposa sosegado.

La *Ninfa durmiente* va cobrando forma bajo las manos del pintor.

Va naciendo, roja de pasión y de amor.

1.

El sol esculpía de costado la cara de Massimo Marini y se deslizaba entre las pestañas, encendiendo su color castaño con reflejos de llamas. Los pasos resonaban nerviosos en el sendero rodeado por jardines secretos, ocultos a los ojos por muros ciegos. Las ramas más altas de las magnolias escapaban de la cerca y deponían pétalos que crujían carnosos bajo las suelas. Era como pisotear cosas aún vivas, una alfombra de criaturas moribundas.

La tarde primaveral languidecía plácida, pero las turbulencias oscuras al borde del campo visual anunciaban bruscos cambios. El aire crepitaba de electricidad, contagiando de desasosiego al inspector.

La galería de arte La Cella estaba indicada por una placa de latón fijada en el revoque irregular del edificio del siglo XVII. El reflejo de los ojos en el metal estaba tan distorsionado como su estado de ánimo. Massimo estiró las mangas de la camisa y se puso la chaqueta. Cuando llamó al timbre, un clic hizo saltar la cerradura del portón. Empujó la hoja tachonada y entró.

La tibieza del día se detuvo en la jamba. Más allá de la puerta, lo envolvió una sombra húmeda.

El pavimento era ajedrezado, blanco y negro, y una escalinata de mármol jaspeado ascendía en curva hacia la planta de arriba. La luz entraba por las vidrieras más altas e inundaba la araña de cristal de Murano, liberando matices esmeraldinos que se derramaban por la penumbra de la planta baja. Olía a lirios. A Massimo le recordaba al aroma del incienso, una iglesia oscura, letanías interminables y las severas miradas de su padre cuando él, de niño, daba signos de impaciencia. Sintió que le palpitaban las sienes.

En el silencio de aquel lugar tan ordenado, sumergido en una dimensión enrarecida y marina, fue como si la vibración del móvil irrumpiera desde otro mundo.

Sacó el teléfono del bolsillo interior de la chaqueta. Temblaba en la palma como un corazón artificial plano y frío, por más que

Massimo supiera que al otro lado de la línea había uno real en el que amor y rabia, decepción y dolor se enzarzaban como fieras con el estómago vacío y los dientes desnudos. Su retirada las había vuelto famélicas. Llevaba semanas recibiendo insistentes llamadas de aquel número, varias veces al día.

Él no contestó, mientras un amasijo repulsivo de remordimiento y de culpa le llenaba la boca. Esperó a que terminara la llamada, luego apagó el aparato. Rodeó la escalinata y bajó rápido los escalones de hierro forjado que corrían en espirales de ramas de hiedra hasta la planta sótano. Un vocerío atenuado subía desde la semioscuridad. Todavía quedaba un pasillo débilmente iluminado por unos pequeños focos en el suelo, y una puerta de cristal granuloso antes de llegar a la galería.

La Cella, por fin. El techo abovedado, con azulejos toscos, miraba un piso de pizarra pulida. Gran parte del enlucido había sido raspado para dejar al descubierto la piedra original. Cada punto de luz caía sobre una de las obras expuestas, haciéndola emerger de la penumbra como una joya. Esculturas de bronce, jarrones de vidrio y cuadros abstractos de colores chillones eran los protagonistas de aquel escenario minimalista y subterráneo.

El inspector siguió el murmullo y se topó con un corrillo de personas en la sala más amplia. Dos policías uniformados estaban de guardia a ambos lados de la habitación. Un poco más allá, de paisano, reconoció a Parisi y a De Carli. El primero, oscuro y atlético, cuchicheaba al teléfono. El segundo, delgado y descoyuntado como un adolescente, lo miraba interviniendo de vez en cuando. Eran su equipo, desde que solicitó el traslado de la gran ciudad a una capital de provincia. Un cambio de rumbo con el que había creído —con el que había esperado— poder volver a encontrar la paz, una manera de comenzar de nuevo. En realidad, había encontrado mucho más, pero la paz seguía siendo una quimera que vomitaba llamas que lo abrasaban tan pronto como trataba de acercarse.

Se unió a ellos y se saludaron con un gesto.

—¿De qué se trata? —le preguntó a De Carli.

Su colega se ajustó los vaqueros que le colgaban de las caderas.

—A mí no me preguntes. Aún no nos han dicho nada. Es un misterio.

—Entonces, ¿por qué me has llamado con tanta urgencia?

Parisi tapó con una mano el micrófono del móvil y señaló con la barbilla en dirección opuesta.

—Porque nos necesita. Y a ti también.

La mirada salió disparada en busca de la persona que, en los últimos meses, había convertido cada uno de sus instantes en un infierno y, sin embargo, precisamente por esto, lo había devuelto a la vida.

Lo primero que vio de ella fueron los pies, entre las piernas de dos agentes. Llevaba un par de zapatillas deportivas de suela elevada. Notó cómo desplazaba el peso de una a otra, la forma con la que levantaba de vez en cuando los talones para aliviar cada extremidad.

Está cansada, pensó. Pese a ignorar la razón que había llevado al equipo a La Cella, sabía que ella sería la última en salir de allí.

Los policías se apartaron y pudo verla por fin, entre la escultura de bronce de un corazón medio licuado y una instalación de alas de plexiglás que colgaba del techo. Corazón y alma, como ella.

Y determinación, una fuerza vital que a veces parecía aplastar a quien tuviera a su lado, pero que, en el último momento, por el contrario, lo agarraba y lo elevaba para llevarlo hasta sus cumbres.

Desde luego, lo que no faltaba nunca eran buenas dosis de cabronadas.

Lo que le daba ese aspecto decaído no eran sus casi sesenta años, sino un tormento interior que para Massimo aún no tenía nombre y que parecía encontrar su reflejo en el cuaderno que sostenía siempre en las manos. Tan pronto como podía, lo llenaba de notas frenéticas.

Se acercó a ella. Notó el parpadeo de un ojo, nada más, con el que registró su presencia. Ni siquiera se había dado la vuelta. Sujetaba la patilla de sus gafas de lectura entre los labios y masticaba un caramelo con nerviosismo.

—Espero que por lo menos sea sin azúcar —le dijo.

Ella lo miró por fin, no más allá de un segundo.

—¿De verdad crees que eso es asunto tuyo?

La voz era ronca, seca. De trasfondo, una nota de diversión.

—Es usted diabética, comisaria. Y también debería ser una dama... —murmuró, haciendo caso omiso a la imprecación que siguió. Era un juego que conocía bien y en el que casi nunca ganaba.

Ella dejó de atormentar sus gafas.

—¿No es hoy tu día libre, inspector? —preguntó, clavándole esos malditos ojos que veían siempre mucho más allá de la superficie.

Massimo dejó escapar un esbozo de sonrisa.

—¿Y usted no acaba de terminar su turno?

—Tanta diligencia no servirá para que tu reciente pájara pase inadvertida, Marini.

Massimo no se aventuró en las asechanzas de una réplica. Observó con atención a aquella mujer que ya parecía haber perdido interés en él. Ni siquiera le llegaba al pecho, pero acostumbraba a pasar por encima de su ego como un tanque. Casi le doblaba la edad y sin embargo lo dejaba sin energía mucho antes de que fuera ella la que se agotase. Sus modales eran a menudo brutales y el casquete de pelo que enmarcaba su rostro era de un rojo tan artificial que resultaba casi embarazoso. Lo habría sido en cualquiera, pero no en ella.

Teresa Battaglia ladraba, pero no faltaban quienes juraban haberla visto morder, literalmente.

—Entonces, ¿por qué estamos aquí? ¿A qué vienen tantos misterios? —le preguntó para devolverla a un terreno donde parecía correr más rápido que los demás: el de la caza.

Teresa Battaglia miraba hacia delante como si hubiera alguien allí, con mirada afilada, pensamientos sombríos encarnados entre sus cejas. Cuando respondió, él comprendió que estaba escrutando a una víctima en su mente, cara a cara. De corazón a corazón.

—Singular, no plural, inspector. El misterio es siempre uno, nada más que uno.

La comisaria Battaglia se puso a limpiar los cristales de sus gafas de lectura, como parecía hacer cada vez que reflexionaba. Estaba intentando aclarar sus pensamientos.

—¿Para qué íbamos estar aquí nosotros si no es para aclarar el misterio de una muerte?

2.

—Una muerte antigua.

Eso le había dicho el fiscal Gardini, no hacía ni una hora, cuando le pidió que se reuniera con él en La Cella. Solo esas tres palabras, junto con un puñado de otras que la comisaria Teresa Battaglia conocía bien:

—Os quiero a ti y a tu equipo.

Una muerte antigua. Teresa se sintió aliviada: no había ningún asesino suelto al que tener que dar caza, otras víctimas a quienes salvar ni el discurrir del tiempo sería un adversario. Solo el eco de unos hechos distantes, reaparecidos quién sabe cómo del polvo del pasado.

Podía manejarlo. El caso no se le iría de las manos y, aunque eso ocurriera, nadie sufriría por ello, tan solo su amor propio.

Eres tonta si crees que no se dan cuenta de lo que te está sucediendo.

Lo que le estaba sucediendo tenía un nombre que podía aniquilar y hacer del futuro una pantalla en negro, pero Teresa nunca había retrocedido ante las palabras escritas en los informes, no les había concedido espacio para invadir su propio mundo. Las guardaba donde se anidan los miedos más terroríficos: en el fondo del alma, y en un diario que apretaba también en sus manos en ese momento. Su memoria de papel.

En ese cuadro ya de por sí complicado, Massimo Marini representaba un problema ulterior. La escrutaba como si se hubiera olido algo, como si pudiera acceder a sus pensamientos. Le costaba trabajo mantenerlo a distancia. Por el contrario, su cercanía empezaba a parecerle normal. Temía que se convirtiera en un hábito peligroso para ambos, el de buscar la compañía del otro.

El fiscal Gardini salió de una habitación a la que estaba prohibido el acceso. Parecía nervioso, como cada vez que Teresa lo veía. Alto y delgado, Gardini siempre iba despeinado y con la corbata mal colocada, como si una ráfaga de viento acabara de embestirlo. Era un funcionario de los buenos, que trabajaba sin tregua. Su aspecto parecía sugerir la prisa con la que vivía, las mil cosas que se prometía hacer y los infinitos contratiempos que, en cambio, trastornaban su existencia.

Lo acompañaba un hombre de aspecto excéntrico y un evidente bronceado. El pelo castaño, aclarado por el sol a los lados, hizo que Teresa dedujera que también el color de la piel era natural, el de quien practica deporte al aire libre. Con cierta elegancia, sin embargo, tan exclusiva como la ropa que llevaba, de corte clásico y colores llamativos. Excéntrico, pero de buen gusto.

Teresa se imaginaba quién era. Abrió rápidamente el diario y buscó sus últimas notas, pero no pudo encontrar la descripción de ese hombre. Lo recordaba bien: aún no se conocían.

Tan pronto como la vio, Gardini fue a su encuentro con la mano tendida. Eran amigos desde hacía mucho tiempo, pero en el trabajo sus respectivas posiciones les inducían a mantener las distancias.

—Comisaria, gracias por venir. Sé que la he molestado al final de su turno —la saludó, hablándole de usted—. Le presento a Gianmaria Gortan, el propietario de la galería. Señor Gortan, la comisaria Battaglia. Me dispongo a confiarle la investigación.

Teresa insinuó una breve sonrisa, luego restituyó el equilibrio que Gardini descuidaba a menudo por las prisas.

—Mi mano derecha, el inspector Marini —dijo.

Se estrecharon las manos. Las del mercader de arte, notó ella, estaban sudorosas. Una pequeña pérdida de control que desentonaba con la imagen refinada que ofrecía de sí mismo.

—Ha sido el señor Gortan quien nos ha llamado —decía Gardini—. Se trata de un caso un poco peculiar.

No le había anticipado nada, pero Teresa se había pasado los últimos minutos en la galería de arte observando a los hombres de la Científica entrar y salir de la habitación que aún no había visitado. La réflex del fotodetector disparaba sin pausa, potentes destellos asaetaban la penumbra. Si la muerte era antigua, algo no encajaba, pensó Teresa. El despliegue de medios y personal no era coherente con la imagen que se había formado al llegar. Las muertes polvorientas no le interesan a nadie. Al mismo tiempo que la sangre, se reseca también la empatía hacia la víctima y la familia que la llora. En estos casos, la justicia no tiene prisa por apuntar la espada. Los platillos de la balanza permanecen suspendidos y la venda de los ojos se afloja lo suficiente como para mirar alrededor y espolear a los mejores sabuesos para que sigan tragedias más frescas.

—¿Ha muerto alguien allí dentro? —preguntó Marini, más hambriento que ella de detalles.

—No recientemente —Gardini suspiró—. Vengan. Se lo enseñaré.

La habitación era un laboratorio. Había instrumentos que Teresa no había visto nunca. El metal de un microscopio digital centelleó bajo los flashes. Reconoció a algunos colegas de la sección de la policía Judicial. Estaban tomando muestras del equipo. Eran los hombres de Gardini.

—Estos aparatos se utilizan en peritaciones de autenticidad —explicó el galerista—. Para establecer fechas y valoraciones. El experto de la galería analiza las obras dejadas en consigna por los clientes para su venta, o simplemente por quienes desean descubrir el precio de mercado de un objeto heredado, o hallado en el sótano.

Teresa abrió el diario y rápidamente anotó el día, la hora y las circunstancias. Nombres, breve descripción física y papel de quienes la acompañaban, sobre todo. No reconocer a la gente era su pesadilla más recurrente, su miedo más acuciante. Cuando se percató de que Marini estaba tratando de echar una ojeada, pasó la página, garabateó un pequeño dibujo obsceno y se lo tendió para que lo viera. El joven inspector se sonrojó y optó por apartarse.

Teresa echó un rápido vistazo a su alrededor. Todo parecía estar en orden. Un orden obsesivo. Como se había imaginado, no había restos momificados que surgían de un hueco en la pared o de un escondrijo bajo el suelo.

—¿Tenemos que buscar al muerto bajo la lente del microscopio? —le susurró Marini al oído, volviendo a ser su sombra.

Ella lo alejó con un leve golpe. Miró al fiscal con aire interrogativo.

—Dennos un momento —dijo Gardini a los de la Científica.

El trabajo se detuvo y la habitación se vació. Solo quedaban ellos cuatro, y una mancha de luz que por fin se revelaba a Teresa.

Gardini le hizo un gesto para que se acercara. Ella dio unos pasos. Algo en la expresión del fiscal la había tomado por sorpresa: era congoja, mezclada con un cierto placer del todo inusual, dadas las circunstancias. Siguió su mirada.

Había un dibujo sobre la mesa de trabajo. Carente de marco, reclinado sobre la superficie de cristal, sujeto por las esquinas con pesas de metal. Era un retrato de una mujer. A ojo, medía unos cuarenta centímetros por algo menos. El papel parecía grueso, casi encrespado.

Teresa deshizo la distancia y se inclinó para observarlo mejor. Se quedó quieta frente a la imagen sin que sus ojos consiguieran rehuir ese contacto. Era consciente de que los tenía abiertos de par en par, y no a causa de la penumbra, sino por lo que estaban contemplando.

Al arte no le hacen falta explicaciones, se dijo, recordando las palabras de un viejo profesor suyo del instituto. Allí delante tenía la prueba. Se puso las gafas de lectura que le colgaban de una cadenilla sobre el pecho e inclinó la cara.

El retrato parecía salir del propio papel. Tenía una plenitud, una tridimensionalidad conturbadora. Era el rostro de una mujer joven, de una gracia tan singular que te atrapaba sin remedio. Ojos cerrados, largas pestañas inclinadas hasta tocar las mejillas, labios apenas entreabiertos. Desprendía un aire exótico, por más que arduo de definir. El pelo castaño enmarcaba un rostro de tez lunar y bajaba hasta el pecho, en ondas que perdían sus contornos hasta desvanecerse hacia los bordes de la hoja.

Era una belleza magnética y suave, álgida e impetuosa, refinada y salvaje. Roja y negra, como la pasión.

Teresa se esforzó por levantar la vista de aquel rostro y buscar otros detalles.

En el borde inferior derecho había una fecha, plasmada por una mano temblorosa: 20 de abril de 1945. Faltaba la firma.

Más de setenta años, pensó, separan el acto que había trazado esas líneas de sus ojos que las disfrutaban. Casi un siglo, y sin embargo el tiempo no pertenecía a las coordenadas del dibujo. Permanecía suspendido, a cero. El retrato vivía en otro nivel distinto al de ellos, un nivel hecho de espacio y de emociones. Eso era la inmortalidad del arte.

Por encima de su hombro, Marini contenía la respiración. Él también era víctima del hechizo que la pintura parecía haber lanzado sobre los presentes.

—¿Quién es? —le oyó decir. No quiso hacerle notar la ingenuidad de la pregunta, porque ella también había sentido el impulso de formularla poco antes. Marini había tenido la misma sensación que Teresa sentía aferrada a su propio pecho: la de estar frente a una criatura de carne, huesos y alma.

—La *Ninfa durmiente* —respondió el galerista, contemplando el dibujo—. Se la creía perdida quién sabe dónde, en cambio ha aparecido entre unos viejos papelujos amontonados en un desván. Al menos eso es lo que cuenta el sobrino del autor. En ausencia de la firma, la ha confiado a la galería para el peritaje de autenticidad. Un puro formalismo: la mano es sin duda la de su tío abuelo, Alessio Andrian.

A Teresa aquel nombre no le decía nada y no entendía por qué Gardini había pedido su colaboración en las investigaciones preliminares. ¿Qué se suponía que debía investigar?

—¿Hay sospechas de que se trate de una falsificación? —preguntó.

Gardini deja escapar una sonrisa. No era porque le hiciera gracia, Teresa lo sabía muy bien. Tensión, más que cualquier otra cosa, que desahogaba haciendo culebrear los músculos de la cara.

—Mucho me temo que la cuestión es más compleja, comisaria. El peritaje ha dado resultados inesperados y... bastante inquietantes. El señor Gortan sabrá explicárselo mejor que yo.

Teresa enderezó la espalda. Todo el andamio de su endeble cuerpo crujió.

—¿Inquietantes? —repitió.

—El perito encargado de la valoración estaba analizando el papel y el color para establecer la datación —empezó a explicar el galerista—, y emitir así un juicio de conformidad respecto a la fecha que aparece en el dibujo y la época en la que más o menos se cree que se ejecutó. La obra se realizó con una barra de piedra negra y otra de hematita. La hematita es la de color rojo, es un material ferroso que proporciona esa coloración tan sugerente.

—Sí, la tengo presente.

—Hasta hace unas décadas se usaba hematita pura. Ahora se mezcla con ceras, naturales o sintéticas. Dependiendo del mayor o menor grado de presencia de estas ceras, es posible estimar si la obra es reciente o más antigua. El problema es que el perito ha encontrado otra cosa. Al no entender de qué se trataba, envió algunas muestras del material a un laboratorio especializado para un análisis ulterior.

—¿Y cuál ha sido el resultado...?

Fue el fiscal Gardini quien respondió, mirándola directamente a los ojos. La luz del foco halógeno creaba sombras profundas en su rostro demacrado, confiriéndole dramaticidad.

—Sangre, comisaria.

A Teresa le hicieron falta algunos segundos para comprender adónde quería llegar. Siempre había creído que Gardini era un tipo con los pies en el suelo, pero ahora empezó a pensar que estaba abusando un poco de su imaginación. Buscó los ojos de Marini: él también estaba desconcertado.

Volvió a mirar al fiscal. Se esforzó por elegir las palabras más adecuadas, convencida, sin embargo, de que encontraría solo las más directas, como le salía de forma natural.

—Señor Gardini —empezó—, hay mil razones al menos por las que la sangre pudo acabar en el dibujo. Quizá el artista se cortara debido a un pequeño accidente y su sangre se mezclara con el color. Quizá él o alguien más hayan tenido un episodio de epistaxis. Por lo general, la explicación más simple suele ser también la más cercana a la realidad.

Gardini guardó silencio, pero la forma con la que la escrutaba era en sí misma una respuesta. Teresa se quitó las gafas.

—¿Sospecha usted que mataron a alguien para realizar este cuadro? —preguntó, con una incredulidad en el tono de voz que no era capaz de disimular.

Gardini no se inmutó.

—No lo sospecho. Estoy convencido.

Teresa miró el retrato, esa cara pálida que parecía exhalar un aliento infinito. El último. El sueño que dormía la *Ninfa* tal vez fuera el de la muerte.

—¿Por qué? —preguntó, sabiendo ya que la respuesta de Gardini enfriaría cualquier objeción posible. Lo conocía desde hacía demasiado tiempo, a esas alturas, y sabía que si decía que estaba seguro de algo no era a la ligera.

Gardini apoyó una cadera en la mesa, con los brazos cruzados sobre el pecho.

—No estamos hablando de «un poco de sangre» —dijo.

Teresa sintió un hormigueo en la cara, como cada vez que una mala noticia estaba a punto de llegar.

—¿Cuánta? —preguntó.

Él tomó un expediente de la mesa y se lo entregó. Le dio unos segundos para hojearlo.

—La *Ninfa durmiente* está hecha de sangre, comisaria —le dijo—. Los análisis han revelado la presencia de tejido cardíaco humano en ese papel.

Teresa lo entendió por fin, pero fue Gardini quien dio voz a sus pensamientos:

—Alessio Andrian lo pintó mojando los dedos en el corazón de alguien.

Tejido cardíaco. Humano. Manos que penetran en un costado y sumergen los dedos en el corazón. La imagen que adquiría forma ante Teresa era un camafeo de locura.

—Señor Gortan —interpeló al galerista—, ¿hay una certeza razonable de que el autor del cuadro es Alessio Andrian?

—He efectuado un segundo peritaje yo mismo. Es auténtico, sin lugar a dudas.

—¿De qué lo deduce?

Gortan estiró los labios en una sonrisa de esas que se reservan para los profanos en un arte tan noble como para considerar su ignorancia inadmisible, disculpable tan solo por cortesía. El hombre que tenía delante, pensó Teresa, se consideraba a todos los efectos el sacerdote de un culto mistérico elitista y se comportaba como tal. Se había equivocado al definirlo como un mercader.

—¿Qué me hace estar seguro de la paternidad de la obra? —repitió Gortan—. Cada detalle. El papel, el color, la caligrafía con la que se escribió la fecha, pero sobre todo el trazo: la presión y su ángulo —explicó, agitando las manos con elegancia y levantando nubes de refinado perfume—. Yo diría que el gusto general de la composición, lo que yo llamo «la mano del artista». Esa es su verdadera firma, nada más. Inconfundible. Esta pintura es la *Ninfa durmiente* de Alessio Andrian.

Desde luego, no albergaba dudas. Sus mejillas brillaban con sincero entusiasmo.

—Debo confesar que no conozco al artista, ni había oído hablar hasta ahora de la *Ninfa durmiente* —admitió Teresa.

En el rostro perfectamente afeitado del galerista tembló una mueca, apenas una sombra pasajera, tan fugaz que hizo pensar a Teresa que tal vez se había equivocado.

—No me sorprende —dijo Gortan—. Andrian no es un artista de masas, sino para un círculo estrecho y, no se lo tome a mal, *selecto* de admiradores. Con todo, quienes han tenido la rara fortuna de contemplar sus obras no pueden dejar de admirar su extraordinario espíritu artístico.

Teresa comenzaba a sentir curiosidad. ¿De quién estaban hablando? ¿Quién era Alessio Andrian?

—¿Por qué habla de «rara fortuna»? —preguntó.

La mirada de Gortan brillaba, incluso se había vuelto seductora. Aquel hombre era consciente de ser el guardián de una historia singular, Teresa lo intuía.

—Andrian dejó de pintar en 1945, comisaria. Con solo veintitrés años. Sus obras están numeradas de uno a diez —explicó—. Se dice que la *Ninfa durmiente* es la última, la undécima.

Teresa notó que se refería a la mujer del cuadro como si existiera de verdad.

—¿Usó a una modelo para pintarlo? —preguntó.

Gortan meneó la cabeza.

—Nadie lo sabe.

—Tal vez dejara de pintar a causa de lo ocurrido cuando lo realizó —sugirió Gardini.

—Eso quizá puedan decírnoslo ustedes ahora, ¿no es así? —contestó el galerista.

Teresa abrió su diario.

—¿Cuánto vale? —se interesó.

—Antes del descubrimiento de la sangre, entre trescientos y trescientos cincuenta mil euros. Ahora... ¿quién puede saberlo? Puede que incluso el doble.

—¿Quiere usted decir que un detalle tan macabro puede hacer que su cotización se dispare? —preguntó Marini.

Gortan lo miró con cierta conmiseración que molestó a Teresa.

—No, inspector. Quiero decir que el valor de una pintura, como el de cualquier otra obra de arte, viene determinado también por su historia, por las vicisitudes humanas que la acompañan. Y la historia de Alessio Andrian es algo único, ante la que uno no puede permanecer indiferente. Esta última tesela que se añade no constituye una excepción.

Teresa dejó de escribir.

—¿Qué historia? —preguntó.

—El sobrino de Andrian está en el extranjero por motivos de trabajo, pero vuelve esta noche —intervino Gardini—. Nos reuniremos con él mañana por la mañana para una conversación informal. Nadie mejor que él para contárnosla.

—Dadas las circunstancias, me gustaría conocerla ahora —insistió Teresa.

—Andrian fue partisano —dijo Gortan rápidamente—. Creó sus obras escondido en las montañas, entre una incursión de los alemanes y otra. Al final de la guerra, sus compañeros no daban con él. Llegaron a pensar que estaba muerto.

—¿Y no era así? —sugirió Teresa.

—Había llegado, no se sabe cómo, a Bovec. En aquella época era territorio italiano, aunque se hablara esloveno. Una familia hizo llegar a los partisanos de la Brigada Garibaldi la noticia de que habían encontrado a uno de los suyos en el bosque de detrás de su casa. Estaba en tan graves condiciones que los milicianos de Tito lo creyeron muerto. Era Andrian. Habían pasado dos semanas desde su desaparición. Nadie ha sabido nunca lo que hizo durante todo ese tiempo.

—¿Es que no se lo preguntaron?

—Andrian nunca volvió en sí para contar nada.

—¿Murió?

—No, pero enloqueció. Y dejó de pintar. No volvió a hablar. *Nunca más.*

Gortan se calló, pero sus palabras se extendieron como un eco en el interior de Teresa.

—Se llevó el secreto a la tumba —razonó Marini.

—No exactamente —respondió el fiscal, buscando la mirada de Teresa—. Andrian aún sigue vivo, aunque en estado vegetal desde hace ya setenta años.

Hizo una pausa antes de continuar, como dándoles tiempo para prepararse.

—No está enfermo, nunca lo ha estado. No camina por propia voluntad. No habla por propia voluntad. Desde hace setenta años. Pasara lo que pasara después de haber pintado la *Ninfa durmiente,* decidió morir en vida. Es una tumba que respira.

3.

El niño se refugió en el bosque, con el pecho agitado por una respiración acelerada. Más allá de la línea de los árboles, aún podía ver el césped, salpicado de margaritas y dientes de león. De vez en cuando, pasaba rápidamente alguna sombra para velar los colores, pero las nubes espumosas se deshacían deprisa.

Le dio la espalda a la luz y se adentró en el verde fragante. Detrás de él, las llamadas se hicieron más lejanas.

La selva lo recibió en silencio, y ese silencio le hizo refrenar sus pasos. Era como entrar en una iglesia: la penumbra fría, las alturas vertiginosas de las bóvedas, el olor de las resinas liberadas por las cortezas, tan punzantes como el de las velas. Tenía la extraña sensación de estar en presencia de una entidad superior que todo lo ve.

Se estremeció, con la camiseta empapada de sudor por debajo de la sudadera.

Se adentró en la cavidad de raíces y frondas, un lugar seguro donde esconderse. Apoyó la barbilla sobre las rodillas y se preparó para una larga espera.

De vez en cuando los oía gritar su nombre. Aunque el instinto lo instaba a responder y poner fin a su broma cruel, había algo más que lo mantenía oculto: era amor rabioso.

Las voces de sus padres se alternaban como un canto asustado. A veces, como un interludio, la llamada de *la extraña* se elevaba por encima de los demás. Él, entonces, aguzaba el oído, trataba de comprender qué notas resonaban, si las de la indiferencia que en los últimos tiempos le reservaba, o si su repentina ausencia la había turbado, devolviéndola a un pasado en el que lo cuidaba.

La extraña: su hermana. Algo se había roto entre ambos cuando ella empezó a cambiar, a crecer. Ella era la destinataria de su resentimiento.

Solo quería que sintiera miedo, miedo a perderlo. Lo único que deseaba era que lo amara como solía hacerlo.

Por esto había decidido desaparecer. Lo había hecho en silencio, ofendido, lanzando golpes al aire con un bastón. Los pétalos de las flores caían, junto con las lágrimas.

Se acurrucó aún más en su refugio. Arrancó con rabia un helecho y empezó a hacer pedazos la ramita entre sus dedos. Se sorbió la nariz, notando solo en ese momento que estaba llorando de nuevo.

Un aleteo de frondas sobre su cabeza le hizo estremecerse. Se secó deprisa los ojos. Allá arriba, en los recovecos de la cúpula esmeraldina, algo se agitaba y luego volvía a sosegarse.

Se le vino a la cabeza lo que le había contado a su hermana esa misma mañana durante la excursión y se le escapó un gemido.

Las víboras no paren a sus crías en los árboles, se dijo. Era una mentira, inventada para asustarla.

Permaneció inmóvil.

¿Estaba realmente seguro? *Las víboras paren a sus crías en las ramas, para que caigan al mundo y no las muerdan.*

Se levantó de un salto con un grito, la sensación de que algo se le había metido por el cuello de la sudadera. Se la quitó con movimientos febriles y se alejó corriendo a toda prisa.

Quería volver a casa, estar a salvo. Ya no le importaba su orgullo herido, su amor traicionado. Quería los besos de su madre, la risa de su padre. Incluso ella, la extraña, ya no le parecía tan hostil e insoportable.

Se sintió agarrado por extremidades hechas de zarzas y vástagos que ni siquiera su ímpetu conseguía cortar. Lo retenían por los brazos, se enredaban en sus piernas. El bosque quería encarcelarlo en esa oscuridad, húmeda como un aliento. Un aliento que empezaba a sentir encima.

Buscó con la mirada la luz del prado, pero no vio nada más que tinieblas. Los árboles parecían más imponentes y retorcidos y la maleza más intrincada.

Comprendió que se había perdido. El frío lo envolvió. Se dio cuenta de que solo llevaba una camiseta encima. Los brazos estaban devastados por los rasguños que las espinas habían abierto en su piel. También le ardía la cara, como después de pasar un día bajo el sol de verano.

—Mamá —llamó, en voz muy baja, como para no despertar al ser que lo rodeaba.

El bosque respondió con el zumbido quedo de un enjambre que no había escuchado hasta entonces.

Se movía a su alrededor. El niño no podía verlo, pero lo percibía.

El bosque respiraba, palpitaba como un único y poderoso corazón oscuro. Era un latido subterráneo, vibrante, al que el suyo respondió acelerando el ritmo.

Abrió los ojos hasta casi desorbitarlos. La naturaleza resonaba con ecos misteriosos que llegaban hasta el alma.

Apretó los puños y el dolor se encendió como un fuego. Levantó una mano: un corte profundo le cruzaba la palma. Observó hipnotizado la sangre que goteaba hasta penetrar en la tierra negra.

Una mariposa, del color de las flores de árnica que su madre había recogido esa mañana, se posó sobre la herida. Agitó sus alas perezosamente, acomodada en la carne viva.

Cuando trató de tocarla, ella huyó, pero siguió danzando por el aire junto a él.

El niño la siguió. Esperaba que lo guiara hacia la luz.

Llegó a una zona donde los árboles eran más escasos. El sol alcanzaba el sotobosque con cuchillas deslumbrantes. Le recordó las ilustraciones de un libro de cuentos de hadas. La historia de Hansel y Gretel y de la bruja que quería devorarlos.

El insecto se posó sobre unos trocitos de madera que el tiempo había despojado de su corteza. Gotas de rocío brillaban sobre los finos hilos de una telaraña.

El niño se arrodilló y extendió un dedo para levantarla, pero se contuvo. El repentino escalofrío que sintió esta vez le venía de adentro.

No eran ramitas. Eran huesos. Huesos que sobresalían de la tierra. Una mano esquelética emergía a medias del suelo, reclinada entre musgos y flores.

El niño gritó y huyó, con la imagen de la mariposa en sus ojos, debatiéndose, prisionera de la telaraña tejida entre lo que en otros tiempos habían sido dedos.

Mientras pensaba que permanecería para siempre en el bosque, enredado como la mariposa en su tela maligna, escuchó una voz que lo llamaba. Levantó la mirada. Sobre una ladera, la luminosidad era más intensa y, recortada contra esa luz, una figura conocida empezó a cobrar forma.

Respondió a la llamada con desesperación. Su hermana fue hacia él rápidamente, con el pelo desgreñado y los vaqueros manchados de tierra a la altura de las rodillas. Había llorado. Se dejó caer frente a él y lo abrazó con fuerza, como hacía mucho tiempo que no ocurría, como antes de que la edad los separara. El niño estalló en sollozos. Abrió la boca para librarse del miedo, pero no le salió sonido alguno. Se volvió para buscar la dirección por la que había venido: el bosque ahora parecía todo igual, parecía haberse cerrado sobre sí mismo.

Nunca conseguiría volver a encontrar la mano fantasma. Apretó los labios. Nadie le creería. Se dejó abrazar y conducir hacia la luz.

Una última lágrima cayó de sus ojos. Era por la mariposa.

Si hubiera sabido que estaba siendo observado, habría llorado por sí mismo, por la muerte silenciosa de la que acababa de librarse.

Porque el *Tikô Wariö* no puede mostrarse compasivo, ni siquiera con los indefensos. Debe estar de guardia.

4.

Massimo no regresó a casa de inmediato. Tenía ganas de caminar, de dejarse aturdir por la vivacidad del centro, como raras veces le sucedía. En la ciudad se habían encendido las luces, el vocerío de los lugareños invitaba a detenerse para tomar un vaso de ligereza. Los soportales de piazza delle Erbe bullían con una humanidad de la que él mismo había formado parte hasta no hacía mucho. Treintañeros como él. Los veía bromear, los veía coquetear, con un vaso medio vacío en una mano y un cigarrillo en la otra, o la mano de una mujer. A años luz de distancia de él.

Caminó sin meta, mirando escaparates brillantes sin verlos realmente. Iba buscando su propia imagen en esos reflejos. Se vislumbraba cambiado y el resultado no le gustaba. No era él. Caminaba, cuando hubiera querido correr. Callaba y deseaba gritar. Estar allí y lejos al mismo tiempo. Era la suya una fuga que lo devolvía siempre al punto de partida.

Cobarde, pensó, pero sabía que se había perdonado ese defecto hacía mucho tiempo. Ni siquiera era el peor que tenía.

Sacó el móvil del bolsillo y lo encendió. Esperó con una sensación de vacío en el estómago las notificaciones que aparecieron en la pantalla en rápida sucesión.

Lo había vuelto a llamar. Elena nunca dejaba mensajes, no quería confiar a unas pocas líneas su desprecio. Quería empujar las palabras hasta hacer que explotaran en sus oídos. Quería abofetearle el corazón con su voz.

Dejó a sus espaldas la tentación de fingir que era feliz para sumergirse en el silencio de las calles más tranquilas. Dobló una esquina y casi embiste a una pareja que se besaba bajo una farola. Ella se echó a reír, él la abrazó más fuerte.

Massimo sintió una punzada de amargura y apartó la mirada. Elena y él también habían vivido momentos así, en una época de la que era incapaz de acordarse, a pesar de que la lógica le dije-

33

se que ni siquiera había pasado más de un año desde aquellos días, y no una década.

Habían vivido momentos así, incapaces de mantener alejadas las manos el uno del otro.

Luego él la había abandonado, sin más explicaciones, porque habría significado tener que dárselas también a sí mismo, cuando en cambio solo buscaba el silencio. La había dejado cuando las últimas palabras de Elena habían sido de amor. No había vuelto a verla, ni a hablar con ella, hasta unas semanas antes: unas pocas horas en las que la había amado de nuevo, y otra vez la había abandonado.

Una pésima idea, esa de volver a casa de vacaciones.

Massimo percibía su rabia, pero solo hacia sí mismo. Por lo que sentía. Por lo que *no* sentía. Por haberse descubierto tan diferente de como habría querido ser.

Se encontró debajo de casa sin darse cuenta siquiera. Dirigió la mirada hacia el edificio. Las ventanas del tercer piso estaban apagadas, como los cabos de su entusiasmo. Hizo caso omiso del ascensor y subió por las escaleras. Esa noche ni siquiera tendría un caso en el que trabajar para no pensar en ella. Confiar en resolver el misterio de la *Ninfa durmiente,* después de setenta años, era demasiado optimista, según lo veía él.

Llegó al descansillo de su apartamento, pero no subió el último escalón.

Había una mujer esperándolo. Sentada sobre una maleta, con la espalda apoyada contra la puerta y los ojos cerrados, parecía exhausta, pero también tenía el aire tenso de quien se ha preparado para luchar. Estaba más delgada de como la recordaba, pese a que no habían pasado demasiadas semanas desde la última vez que la había visto, un lapso escaso de tiempo que, sin embargo, la había consumido, como si cada inspiración hubiera sido un mordisco infligido a sí misma.

No, no es culpa del tiempo.

—¿Elena...? —llamó.

Su voz le salió con dificultad, poco más que un jadeo, pero los ojos de ella se abrieron de golpe con la prontitud de una trampa. Se quedaron mirándose a la cara sin decir nada, con la vergüenza presionando fuertemente los cuerpos, que se volvieron rígidos.

Luego Elena se levantó con un suspiro que podía significar de todo: cansancio o irritación, alivio o tal vez arrepentimiento.

Massimo tragó saliva. No había palabra alguna que pudiera salvarlo.

—No sé qué decir —murmuró—. Yo...

Elena se acercó. Massimo se esperaba una bofetada, pero ella hundió la cara en la curva de su cuello. Fue un latigazo para los sentidos, un choque de voluntad en contacto con la piel.

Massimo abrió la boca, pero ella apoyó encima los dedos. Estaban fríos y temblaban.

—Tampoco yo sé cómo decírtelo, así que iré al grano —susurró—. Estoy embarazada.

5.

20 de abril de 1945. Lo que sucedió ese día es un misterio que lleva más de setenta años en reposo.
Nota: consultar los periódicos de la época.
Mañana, 8:30 h., reunión en la Fiscalía con Raffaello Andrian, el sobrino nieto del pintor.
Chica con un perro de pie en la esquina de la galería y la plaza. Tiene el pelo azul. Extraña sensación. ¿La habré visto antes?
Marini: tiene un secreto que lo devora.

Teresa cerró el diario, con la cabeza apoyada en la ventana del despacho que compartía con Marini. Se había quedado observando al joven inspector alejarse andando hasta que desapareció en la oscuridad.

Está huyendo, se dijo. El chico se había enclaustrado en una nueva vida, pero algo no cejaba en darle caza. En las últimas semanas, hasta su cuerpo había cambiado: más seco, más nervioso y ágil. Inquieto como la bestia que se agita dentro de él. Teresa conseguía distinguirla de vez en cuando. Era densidad que arrebataba la luz a la mirada, una silueta colocada justo delante del alma. Tenían algo en común, Marini y ella: guardaban secretos.

Se metió las patillas de las gafas entre los labios, con la mirada dirigida hacia la noche, apenas cincelada aquí y allá por la luz de las farolas y de los automóviles. No conseguía despegarse de aquella oscuridad.

El brazalete rígido que llevaba en la muñeca tintineó cuando su mano acarició distraídamente una mejilla. Era una simple pulsera de plata, en la que había grabado unas pocas palabras.

Teresa Battaglia. Es tu nombre.

A continuación, el número de móvil de su médico personal. No el de un esposo, un hijo o un pariente: ese mensaje era para ella, acostumbrada a salvarse por sí misma.

Echó las cortinas frente a la oscuridad y sintió que se iba espabilando de un aturdimiento que le desfondaba el cuerpo y los pensamientos.

Su escritorio era una superficie reluciente con un monitor y un teclado. Había cambiado junto con ella en los últimos meses, se había adaptado a una vida en la que Teresa había tenido que plasmarse en una nueva forma: más metódica, más reflexiva, más disciplinada incluso.

Se sentó y apoyó el diario. Sacó de debajo del teclado la llave del archivador. Abrió un cajón y miró su contenido.

Fue como liberar mariposas. Docenas de pósit ordenados numéricamente eran alas de colores que crujían al tacto y acarreaban información. Amarillos para las cosas del trabajo: qué hacía allí, cómo encender el ordenador, cómo apagarlo, cómo usar el teléfono y llamar un taxi, el nombre de la persona que compartía el despacho con ella... Verdes, para su vida privada y ritos a los que la diabetes la obligaba. El número uno arrancaba con un mensaje inquietante: «Mira tu pulsera», estaba escrito.

Se estaba diciendo a sí misma quién era. Se estaba facilitando una vía de escape. Hasta ahora no había llegado a la necesidad de experimentar si funcionaba o no.

Eran pistas que la guiaban en un recorrido cotidiano que de un momento a otro podría volverse desconocido e incomprensible.

Las últimas luces de los despachos de la planta se estaban apagando. Las voces de los colegas que bajaban por las escaleras eran un murmullo que se alejaba, como sus sueños.

Cuánto iba a echar de menos todo aquello.

Respiró hondo, trató de concentrarse en el caso de Alessio Andrian y el cuadro pintado con sangre. Al día siguiente se reuniría con el sobrino nieto del pintor, y es posible que obtuviera más detalles sobre la historia que había llevado a la *Ninfa durmiente* hasta ella.

Otro caso que esperaba ser resuelto, y otras mentiras que contar. Ocultar la condición clínica de uno equivale a engañar a todos. A su equipo, que creía en su infalibilidad como una cuestión de fe. Al comisario jefe y Gardini, que seguían confiándole los casos más complejos. A las víctimas. A las familias de las víctimas.

Tenía que poner fin a aquella farsa antes de llegar a un punto de no retorno. La enfermedad que se cebaba en su memoria día tras día acabaría alejándola muy pronto de todo lo que amaba. Teresa ya había decidido lo que debía hacer semanas atrás, pero siempre parecía haber algo que la retenía en el lugar que ocupaba. Hasta ese mismo día había vacilado ante la puerta del comisario jefe. Él la había abierto de par en par, como si supiera que la encontraría allí.

«Tengo una nueva investigación para ti», le había dicho.

Con su sombrío misterio, la *Ninfa durmiente* se había presentado para aplazar lo inevitable, la única evidencia circunstancial de un crimen del que ni siquiera se sabía dónde había sido cometido. Acerca del cuándo, resultaba fácil plantear una hipótesis: 20 de abril de 1945. Un puñado de días antes del final de la guerra.

Todo lo que Teresa tenía era un dibujo macabro y extraordinario, sangre anónima que no llevaría a ninguna parte y un anciano sin pleno uso de sus facultades mentales, que había sido partisano y que tal vez, en tiempos de guerra, había matado a alguien. Probablemente la víctima era un enemigo con el que Andrian se había ensañado, definitivamente, presa de la locura.

Metió las manos en su corazón y dibujó a la muchacha, se recordó a sí misma. *La sangre es un símbolo poderoso. Es vida cálida que nos inunda, sana y transforma.*

A pesar de la violencia del acto, Teresa no era capaz de ver en todo aquello una furia homicida. Entreveía, por el contrario, una pulsión visceral. Una pasión llevada al extremo, donde danza la locura.

Sabía por qué Gardini le había asignado las investigaciones preliminares: confiaba en su intuición.

«Con los muertos tienes afinidades electivas», le dijo un día.

Los muertos tenían mucho que contar sobre sus últimos momentos de vida, pero esta vez Teresa no tenía ojos vidriosos en los que tratar de vislumbrar la sombra del asesino. No había manos que hubieran intentado rechazar, oponerse con un último gesto de defensa, arrancando huellas del agresor. La *Ninfa* de sangre dormía un sueño del que nadie la despertaría. Su secreto descansaba con ella.

Teresa volvió a abrir el diario y lo hojeó en un ritual vespertino necesario. Vigilaba su propia mente, para comprender si estaba perdida y desde cuándo.

Lo que encontró fue el enigma que seguía pendiente. Todavía no había tenido tiempo para reflexionar. Resolver acertijos era una forma de superar los momentos de confusión. Había notado que ese ejercicio conseguía traerla de vuelta al mundo, cuando sentía que algo en ella se estaba ofuscando. Por necesidad se había convertido en una agradable costumbre.

Unos agentes de policía han de hacer irrupción en una casa para detener a un criminal. La única información de la que disponen es su nombre: Adamo.
Cuando entran, encuentran a un mecánico, un bombero, un médico y un fontanero jugando a las cartas.
Detienen al mecánico sin dudarlo.
¿Por qué?

El diario se deslizó de los dedos y cayó al suelo con un crujido. Teresa se inclinó y extendió la mano no sin esfuerzo para recogerlo de debajo de la silla.

Se enderezó, agarrándose al borde de la mesa, las páginas voltearon al azar hasta detenerse unos días antes. La nota, escrita con su fina caligrafía, la dejó clavada en la silla.

Chica con el pelo azul y un perro más bien feo, en la parada de autobús, frente a la jefatura de policía. Tengo la impresión de haberla visto antes, pero se alejó a toda prisa. Parecía nerviosa.

Teresa no recordaba ni el episodio ni esa nota, por más que no fuera ese minúsculo y profundo agujero negro de su vida lo que la turbaba.

Otra vez la chica del pelo azul. Se había topado con ella tres veces por lo menos en los últimos tiempos y en diferentes lugares.

La mirada se dirigió instintivamente hacia la ventana, hacia la oscuridad más allá de las cortinas.

Coincidencias, se dijo. O, tal vez, alguien ahí afuera había empezado a seguir sus pasos.

6.

La paz había caído sobre el bosque. La familia se había ido por fin, llevándose a ese niño que pecaba de excesiva curiosidad. Una criatura inquieta y con el corazón repleto de rabia había puesto sus ojos en lo que nunca debería haber visto, pero para su enorme sorpresa había preferido callar, guardándose para él el pequeño horror que había descubierto.

La espera había resultado larga. Los extraños se habían demorado por allí hasta el ocaso, demasiado cerca de un secreto que debía permanecer oculto, demasiado incautos como para sentir miedo. No se habían dado cuenta de que alguien los estaba observando.

De esta forma, el sol se había hundido por detrás del círculo púrpura de los picos y el crepúsculo se había abierto a la oscuridad como una flor nocturna. La luz de Venus iluminaba ya el oeste: su nombre era Lucifer, estrella de la mañana, y su nombre era Véspero, estrella de la tarde. En aquella época del año aparecía en el delta azul cobalto entre dos crestas.

Bajo su luz diáfana, las aldeas del valle descansaban adormecidas. El campanario de la iglesia descollaba con su tejado de rastreles de alerce y la rosa de los vientos en lugar de la cruz, sobre las siluetas lanceoladas de los árboles.

Más allá de los prados, más allá de la línea del bosque, los pasos eran crujidos quedos en la maleza e iban acompañados por el canto de un mochuelo. Conocían el sendero que unos ojos inexpertos no habrían atisbado, entre la retama blanca y la lila silvestre. A lo largo de la pendiente se convirtieron en pequeños saltos, hasta que encontraron la tumba.

El aroma de la noche envolvía la muerte con dulzura. Definitivamente desvelados, los huesos relucían con una blancura lunar contra la tierra negra. Las corolas ahora cerradas de las flores adornaban los restos que emergían de los recovecos del valle. Las lluvias de primavera, casi torrenciales, habían erosionado la tierra y puesto al descubierto el misterio que guardaba el bosque.

—*Skrit kej* —murmuró dulcemente una voz.

Guardar un secreto.

La figura protectora de *Tikô Wariö* había regresado a los bosques del valle, como en las historias susurradas por los ancianos alrededor del hogar. «El que está de guardia» no tenía rostro ni cuerpo propio. Según la leyenda, el gran guardián, el feroz guardián, se encarnaba en quien invocaba su ayuda: desde un hombre hecho y derecho hasta un niño, una mujer o un anciano.

Y alguien, entonces, lo había llamado.

—*Tikô Wariö. Tikô Bronô. Te k skriwa kej* —canturreó la voz.

Manos pacientes empezaron a excavar, a cubrir otras manos de oscuridad y silencio.

7.

Teresa observaba el mundo sin sentirse ya parte de él, pero lo miraba desde una ventana diferente, sus ojos estaban clavados en otro patio y la luz era la de un día recién horneado.

También el miedo que sentía era nuevo: se había pasado toda la noche preguntándose si su sospecha de estar siendo seguida no sería en realidad un efecto de la enfermedad que la estaba transformando en una persona desconocida para sí misma.

Fobias, paranoias, manías: ¿era esto lo que quedaba de su futuro antes de que el alzhéimer borrase toda emoción y todo recuerdo?

No había sido capaz de darse una respuesta y, mientras tanto, el miedo parecía haberse convertido en un bolo de carne: presionaba en su interior, deformando la percepción que tenía de ella misma.

Las oficinas de la Fiscalía aún estaban desiertas, los pasillos del tribunal acababan de ser limpiados. El tictac de un reloj marcaba el silencio con latidos contraídos.

Teresa tenía los ojos fijos en el claustro cerrado en el recuadro del edificio de finales del siglo XIX. Marini ya llegaba tarde y su teléfono guardaba silencio. Algo le dijo que no aparecería. Estaba desarrollando un sexto sentido en relación con él, un instinto de conservación que tal vez presagiara un sentimiento más definido. Sabía que no le sentaba bien pensar en él de esa manera: no era saludable vincularse a alguien justo en este momento, cuando tenía que prepararse para renunciar a todo, decir adiós y desaparecer.

Cerró los ojos por un momento y fue como negar esos pensamientos, y los sentimientos incluso. Cuando los abrió de nuevo, algunas inspiraciones más tarde, la perturbación había desaparecido y ella había vuelto a ser una comisaria.

Estaba esperando para reunirse con el sobrino nieto de Alessio Andrian. El único que, tal vez, podría ayudarla a resolver el antiguo misterio encerrado en la trama de un dibujo.

El día anterior, el fiscal la había definido como una charla informal, pero Teresa sabía que estaban a punto de someter al joven Raffaello Andrian a un auténtico interrogatorio, por más que por propia voluntad y centrado en quien, hasta el momento, solo era una persona informada de los hechos.

Fue Raffaello quien encontró un cuadro impregnado de sangre humana. Quizá conociera el origen de la macabra pintura y quizá hubiera contado con el peritaje de Gortan para venderla y obtener un buen montón de dinero por ella. A ello podría añadirse la necesidad de deshacerse a toda prisa de una prueba indiciaria de un asesinato ocurrido hace setenta años. Probablemente no esperaba que Gortan hiciera su trabajo de manera tan minuciosa.

Teresa se daba cuenta de que no eran más que reflexiones de una mente acostumbrada a sondear más sombras que luces. Aún no había conocido a Raffaello Andrian, pero ya había empezado a delinear sus posibles características, su perfil psicológico, los pormenores comportamentales que, tras cerrar el círculo, contribuirían a dar sentido al conjunto. Eran los detalles imponderables los que más le interesaban porque sabía que cualquier delito, de la clase que sea, siempre se comete antes en la mente, paso tras paso, de forma consciente o inconsciente.

Cuando alguien la saludó, se volvió sorprendida. No había oído llegar al fiscal.

—Buenos días, señor fiscal —contestó con una sonrisa que quería borrar todo rastro de titubeo. Miró por encima de su hombro, buscando al comisario jefe—. ¿Estás solo? —preguntó.

Gardini asintió.

—Paolo no se encuentra bien, he hablado con él hace un rato. No podremos contar con su presencia.

Teresa pensó en el correo electrónico que le había enviado a Ambrosini la noche anterior. Unas pocas líneas muy sufridas con las que le había pedido «audiencia». Casi se había convencido a sí misma de ser capaz de confesárselo todo, pero la vida, una vez más, parecía concederle algo de tiempo extra.

Se dirigieron hacia el despacho de Gardini. Raffaello Andrian había aceptado reunirse con ellos allí.

—¿Preocupada por el caso? —le preguntó el fiscal.

—Por supuesto que sí. Ambos sabemos que no llegaremos a resolverlo.

Gardini se detuvo. Llevaba una pila de expedientes desordenados bajo el brazo.

—¿Crees que será tiempo perdido? —preguntó.

Teresa decidió ser brutal.

—Creo que está fuera de nuestro alcance. Han pasado siete décadas, y no uso el término al azar: una investigación como esta tiene algo de épico. Es probable que a estas alturas todos los testigos estén muertos. Ni siquiera sabemos dónde ocurrió la cosa...

El tribunal empezaba a cobrar vida, Gardini habló en voz baja.

—El juez Crespi no tiene la menor intención de desestimar el caso, te lo digo extraoficialmente. Teme que termine enterándose la prensa. Si eso sucede, como es lo más probable, la opinión pública exigirá una respuesta. Antes de comenzar a pensar en una posible prescripción, quiere entender lo que pudo haber ocurrido.

—Ah, de eso no me cabía la menor duda.

La expresión del fiscal se relajó.

—Vayamos paso a paso, ¿te parece? —propuso—. A lo mejor acabamos llegando a algún lado. Empecemos con el sobrino nieto de Andrian, tal vez nos diga algo interesante.

Teresa sacó su diario del bolso en bandolera.

—¿Y el pintor? —preguntó.

—Olvídalo. Un testigo imposible de interpelar. Es un vegetal, ya te lo he dicho. Me gustaría que hoy te encargaras tú de su sobrino. Hazle cualquier pregunta que consideres oportuna.

Fuera del despacho, sentado en una de las butaquitas destinadas a quienes esperaban, estaba un joven con aire desorientado. Cuando el fiscal lo llamó por su nombre, se puso de pie.

Gardini hizo las presentaciones. Recurrió a un tono amigable, a una sonrisa tranquilizadora.

Raffaello Andrian no se correspondía con la imagen que Teresa se había formado de él. Parecía más un estudiante en ciernes que un hombre hecho y derecho. Tenía veintisiete años, pero demostraba poco más de veinte. Sus ojos azules, muy abiertos, con una expresión de extravío, y sus rizos marrones que le caían desordenadamente sobre la frente le daban un aire de querubín, mientras que Teresa se había preparado para enfrentarse a un pariente avispado y arribista.

Se sentaron en el despacho. Gardini detrás de su escritorio, que más parecía un depósito de legajos viejos que un puesto de trabajo, y Teresa al lado del chico. Era consciente de su capacidad de cohibirlo y el lugar jugaba a su favor. Había percibido de inmediato el poder que él reconocía en ella: era evidente cada vez que los ojos temerosos de Raffaello rehuían el examen de los suyos, para buscar consuelo en los del fiscal, más benevolentes. Y eso que Teresa no se consideraba tan aterradora. Enmascaró una sonrisa con una mueca, mientras se ponía las gafas de lectura para tomar notas.

—Como le he explicado por teléfono, esto no es un interrogatorio, señor Andrian —dijo Gardini—. No hay sospechosos, ni investigados. Lo único que queremos saber es si puede proporcionarnos usted información útil para reconstruir los hechos.

—Si está en mi mano, con mucho gusto —la propia voz del joven hablaba de un alma que dudaba de sí misma más que de cualquier otra cosa.

—En esta fase de la investigación y dada su posición de simple testigo, la presencia de un abogado no es obligatoria, pero si ha cambiado de opinión y quiere...

—No, no he cambiado de opinión.

—¿Es usted el pariente más cercano? —preguntó Teresa.

—Sí, mis padres murieron y soy hijo único. Hace cuatro años que me mudé a casa de mi tío.

—¿Se encarga usted de él?

—Junto con una cuidadora que vive con nosotros. Mi tío necesita asistencia continua.

Teresa lo miró por encima de la montura de las gafas.

—Lo llama usted tío, pero en realidad es su tío abuelo. El hermano de su abuelo para ser precisos.

—Sí..., disculpe.

—No hay problema, es para dejar claro el grado de parentela —Teresa continuó escribiendo, luego se detuvo de nuevo—. ¿Le han explicado que las declaraciones que realice podrán ser usadas en su contra y que tiene derecho a no responder a ninguna pregunta?

—Sí, me lo han dicho.

—También debo advertirle que, de hacer declaraciones acerca de hechos relacionados con la responsabilidad de terceros, asumirá en relación a tales hechos la condición de testigo.

—Sí, lo entiendo —a Raffaello Andrian le costaba trabajo expulsar el aire para empujar las palabras.

Teresa lo miró a los ojos y repitió el concepto, para que las consecuencias le quedaran claras.

—Eso significa que todo lo que diga podrá usarse también para incriminar a su tío abuelo. ¿Lo entiende?

Raffaello Andrian asintió y Gardini le entregó la hoja con la frase de rigor para que la repitiera. El chico lo juró, tropezando con las palabras un par de veces.

—Bueno, empecemos —dijo entonces Teresa—. Quiero dejar las cosas claras, señor Andrian: es mejor que sea sincero. Por experiencia, puedo decirle que mentir sobre algo u ocultarlo, incluso si le parecen detalles insignificantes, no conduce a los resultados deseados. Las cosas generalmente se complican y nunca terminan bien.

Él miró a Gardini.

—Soy consciente de ello.

—Primera pregunta: ¿sabía que el retrato había sido pintado con sangre?

—No.

—Ahora que lo sabe, ¿tiene alguna idea respecto a quién podría pertenecer esa sangre?

—No.

—¿Su tío abuelo nunca le dijo en el pasado algo que pudiera haberle hecho sospechar que había cometido un delito? ¿O por lo menos algo contrario a la ley?

Raffaello Andrian la miró por fin. Había una especie de incredulidad en sus ojos, como si la pregunta de Teresa estuviera equivocada, pero también estaban velados por lo que a ella le pareció pena.

—Yo... —empezó a decir, como buscando las palabras—. En veintisiete años, nunca he escuchado su voz. Nadie la ha escuchado.

—¿Nunca?

—Nunca.

Las dos sílabas cayeron como un ruido sordo y provocaron en Teresa un eco de interrogantes, pero sobre todo de imágenes. Un hombre joven que decide crucificar su cuerpo en la inmovilidad y consagrar sus labios al silencio. *Para siempre,* ocurra lo que ocurra. No lo habría creído posible.

Es una tumba que respira, había dicho Gardini de él.

—¿Qué tipo de patología sufre? —preguntó.

—Ninguna. La familia ha consultado a muchos especialistas a lo largo de los años y nadie ha sido capaz de llegar a un diagnóstico.

—Que usted sepa, ¿cuánto tiempo lleva Alessio Andrian en esas condiciones?

—Desde que fue hallado en un bosque justo al otro lado de la frontera, el 9 de mayo de 1945. Entonces era territorio yugoslavo, ahora es Eslovenia. Eso es lo que me contó mi padre.

—Casi veinte días después de haber pintado la *Ninfa durmiente* —reflexionó Teresa—, y nadie tiene ni idea de lo que hizo en ese período de tiempo. Dígame todo lo que sepa.

—Es una historia que conozco bien. Mi padre me la contaba como si fuera un cuento de hadas desde que tengo uso de razón y no dejó de hacerlo hasta justo antes de morir, pero no sé por dónde empezar.

—Por donde quiera. Por ejemplo, por el nombre del cuadro.

—Fue mi padre quien lo llamó así. Juraba que lo había visto de niño, en la habitación del tío. Alessio lo estaba mirando, en uno de esos raros momentos en los que parecía entender lo que le rodeaba. A mi padre le pareció ver que movía los labios en silencio y contó toda su vida que había oído ese nombre formarse en su mente. El recuerdo de la *Ninfa durmiente* nunca abandonó a mi padre. Lo había hechizado, no dejaba de repetir. Sin embargo, la pintura desapareció y ya nadie pudo encontrarla en casa.

—¿Dónde estaba?

—En un hueco en el desván. La descubrí al mover un mueble del que quería deshacerme.

—Así pues, en esa ocasión por lo menos, Alessio Andrian salió de su habitación con sus propias piernas para meterla allí.

—Nadie lo vio.

—En su opinión, ¿por qué escondió el dibujo?

—No lo sé, pero el tío Alessio tuvo un terrible estallido de cólera cuando se dio cuenta de que mi padre lo estaba mirando. Se transformó en un animal salvaje: aullaba y resoplaba. Aferraba con furia cada objeto que caía en sus manos y lo lanzaba contra las paredes.

Destrozó su habitación, hizo añicos los cristales de las ventanas. Mi padre quedó tan impresionado que nunca volvió a pisar esa habitación ni a quedarse solo con su tío. La *Ninfa durmiente* siempre ha sobrevolado las historias familiares como un fantasma. Mi padre la había entrevisto, pero nadie podía estar seguro de su existencia. Más tarde, se convirtió en la obsesión de los coleccionistas.

—No exagera cuando dice que conoce bien esta historia —observó Teresa.

Raffaello adoptó una expresión melancólica.

—Algunas familias tienen grandes historias de amor o de aventuras que contarles a los niños o a los familiares reunidos en las celebraciones. Muchos otros solo tienen un pasado de miseria que degustar como si todos sus esfuerzos aún estuvieran presentes —dijo—. Los Andrian tienen a la *Ninfa* y la locura de mi tío.

Teresa cambió de tema.

—Alessio Andrian era un partisano —dijo.

—De la Brigada Garibaldi, sí.

—¿Dónde intervino?

—En la meseta del Carso, incluidos los valles más septentrionales. Luego, hacia el final de la guerra, en el Canal del Ferro. Se desplazaban con frecuencia, así nos lo contaron sus compañeros, primero a mi abuelo y luego a mi padre. Vivían en los bosques, se avituallaban en las aldeas y volvían a marcharse —Teresa y Gardini intercambiaron una mirada de entendimiento. Tal vez tuvieran un *dónde,* por más de que el área fuera bastante vasta.

El Canal del Ferro era un valle accidentado, marcado por un río y encajado entre montañas de pendientes empinadas, cubiertas de erizados boscajes o salpicadas por grandes rocas y extensiones de grava. Las pronunciadas laderas bajaban hasta el valle como macizos bastidores. Era un pasaje milenario, que debía su nombre al comercio de hierro y otros metales entre el Imperio romano y las minas de Estiria y Carintia. No era una zona densamente poblada. Sus escasos pueblos surgían a lo largo de la carretera estatal que corría siguiendo la autopista, hasta la frontera con Austria.

Era un punto de partida, pensó Teresa. Podían excluir toda la zona más al norte y concentrarse por el momento en el arranque del valle. Al otro lado de esas montañas estaba Eslovenia y el pueblo de Bovec, donde Alessio Andrian había sido hallado. Abundaban los pasos y senderos que podían llevar a un hombre hasta allí a pie.

Los elementos recopilados concordaban. A esas alturas, sin embargo, era poco probable encontrar algún testigo que aún estuviera vivo y pudiera recordar a un pintor partisano. Solo podían confiar en testimonios indirectos.

—¿Qué me puede decir del hallazgo de su tío abuelo? —preguntó Teresa.

Raffaello Andrian tragó saliva antes de contestar.

—Una familia de Bovec lo encontró en el bosque detrás de su casa —empezó a contar—. Desnutrido, consumido por la fiebre. Los milicianos de Tito, que estaban rastreando el valle de los nazis, habían recorrido hacía poco la zona, pero creyeron que estaba muerto. El leñador y su mujer se lo llevaron a su casa y lo curaron. Estuvo entre la vida y la muerte durante muchos días. Al final, sus compañeros lo recogieron.

Teresa notó que se despertaba en ella ese instinto que le permitía encontrar a menudo las singularidades que conducían a la resolución de un caso. La mirada repentinamente sombría del joven y su tono de voz, que se había vuelto más fuerte, habían estimulado en ella una suerte de sexto sentido. Un barrunto de reticencia había saturado el aire: Raffaello Andrian estaba hablando de algo que hubiera preferido callar. Algo que le causaba incomodidad, a pesar de que su cuerpo tratara de ocultarlo mirando a Teresa a los ojos.

—¿Por qué lo creyeron muerto los soldados de Tito? —le preguntó. Estaba tan concentrada en el chico que hubiera podido notar un quiebro aun leve en el ritmo de su respiración. Delante de ellos, Gardini era una estatua.

—Por las condiciones en las que se hallaba, creo. Eran... graves.

—Tanto como para que pareciera muerto, ha dicho usted.

—Eso fue lo que le dijeron a la familia.

De nuevo ese temblor en la voz. Se estaba abriendo una grieta.

—¿Tanto como para parecer *herido* de muerte? —insistió.

Hubo una pausa antes de la respuesta.

Teresa sabía que el proceso mnemónico no es reproductivo, sino reconstructivo. Había aprendido que, para recordar, el cerebro reconstruye lo que ha vivido. Y al reconstruir, la mente, inconscientemente, puede agregar teselas que nada tienen que ver con la verdad. Por estrés, por sugestión. Para responder a la idea preconcebida que una persona se ha formado de una situación.

Todos esos aspectos constituyen el vicio de los procesos mnésicos, un déficit que el cerebro contiene creando recuerdos falsos.

El recuerdo no es más que un solo momento de lucidez, grabado incidentalmente por la mente, rodeado de muchos otros desenfocados.

Todo ello la fascinaba, en ese momento de su vida más que nunca.

—¿Tanto como para parecer *herido* de muerte? —insistió, apremiándole.

El chico respondió con un susurro.

—Sí. Sí, tanto como para parecer herido de muerte.

Teresa se inclinó hacia él.

—Se lo pregunto de nuevo: ¿en qué condiciones encontraron a su tío abuelo?

El joven agachó la mirada.

—No puedo describir lo que no he visto —murmuró—, pero puedo decirle lo que sus compañeros explicaron a la familia.

—Le escucho.

—Los habitantes de Bovec estaban horrorizados.

Teresa se quitó las gafas.

—Algo en él les inquietaba —dedujo.

El chico levantó la vista. Sus ojos relucían.

—Lo temían. Lo llamaban «el hijo del diablo». Desnudo, rojo, se les apareció como un demonio recién nacido.

—Parecía herido de muerte, pero no lo estaba —murmuró Teresa—. La sangre que lo cubría no era suya.

—No, no era suya.

Gardini suspiró en el silencio que siguió. Era la tensión que se relajaba: habían logrado más de lo que esperaban.

—Mi tío es una buena persona —añadió apresuradamente Raffaello Andrian para remediar la verdad recién confesada.

Teresa hubiera querido tranquilizarlo, pero no tenía ganas de mentir. Incluso las buenas personas pueden cometer errores. Incluso las buenas personas pueden matar.

—Tengo una última pregunta —dijo—: ¿Recuerda el nombre de algunos de los compañeros partisanos de su tío?

El joven meneó la cabeza, pero Teresa quedó satisfecha de todos modos.

—Para mí es suficiente con esto —le dijo a Gardini.

El fiscal asintió y se volvió hacia Andrian.

—Si su intención era vender la *Ninfa durmiente,* me temo que tendrá que armarse de paciencia. El secuestro puede durar bastante tiempo.

Los ojos del joven se iluminaron.

—¡Nunca vendería ese cuadro!

Teresa se sintió impresionada por su vehemencia. Hasta ese momento había sido manso, un niño asustado.

—Perdone la pregunta —dijo—. ¿Por qué tanto apego?

Raffaello Andrian pareció desafiarla con los ojos. Como si hubiera cobrado un nuevo coraje.

—Mi tío lo tenía en sus manos cuando lo encontraron. No lo soltó durante días, a pesar de no estar consciente. No sé qué representa ese dibujo para él, no sé cuál es su significado, pero estoy seguro de una cosa: tampoco yo lo soltaré nunca.

No lo sabes, pero lo intuyes, pensó Teresa. Y ella también lo intuía.

Ese dibujo era el legado de un enigma, una llamada del pasado para no traicionar la memoria. La *Ninfa durmiente* era la clave para resolver el misterio.

8.

El bosque lloraba lágrimas frías. La lluvia se filtraba desde las copas de los árboles con gotas rotundas y dispersas. Repiqueteaban aquí y allá con golpes húmedos sobre la hojarasca del sotobosque. La noche sucedía a la noche, allí abajo. Solo había sombra, desde hacía días.

O tal vez, pensó el hombre renqueando, la oscuridad se haya originado en otro lugar. Había surgido una especie de amanecer brumoso dentro de él.

Llevaba arrastrándose tanto tiempo que ya era incapaz de contarlo. Con un pie descalzo, el otro metido en una bota, iba hundiéndose en el bosque. Sentía cómo los escalofríos de la fiebre le sacudían las entrañas y ascendían para hacer que sus dientes castañetearan en una letanía fúnebre.

Sobre ese reino grávido de humores, una bóveda oscura vibraba con crujidos y avisos alarmados que anunciaban el paso del intruso. Ruidos que esparcían el miedo, que contaban una historia de invasión: la suya. Los animales mantenían a los cachorros a salvo y lo observaban inquietos y ocultos. Olían la sangre inocente que lo recubría.

Sangre en sus manos. Sangre, en la cara y en la ropa.

El agua no se la quitaba, la hacía penetrar con más profundidad en el cuerpo. Se imaginaba las gotas púrpuras introduciéndose por los poros y abriéndose paso en la carne como criaturas hambrientas de los jirones del alma que le quedaban.

Los pasos cansados aflojaron la marcha hasta detenerse. El vagar sin rumbo lo había llevado frente a bastiones de zarzas ramificadas en las oquedades y aferradas a la cúspide corvina. Levantó la cara hacia esa pared viva y cerró los ojos. Era un buen lugar para morir. Se dejó caer. Las rodillas tocaron el musgo, su costado se golpeó contra la tierra. Reclinado sobre su espalda, el hombre esperó su último aliento con una mano sobre el corazón, que retumbaba contra la oscuridad con poderosos latidos. Después de días de ayuno, podía palparse los huesos bajo la piel, la miseria de su condición humana, pero ese músculo en su pecho no acababa de rendirse.

En la otra mano, un poder vibrante se oponía a la muerte: el rollo de cuero que protegía el dibujo parecía arderle entre los dedos. La *Ninfa durmiente* había nacido de un último soplo vital que tal vez la hubiera maldecido o tal vez la hubiera consagrado.

Ella había sido su Norte y Sur, la estrella que iluminaba el Este cada mañana y el Oeste que daba la bienvenida al misterio de la noche.

Pero ella era muerte, ahora, y a la muerte él quería entregarse.

La respiración se volvió ligera, las lágrimas se mezclaron con la sangre. Los huesos cansados encontraron por fin alivio. Riachuelos rojos se deslizaban entre sus labios en un beso que podría haber escandalizado la inocencia que aún quedaba enredada en él, si el amor no lo hubiera transformado en una unión sublime.

Cuando todo en el mundo pareció perdido para siempre, cuando el silencio absoluto estuvo dentro de él, el bosque respondió.

Podía oírlo, como ella le había contado un día.

Un crujido hormigueaba de rama en rama, a lo largo y dentro de las cortezas. Las hacía rechinar, quebraba el silencio.

Era energía invisible, era fuego verde y savia primordial que relucía entre el follaje. Repiqueteaba como millones de insectos en el suelo, por debajo de su espalda, y se encaramaba sobre sus miembros exhaustos. Entraba en él con un ejército de minúsculas patas para sostenerlo y eliminaba el cansancio con impulsos de alas poderosas sobre su cabeza. Alejando el final.

—No —imploró, exhausto—. Déjame morir.

El bosque palpitaba con fragor de viento, ciñéndose y aflojándose como un útero oscuro.

No estaba solo, allí dentro. Nunca lo había estado. Algo inmenso y desconocido respiraba con él. Era una fuerza que parecía contagiarlo, que no le permitía apagarse.

Mientras anhelaba la muerte, el bosque parió su renacimiento.

Lo devolvió al mundo, pero sin alma, y él salió a la oscuridad con un grito que condenó al silencio toda forma de vida.

9.

—¿Cómo te sientes?

Al final, fue Elena quien se lo preguntó. Era la más fuerte, siempre lo había sido.

Cuando Massimo la había abandonado. Dos veces. Cuando lo buscaba sin obtener respuesta jamás, ni la menor reacción siquiera. Cuando optó por elegir, todos los días, no olvidarlo, traerlo de vuelta a su vida.

Era la más fuerte, a pesar de todo. La única, entre los dos, que tuvo el valor de no rendirse.

¿Cómo me siento?, se preguntó Massimo.

La respuesta era: *muy lejos. Y solo.*

La respuesta era: *no puedo. Sea lo que sea lo que esperas de mí, no puedo dártelo.*

—Bien —dijo en cambio—. ¿Y tú? ¿Estás mejor?

Ella asintió, con una taza de infusión en las manos. Se acababa de humedecer los labios, pero la mantenía cerca de la cara, entre ellos, como una barrera.

—Las punzadas se me han pasado —dijo mientras una mano bajaba hacia su vientre.

Estaba acurrucada en su sofá, descalza y despeinada.

Había pasado la noche y había amanecido sin que se hubieran pronunciado muchas palabras. Se habían escrutado en silencio cuando pensaban que el otro no estaba observando. Las pestañas se cerraban, volvían a abrirse, los labios se entreabrían para permanecer al final en silencio. A veces era la pared lo que ambos miraban fijamente. Habían logrado decirse pocas cosas y esas pocas cosas siempre atañían a los hechos, nunca al corazón.

La fatiga, al final, había podido con Elena y había llegado el malestar. Massimo no supo qué hacer, ni siquiera sabía si le estaba permitido tocarla.

—Solo me hace falta un poco de tranquilidad —le había dicho.

Era lo único que Massimo no podía garantizarle. Extendió la mano y la abrazó por fin, con el rostro hundido en su cuello, porque tenía miedo de mirarla a los ojos y de lo que ella podía leer en los suyos. La suya era una fuga inmóvil.

Notó que se abandonaba y sintió una especie de lástima por ella, que se rendía tan fácilmente al tirano en el que se había convertido. La amaba, pero entre ellos el vacío había ocupado el lugar de la complicidad. Parecían dos extraños mirándose con recelo.

El sol entraba ahora por las persianas echadas y la iluminaba. Elena parecía diferente, pero Massimo sabía que el cambio no estaba afuera, sino dentro de ella. Parecía proyectada en un futuro cercano, concentrada en lo que crecía en su interior. Ya había tomado carrerilla para dar el salto, mientras que él, por decir algo, aún renqueaba.

Un hormigueo corrosivo le recorrió el cuerpo. Apartó la mirada de la cabeza de Elena y notó el móvil, apoyado en el brazo del sofá.

Hubiera sido impensable hasta la noche anterior, pero lo había olvidado por completo. Había comenzado un nuevo día y él no se había presentado en el trabajo. Fuera lo que fuera lo que le estaba sucediendo a su vida, ya había empezado a hacerla trizas. La verdad era que había sufrido un *shock,* por más que tratara de parecer tranquilo y racional.

Levantó el móvil y lo encendió. Una sucesión de vibraciones señaló la llegada de docenas de notificaciones. Todas ellas mensajes enviados por sus colegas. El último era de De Carli.

«¿Estás muerto? Pues más te valdría. A estas horas ella querrá tu cabeza.»

Había dos mensajes que señalaban llamadas de la comisaria Teresa Battaglia. Miró la hora: eran de hacía treinta minutos.

La reunión en la Fiscalía.

—Mierda...

La imprecación resonó más bien como un lamento. Elena se apartó de él y se deslizó hacia el otro lado del sofá.

—¿Algún problema? —preguntó.

Massimo hizo una mueca.

—Un eufemismo —respondió secamente, y se dio cuenta demasiado tarde de que con ese tono podría herirla.

La miró y vio que así era.

—Me he olvidado de ir a trabajar —dijo, esperando llegar a tiempo para arreglarlo—. ¿Te das cuenta del efecto que provocas en mí?

Ella se mordió el labio.

—Ya me gustaría ser la causa de tanta turbación —respondió—, pero algo me dice que no es así.

Él tomó su mano y la ayudó a levantarse.

—Sobre eso, no te quepa la menor duda —murmuró. Era la verdad y admitirlo hacía que se sintiera mejor.

Elena lo miró con una mezcla de alivio y confusión.

—Entonces, *¿por qué?* —preguntó.

Massimo necesitaba tiempo, pero todo parecía quitárselo en lugar de concedérselo.

—Ahora tengo que resolver un asunto —dijo—. Si no te importa quedarte sola durante un par de horas...

—De acuerdo.

—¿Estás segura?

Ella asintió.

Se la llevó consigo a su habitación. Arrambló a lo loco con algo de ropa del armario. No podía limitarse a llamar a Teresa Battaglia y decirle que no iría a trabajar ese día. Ella, después de haberlo maltratado hasta extremos inconcebibles, olfatearía su secreto, como lo había estado haciendo durante semanas, y no soltaría la presa hasta que escupiera la verdad. Massimo no quería mentirle, pero tampoco estaba listo para hablar del asunto con nadie. Debía ir a verla, disimular y encontrar la manera de volver a casa lo antes posible.

—¿Un caso difícil? —preguntó Elena.

—Sí, la verdad.

Massimo fue al baño y ella lo siguió.

—¿De qué se trata? —preguntó.

—No creo que sea buena idea hablar de ciertas cosas.

Massimo se miró al espejo y se dio cuenta de que no podía renunciar a una ducha si quería tener la más mínima esperanza de engañar a la comisaria Battaglia. Se le leía en la cara su noche de insomnio.

—Venga, cuéntamelo —insistió Elena.

—Un cuadro.

Ella se quedó de piedra. Tal vez por la rápida respuesta, tal vez porque se imaginaba algo muy distinto.

—¿Y eso es todo?

Massimo se quitó la camiseta.

—El retrato de una hermosa mujer. La *Ninfa durmiente* —dijo.

Elena frunció los labios.

—¿Cómo de hermosa?

—Maravillosa.

Ella agachó los ojos.

—Eres un grosero. Después de la que has montado —dijo con una mirada a su estómago aún plano— tendrías que tener ojos solo para mí.

El escalofrío urticante de un momento antes volvió a sacudirlo, pero Massimo lo espantó con fuerza. Cuando vio la expresión de ella, se dio cuenta de que estaba desnudo.

—Quédate —la detuvo cuando Elena hizo ademán de marcharse—. «Después de la que he montado», dudo que pueda escandalizarte.

Hubiera querido decirle que ese cuerpo era suyo y que podía hacer con él lo que quisiera. Ese corazón nació suyo y siempre lo sería. Hubiera querido hacerlo, pero no pudo.

Entró en la ducha y el agua cayó rugiendo sobre toda vergüenza y turbación.

—De todos modos, tiene setenta años —dijo al cabo de un momento, con la cara debajo del chorro.

—¿Quién?

—El retrato. Puedes estar tranquila. La modelo tendría noventa por lo menos.

—Idiota. ¿Pero es que lo han robado? ¿Qué es lo que estáis investigando?

Massimo vaciló. Se fiaba de Elena, pero estaba realmente convencido de que hablar sobre la muerte no le sentaría bien.

—¿Massimo?

—Fue pintado con sangre —respondió, capitulando al instante, convencido de que no dejaría de insistir. Cerró el grifo, agarró la toalla que ella le pasó y se restregó con fuerza—. Sabemos quién es el autor del cuadro, pero no el *donante*. El juez quiere arrojar luz sobre el asunto. Intentarlo por lo menos, antes de archivar el caso.

—Dios mío, es horrible. ¿Quién es el pintor?

—Un viejo loco. Lleva décadas sin hablar. Continúa con su novida encerrado en una habitación en la casa de su sobrino nieto.

El rostro de Elena se ensombreció.

—Cuánta tristeza —dijo ella—. Quién sabe lo que le ocurrió.

—Eso es lo que debemos descubrir.

Massimo se vistió rápidamente y estuvo listo para marcharse en unos minutos. En la puerta, titubeó.

Ella no había dejado de mirarlo, con los brazos ciñendo su pequeño pecho, los dientes atormentando sus labios. Tenía un incisivo levemente astillado en la punta —el precio pagado por un juego impetuoso, cuando era niña—, que volvía dulcemente humana la perfección de su sonrisa. Massimo se sorprendía una y otra vez de lo similar que era el castaño meloso de sus pecas al del iris y el pelo. Si tuviera que compararla con una sensación, sería la de la canela en polvo entre los dedos: olorosa, dorada y esquiva.

Ahora estaba nerviosa. Había quedado claro que no sabía qué hacer consigo misma. Probablemente se sintió fuera de lugar como nunca en su vida.

Massimo le sujetó un mechón de cabello y la atrajo hacia él.

—Volveré lo antes posible y hablaremos. Hablaremos de verdad —dijo, tratando de sonreír—. Mientras tanto, coloca tus cosas aquí.

—¿Estás seguro de que puedo quedarme?

—Debes hacerlo.

Sus labios también se tensaron, pero no era felicidad lo que los arqueaba. Era el esfuerzo de la enésima reconciliación. La vio vacilar, esperar algo que no acababa de llegar.

Otro compromiso, pensó Massimo. *¿Cuándo te cansarás?*

—¿Y tu trabajo? —le preguntó.

Ella se encogió de hombros.

—El último contrato se esfumó con la noticia del embarazo.

La sonrisa de Massimo se desvaneció. Con una licenciatura en Arqueología, un máster en Paleontología y un curso de especialización en patrimonio arqueológico, Elena todavía era una investigadora precaria.

—Para cualquier cosa, llámame —dijo—. Si no te encuentras bien, hazlo enseguida.

—De acuerdo.

La vio despedirse con un gesto de la mano mientras se cerraba la puerta.

El móvil le vibró en el bolsillo interior de la chaqueta, devolviéndolo a asuntos más prácticos. La pantalla mostraba el nombre de De Carli: le advertía de que la comisaria Battaglia tenía una cita con el forense a cargo del caso.

«Parri ha descubierto algo importante. Battaglia va para allá. ¿Adivina de quién es el nombre que la comisaria está escupiendo como si fuera fuego? Muy bien, es el tuyo, en efecto. Corre, si no quieres acabar en la mesa de autopsias.»

10.

El Instituto de Medicina Forense, en el sótano del pabellón número 9 del hospital civil, era más conocido como el Depósito de cadáveres, pero para Antonio Parri, que lo dirigía, era algo muy diferente.

Parri había hecho de los restos que la muerte se dejaba tras de sí una auténtica obsesión y llenaba esos lugares, opresivos para la mayoría, con una alegría incomprendida por casi todo el mundo, pero no por ello menos compasiva. Los cuerpos inmóviles encerrados en las cámaras frigoríficas eran para Parri vidas bajo otra forma, custodios de mensajes que él estaba en condiciones de descifrar.

Para Teresa, aquel lugar representaba una breve eternidad antinatural. Era un jardín nocturno de flores pálidas y frías, cercenadas por el destino o por una mano maligna. Flores que nunca se marchitarían. Había algo melancólico e inacabado en aquella espera. La perfección de la carne incorrupta estaba a años luz de la belleza cálida y palpitante de la vida.

Teresa descendió a ese hipogeo hecho de nichos metálicos con espíritu inquieto. La muerte permanecía suspendida allí abajo: flotaba en el aire, te entraba dentro con cada inspiración.

Ese día, sin embargo, sus pasos eran más decididos y sus pensamientos menos opresivos, porque lo que estaba esperándola no era el cuerpo de una víctima.

Encontró a Parri en su laboratorio. Estaba inclinado sobre la mesa, con las manos apoyadas en los costados. En el estante de formica, una lámpara iluminaba la *Ninfa durmiente*.

Antonio no la estaba analizando: la estaba admirando. Tenía una expresión embelesada, como si tuviera ante él a una mujer de carne y hueso.

A Teresa no le sorprendió. La *Ninfa durmiente* no dejaba a nadie indiferente. Su historia misteriosa y brutal la revestía de una fascinación arcana pero no perturbadora. Había poesía en esos rasgos, lirismo para los ojos. La joven del cuadro dormía un sueño de paz con la solemnidad de una princesa antigua. La mano del pintor había sido amable, había conferido a las curvas un volumen suave y armonioso, por más que fluyera en las líneas una pasión sutil, que discurría a lo largo del perfil y bajaba hasta la garganta cándida y a la oquedad del cuello.

Se intuía el ímpetu. Palpitaba en la inmovilidad. Era como si la mano de Alessio Andrian hubiera poseído esa piel en su propia palma. Había sabido capturar en el papel un instante de éxtasis, un abandono infinito. La del artista parecía la mirada de un amante.

Teresa carraspeó. Antonio se espabiló, bajó las gafas hasta la nariz y sonrió.

—Vamos, entra —la invitó a pasar.

Parri era de baja estatura y muy delgado. Teresa siempre lo había visto vestido con vaqueros, una camisa y un suéter ligero demasiado grande para él. Cambiaban los colores, la textura de la tela, pero ese era su uniforme, al que añadía una bata desabrochada cuando estaba trabajando.

Tenía unos ojos azules tan claros que se disolvían en el blanco de la esclerótica tan pronto como la luz los alcanzaba. La pupila era un puntito negro en ese hielo, que siempre te miraba con atención. Era unos años mayor que Teresa, pero parecía un crío. Ni siquiera la mata de pelo liso y blanco eliminaba esa ilusión. Al contrario, el mechón rebelde que siempre le caía sobre la frente le daba un aire travieso.

—¿Qué te parece? —preguntó, avanzando unos pasos.

—Extraordinaria.

—¿Estás hablando de la obra o de la chica? —se rio Teresa.

—De ambas. No me digas que no lo has pensado tú también.

La comisaria se colocó detrás de él. Por unos momentos permanecieron en silencio.

—No es más que un cuadro —dijo por fin—. Línea y color, y sin embargo...

—Sin embargo, nos emociona.

—¿Desde cuándo dejas que te sugestione una prueba? —le provocó.

Antonio se dio la vuelta, con los brazos cruzados sobre el pecho.

—¿Y si te dijera que es mucho más?

Teresa notó que una de sus cejas daba un salto hacia arriba.

—¿Por ejemplo?

Unos golpecillos respetuosos le hicieron darse la vuelta hacia la puerta abierta. Teresa se encontró con una mirada preocupada, que a duras penas logró sostener la suya.

—Hombre, inspector Marini —dijo—, casi había perdido la esperanza de verte hoy en el trabajo.

—Le pido disculpas por el retraso, comisaria.

Marini entró saludando a Parri con un gesto de la cabeza. Presentaba todo el aspecto de quien sabe que carece de excusa. Teresa había estado muy preocupada por él, de modo que ahora, ya más aliviada, tenía ganas de abofetearlo.

Lo miró mejor. Ni siquiera el azul de la camisa y el bronceado dorado de la piel conseguían enmascarar el cansancio de una noche de insomnio. Y no había sido ciertamente la fogosidad de un encuentro amoroso lo que lo había mantenido despierto. Estaba segura de eso, porque su mirada estaba perdida: Massimo tenía miedo.

—Te he llamado. Dos veces —dijo secamente.

—Comisaria, me ha surgido un problema.

—¿Solo uno? Tú no tienes un problema, tú *eres* el problema, si sigues así.

—Yo...

—Ahora no, Marini —Teresa lo interrumpió y se volvió hacia Parri—. El doctor Parri tiene novedades que estaba a punto de contarme.

El médico forense los observó uno a uno. Primero a ella, luego al inspector, y otra vez a Teresa.

—¿Alguien os ha dicho alguna vez que hacéis una buena pareja? —preguntó, divertido.

—Adelante, Antonio.

—Tenemos los resultados de los primeros análisis realizados a la *Ninfa*. La sangre no es compatible con la de Andrian. Ya lo sospechabas, pero ahora es una certeza. Me he limitado a comparar los resultados con los de sus últimos exámenes médicos proporcionados por su sobrino: el tipo de sangre es diferente.

Ella asintió.

—Es una confirmación importante, aunque me lo esperara —dijo.

—Para las pruebas genéticas hará falta más tiempo, pero puedo darle noticias oficiosas, en todo caso.

Por la satisfacción con la que se lo dijo, Teresa intuyó que debía tratarse de algo fundamental para la investigación.

—La sangre pertenecía a una mujer.

Los ojos de Teresa se apartaron de la cara del médico forense para buscar otra vez la pintura.

—No creo que esto sea un simple dibujo —dijo Parri—. Creo que es el retrato de la víctima. La *Ninfa durmiente* existió realmente y murió el 20 de abril de 1945.

—Sugestiva hipótesis, pero desprovista de certezas —murmuró Teresa, por más que supiera que en ese momento estaba haciendo de abogado del diablo. Refutaba su propio pensamiento, para someter a prueba su validez. Miró a Marini a los ojos. También él pensaba que la *Ninfa* había vivido realmente.

—Es una hipótesis, claro, pero ¿te sientes capaz de descartarla? —le preguntó Parri.

Teresa respiró hondo.

—Esto lo cambia todo —dijo.

Aquello cambiaba el curso de la investigación, dándole un nuevo impulso, y cambiaba también su forma de abordar el caso. Ahora tenía la cara de una víctima delante. Podía escuchar su último aliento, contemplarla mientras la vida la abandonaba.

La hirió de muerte y luego la vio apagarse mientras la retrataba. Hundió los dedos en su corazón.

Se puso un guante de látex. Dejó deslizar los dedos sobre la *Ninfa* y sintió un escalofrío a la altura de la nuca.

La *Ninfa durmiente* tenía los ojos cerrados, pero de haber estado abiertos, Teresa sabía lo que vería en ellos: una sombra densa, la de la muerte inclinada sobre la vida. Y también sabía lo que esos labios habrían susurrado si el papel se hubiera hecho carne.

Ayúdame.

Iba a ayudarla.

Búscame.

Iba a encontrarla.

Notó que Marini se acercaba por detrás de ella.

—Un asesinato en tiempos de guerra —le dijo—. Probablemente desapareció y el cuerpo nunca fue hallado. O, si la encontraron, se pensaría en la violencia de algún soldado. Será difícil hallar evidencias de alguna denuncia al respecto. La gente pensaba en sobrevivir, en esconderse de los alemanes.

—Yo también creo que no descubriremos expedientes olvidados sobre un caso que nunca llegó a abrirse —concordó él—. De haberlos estarían en un museo. Quizá podamos encontrar algún artículo en los periódicos de la época.

Teresa tapó el cuadro con una película protectora y se quitó el guante.

—Ya lo he pensado, pero estamos hablando de una zona de montaña escasamente poblada, no de una ciudad. Los nazis estaban enfurecidos por el desenlace de la guerra, preparándose para una sangrienta retirada. Apuntaron a las sombras detrás de las ventanas de las casas. Dudo que ningún periodista haya escrito artículo alguno al respecto. La gente desaparecía y moría todos los días.

—¿Por qué crees entonces que el juez Crespi quiere aclarar el caso de todas formas? —preguntó Parri.

—Porque el presunto asesino sigue vivo y es un pintor de cierta fama. Porque se volvió loco después de pintar un cuadro con la sangre de una víctima desconocida. Y casualmente, ese cuadro es también su obra más hermosa y deseada. Hay material para que se le eche encima la prensa tan pronto como se entere. Crespi no podría archivar el caso ni aunque quisiera.

—Lo sospechaba desde que el fiscal te llamó a ti, como si fuera un caso urgente.

Teresa limpió los cristales de sus gafas con el borde de la blusa.

—Ya sabes que Gardini tiene mucha fe en mi intuición —dijo—. Cuando un caso parece no tener pies ni cabeza, no se le ocurre llamar a nadie más.

En realidad, no era «intuición» la palabra que el fiscal empleaba en sus conversaciones privadas. Era una especie de oscura empatía que Gardini parecía admirar. Los muertos palpitaban en los pensamientos de Teresa. Se convertían en sus compañeros de noches insomnes. La instaban a no detenerse, a buscar una respuesta para su final.

—Tengo que hablar con el comisario jefe —le dijo a Marini—. Inmediatamente.

—¿No te has enterado? —intervino Parri. Su expresión la dejó helada—. Paolo ha sufrido un infarto, Teresa. Está en el hospital desde esta mañana.

11.

Teresa había leído hasta la extenuación cada opúsculo y cartel informativo de la sala de espera del servicio de cardiología. No recordaba una palabra siquiera, pero en este momento era el último de sus problemas.

Paolo Ambrosini no solo era su superior. Era un amigo al que había corrido el riesgo de perder, sobre quien quizá no había velado lo suficiente. Se sintió culpable por haber subestimado su ausencia: Paolo no era de esos que faltan a una cita sin una razón seria. Pero ella, pensó abochornada, estaba demasiado concentrada en sí misma para darse cuenta.

Por pura suerte, Ambrosini había salido bien parado. Ya lo habían sacado de cuidados intensivos.

—¿Café? —le preguntó Marini.

—No.

—¿Agua?

—*No.*

—¿Mi cabellera?

Teresa lo miró por fin.

—¿Por qué no dejas de tocarme las narices? —le preguntó.

—Me sorprende usted. Lo normal es que hubiera dicho «las pelotas».

Teresa maldijo en voz baja y revolvió en su bolso en busca de un caramelo. Tan solo encontró docenas de envoltorios vacíos. Imprecó de nuevo.

Marini se sentó a su lado, cruzó las piernas y se sacó del bolsillo un paquete de gominolas de fruta. Lo agitó ante sus ojos, pero cuando Teresa intentó agarrarlo, retiró la mano.

Ella cerró los ojos.

—¿Se puede saber qué es lo que quieres? —preguntó.

—Que me perdone.

—¿Pero te estás oyendo? No soy tu madre. ¿Cuántas veces te lo habré dicho?

—Ni siquiera me ha preguntado por qué he llegado tarde.

—Marini, dejé de hacerme preguntas sobre ti desde tu primer día de trabajo.

—Chorradas. Noto siempre su aliento en el cuello.

Ella aprovechó un momento de descuido, se levantó y le quitó las gominolas.

—Entonces, ¿no me pregunta nada? —insistió él.

—¿Para qué, para obligarte a mentir a uno de tus superiores?

Él no respondió. Teresa abrió el paquete y se metió una gominola en la boca.

—Algo te está consumiendo, inspector —dijo mientras masticaba—. Desde hace semanas. Algo que te vuelve nervioso y evasivo, que te hace controlar tu móvil con demasiada frecuencia mientras trabajas.

—Nunca he descuidado mi trabajo.

—Aparte de esta mañana... Algo que probablemente provenga de tu pasado y que no has llegado a resolver. Te obligó a huir y a esconderte aquí, pero no deja de estar presente.

Marini no replicó.

—¿Qué, inspector? —le provocó Teresa—, ¿todavía estás ansioso por hablar del asunto?

Él se puso en pie de golpe.

—¿Por qué no hablamos de usted, comisaria? —espetó.

—¿De mí?

—De la forma en que mantiene a todo el mundo a distancia, como si su vida peligrase si sintiera algo por otro ser humano. Hablemos de su carácter: odioso. De la manera absolutamente no profesional con la que maneja a todo el equipo, como si fuera la dueña de cada uno de nosotros. Usted también tiene un secreto, ¿o es que cree que no me he dado cuenta?

Teresa no podía creer en un acto de coraje tan estúpido.

—¿De verdad quieres desafiarme? —le preguntó.

—¿Y el diario? Hablemos de la forma tan compulsiva con la que lo apunta todo en ese maldito diario. ¿Qué es lo que escribe, eh?

Teresa dejó que se desahogara. Estaba tan tenso y enfurecido que parecía a punto de echarse a llorar. Se preguntó la razón de tanta rabia y hacia quién. Cuando por fin él se calló, respondió con calma.

—Escribo lo idiota que eres, Marini.

Una enfermera reclamó su atención con unos golpes de tos.

—Señora —le dijo—, el paciente la espera.

Teresa miró a su amigo, acostado en la cama con el pecho salpicado de sensores de monitoreo. Céreo, arrugado. Parecía un hombre viejo, embutido en la bata del hospital.

Se sentó al lado de la cama, tomó su mano e inmediatamente él se la estrechó.

—Teresa, gracias a Dios que estás aquí. Necesito hablar contigo...

—¿Dónde quieres que esté? Pero podrías haberme advertido que tenías intención de reventar. Sabes que me cuesta trabajo correr.

—No ha sido muy grave, pero quieren que haga meses de rehabilitación. *Meses, ¿*entiendes?

—Y tú obedecerás. El resto puede esperar.

Él le hizo un gesto para que acercara el rostro.

—Tenía que hablar hoy contigo acerca de una cosa —dijo—. Un nuevo recurso. Tienes que ir a conocerla esta tarde. Es importante.

—¿Recurso? ¿Un nuevo agente?

—No...

—¿Un colaborador externo?

—No exactamente...

—Paolo, no te entiendo.

—Bueno, no es un procedimiento del todo regular. Gardini está al corriente, te lo explicará todo.

Teresa no insistió.

—Si no es un procedimiento regular, por mí estupendo —bromeó.

La mano de Ambrosini apretó la suya con más fuerza.

—Hay otra cosa, Teresa. Ya han designado a mi sustituto.

Ella asintió con la cabeza.

—Santi —dijo, mencionando al adjunto del comisario jefe.

—No. Han propuesto otro nombre.

La forma en que lo dijo, la preocupación de su mirada alarmaron a Teresa. Era como si ya lo supiera, como si esperara ese regreso que era dolor y un recuerdo imborrable. Sintió que la piel del rostro se le tensaba sobre los huesos, que su cuerpo se encogía dispuesto para la huida.

—¿Quién? —preguntó en un susurro.

—Albert. Lo siento, Teresa.

12.

Albert Lona.

Unas pocas sílabas que Teresa no se había permitido pronunciar ni siquiera mentalmente, desde hacía ya mucho, desde lo que parecía una vida entera.

Apresuró el paso por los meandros del hospital, víctima de náuseas, apenas consciente de la presencia de Marini tras ella. Le hubiera gustado despedirlo, asignarle cualquier tarea con tal de no seguir afrontando su actitud inquisitiva, pero tenía que aceptar la verdad: con él a su lado se sentía más segura.

Ya no podía conducir sin temor a causar quién sabe qué daño en un momento de confusión. Incluso tomar algún medio público, moverse sola por la ciudad, podría llegar a ser muy arriesgado en caso de un apagón, para ella y para los demás. Odiaba admitirlo. Odiaba depender de alguien.

Y ahora Albert había vuelto a su vida.

Las náuseas corrían el riesgo de convertirse en arcadas. Teresa se detuvo, respiró hondo, pero el aire preñado de desinfectante del servicio no le sentó bien. Sentía que la cabeza le daba vueltas, una sensación de vacío que le subía por las piernas.

—¿Comisaria...?

La voz de Marini sonaba muy lejos.

Teresa cerró los ojos. Los abrió de nuevo.

Todos los pasillos le parecían iguales. No tenía idea de qué camino tomar, no sabía por dónde había venido. No podía recordar adónde quería ir.

Giró sobre sí misma, despacio, como si viera el mundo que la rodeaba por primera vez.

—¡Comisaria!

Teresa levantó una mano y la vio temblar. En la muñeca, el brazalete de plata relucía, sugiriéndole su nombre. Sí, lo recordaba. Era todo lo demás lo que había perdido su sentido. Al mismo tiempo, imágenes excesivamente nítidas del pasado habían empezado a sacudirla como bofetadas. La cicatriz del vientre, debajo de la ropa ligera, parecía despertar de su letargo y arder como si fuera reciente.

La salida de emergencia reclamó su atención. Teresa se lanzó hacia ella, abriéndola con las dos manos, y se encontró en los jardines que rodeaban el hospital.

El sol, el aroma de las flores de tilo, el canto de los tordos la ayudaron a respirar. Rebuscó en el bolso y sacó el diario. Lo hojeó con urgencia, hasta encontrar lo que estaba buscando.

Leyó repitiendo las palabras en sus labios una y otra vez, como un mantra.

—Voy a llamar a alguien —oyó decir a Marini.

Lo detuvo, con una mano sobre su brazo.

—«Unos agentes de policía han de irrumpir en una casa para detener a un criminal» —leyó—. «La única información de la que disponen es su nombre: Adamo. Cuando entran, encuentran a un mecánico, un bombero, un médico y un fontanero jugando a las cartas. Detienen al mecánico sin dudarlo. ¿Por qué?»

Marini la miró como si estuviera loca.

—Si su intención era asustarme, lo ha conseguido —dijo.

Teresa se esforzaba por concentrarse en el acertijo para cerrar el agujero negro de su cabeza que parecía querer devolverlo al olvido junto con los recuerdos.

Calma la respiración. Vuélvete más metódica. Supera el vacío.

Aferró el brazo de Marini.

—¡Aaayyy!

—¿Por qué? —lo animó, y era como si se animara a sí misma—. ¿Por qué van directamente hacia él?

Marini levantó la mirada al cielo.

—¡No lo sé! Tendrían alguna otra pista.

—Nada de pistas. No hay más información que la que te he dado.

Él resopló.

—¿Tenía una X impresa en la frente? —bromeó.

Teresa lo soltó, dio unos pasos. Luego reflexionó, con una sonrisa de alivio, mirándolo.

—Sí, desde luego, tenía una X impresa en su rostro. Más concretamente, XY.

—Está delirando, ¿se da cuenta?

Teresa se echó a reír.

—Era el único hombre, Marini, por eso lo reconocieron de inmediato.

Él se quedó atónito.

Teresa le dio unas palmaditas en el hombro.

—Ya se ve que te cuesta imaginar a una mujer emancipada, ¿eh?

El recuerdo de su primer encuentro y del error en el que había incurrido seguía siendo una provocación para su cáustico sentido del humor.

Fue a sentarse en un banco. Marini se unió a ella.

—¿Qué ha pasado allí dentro? —le preguntó al cabo de un rato, sin obtener respuesta—. Me ha parecido entender que las condiciones de salud del comisario Ambrosini son graves. Lo siento, sé que les une una larga amistad.

Teresa enderezó la espalda. Su amigo no estaba tan mal en realidad, pero si la crisis que había provocado un cortocircuito en su mente y la conmoción por ese inesperado regreso de un pasado horrible podían pasar por pesar y preocupación, entonces tal vez fuera conveniente engañar al pobre Marini.

Asintió.

—Insistir en obtener más detalles sería inútil, supongo —continuó él.

—Esperemos que todo vaya bien —dijo Teresa entonces—. Desde hoy hay un nuevo comisario jefe y no es el adjunto Santi.

—Me han avisado hace poco. De Carli dice que Lona quiere verla. Inmediatamente.

A Teresa se le escapó una carcajada que no tenía nada de alegre.

—De modo que ya ha llegado, pues. No me cabía la menor duda al respecto —contestó, pero no se movió.

Marini la examinó y luego entendió.

—Oh, no. *No* —dijo él—. No me gusta esa mirada.

Teresa se levantó.

—Me temo que el comisario Lona tendrá que esperar. Tenemos otras cosas que hacer.

—A ver si lo entiendo: ¿no tiene intención de presentarse ante el nuevo comisario jefe?

—No, por el momento, no.

—¿Puedo saber la razón? También se trata de mí, ¿no le parece? Me está pidiendo que haga caso omiso de un superior.

Teresa resopla.

—Santo Dios, Marini, qué pesado eres.

Él se masajeó los ojos.

—¿Adónde quiere ir entonces? —le preguntó.

—Tenemos un caso a la espera de ser resuelto.

—Ah, bueno, entonces necesitamos bastante suerte. Es un caso imposible de resolver —murmuró, melodramático como siempre.

Por toda respuesta, Teresa se metió otra gominola de fruta en la boca. Le daba rabia tener que darle la razón, pero ella había pensado lo mismo. Sin embargo, sabía que era un caso igualmente imposible de archivar. El juez instructor nunca emitiría el decreto, sin tener primero una certeza razonable de haber hecho todo lo posible para aclarar cómo y por qué esa sangre y el tejido cardíaco habían ido a parar al papel de una pintura. Hacían falta ulteriores indagaciones.

—Quizá no se asesinara a nadie —prosiguió Marini—. Pudo haber sido un accidente.

Teresa lo mira de reojo.

—Y a Andrian, a quien le asaltó una repentina inspiración, pillándole con pocas reservas de color, le pareció lo más conveniente usar la sangre como sustituto. Sí, claro, al fin y al cabo, ¿quién no lo haría? —dijo.

—¿No cree que sea posible?

—No, Marini. No lo creo —movió una mano en el aire, como para girar la rueda de las deducciones que la habían conducido a la conclusión—. Me lo dice la sangre. Sangre brotada de un corazón. ¿Hay un simbolismo más poderoso?

—¿Alguien le ha dicho alguna vez que tiene un gusto marcadamente macabro?

Teresa no respondió.

—¿No creerá de verdad que podemos resolverlo? —insistió Marini.

Ella fingió pensar.

—Suena como un desafío, inspector. Ahora que lo has dicho, sí, eso es exactamente lo que vamos a hacer.

Él negó con la cabeza.

—Ya me parecía extraño que no se lo tomara como algo personal.

—Tomarme las cosas como algo personal es lo que mejor se me da.

—Nunca he tenido dudas al respecto, comisaria.

—Una de tus pocas certezas, en definitiva. Levántate. Vayamos a ver a la única persona que sabe lo que sucedió el 20 de abril de 1945.

Marini puso casi los ojos en blanco.

—¿Alessio Andrian? Si no puede hablar.

Teresa hizo una mueca.

—Os empeñáis en repetírmelo, pero os aseguro que ese detalle no me ha pasado desapercibido.

—Sigo diciéndoselo porque insiste usted en hablar con alguien que no está en condiciones de responder.

Teresa pensó en su oscura empatía. En los labios abiertos de la *Ninfa*.

—Hasta los muertos tienen mucho que decir —susurró—. Si por lo general consigo intuir sus palabras, tal vez pueda hacerlo también con las de Andrian.

13.

La casa de los Andrian estaba fuera de las murallas de una antigua población que se alzaba en las faldas de colinas bordadas con hileras de vides, donde las fincas se alternaban con bosquecillos de acacias fragantes y tilos centenarios. Se decía que el primer núcleo de la pequeña ciudad había sido fundado por Julio César. La estatua del emperador romano campeaba en la plaza mayor. El cardenillo teñía el bronce de la loriga musculosa del *imperator* y los pliegues de su manto, y descendía con huellas más sutiles sobre las rodillas fuertes, hasta las *caligae* que ceñían los pies y los talones. Alrededor del monumento, la piedra de Istria de arquivoltas, capiteles y ventanas de doble lanceta adornadas con espirales brillaban bajo la luz densa de la tarde que embestía de través los edificios, vestigios de la posterior dominación longobarda.

Teresa tenía el rostro fuera de la ventanilla, el aire azotaba sus mechones rojos alrededor de la cara mientras el coche se deslizaba por las calles del casco antiguo. Marini conducía sin prisa, solo una mano apoyada en el volante, silencioso él también, aunque sombrío.

Al final, sin decirse nada, habían alcanzado un acuerdo: ninguno de los dos presionaría al otro para que confesara lo que le preocupaba. Teresa se preguntó cuánto duraría esa tregua y durante cuánto tiempo podría mantener engañada precisamente a la persona con la que más tiempo pasaba.

Dejaron el centro y cruzaron el puente del Diablo, un arco de piedra tendido sobre un desfiladero que daba vértigo. La leyenda contaba que había sido construido por el propio Satanás en la garganta tallada por el río, de un intenso color turquesa. Reclamó un alma, Lucifer, como compensación por su trabajo.

El automóvil se encaramó por una colina arbolada, con la voz monótona del navegador de fondo. El sol todavía estaba en lo alto, pero el crepúsculo enriquecía la luz con los tonos más saturados de la puesta de sol, por más que faltaran aún algunas horas para la noche. Era una radiación más dorada, líquida, que descendía a través del follaje como gotas que rebotaban en la carrocería del automóvil. Las sombras quedaban relegadas en los bordes del campo visual, pero eran intensas. Aguardaban para extenderse sobre el mundo, cada minuto un poco más que el anterior. El paisaje era una paleta de contrastes, de luces y sombras, de olores florales y marcescentes. El sotobosque estaba húmedo y rezumaba antes que el resto el cambio de temperatura y la transición a la oscuridad. Algunos pétalos se desprendían de los racimos fragantes de las acacias y revoloteaban por la carretera.

Marini también bajó la ventanilla. El aire era tibio, pero algunas repentinas ráfagas de viento acarreaban ya cierta idea de frescor que pellizcaba la piel. Podía respirarse la noche, al borde del bosque.

La casa de los Andrian apareció unas cuantas curvas después, en la cima de la colina. Era una antigua edificación rural, de piedras cuadradas y claras, perfectamente conservada. Tenía todo el aspecto de una alquería.

Una hilera de vides recorría toda la fachada, nudosa y antigua, y se unía a una pérgola de glicinias que acogía una mesa y algunas sillas de hierro forjado. Las flores de color violeta, aunque no fueran más que brotes, esparcían ya por el aire su característico aroma a pimienta. El patio de grava se abría en abanico por delante de la casa. Un perro somnoliento estaba tumbado en la entrada. Con la llegada del automóvil, se limitó a levantar una oreja, pero la dejó caer poco después.

Marini aparcó y por un momento ambos contemplaron la vivienda.

Raffaello Andrian era el heredero de una propiedad notable, de falso aspecto rústico. Lo que había sido un símbolo de pobreza y esfuerzo en el pasado era considerado ahora por la mayoría como un sueño inmobiliario.

Bajaron y miraron a su alrededor. Más abajo, a lo largo de la cresta, donde el verde de la hierba moteada de margaritas quedaba interrumpido por el brillo de un canal, una garza gris se elevó en vuelo con lentos latidos de alas. La quietud del campo se veía alterada por el zumbido de las abejas, puntos dorados e incansables entre las corolas oscilantes.

—Puedes oler el néctar que llevan —dijo Marini, inspirando.

—El néctar no huele, poeta —dijo Teresa.

Él la miró. Parecía escéptico.

—¿Cómo que no huele?

—De hecho, suponía un gran problema para las plantas. De alguna manera tenían que hacerlo atractivo. Lo resolvieron de manera genial: con cafeína.

—*¿Cafeína?*

—He leído que a los insectos les vuelve locos. Si se afanan tanto es a causa de la cafeína. Cuando se completa la polinización, para deshacerse de ellos, las plantas aumentan su producción hasta que se vuelven asquerosas. Fascinante, la percepción que tienen del mundo.

—Bienvenidos.

Se dieron la vuelta y se encontraron con la tímida sonrisa de Raffaello Andrian. El joven pasó por encima del perro y fue a su encuentro. Se restregó la mano en sus vaqueros antes de estrechársela.

—Lo siento, estaba trabajando en el desván —dijo.

—¿Todavía limpiando? —preguntó Teresa.

—Sí, hay mucho que arreglar. Nadie había subido allí durante décadas.

—No me diga que ha encontrado otras pinturas —bromeó ella, pero con una nota de sincera curiosidad.

Raffaello se rio de la ocurrencia.

—No, comisaria. Ningún otro cuadro misterioso. Entremos, paso yo primero, síganme.

El vestíbulo era un salón umbrío. Largos visillos de encaje ondeaban ante las ventanas abiertas, que dejaban entrar el calor irradiado por la piedra y los aromas de la naturaleza. El suelo de cerezo era tan brillante que reflejaba los muebles, que debían de tener un siglo de antigüedad por lo menos. Estaban hechos de madera maciza, con las esquinas redondeadas por el uso, algunos minúsculos orificios de carcoma en los estantes. En un sofá de chenilla descansaba una pareja de gatos siameses. Los animales observaron a los invitados con recelo. Ellos también tenían un aire de tiempos pasados.

El propietario pareció intuir los pensamientos de Teresa.

—Mi familia ha vivido aquí desde hace muchas generaciones —explicó—. Primero campesinos, más tarde comerciantes. Mi abuelo fue el primero que no trabajó la tierra para fundar un negocio familiar. Construyó su despacho donde antes estaba el gallinero.

—¿Qué clase de negocio? —quiso saber Teresa.

—Importación de madera, principalmente de Eslovenia y Bosnia-Herzegovina.

—¿Trabaja usted también en el negocio familiar?

—Sí.

—¿Y cómo se encuentra?

Se lo preguntó instintivamente, cuán instintiva era su simpatía por él. Teresa nunca había entendido cómo era posible seguir los pasos de otra persona en la elección del trabajo, que era algo tan personal y difícil.

—Me encuentro bien —respondió el joven—. Desde que era niño me veía haciendo este trabajo.

—De modo que tuvo suerte.

Raffaello Andrian sonrió.

—No, comisaria. No fue suerte. El tío Alessio se encargó de todos nosotros.

Teresa no estaba segura de haber entendido correctamente.

Raffaello Andrian les indicó que lo siguieran a otra habitación. Era más pequeña que la anterior. Una sala de estar íntima, con una chimenea que albergaba un jarrón de peltre con rosas, dos sillones y una pequeña mesa en la que estaban apilados algunos libros. Pero lo especial era lo que había en las paredes.

Andrian señaló los cuadros, seis en total.

—Mi padre y yo pudimos recuperarlos y traerlos de vuelta a casa. En el caso de los otros cuatro no fue posible: precios demasiado altos o propietarios inflexibles.

—¿Se perdieron durante la guerra? —preguntó Marini.

—No. El tío Alessio quiso venderlos para ayudar a su hermano, que estaba en la miseria y tenía una esposa y un hijo pequeño que mantener, mi padre. Su fama era notable, aunque nunca había hecho nada para buscarla. Ya se había retirado del mundo.

—¿Cómo era posible entonces que fuera conocido?

—Un soldado estadounidense se fijó en los dibujos que los compañeros de Alessio habían traído de los campamentos de las montañas. En la vida civil era conservador de museos y experto en arte. Escribió un artículo para una revista del sector sobre el «pintor partisano» y la locura que la guerra le había dejado como dote. Coleccionistas y comerciantes de arte se volvieron locos por él.

Teresa estaba confundida.

—Ha dicho usted que su tío quiso vender las pinturas para ayudar a la familia, pero, según tengo entendido, Alessio Andrian enloqueció inmediatamente después de que lo encontraran —dijo.

—Y así fue. No hablaba, parecía haber perdido la audición también. No quería comer. Estaba muerto por dentro, aunque se hubiera curado de las fiebres cerebrales. Sobrevivía en otro mundo, no se comunicaba de ninguna manera. Sin embargo, mi abuelo me dijo que un día encontró uno de los cuadros en la cocina, envuelto en papel de periódico. Parecía como si alguien lo hubiera preparado para enviarlo a alguna parte, pero no había dirección en el paquete. Mi abuela dijo que no sabía nada. Mi padre era demasiado joven para sostenerlo incluso en las manos. Solo podía haber sido Alessio, pero pedirle explicaciones fue inútil, como puede imaginarse.

—¿Qué hizo su abuelo?

—Desembaló el cuadro del papel y lo volvió a colocar en su lugar.

—¿Y...?

—A la mañana siguiente se lo encontró otra vez sobre la mesa, envuelto en el periódico y atado con una cuerda. Junto con otros cuatro.

A Teresa le costaba creerlo.

—¿Alessio Andrian había preparado los paquetes durante la noche? —preguntó.

Raffaello rozó un cuadro.

—Hizo mucho más, comisaria. Mi tío salió de su habitación por la noche, por primera vez en cinco años, para decirle a su familia que vendiera las pinturas. Para dejar atrás la miseria. Lo nuestro no fue suerte, ya se lo he dicho. Fue un acto de amor: el suyo.

Teresa no sabía qué decir. Había notado la profunda emoción en la voz del sobrino nieto de Andrian.

—¿Lo vieron? —preguntó, sin saber si atreverse o no a entrar con tanta determinación en la intimidad de una familia.

El joven asintió.

—Lo vio su hermano. Lo esperó cuando todos los demás dormían. Mi abuela encontró a su marido en la cocina a la mañana siguiente. Estaba llorando, con la cara apoyada en los cuadros embalados de nuevo. Alessio, en cambio, estaba en su habitación, de

81

donde nunca volvió a salir. El llanto de mi abuelo era un llanto de conmoción.

—¿Hablaron su hermano y él?

—No. Mi abuelo no se dejó ver, permaneció siempre oculto. Dijo que no se sintió capaz de aparecer. Lo que vio y oyó fue tan... difícil de soportar, que no quiso humillar a su hermano depositando sus ojos en él. Eso fue lo que dijo.

Teresa no pudo parar.

—¿Qué fue lo que vio? ¿Qué escuchó?

Raffaello Andrian se pasó rápidamente una mano por los ojos

—Imagínese a un hombre que hace años que no da un paso, que hace años que no habla. Por propia voluntad —murmuró—. Imagínese sus esfuerzos por sostenerse sobre músculos ya atrofiados y realizar incluso el más pequeño movimiento. Los lamentos, la frustración de tener que dedicar horas a lo que una persona normal haría en pocos minutos. Imagínese hacer todo eso por una sola razón: dar de comer a su familia. Verlo, para mi abuelo, fue desgarrador y al mismo tiempo increíblemente tierno.

Teresa no respondió. Se sentía afectada por el recuerdo de aquel chico y aún más por la emoción que se dibujaba en sus facciones.

—Les voy a dejar solos un par de minutos —anunció Andrian—. Mientras tanto, pueden echar un vistazo a las pinturas, si les apetece, luego los llevaré a ver a mi tío.

—Gracias.

Teresa lo vio desaparecer en el otro salón. Estaba casi segura de que se había tomado algo de tiempo para manejar la turbación que lo había invadido.

—Estaba a punto de echarse a llorar —dijo Marini en voz baja.

—Y nosotros le dejaremos recuperar el control —murmuró ella.

Se acercó a los dibujos. Eran motivos clásicos, en su mayoría paisajes, pero tenían algo increíblemente moderno en su composición, en su concepción alejada de cualquier esquema en cuanto a perspectiva y rasgos. Al igual que la *Ninfa durmiente,* las figuras parecían tridimensionales, a causa de la finura de la técnica de sombreado. En ninguno se había utilizado hematita. Habían sido dibujados al carboncillo y representaban escenas de la vida en la montaña. Aparte de uno, que llamó especialmente su atención.

Era una pequeña historia de guerra. Las palabras que lo revelaban estaban todas allí, encerradas en aquellos signos trazados con pericia. Un chico poco más que imberbe y dos niños de unos siete u ocho años, un niño y una niña, estaban escondidos en la maleza. El niño sostenía un fusil que parecía brotar de sus manos como si acabara de disparar. Por debajo de ellos, en una perspectiva que daba la idea de la profundidad de un valle vertical, un soldado alemán, reconocible por el casco, estaba sentado al borde de un carro e intentaba gobernar con las riendas un caballo asustado por la deflagración.

Las expresiones de los cinco personajes eran de asombro, tan sanguíneas y corpóreas como si quisieran desprenderse del papel: el estupor del chico, el miedo del niño, la confusión del soldado y el pánico del caballo, arqueado sobre sus patas traseras. Y luego la niña, algo apartada, con los ojos muy abiertos y los labios fruncidos.

Teresa buscó otros detalles, como una referencia a un lugar específico, una fecha, ¿cualquier particular que pudiera colocar esa escena en un lugar real y en un tiempo definido, pero solo llevaba la firma: dos delgadas aes mayúsculas que se cruzaban.

Pasó de cuadro en cuadro y cribó cada línea, pero sin éxito. Al final tuvo que rendirse: Alessio Andrian no les estaba poniendo las cosas fáciles, no había diseminado pistas que poder seguir. Anotó en un apunte que había que verificar también los reversos.

El silencio de la tarde avanzada quedó roto con dulzura por algunas notas tocadas en el piano, en otra habitación en la planta baja. La música, al principio incierta como las primeras gotas de un aguacero de verano, fue adquiriendo gradualmente ritmo e intensidad hasta llenar la casa de una melodía apasionada.

Teresa se dejó guiar en el pasillo por los suaves acordes, que vibraban en espirales armoniosas entre las telas y las maderas de la vivienda.

—No es de buena educación —oyó decir a Marini, pero no le hizo caso.

Llegó a una habitación pequeña. Era tan diminuta que apenas podía acoger un piano de cola y a la mujer que hacía bailar sus dedos sobre las teclas. Tenía unos cincuenta años y debía de ser muy alta. El curioso peinado de sus cabellos hacía pensar en una mujer de Europa del Este: la trenza rubia giraba alrededor de su cabeza y terminaba en un gran moño sujeto por una cinta. La ropa, en cambio, era práctica y simple, una blusa blanca y un par de vaqueros. La mujer tenía los ojos cerrados, su cuerpo se balanceaba al ritmo de la música.

—Ella es Tanja —dijo Raffaello Andrian a su espalda—. Ha estado a cargo de mi tío durante casi veinte años. Sin ella estaríamos perdidos.

Teresa se volvió.

—No queríamos husmear, discúlpenos —dijo Marini, incómodo.

—No hay problema, son nuestros invitados —le aseguró Raffaello.

Teresa volvió a mirar a la mujer.

—No soy una experta, pero toca muy bien —dijo.

—Tanja se graduó en el conservatorio de Zagreb. En cuanto tiene ocasión, toca para mi tío, porque dice que a él le gusta y que debemos llenar este silencio.

Teresa buscó los ojos del joven. Decidió ser sincera con él.

—Habla usted de su tío con mucho sentimiento, Raffaello. Y a esta señora le preocupa incluso que no haya silencio a su alrededor. Disculpe si le parezco demasiado directa, pero su tío nunca le ha devuelto sus atenciones. Me ha dicho usted que nunca han escuchado su voz.

—Es cierto.

—Entonces, ¿cómo es posible que lo que les une sea tan intenso? Una relación que nunca se ha alimentado, que nunca se ha cultivado, y que sin embargo sobrevive al silencio y a la ausencia, y es robusta.

Raffaello Andrian sonrió.

—No puedo explicárselo. No soy capaz. Espero que algún día pueda comprenderlo por sí misma, no hay otra manera. Vengan, es hora de que lo conozcan.

14.

La habitación en la que Alessio Andrian había pasado los últimos setenta años de su vida no era como Teresa se la había imaginado. Sin olor a rancio, a muerte inminente. Aireada, luminosa. Tan colorida que no fue él lo primero que notó Teresa, sino los cientos de fotos colgadas en las paredes: parecía como si se hubieran dado cita allí lugares de todo el mundo, para alegría de los ojos de un anciano que ni siquiera los veía.

Alessio Andrian estaba sentado en una silla de ruedas y les daba la espalda, con la cara vuelta hacia el gran ventanal que se abría al bosque de robles y ciruelas silvestres.

—He viajado mucho —contó su sobrino nieto, en un susurro—. Estas fotos las he sacado yo, las puse aquí para que él pudiera ver el mundo a través de mis ojos. Sin embargo, nunca las ha mirado, que yo sepa. Todo lo que quiere ver está ahí fuera, en el bosque. Cualquiera que sea la posición en la que se encuentre, sentado o en la cama, sea de día o de noche, sus ojos siempre buscan la ventana. A veces parecen traspasarla.

Teresa titubeó. No sabía cómo comportarse con esa criatura silenciosa e inerte.

—Tío, han venido a verte —dijo Raffaello, indicando a Teresa y Marini que se acercaran.

Ella dio unos pasos.

—Señor Andrian, me llamo Teresa Battaglia —dijo.

Ella estaba allí para mirar al sospechoso a la cara y escuchar lo que su instinto le sugería. Rodeó la silla de ruedas y se preparó para encontrarse con una mirada minusválida y ausente, velada por el tiempo. Lo que vio, en cambio, fue exactamente lo contrario y eso, por un momento, la desestabilizó.

No era la mirada apagada de un anciano enfermo mental. Los ojos de Alessio Andrian eran dos brasas ardientes, imanes hincados en su rostro enjuto, de huesos fuertes. Su expresión era concentrada, como si realmente estuviera observando algo al borde del bosque, algo que solo él podía ver. No era una mirada vacía ni tampoco benevolente. Era una mirada de fiera.

—¿Señor Andrian? —volvió a llamarlo, un poco más fuerte, para probar su reacción, aunque no fuera más que un estremecimiento.

El hombre no movió una pestaña, ni siquiera como reflejo.

Teresa lo estudió. Era un cuerpo fuerte el que se obstinaba en encerrarse allí dentro. Esa era la impresión que daba, a pesar de su extrema delgadez. Como si los músculos se le hubieran secado encima y la piel los hubiera seguido. No era una carne flácida, vencida por la gravedad, sino una especie de caparazón duro.

El pijama colgaba de unos hombros anchos y rectos. Las manos que descansaban sobre los reposabrazos eran grandes, con dedos largos y armoniosos. Llevaba un anillo en el dedo anular de la mano izquierda: un anillo de hierro, de factura pobre, con dos aes mayúsculas grabadas a mano que se cruzaban. Eran dedos de artista, que, sin embargo, tal vez hubieran matado.

Alessio Andrian fue sin duda alto y atlético. No le debió de resultar difícil imponerse a una chica con una apariencia etérea como la *Ninfa durmiente*. Aún tenía el pelo tupido, canoso y cuidadosamente peinado a un lado.

Teresa se imaginó a Tanja separándoselo con un peine. Metiendo los cándidos pies del anciano en las zapatillas de fieltro y colocándolos en el reposapiés de la silla de ruedas, mientras los ojos de Andrian seguían fijos en el bosque. Con el ceño fruncido, como los ojos de un alma amargada por pensamientos sombríos.

Cuidan de él mientras Andrian los ignora. Siempre, desde hace un tiempo infinito.

Teresa se agachó con esfuerzo al lado del hombre. Detrás de ellos, todavía en el umbral, Raffaello no había dicho una palabra. Marini se había quedado en un segundo plano, pero Teresa sabía que, como siempre, no perdía detalle alguno de lo que ella hacía. Estaba aprendiendo, un poco más cada día, el arte compasivo de ver lo invisible.

—Hemos descubierto de qué está hecha la *Ninfa durmiente* —le dijo Teresa a Andrian—. Su secreto ha salido a la luz. ¿De quién es la sangre?

No esperaba una respuesta. El silencio que siguió no la sorprendió. Estaba buscando otra cosa: pequeños signos que le permitieran comprender que aún había alguien allí dentro y no solo una mente atrapada en algún lugar del pasado, vaciada definitivamente de cualquier otro impulso que no fuera el de respirar.

—¿Es de la chica retratada en el dibujo? Es suya, ¿verdad?

Alessio Andrian parpadeó, por primera vez desde que Teresa lo estaba mirando. Un reflejo natural.

—Creo que fue usted quien la mató, señor Andrian. Por celos, tal vez. O porque no quería someterse a la violencia. Ustedes eran chicos que llevaban semanas, meses, en las montañas. Quién sabe lo que se les pasaba por la cabeza —continuó.

—Comisaria, no creo que sea el caso —protestó el sobrino nieto, pero Teresa lo ignoró. Si quería una reacción, no había lugar para vacilaciones.

—¿No cree que ha llegado el momento de deshacerse de esta carga? —le preguntó.

Nada. Ni el más pequeño estremecimiento.

Entonces sacó una foto del interior de su bolso que colocó en el regazo del anciano.

—Aquí tiene a su *Ninfa* —dijo.

Le sujetó una mano y la colocó en la foto.

—¿Cómo se llamaba? —preguntó—. ¿Lo sabe usted? Imagínese lo que pensaría su familia, al no verla regresar. Lo que sufriría. ¿Murió de inmediato o con una lenta agonía? ¿Se quedó usted mirándola?

Teresa trató de meterse en la trayectoria de su mirada.

—¿Pintó usted el cuadro con la sangre de su corazón? —preguntó.

—¡Comisaria! —reaccionó Raffaello.

Teresa se encontró mirando esos profundos ojos negros y sintió que se hundía en ellos. Parecía como si Andrian le devolviera la mirada, pero no era así. Teresa podía sentir que la atravesaba como si fuera incorpórea y clavaba los ojos en el bosque detrás de ella.

—Comisaria, es inútil. Lo hemos intentado durante años. No le responderá, de ninguna manera.

Raffaello Andrian había hablado sin animosidad, con una profunda compasión. Teresa pensó que era una buena persona, que sentía un auténtico cariño por ese pariente tan misterioso y hostil.

Asintió, levantándose. Se había hecho demasiadas ilusiones.

Intentó recuperar la foto, pero algo se resistió. Ese algo era la mano de Andrian.

La palma apretaba la foto, con tanta fuerza que Teresa no podía quitársela.

Era la señal que estaba esperando.

Se agachó de nuevo. Le pareció que la respiración de Andrian había cambiado de ritmo, era más acelerada. La suya también había tomado carrerilla.

—Te importaba —susurró—. La *Ninfa durmiente* existió de verdad, y tú estabas enamorado de ella.

15.

Para Massimo, volver a la comisaría había sido como regresar al mundo, con su efervescencia prepotente. La casa de los Andrian, sus habitantes, en cambio, quedaban suspendidos en el tiempo, como el polvo que brilla a contraluz y parece no posarse nunca.

Setenta años, pensó, había esperado ese hombre para hacer un gesto ordinario como retener una foto.

Setenta años.

Alessio Andrian emanaba un carisma que Massimo rara vez había visto. Su mirada encerraba algo rabioso en la jaula del iris. A aquel hombre lo recorría una violencia silenciosa.

Abrió la puerta del lado del pasajero. La comisaria Battaglia todavía estaba escribiendo en su diario, no había hecho otra cosa durante el trayecto. Massimo, en cambio, no había dejado de pensar en Elena. No lo había buscado y él no sabía si sentirse aliviado o preocupado. Tarde o temprano, tendría que lidiar con sus propios sentimientos.

Teresa Battaglia se bajó, con cierta dificultad, y miró el edificio como si fuera algo vivo. Sus ojos se centraron en una ventana con las persianas echadas. Era la del comisario jefe.

—Pronto se verá obligada a explicarme lo que está sucediendo —le dijo Massimo.

Cuando le pasó por delante, ella le tiró de la corbata.

—A lo mejor lo averiguas por tu cuenta, Sherlock.

De Carli y Parisi los recibieron tan pronto como las puertas del ascensor se abrieron en el tercer piso.

—Buenas noches, comisaria. Inspector —los saludaron.

—El comisario jefe Lona ha vuelto a preguntar por usted —dijo De Carli, sin perder tiempo.

La comisaria no respondió.

—¿Ha mandado algo Ambrosini? —preguntó en cambio a Parisi. El agente le pasó un expediente que ni siquiera abrió, y continuó caminando. Al cabo de unos pocos pasos, se volvió.

—Podéis iros a casa. Todos. Nos vemos mañana por la mañana.

Massimo vio a sus colegas despedirse, pero no se movió.

Ante la expresión inquisitiva de ella, hizo un gesto hacia la puerta que tenía detrás y respondió:

—Yo la espero.

La comisaria le puso un dedo en el pecho.

—¿Quieres ser de ayuda? —dijo—. Vete a casa, resuelve los problemas que te atormentan y vuelve mañana, porque habrá mucho que hacer. Te quiero concentrado.

Él no obedeció.

Teresa Battaglia lo tomó entonces del brazo.

—¿Quieres saber quién está allí dentro? Un profesional despiadado. Un policía que no ha trabajado en equipo en toda su vida, y que escrutará nuestro trabajo bajo el microscopio, cada minuto de cada día que pase aquí. Porque él y yo tenemos cuentas pendientes y ha venido a cobrárselas —le soltó—. Ten cuidado con él, siempre —dijo en voz baja—, incluso cuando parece que te tiende una mano, en realidad estará tratando de hacerte prisionero.

Massimo nunca había escuchado tanta urgencia en su voz. Le estaba poniendo en guardia sobre lo que creía que era un peligro. Un peligro grave e inminente.

Frente a la puerta del despacho, le pareció verla dudar antes de llamar. No era algo propio de ella.

Se preguntó una vez más quién era ese hombre y por qué parecía ser el único en el mundo capaz de turbarla.

Teresa Battaglia se volvió para mirarlo de nuevo. En su rostro, detrás de un asomo de falsa sonrisa, Massimo entrevió una sensación que fue incapaz de descifrar, pero que era tan fuerte como para alterar sus rasgos.

La comisaria llamó con decisión a la puerta, solo una vez.

No esperó la respuesta. Entró.

Cruzar el umbral, compartir el aire con aquel hombre una vez más, significaba para Teresa permitir que el dolor volviera a terminar lo que había comenzado treinta años antes.

La habitación estaba en penumbra. La puesta de sol se filtraba a ramalazos cobrizos por las venecianas echadas, como una mampara levantada contra el mundo.

Él estaba sentado detrás de la pantalla del ordenador, con las manos entrelazadas por delante de la boca. La luz azulada del monitor esculpía sus rasgos. No había cambiado mucho desde entonces. Las décadas solo le habían moteado el cabello, reforzando su figura, como si el tiempo se hubiera aferrado a él, capa tras capa.

Albert Lona hizo caso omiso de su presencia. Teresa estaba segura de que no la invitaría a sentarse. Debería permanecer de pie, expuesta a su juicio silencioso. Con los kilos de más, las frases de despedida de la juventud grabadas en la cara, el cansancio del final del turno, el cuerpo exhausto perforado demasiadas veces por la aguja de la insulina, las ojeras, la rabia. Y la cicatriz de su vientre que presionaba debajo de su ropa como si dijera: «¿Te acuerdas de mí?».

Por supuesto que Albert se acordaba.

Al final él decidió que había llegado el momento de mirarla. Fue solo un levantamiento de pestañas, nada más.

Si por un momento pudo haberse hecho ilusiones de que treinta años fueran suficientes para enfriar el odio que sentía por ella, para congelarlo en una hostilidad contenida, algo menos feroz, esa mirada le dijo que se había equivocado.

Albert estaba allí por ella, con toda su alma, con todo su corazón. Para aniquilarla.

—Estás muy cambiada —dijo.

Ante el sonido de esa voz, como por un reflejo, ella cerró los ojos un instante.

—Dispara a quemarropa cuanto quieras —contestó. Sabía que no la dejaría marcharse hasta obtener una pequeña muestra de su venganza.

Él pasó revista a su cuerpo, la ultrajó con un examen lento, como si ella fuera solo esa cáscara de huesos cansados y carne apagada.

—Me pregunto cómo eres capaz de seguir dedicándote a este trabajo —dijo, señalando con el dedo índice su figura redondeada, con las manos aún entrelazadas.

Teresa no respondió a la provocación. No era el momento. Albert Lona no era un mal fácil de erradicar, requería paciencia.

Él se puso de pie, dando la vuelta al escritorio. Era una criatura brutal que se camuflaba con ropas elegantes y modales refinados.

—Cuando doy una orden —dijo despacio, con su suave cadencia velada por un ligero acento inglés—, pretendo que se me obedezca. Cuando te digo que quiero verte, tienes que echar a correr. Cuando te digo que tienes que hacer algo, tienes que apresurarte a hacerlo. Eso es lo que espero.

Se apoyó en el escritorio. Sus dedos cuidados aferrados al borde le parecieron garras a Teresa.

Lo miró y se percató de que ya no le tenía miedo. El dolor que él le recordaba era devastador, pero era solo dolor.

—¿Tengo que responder también «sí, señor»? —preguntó—. ¿Esperas eso también?

Él inclinó la cabeza hacia un lado, la sopesó.

—Me estoy dando cuenta de que el comisario Ambrosini ha dejado bastante en desorden esta jefatura —dijo—. Creo que es necesario sentar nuevas bases. Necesito conocer a todos aquí y evaluar sus competencias de modo que podamos entender cómo crear nuevas sinergias. Una nueva estructura. Empezaré por tu equipo.

Teresa sonrió ante ese chantaje tan poco noble. Fue hacia la puerta y se volvió.

—Me encanta comprobar que no has cambiado —dijo.

Él levantó una ceja.

—¿De verdad te encanta?

—Sí. Pelear contra ti va a ser mucho más fácil.

16.

Hacía meses que Teresa no salía con la oscuridad. Cuando llegaba la noche, su vida declinaba junto con el sol y se retiraba al corazón de su casa. Tenía miedo de perderse, de no ser capaz de regresar. De vagar, confundida y asustada, buscando ayuda en caras desconocidas.

Lo hizo esa noche.

El taxi la estaba esperando fuera de la comisaría. Montó empuñando una nota con una dirección. Seguía las instrucciones que Ambrosini le había dado desde la cama del hospital, pero por primera vez desde que lo conocía, se preguntó si no sería oportuno hacer caso omiso de la amable y sentida orden de su amigo.

El taxi la dejó en un barrio periférico, cerca de la universidad, donde habían brotado nuevos edificios en los campos llanos junto con algunas tiendas. Una ciudad dormitorio para estudiantes.

Sus pasos resonaron en el vestíbulo, entre filas de bicicletas de toda clase de modelos, estados de desgaste y colores aparcadas en los soportes. Algunas no tenían ruedas, con el bastidor oxidado rodeado aún por cadenas con candados que nadie abriría jamás. Desde un apartamento del primer piso llegaba el bajo atenuado de una canción de indie rock y voces jóvenes. A veces se abría la puerta que daba a la terraza y el velo de opacidad que recubría el sonido caía. Teresa reconoció a los Arctic Monkeys.

El ascensor estaba fuera de servicio. Un letrero firmado por «el administrador» anunciaba su inminente reparación, la fecha era de hace casi tres meses. Alguien había corregido con bolígrafo «el gilipollas».

Subió los cuatro tramos de escaleras tomándose todo el tiempo necesario para no llegar resollando, pero al final pudo darse cuenta de que no había servido de nada. Jadeaba de todos modos.

La planta estaba en silencio.

Llegó al apartamento y volvió a comprobar el número en la nota. Llevaba en el bolso un envoltorio con un regalo muy especial.

Lo miró, dudosa. Se preguntó una vez más si Ambrosini, al confiarle esa entrega tan particular, se había dado cuenta de que aquello podía costarle la carrera.

Llamó y casi de inmediato escuchó un crujido en el umbral.

La puerta se abrió lentamente, con cautela.

Al otro lado había una chica con el pelo azul y el perro más horrendo que Teresa había visto nunca. Se quedó aturdida unos segundos de más, luego apartó la vista, avergonzada por el examen explícito que acababa de hacerle a la joven. Pero inmediatamente se dio cuenta de la tontería que acababa de hacer.

—¿Me trae usted algo? —preguntó la chica, un poco intimidada, con una mano sobre la cabeza pelada del animal, que la miraba con recelo.

Teresa levantó la bolsa. El crujido de celofán guio la mirada de la joven y del perro hacia sus manos. La comisaria se preguntó para cuál de los dos sería ese regalo.

Porque en su interior, marcado por una etiqueta que Parri había tenido cuidado de borrar, había un hueso. Un cráneo humano.

17.

Massimo no conseguía dormir. Dejaba pasar las horas de la noche con los ojos fijos en la espalda de Elena. Ella descansaba en su cama, reclinada de costado. La observaba apoyado contra la puerta.

Cuando volvió a casa, ella ya estaba dormida. Se había demorado en la oficina, tratando de deshilachar energías y rumiaduras hasta sentirse vacío, con tal de no pensar en el hijo que temía y en la mujer a la que amaba pero a la que no podía retener con él.

Había desobedecido a la comisaria Battaglia y la había esperado en el despacho. Ella había vuelto de su encuentro con Albert Lona con una expresión impasible que no la había abandonado en todas las sucesivas horas de trabajo en silencio, el escritorio de él frente al suyo.

Era su forma de castigarlo por hacer caso omiso a sus órdenes.

Pero ¿cómo podía Massimo marcharse, después de haber captado el temblor de los labios, la vacilación de los pasos, la palidez que de repente la había dejado tan frágil y tan sola?

Su pasado era un misterio del que nadie, ni siquiera De Carli o Parisi, quería hablar. Massimo había escuchado murmuraciones acerca de un matrimonio que terminó en tragedia —pero ¿qué clase de tragedia?— y de una existencia dedicada desde entonces a la soledad, al trabajo. A la salvación, sí, pero la de los demás.

Estaba claro que el nuevo comisario jefe formaba parte de ese pasado.

Elena se movió en sueños. Su pelo oscuro contra la blancura de la almohada le recordaba a la *Ninfa durmiente*. Siguió con la mirada la larga línea de su cuello, recorrió el trayecto imaginario entre los omóplatos, bajando hasta las nalgas y luego de regreso.

Pensó en Andrian y en la misteriosa chica del retrato.

Matar a una mujer a la que se dice amar.

Era una contradicción en sus términos, la de borrar de la propia vida a quien la iluminaba y, sin embargo, ocurría todos los días.

El amor que se convierte en drama se celebraba con excesiva frecuencia. Pero siempre eran las mujeres las que morían.

No es amor. Es posesión. Necesidad de controlar.

Mujeres víctimas de malos tratos y abusos, a las que se deja solas y se condena. Mujeres que no habían reconocido el mal, porque estaba justo a su lado. Es difícil enfocar bien y desenmascararlo, cuando tiene el rostro de quien debería cuidar de ti.

Para Massimo era doloroso tratar de ponerse en la piel de un asesino, iluminar los recovecos de una mente con trastorno de personalidad, que se movía como un esquivo animal nocturno, en los límites inestables entre la capacidad de entendimiento y la locura.

Se le vino a la cabeza una historia de la comisaria Battaglia sobre el primer caso que había resuelto, recién entrada en la policía. Un crimen pasional cuyos detalles no recordaba Massimo. Ella había hablado durante mucho tiempo con el asesino y lo que este le había dicho tenía un trasfondo fangoso donde la conciencia se empantanaba. Esas palabras se le habían clavado a Massimo como un lodo tóxico.

«Doce horas de interrogatorio y no había mostrado la menor señal de ceder», la había oído murmurar, con el aire ausente de alguien que regresa mentalmente al pasado. «Entonces aparecí yo. La única mujer, de poco más de veinte años, acababa de incorporarme. Ni siquiera sabía qué camino tomar.»

Massimo había esperado en vano que continuara.

«¿Y cambió algo?», tuvo que preguntar en algún momento.

«Cambió todo, y mi superior lo sabía. Me había dejado entrar a propósito.»

«¿Qué pasó?»

«Que él pidió que lo interrogara yo.»

«¿Él?»

«El asesino. Quería que fuera *yo*. Pasé las siguientes horas escuchándolo, él y yo solos. Me contó cada detalle. Te preguntarás por qué decidió cooperar de repente. Y es una pregunta equivocada. No se trataba de una colaboración.»

Lo había mirado directamente a los ojos y en los suyos Massimo había visto rabia.

«Para él fue un juego sádico, fue violencia. Imaginada, pero no menos tangible, contra una mujer que estaba allí para incriminarlo.

Me obligó a recorrer con él cada instante del crimen, describió cada detalle de una manera tan precisa y morbosa que hubiera jurado que podía sentir el hedor de la sangre. Ese hombre había propinado a su compañera doce tajos en la garganta —uno por cada año que habían pasado juntos— y se había acostado con ella en la cama que habían compartido como cónyuges. Abrazado a su cuerpo agonizante, había escuchado su corazón desacelerarse hasta quedar mudo, mientras el calor de la vida abandonaba su piel. Estuvo horas esperando antes de dejarla. Horas pasadas en silencio, en un último y horrible abrazo.»

Massimo sintió náuseas y la comisaria lo intuyó. «¿Crees que esa es la peor parte?», le preguntó, desenvolviendo un caramelo que no llegó a comerse. «La peor parte fue su respuesta a la única pregunta que conseguí hacerle: ¿por qué?»

Las palabras del asesino seguían siendo un gruñido sordo en la mente de Massimo.

Porque no hay una sensación más satisfactoria, poderosa y totalizadora que sentir la vida de tu mujer apagarse entre tus brazos. En ese momento, ella es realmente tuya. Es la auténtica posesión real, el mayor poder.

Massimo espantó el recuerdo, disgustado. Tenía la boca pastosa, una sed enervante, pero seguía mirando a Elena. Se acercó unos pasos, extendió la mano y acarició su cuello. Ella se giró en sueños, suspiró como protesta y siguió durmiendo, con los labios entreabiertos.

Una vez más, Massimo pensó en la *Ninfa durmiente*.

¿Por qué la asesinaría Andrian? ¿Dónde había ocurrido? ¿Qué le había llevado a querer matar a alguien que, después de tanto tiempo, aún podía provocar una reacción en él pese a su inmovilidad enferma?

Celos. Locura. Un sentido enfermizo de posesión. Un rechazo seco, imposible de aceptar.

Todas ellas cosas que Massimo ya había visto en su trabajo. Esta vez, sin embargo, había algo más que se movía a los lados de la escena y que todavía no era capaz de enfocar bien. Daba la impresión de que no estaban todas las cartas encima de la mesa, y no se refería a la identidad de la víctima, sino a algo relacionado con Andrian. Su mirada siempre dirigida hacia la misma porción del mundo, con tanta determinación, como observando algo que para los demás no estaba allí, pero que era vívido en su mente y, por lo tanto, real para él. No era una mirada contemplativa, sino activa. Andrian estaba señalando algo, como un sabueso. O tal vez a alguien.

Elena se colocó una mano sobre el vientre. Massimo observó esas líneas planas que pronto se llenarían de vida. Apenas las veía en la oscuridad, las adivinaba con una sensación de miedo.

El ardor se hizo más intenso. En las profundidades de Elena crecía un ser extraño que con su nacimiento desencadenaría el despertar de recuerdos peligrosos. Ya lo estaba haciendo.

La garganta... No puedo respirar.

Se apartó de esa visión, se retiró a la oscuridad. Era la primera vez en meses que se pasaba la noche inmerso en la oscuridad. Nunca le sucedía. Solo la presencia de Elena le había dado el valor para superar su angustia. El valor de apagar la luz.

Se refugió en el baño. Abrió el grifo del lavabo y metió la cabeza bajo el chorro de agua fría. Tenía que congelar los recuerdos, cristalizarlos de manera que no volvieran a cobrar vida en sus emociones.

Encendió el interruptor y se miró en el espejo.

Tenía los ojos enrojecidos, las pupilas dilatadas. Unas ojeras violáceas le marcaban la cara. Bajo los riachuelos de agua que fluían hacia la barbilla, la piel estaba cérea. Parecía a punto de vomitar. Le habría gustado hacerlo, de haber servido como rechazo del pasado.

Volvió a enjuagarse la cara, se la restregó con rabia, como si estuviera sucia, pero cuando buscó de nuevo su propio reflejo, vio que su rostro no había cambiado.

Los mismos ojos. El mismo perfil recto. La misma boca. También las manos las recordaba así: grandes y fuertes.

Me parezco a él.

Se aferró al lavabo y hundió la mirada en sí mismo.

—No soy como tú —aseguró a la sombra corpórea que lo oprimía, pero sabía que era una mentira que se había dicho a sí mismo demasiadas veces.

La verdad era que no podía estar seguro. No podía saber si era tan diferente de su padre.

18.

—¡Smoky, baja!

El mestizo obedeció, pero de mala gana. Quitó las patas de las rodillas de Teresa y se sentó frente a ella, sin apartar los ojos de su rostro. Eran azul hielo y los mantenía muy abiertos, dando la sensación de no estar del todo cuerdo. De pelaje medio negro y medio gris moteado, resultaba ridículo e inquietante, con los colmillos retorcidos que le sobresalían de las mandíbulas y una barbita de chivo debajo de las fauces. La línea de demarcación le pasaba exactamente por el centro del hocico. Las orejas, ahora levantadas para captar toda señal proveniente de la desconocida, eran mechones desgreñados de pelo. Tenía un hombro más alto que el otro.

—¿Qué le ocurrió? —preguntó Teresa.

La chica le rascó la espalda.

—Nada. Smoky nació así: torcido. Nadie lo quería y acabó en la perrera. Fue allí donde nos encontramos. Aprendió enseguida a adaptarse a mí y yo a él.

Torcido. Era una definición perfecta y a Teresa le gustó. Frecuentemente ella también se sentía torcida.

También la chica tenía los ojos como el cielo, pero velados por impalpables nubes blancas. Eran charcos lechosos en la cara diminuta. El pelo castaño le caía en suaves ondas, coloreándose de azul desde la mitad hasta las puntas. La ausencia de maquillaje, la pureza de sus rasgos y su tez lunar hacían de ella un sueño renacentista moderno. Teresa se preguntó por la razón de ese color.

—Háblame de vosotros —dijo—. ¿Cómo empezasteis a...?

—¿Buscar muertos? —se le adelantó ella—. Mi padre lo llama así.

Teresa sonrió.

—Creo que la expresión correcta es «detección de restos humanos» —dijo.

—Lo sabe, pero no le importa. Muchos son de la misma opinión que él.

—¿Y qué opinión es esa?

La chica se tocó la cara. Ya lo había hecho varias veces, desde que Teresa se había sentado en su cocina. Nerviosismo.

—Dice que es un interés poco sano —respondió y rozó la bolsa que contenía el cráneo—. Tal vez tenga razón.

—A mí me parece apasionante.

Blanca Zago era un descubrimiento que le fascinaba. Teresa pensó en el caso de la *Ninfa durmiente* y se la imaginó con un estremecimiento de emoción siguiendo el rastro de la chica desconocida.

Era una fantasía, se daba perfecta cuenta, pero tal vez no del todo alejada de la realidad.

—Smoky, de todos modos, técnicamente no es un perro de búsqueda de cadáveres —le explicó Blanca, con una timidez que hacía que su voz temblara—. Buscar restos humanos, partes de un cuerpo humano, no es lo mismo que hacerlo con un cadáver completo en descomposición. Está entrenado para seguir el olor de la sangre, de los huesos. Está familiarizado con la cadaverina, pero no suelo insistir en esas moléculas durante el entrenamiento —volvió a tocarse la cara otra vez—. En pocas palabras, prefiero ser clara: si el cuerpo está hecho pedazos o enterrado, entonces Smoky puede ser útil. En los demás casos, podemos intentarlo, pero para él será más difícil.

Había empujado con fuerza las palabras fuera de sus labios. Por un momento ninguna de las dos añadió nada más, luego ambas se echaron a reír.

—Es una forma rara de hablar, ya lo sé —murmuró Blanca, acariciando al perro—. No me gustaría pasar por loca.

Teresa meneó la cabeza.

—No lo pareces en absoluto —dijo—. ¿Y cómo ha aprendido Smoky? Adelante, no estoy aquí para juzgarte.

La chica se mordió el labio.

—Con algún olor simple, como el de las bolsitas de té. Comenzamos con la impronta y la búsqueda. Luego pasamos a moléculas más interesantes —respiró hondo—. Utilizamos la placenta de mi hermana.

—¿La...?

—Lo sé, puede sonar horrible, pero la placenta contiene el ochenta por ciento de los olores humanos. Fue una oportunidad imperdible...

Blanca había hablado rápidamente, como para silenciar toda duda antes de que naciera.

Teresa no le preguntó cómo la había conseguido y se alegró de no haber invitado a Marini a participar con ella en esa reunión. Era capaz de escandalizarse y estropearlo todo.

—Para Smoky supongo que es un juego —dijo.

La chica se dio una palmada en la rodilla y con un salto el perro montó en su regazo. Lo estrechó contra su pecho con una dulzura que enterneció a Teresa.

—El sentido del olfato es muy importante para ellos —le explicó—. Tienen una nariz formidable y les hace falta ejercitarla. La búsqueda olfativa los estimula y satisface. Algunos amigos nos han seguido en esta aventura. Nos divertimos juntos, pero es un trabajo serio y difícil, por más que no pidamos compensación.

Teresa entendió por qué Ambrosini quería que encontrara una manera de conseguir que Blanca colaborase con su equipo. Era muy despierta y, por lo que el comisario jefe le había dicho, también era una profesional, a pesar de sus veinte años y de su carácter reservado. Su habilidad y la de sus compañeros de búsquedas eran bien conocidas y habían sido explotadas en el extranjero. Pero de todos, Smoky y ella eran los mejores.

«Ponla a prueba y te sorprenderá», le había escrito su amigo en el móvil desde la cama del hospital.

Teresa había llegado allí con cierta perplejidad. En primer lugar, por el cráneo humano que parecía mirarlos, todavía envuelto en una bolsa de plástico transparente.

—Smoky se ejercita con trozos de carne de cerdo —le explicó Blanca—. A veces, con viales de sustancias químicas: productos que pueden encargarse por internet. La cadaverina y la putrescina, sin embargo, tienen un fuerte impacto ambiental —la chica buscó su mano y la agarró. Teresa entendió que estaba probando su reacción—: Pero si quieres encontrar rastros de sangre humana, debes usar sangre humana. Si quieres encontrar restos de un cadáver, debes usar partes de un cadáver, frescas o envejecidas. No es ético, tal vez. No es legal. Pero no hay otra manera.

Decididamente, no era legal, pero tampoco inusual.

Ambrosini lo sabía y también lo sabía Parri, quien se había prestado a sustraer huesos del laboratorio de medicina forense sin excesiva pesadumbre. El cráneo era un resto destinado a la destrucción en un caso cerrado y definitivamente archivado.

—¿Quién os proporciona el «material didáctico»? —le preguntó.

Blanca le envolvió la muñeca con sus dedos estilizados.

—¿De verdad quieres saberlo? —preguntó.

Teresa se la imaginó contando los latidos de su corazón. Era su forma de entender las emociones de quienes tenía enfrente.

—No creas que te resultará fácil perturbarme —le respondió.

Blanca esperó, luego soltó su suave apretón.

—La sangre nos la proporciona algún amigo —le contó—. También tenemos un contacto en el hospital. Ya sabe, algunas muestras tomadas bajo la piel, una amputación... Uno de la funeraria nos da de vez en cuando la cadaverina.

—¿Y cómo lo hace?

—Nada complicado o irrespetuoso. Simplemente coloca un paño debajo de la cabeza del difunto, durante las primeras horas de su fallecimiento. Con todo, alguien podría horrorizarse solo ante la idea.

—Ese alguien debería pensar que todo esto servirá para encontrar a una persona desaparecida, algún día, y enviar a un asesino a la cárcel.

Blanca sonrió agradecida.

—Sí, a veces funciona.

Teresa observó a la joven saborear el té que había preparado para dos en su ordenada cocina, en la casa impecable, aunque modesta. Tenía solo veinte años y ya se manejaba sola.

—¿Por qué me has seguido estos días? —le preguntó.

Blanca bajó despacio la taza. Se notaba que estaba avergonzada.

—Te has dado cuenta.

Teresa no entendía cómo lo había hecho, y eso la hacía aún más interesante. Porque Blanca Zago era ciega. Deficiente visual, para ser precisos: el suyo era un mundo de sombras y niebla, y ella, una buscadora.

—Si no fuera así, debería cambiar de trabajo. Conseguiste que me preocupara, ¿sabes? —le dijo.

—Lo siento. Quería saber con quién estaba tratando. Me pongo nerviosa cuando tengo que conocer a gente nueva.

Teresa entendió que la joven sufría de ansiedad. Se preguntó cuál sería su historia.

—¿Vives aquí sola? —preguntó, a pesar de que conocía ya la respuesta.

Blanca bajó la cara.

—Estoy buscando una coinquilina para repartirnos el alquiler, pero por ahora nadie ha contestado al anuncio.

No parecía entusiasmada con la posibilidad de abrir su particular mundo a una extraña, pero la necesidad de hacerlo estaba escrita a su alrededor, en el desgaste de los escasos objetos, en la ausencia general de cosas superfluas. Teresa estaba segura de que no dependía de su discapacidad, sino de la falta objetiva de recursos.

—¿Quién es el hombre que siempre está contigo? —le preguntó Blanca, con un poco de vergüenza ruborizándole las mejillas.

A Teresa le brotó una sonrisa.

—Creo que estás hablando del inspector Massimo Marini.

—Lo llamo «el almidonado». Huele siempre a lavandería.

—Yo también tengo esa sospecha, ¿sabes? Es un perfeccionista de tal calibre que creo que manda a lavar el guardarropa entero todas las semanas.

—No me gusta. Se le nota... rígido.

Teresa pensó que no cabía una definición más adecuada.

—Siempre le digo que tiene una escoba metida en el culo —bromeó.

Blanca se echó a reír, aunque volvió a ponerse seria de inmediato.

—Conozco a los que son como él —dijo, tamborileando con los dedos sobre la mesa, siempre con la misma secuencia.

Teresa la observó mejor.

—¿Y qué hacen los que son como él? —preguntó.

La joven depositó un beso en la cabecita de Smoky. Los labios permanecieron pegados más tiempo de lo necesario.

—Juzgan —respondió con un susurro.

Teresa se inclinó hacia ella, como para hacerle una confesión.

—Marini es en parte así, es verdad —dijo con dulzura—, pero no está tan mal. Yo, además, me divierto atormentándolo. Creo que estará muy celoso de ti. Acaba de hacerse un hueco en el equipo y tu llegada lo desestabilizará. Es un tiquismiquis, le resultará difícil de entender.

Blanca levantó la cara.

—¿Entender el qué?

—El total desprecio de las reglas que conllevará tu presencia.

Ella sonrió. Era deliciosa cuando las sombras de la inseguridad no le oscurecían el rostro.

—¿No sabe que Smoky se ejercita con huesos de contrabando? —preguntó.

—En realidad, aún no le he dicho nada. ¿Pero sabes qué? No veo el momento de hacerlo. Se volverá loco.

Ambas rozaron el cráneo. Teresa pensó que casi parecía tener cierta expresión, con el arco superciliar ligeramente elevado. Una expresión graciosa.

—Creo que darle un nombre ayudaría a quitarle de encima el aire siniestro que tiene —dijo.

Blanca lo cogió. Lo giró entre las manos, acarició la bóveda craneal.

—Pues llamémosle el Flacucho —dijo con firmeza, después de reflexionar un rato.

Teresa asintió. «El Flacucho» también le sonaba muy bien a ella.

19.

Al amanecer, el valle se había despertado bajo un velo de rocío. La condensación brillaba con un resplandor de gotas, suavizaba las cortezas y se deslizaba sobre el plumaje de las aves. Era un lento despertar, que seguía ritmos misteriosos, hechos de gorjeos, de golpeteos cadenciosos y perezosas pisadas en el sotobosque.

La humedad había levantado los aromas verdes de la naturaleza, como si la savia rezumara en el aire. Incluso la voz burbujeante del río parecía más aguda a la luz del día.

La aldea ya estaba animada por una actividad queda y de la única posada salía olor a café.

El vocerío de los clientes seguía siendo sosegado, a excepción del de Emmanuel: el viejo loco de la aldea se exhibía en un baile de orígenes remotos, pero lo hacía a su manera, con los pasos temblorosos a causa de la edad y el alcohol, de la enfermedad que nunca llegó a permitir que su mente se convirtiera en la de un adulto. Era tan bajo de estatura que parecía un niño. Un niño de rostro arrugado y una sonrisa de teclas de piano. En una mano agarraba un periódico arrugado. Lo agitaba como un mensajero emocionado por las novedades que traía. El titular anunciaba el descubrimiento de un cuadro.

—Nada queda secreto para siempre —graznó entre golpes de tos, en el aliento el olor de casi un siglo de vida—. Antes o después sale a la superficie, como los huesos del cementerio cuando el Wöda se desborda. Y apesta, exactamente como ellos.

Nadie dio peso a sus palabras. O casi. Porque alguien lo había estado observando desde hacía tiempo.

Alguien que llevaba la furia de *Tikô Wariö* dentro de sí y comprendió que el viejo Emmanuel no estaba loco.

El viejo Emmanuel *sabía*.

20.

La jefatura de policía era un edificio de hormigón de líneas verticales y ángulos agudos. Gris como la piedra, tenía un aspecto eficiente, sin florituras, con filas de ventanas todas iguales y pilones que parecían guardias severos. Era austero como una fortaleza y también un poco deprimente.

Sin embargo, el aire que se respiraba en sus pasillos era diferente: las idas y venidas de agentes y funcionarios lo hacían vital, confiriéndole la apariencia de un engranaje en funcionamiento que a Massimo le gustaba. Allí dentro, él sabía qué hacer, cómo dirigir sus pensamientos hacia algo constructivo.

Se sentía mejor desde que había cruzado el umbral, como si a esas alturas aquel fuera el único lugar donde la mente recobraba lucidez y equilibrio.

El despacho que compartía con la comisaria Battaglia estaba vacío. Se quedó estupefacto, era la primera vez desde que la conocía que no la encontraba ya trabajando. Fue a ver a Parisi y a De Carli. Llamó y asomó la cabeza.

—¿Alguien ha visto a Battaglia? —preguntó.

—Buenos días, para empezar —dijo De Carli, sin levantar la vista del café que estaba removiendo.

—Sí, buenos días. ¿La habéis visto?

—Todavía no —respondió Parisi—. Sé que ayer se le hizo de noche aquí, tal vez se haya quedado en la cama un poco más.

Marini no se lo habría creído ni viéndola siquiera. Entró y cerró la puerta.

—¿Sabes cómo fue la reunión que tuvo con Lona? —preguntó. Parisi siempre estaba al día sobre cada palabra que se pronunciaba y cada cosa que ocurría entre esas paredes.

El colega se terminó su café de un trago.

—¿Es que no te contó nada? —le preguntó después.

—Estamos hablando de Battaglia...

Parisi se encogió de hombros.

—No tengo información cierta —dijo—, pero parece que el duelo terminó uno a cero para ella.

Massimo se apoyó en el escritorio.

—¿En qué sentido?

—Me lo ha contado un colega de guardia en la garita. Escuchó al comisario jefe quejarse a alguien por teléfono. Por el tono, era alguien de los que cuentan. Battaglia debe de haberle soltado una de las suyas.

Massimo maldijo entre dientes.

—Es incapaz de quedarse callada —dijo.

Fue hacia la puerta, luego cambió de opinión y se dio la vuelta.

—¿Qué pasó entre ellos? —preguntó—. ¿De dónde viene tanta hostilidad?

Sus compañeros se miraron el uno al otro.

—No lo sabemos. Nadie aquí lo sabe, pero puedes llamarlo «odio» —dijo De Carli.

Massimo los observó y de una cosa estaba seguro: mentían. Una vez más, estrechaban un círculo de protección a su alrededor, y él, el último en llegar, aún no había sido admitido.

—Algún día tendréis que contármelo —dijo—. Tendréis que contarme lo que le pasó.

—¿No te parece que es a ella a la que le corresponde hacerlo? —dijo De Carli.

—Es verdad, ahora voy a buscarla.

Parisi le lanzó un sobre que Massimo agarró al vuelo.

—¿Qué es esto?

—Novedades sobre el caso de la *Ninfa durmiente.*

Massimo no lo abrió. Le correspondía a la comisaria.

—¿Has encontrado algún testigo? —preguntó.

—No, nadie vivo, pero no me rindo fácilmente. Sin embargo, tengo algo igual de bueno.

—¿Y se trata de...?

—El párroco del pueblo esloveno donde fue hallado Andrian.

—¿El párroco?

—¿Por qué te sorprende tanto?

—¿Qué tiene que ver el sacerdote con Andrian? ¿Estaba él presente?

—No, él no estaba presente, pero el padre Jakob, que lo precedió, sí.

—¿Ese padre Jakob sigue vivo?

—No, ya ha muerto.

—Dime que dejó algo.

Parisi estiró los brazos, con aire satisfecho.

—Sí, dejó algo.

Massimo salió a la carrera, pero no dio más que unos pocos pasos. En medio del pasillo, Albert Lona lo miraba. Parecía como si lo estuviera esperando. Cuando Massimo llegó a su altura, le tendió una mano.

—Inspector Marini, por fin nos conocemos.

Massimo se la estrechó. El apretón del comisario jefe era firme, pero no tan agresivo como había esperado. Parecía un caballero y nada en él daba a entender lo contrario. Sin embargo, Massimo tuvo el instinto de retirar su mano lo antes posible.

—Comisario Lona —lo saludó.

—Lamento no haber tenido tiempo para una reunión oficial todavía, pero como puede imaginarse, mi llegada no estaba prevista. Sé que forma parte del equipo de la comisaria Battaglia. Están colaborando con el fiscal Gardini en el caso del cuadro ensangrentado.

A Massimo no le gustaban las aproximaciones. No era un cuadro ensangrentado. Había sido pintado con sangre. No era lo mismo. Por intención, por trasfondo psicológico, por los hechos que habían llevado al resultado y también por sus consecuencias. Pero se limitó a asentir.

—Muy bien —dijo Lona lentamente. Lo estaba estudiando, sin molestarse en ocultarlo. Lo tomó del brazo con amabilidad y lo invitó a dar unos pasos con él.

—Entramos en la policía juntos, la comisaria Battaglia y yo, ¿lo sabía? —le empezó a contar—. Éramos... amigos. Después de tantos años, me ha sorprendido ver que ella todavía está aquí, en el punto de partida. Por otro lado, no tiene un carácter fácil, estoy seguro de que ya se habrá dado cuenta. Para aquellos que no hacen gala de la actitud correcta, las caídas pueden ser catastróficas, estará usted de acuerdo.

Lona se detuvo y lo miró con una sonrisa amistosa.

—Espero encontrar en usted un interlocutor mejor dispuesto que la comisaria Battaglia. Creo que nos convendría a todos.

Massimo captó la amenaza inherente a lo que parecía ser una propuesta. Ese hombre era realmente peligroso.

—Le mantendré informado del progreso de las investigaciones —respondió.

Lona asintió sin mostrar sorpresa.

—Cuento con ello, inspector Marini. ¿No hay novedades por ahora?

Su mirada cayó sobre el sobre que Massimo todavía sostenía en una mano.

—No. Ninguna novedad.

Lona miró la hora.

—Entonces, póngame al día tan pronto como las haya.

Se marchó. Su perfume permaneció suspendido en el aire. Massimo lo equiparó mentalmente al olor de un depredador. Un depredador que usaba tácticas sutiles, que sabía ocultar su verdadera naturaleza. Que seducía y tranquilizaba a la presa, antes de devorarla.

Se dio cuenta de que acababa de mentirle a un superior. Nunca lo hubiera creído posible. Tenía la respiración entrecortada, el corazón acelerado.

Era miedo. No por sí mismo, sino por ella.

—Por cierto, inspector... —Lona había retrocedido unos pasos—. Estoy dándole vueltas a la conveniencia de poner en marcha un procedimiento disciplinario en relación a la comisaria Battaglia y es posible que me haga falta escucharle a usted también. La comisaria me parece... «perdida». ¿No lo ha notado?

Lona no esperó su reacción, y para Massimo fue mejor así. No habría sido capaz de responder.

21.

Frank Sinatra cantaba «Fly Me to the Moon». La orquesta de Count Basie se exhibía en virtuosismos armónicos que vibraban en el aire. El centelleo colorido de las pistas de baile de los años sesenta se volcaba en las notas.

Teresa abrió un ojo. Luego el otro. El sol inundaba el salón y le daba en plena cara.

Un sonido insistente la había despertado, y no era la voz de barítono de Frank. Se incorporó y apartó la manta escocesa. Los cojines del sofá tenían impreso el hueco dejado por su cuerpo.

El timbre sonó de nuevo.

Teresa se levantó, confundida. El CD seguía girando en el estéreo, las luces estaban encendidas desde la noche anterior y ella no conservaba recuerdos de su regreso a casa.

Somnolienta aún, le llevó unos minutos descifrar la hora.

—Mierda.

Miró a su alrededor. Las llaves de casa estaban sobre la mesa frente al sofá, el bolso colgado, los zapatos emparejados junto a la puerta. El recibo de una compañía de taxis en el mueble de la entrada. Verificó la fecha y la hora. Supo así cómo había vuelto a casa.

Alguien dio unos golpes decididos. Otro timbrazo. Teresa se ajustó el cinturón del kimono y abrió la puerta.

Marini se volvió, un pie ya en el escalón que llevaba al sendero. Una mano en el bolsillo, la chaqueta al hombro y la corbata de seda no desentonaban con la música de fondo. Tenía una elegancia de otros tiempos.

La estaba mirando como si nunca la hubiera visto. Teresa podía imaginarse lo que pensaba, así como imaginaba su propia apariencia, el pelo en desorden, la cara con las marcas de la manta aún impresas. Y la bata que le llegaba apenas a las rodillas.

—¿No habías visto nunca un kimono, inspector? —le preguntó, apoyándose contra la jamba.

Él miró hacia otro lado, avergonzado.

—Estaba preocupado —dijo—. Pero ya veo que estaba durmiendo...

—No exageres con el sarcasmo.

Massimo cruzó los brazos y miró al cielo. Parecía estar haciendo todo lo posible para no fijar los ojos en Teresa.

—Mientras usted estaba durmiendo, el comisario Lona me ha dado a entender, no demasiado encubiertamente, de qué lado me conviene estar. También la ha amenazado a usted: está pensando en abrirle un procedimiento disciplinario.

Teresa permaneció impasible, pero por dentro se estremeció. Esperaba un ataque así, pero no creía que llegara tan pronto. El ascenso de Albert a la pirámide jerárquica lo había vuelto menos cuidadoso y más feroz.

—¿Qué te ha dicho? —le preguntó.

Marini volvió a mirarla por fin.

—¿Sobre el pasado que tienen en común? Nada, si eso es lo que más le preocupa. Y ya veo que es así. ¿No me pregunta si voy a aceptar su ofrecimiento?

Teresa sintió que estaba sonriendo, a pesar de que su vida se había complicado de una forma que ya no hubiera creído posible.

—No me hace falta, inspector —contestó.

Marini se iluminó. Agitó un sobre ante sus ojos.

—¿Qué es eso? —preguntó Teresa.

—Noticias de 1945, comisaria. Y ahora, ¿le importa ir a vestirse, por favor? Porque verla así me resulta inquietante.

Bovec. Plezzo. Flitsch.

Tres nombres en tres idiomas diferentes: esloveno, italiano y alemán, para señalar el mismo lugar encerrado en los Alpes, el punto de encuentro de tres naciones, donde un paso de más llevaba a otra frontera. Era una tierra con un gravoso pasado, unos ancestros que se decía que pesaban en el carácter de sus gentes. Demasiadas dominaciones como para no llevar un dolor antiguo en el ADN.

De ese dolor, pensó Teresa, no había rastro en la superficie. Lo que había resistido a todo cambio, a lo largo de los milenios, era el extraordinario paisaje natural en el que se levantaba el pueblo, en el parque del Triglav. Significaba «tricornio»: el alto valle estaba cerrado al norte, al este y al sur por imponentes cimas, rocas desnudas y afiladas que se elevaban por encima del verde brillante de espesos bosques. Lo cruzaba el río Soca, según muchos el más sugestivo de Europa. El agua de reflejos turquesas había socavado el suelo calcáreo y discurría encajada en galerías naturales, formando cascadas de reflejos iridiscentes y manantiales incontaminados.

A lo largo de las extensiones de hierba que bordeaban la carretera que llevaba a Bovec, se entreveían las típicas casas rurales eslovenas, con el tejado inclinado, mansardas con flores y terrazas de madera.

Marini conducía con una sola mano y la otra abandonada fuera de la ventanilla. Dejaba correr el aire entre los dedos. Se las señaló.

—Muy sugestivas —observó.

—Se llaman *zidanice*.

—¿Qué dicen esos carteles?

—Los propietarios venden verduras, *slivoviz* y miel. Otros alquilan *sobe* a los turistas: pequeñas habitaciones situadas en las buhardillas, o agregadas a la parte posterior de la casa con soluciones constructivas a menudo fantasiosas. Durante el comunismo, tener una *soba* significaba para estas familias la diferencia entre pasar hambre y llevar una vida digna.

Llegaron a Bovec, un pueblo de ni siquiera dos mil almas, pero el trasiego de gente era notable: muchos excursionistas, aficionados al senderismo y al rafting. Marini aparcó frente a una *gostilna* con el típico asador externo ya en funcionamiento. Unas cuantas callejuelas más allá, descollaba el campanario de la iglesia.

Bajaron del coche y Teresa estiró la espalda girando sobre sí misma. Las montañas eran un recordatorio silencioso de sus pensamientos, pero no por ello menos intenso. Se preguntó de dónde habría venido Andrian aquel día ya lejano en el tiempo, qué senderos habían pisado sus pies y qué panoramas se habían deslizado ante su mirada, sin ser vistos.

—*Dobrodošli*. ¿Comisaria Battaglia?

Teresa se volvió. Un sacerdote la estaba mirando desde el otro lado de la calle, a horcajadas sobre una bicicleta de montaña. Tenía la sotana recogida con pinzas sobre las pantorrillas musculosas. El clérigo llevaba zapatillas de deporte de colores llamativos y un corte de pelo con un mechón suelto. Era joven y estaba bronceado.

—Soy yo —contestó—. ¿Padre Georg?

El rostro del clérigo se animó con una sonrisa abierta.

—Sí. Buenos días. Si se está preguntando cómo la he reconocido —dijo levantando el móvil que sostenía en una mano—, le respondo que Google ofrece una reseña muy interesante sobre usted.

—No salgo bien en las fotos.

—Todo lo contrario. Vengan, la rectoría está aquí a la vuelta.

El interior de la iglesia era fresco y umbroso, y olía a cera de abejas. Teresa se imaginó a algunas ancianas del pueblo sacando brillo durante horas y horas a los bancos de la pequeña nave, adornada con ramos de margaritas y espigas de trigo. Algunos cuadros de aire vetusto y algo sombrío colgaban de las paredes. Representaban a santos y mártires con expresiones melancólicas.

El padre Georg se arrodilló ante el altar y se santiguó.

Teresa y Marini esperaban a su espalda, erguidos.

El sacerdote permaneció en esa posición por unos momentos, con la cabeza inclinada. Cuando se levantó, les indicó que lo siguieran.

—Por aquí —dijo.

Entraron en la habitación contigua al púlpito. Era una salita que albergaba un banco, un perchero y varias fotos de Juan Pablo II colgadas en las paredes.

—Aquí sigue siendo muy querido —les explicó el clérigo, notando la mirada de Teresa—. Pero también el último tiene muchos admiradores.

Teresa sonrió.

—Le confieso que no soy creyente —dijo.

Él la miró algo sorprendido.

—¿Y a qué se aferra cuando su profesión la coloca frente al mal?

Era una pregunta terriblemente seria, que Teresa no se esperaba.

—A la compasión, padre —contestó.

Él sopesó sus palabras y luego asintió.

—Difícil elección —dijo—. La compasión es una virtud que nos hace sufrir.

—Habla usted muy bien italiano —observó Marini.

—Mi madre era italiana y tomé mis votos en Italia. Durante cierto tiempo oficié en un pequeño pueblo de Abruzos, cerca de Chieti. Vengan, mis habitaciones están allí.

Abrió otra puerta y los hizo sentarse en un saloncito que a Teresa le recordó al de sus abuelos. Los asientos del sofá y el sillón de chenilla estaban desgastados. Un par de cojines bordados descansaban sobre los reposabrazos, en perfecta simetría. Había un tapete de ganchillo sobre la mesa de cristal. El aparador de nogal estaba reluciente, sin una mota de polvo. Todo era viejo, pero olía a limpio. Sobre la puerta, un crucifijo con una rama de olivo.

—Por favor, siéntense. ¿Les apetece un té frío? ¿O alguna otra cosa?

—Té frío, sí, gracias.

El padre Georg desapareció en lo que Teresa imaginó que sería la cocina. Escuchó el ruido de los cacharros, la puerta de una despensa que se abrió y volvió a cerrarse.

El sacerdote regresó poco después sosteniendo una bandeja con tres vasos y una jarra. La dejó sobre la mesa y desapareció otra vez. Cuando se reunió de nuevo con ellos, sostenía cuidadosamente un sobre en las manos. Se sentó en el sillón, apoyándolo sobre las rodillas.

—Su colega me habló por teléfono sobre el caso que están siguiendo —dijo, sirviéndoles la bebida—. He revisado de inmediato los diarios del padre Jakob y puedo decirles que hay algo al respecto, aunque no creo que les ayude mucho. Son simples crónicas de la época, sin la menor pretensión de indagar en los hechos, ni de ser exhaustivas.

Teresa tomó un sorbo de té, dejó el vaso y lo miró.

—Ya me lo imagino, padre, pero teniendo en cuenta que estamos hablando del final de la Segunda Guerra Mundial y que son las únicas fuentes que tenemos hasta ahora, me considero ya afortunada por poder echarles un vistazo —respondió.

—Bueno, espero que les sean útiles. El padre Jakob quería que los diarios se guardaran en la pequeña iglesia de San Lenart, no muy lejos de aquí, pero la Curia no dio su consentimiento debido a la humedad. San Lenart está inmersa en el bosque de Ravne, entre Bovec y la fortaleza Kluže. ¿Han estado alguna vez allí?

—No.

Teresa lo vio sacar un par de guantes de la bolsa y ponérselos. Eran blancos, de seda, como los utilizados por los restauradores y los que manejan obras de arte y restos históricos.

—Para los habitantes de Bovec, la iglesia de San Lenart tiene un significado especial —siguió explicando el sacerdote—. Encontraron refugio aquí durante la invasión de los turcos, en el siglo XVI. Fue gracias a un milagro de san Lenart por lo que los invasores no vieron la iglesia y pasaron de largo sin exterminar a esta pobre gente. El padre Jakob pidió que sus diarios se guardaran allí algún día, porque decía que en sus páginas se narraban hechos de una guerra tan monstruosa y sangrienta, que solo por una intercesión de san Lenart la población de Bovec había logrado sobrevivir una vez más.

Teresa asintió. Se consideraba agnóstica, pero respetaba las creencias de los creyentes, especialmente si en su vida habían visto los horrores de uno de los períodos más oscuros de la humanidad y aún seguían teniendo fe.

El padre Georg sacó un envoltorio del sobre. Abrió cuidadosamente los bordes de la tela, hasta dejar al descubierto el cuaderno. Estaba forrado de papel de azúcar, un poco estropeado en las esquinas. Con buena letra, había un número escrito —el ocho— y más abajo lo que imaginó que sería el nombre del autor.

—No he podido sacar fotocopias de las páginas que le interesan, comisaria, porque haría falta el permiso de la Curia y sé que tiene cierta urgencia. Y además necesitaría un intérprete para leerlos.

—No se preocupe. Si no le importa, tomaré notas —respondió Teresa, buscando su cuaderno en el bolso.

—Bien. Se las traduciré con la mayor atención.

—Se lo agradezco, padre.

El clérigo abrió el diario con un cuidado rayano en lo solemne. Las páginas eran gruesas y amarillentas, y crujían bajo los dedos.

—La humedad de varias décadas —explicó—. Este es el octavo cuaderno del año 1945, el penúltimo. En total, el padre Jakob escribió veintitrés.

Teresa estiró el cuello para ver mejor. Las notas habían sido redactadas de manera abigarrada pero con orden. Crónicas de una época de la que ella, como muchos, sabía bien poco. Pensó que había sido realmente una mofa terrible percatarse del valor de la

116

memoria cuando aquellos que podían transmitirla ya no estaban vivos. Pensó en sus padres y en sus abuelos, que habían vivido la guerra y conservaban claros recuerdos de ella. Habían intentado muchas veces contárselos. Ella, de niña, les había prestado poca atención. Fue el impulso hacia la vida, tan poderoso en la juventud, lo que la distrajo de las miserias del pasado. Ahora, reflexionando, se sintió más pobre.

—El hombre que les interesa conocer aparece mencionado el 9 de mayo de 1945 —prosiguió el padre Georg—. Como es natural, aún no se conocía su nombre. Ahora les leo el pasaje. Desde el principio, para que puedan entender la situación de aquellos días tan terribles.

Teresa quedó impresionada por la aclaración.

—¿Cree que las secuelas de la guerra pueden ser un atenuante para un posible asesinato? —preguntó.

El padre Georg la miró con una intensidad que Teresa rara vez había visto en nadie.

—Creo que la muerte acarrea muerte, comisaria, incluso en los corazones más puros. Mucha gente buena mató para defenderse y muchos más lo habrían hecho si se hubieran visto forzados a ello.

—Estas no son las palabras que me esperaría de un religioso —dijo Marini.

El padre Georg acarició la página.

—Nosotros ni siquiera podemos imaginarnos lo que es la guerra, inspector —dijo—. Esa que entra en tu casa, golpea a tus hijos y brutaliza a tu mujer. Escuche, antes de juzgar.

Bovec, 9 de mayo de 1945

El conflicto ha cesado en el papel y en las proclamas, pero en este rincón del mundo los últimos ecos de su trágica violencia siguen flotando en el aire. Por la noche se oyen todavía los silbidos de los disparos de los soldados del IX Korpus del mariscal Tito. Y no demasiado lejos. Algunos de ellos son hombres que ya no son hombres, sino fieras sedientas de sangre, como si la tierra no hubiera recibido ya bastante. Parecen anhelarla, incluso la de su propia gente, y nos hacen temblar. Son pocos, pero han olvidado todo ideal, toda responsabilidad y deber. Ya no saben lo que es el honor. Ejercen su dominio como señores del mal, cobardemente escondidos bajo el hediondo manto de la impunidad.

La guerra siembra en el alma humana una semilla que da frutos luctuosos. En ellos han florecido las flores del mal más odioso, el que se ceba en los indefensos. Las mujeres ya no pueden salir del pueblo para ir a los campos, a menos que vayan acompañadas por un hombre. Los animales no están seguros en los pastizales y, a menudo, ni siquiera en los establos. Los viejos que viven en casas aisladas son maltratados y privados de sus pocas pertenencias. Los robos, las palizas y la violencia: por eso se recordará a los soldados sobre los que me dispongo a escribir.

Hoy, al filo del amanecer, han llegado a Bovec. Una pequeña escuadra de nueve elementos. Demonios.

El jefe, que nunca ha declarado su rango, se hace llamar Mika. Una cicatriz de viejo cuño le corta la cara en dos, aunque creo que ni siquiera llega a los cuarenta años.

Nos obligaron a todos a salir a la calle, solo con la ropa de dormir encima, incluidos los ancianos, tambaleantes sobre sus piernas, y los enfermos. Registraron el pueblo de arriba abajo. Ladraban órdenes. Golpeaban a ciegas a quienes se demoraban en los umbrales de sus casas o a quienes se atrevían a levantar la vista del suelo. Buscaban a adversarios de Tito, nos gritaban para que los entregáramos sin titubeos. Es inútil decir que en el pueblo no hay adversario alguno, solo almas agotadas, con la falsa ilusión de haber encontrado algo de paz.

Revisaron cada casa y cada establo. Se comieron nuestra comida, en nuestras mesas, y apalearon por turnos a algunos hombres, dos de ellos poco más que críos, para inducir a los demás a hablar. Los llevaron a la plaza y los golpearon con las culatas de los fusiles hasta que perdieron el sentido. Llegué a temer por las mujeres, a las que esos animales miraban con una avidez ferina, especialmente cuando sus atenciones se concentraron en la joven Maja Belec. La hicieron gritar de miedo, levantándole las faldas hasta la cintura, exponiendo su desnudez a los ojos de todos. Las lágrimas de la muchacha tuvieron el único efecto de alimentar el fuego de su maldad. A su madre le afeitaron el pelo porque, según dijeron, era sospechosa de ser colaboracionista con los nazis, solo porque se atrevió a mirarlos de una manera que no les gustaba.

Gracias a Dios, por indudable intercesión de San Lenart, la cosa no pasó a más.

Se quedaron hasta el atardecer. Al final, saciados de comida y de nuestro terror, prosiguieron su búsqueda en el bosque y no los volvimos a ver.

Con todo, los soldados del IX Korpus no fueron el único acontecimiento siniestro de ese día.

Zoran Pavlin, el leñador, encontró el cuerpo de un hombre en el bosque. Un muerto pintado de sangre, que todavía respira, así me lo contó su mujer cuando vino a llamarme.

Acudí rápidamente a su casa. Los Pavlin lo habían dejado en el establo. Puedo decir que en efecto parecía muerto, pero respiraba. Acercando la lámpara, podía percibirse un leve movimiento con el que su costado subía y bajaba.

Estaba tan cubierto de sangre y barro que ni siquiera la lluvia se lo había quitado. De color rojo intenso, olía a muerte.

Parecía un demonio recién nacido, tendido en la paja, encorvado como un feto en el regazo de la oscuridad que lo había generado. En una mano sujetaba un envoltorio de cuero, que no había soltado ni inconsciente siquiera. Traté de aflojar la presión de los dedos, pero su fuerza era tal que no me resultó posible.

La ropa que llevaba estaba hecha trizas, desgarrada en varios lugares y empapada de sangre, hasta el punto de que pensé que una grave herida lo había llevado a las puertas de la muerte. Estaba equivocado.

Lo desnudamos. La mujer del leñador trajo agua caliente y trapos limpios con los que lo lavamos: aparte de algunos rasguños superficiales en los brazos y los muslos, el joven no tenía más heridas. Esa sangre no era suya.

Este detalle nos sorprendió, nos miramos a los ojos y susurramos en los labios el pensamiento que nos había sacudido en ese mismo momento: ¿habíamos acogido a un brutal asesino entre nosotros?

El padre Georg se interrumpió.

—La misma pregunta a la que ahora está usted tratando de dar respuesta, comisaria —dijo—. Setenta años después.

Teresa asintió, turbada por el relato. Entre ella y Marini nació una conversación silenciosa hecha de miradas rápidas: Alessio Andrian estaba cubierto de sangre que no le pertenecía. Las historias sobre el oscuro misterio de su hallazgo hallaban ahora una confirmación.

Teresa volvió a mirar al padre Georg.

—¿Escribió el padre Jakob algo más al respecto? —le preguntó.

—Algunas notas, en los días siguientes. Ahora busco los pasajes.

El sacerdote pasó un dedo por la hoja.

—Aquí está —dijo, y reemprendió la lectura en voz alta.

11 de mayo de 1945

El joven todavía está inconsciente. Tiene fiebre alta y ha sido presa de delirios durante las horas de la noche. Solo ha bebido medio vaso de agua, creo que está deshidratado. Me pregunto cuánto tiempo lleva sin comer. Es un partisano italiano, lo sabemos por el pañuelo que llevaba al cuello. Zoran Pavlin dice que puede entregar un mensaje a sus compañeros. Si el chico tiene suerte, pronto vendrán a buscarlo. Sigue sujetando en la mano lo que parece un dibujo. No he vuelto a tratar de quitárselo, porque mis intentos lo inquietan, como si estuviera tratando de sustraerle la vida: por un momento, solo por un momento, pero fue suficiente para asustarme, ha levantado los párpados mirándome con unos ojos negros y ardientes. La advertencia de que no lo tocara era un grito silencioso en sus labios contraídos.

Teresa pensó en Andrian, en cómo el viejo había sujetado el dibujo en su mano con fuerza insospechada el día anterior. Una fuerza, quizá, poco sana.

—En efecto, era un dibujo que había hecho —dijo, mostrándole al padre Georg la imagen de la *Ninfa durmiente*—. La fecha señala el 20 de abril de 1945. Me pregunto qué hizo Alessio Andrian en esas semanas.

El sacerdote tomó la foto y la estudió cuidadosamente.

—Estuvo vagando por el bosque —respondió distraído—. Sin comer, sin beber. Sacudido por los escalofríos de la fiebre. Es realmente una obra muy sugerente y de refinada factura.

—Andrian tal vez estuviera bajo los efectos de un fuerte *shock*. La pregunta es qué fue lo que lo trastornó tanto. Una muerte, pero ¿de quién?

El padre Georg sacudió la cabeza.

—El ser humano es capaz de matar, y a veces lo hace, pero eso no quiere decir que le guste, que lo haya escogido —dijo.

—¿Quiere usted decir que tal vez Andrian matara para defenderse? Sin embargo, solo tenía unos cuantos rasguños superficiales. Una defensa poco proporcional a la ofensa. Creemos que la víctima es una mujer. El padre Jakob escribe que esos años fueron peligrosos para las mujeres jóvenes...

—Nunca he oído hablar de actos de violencia sexual cometidos por vuestros partisanos por esta región o en la frontera. No pretendo saber lo que ocurrió, comisaria, ni asomarme a la mente de un hombre al que ni siquiera conozco y al que estamos juzgando por un asesinato tal vez cometido en tiempos de guerra, pero de una cosa estoy seguro: la descripción que el padre Jakob hace sobre el estado en que había quedado ese joven no me lleva a pensar en un asesino despiadado. Más bien, veo una profunda desesperación en él. ¿No está de acuerdo?

Teresa cogió la foto que el sacerdote le tendía.

—Andrian es un hombre enfermo, padre. Su mente no está... sana, tal vez nunca lo haya estado.

—Su colega me contó algunos detalles del caso cuando se puso en contacto conmigo. Creo que era necesario para que pudiera entender la importancia de mi ayuda. Ese pintor, se supone, le quitó la vida a alguien para dibujar su obra.

Los dedos de Teresa rozaron la cara de la *Ninfa* por un instante.

—Lo que usted llama desesperación —dijo—, podría ser para mí un trastorno psíquico, tan fuerte como para inducirlo a matar a alguien, efectivamente.

—A nadie de Bovec o de los alrededores, en cualquier caso. No hay constancia de muertes violentas o desapariciones en ese período. El padre Jakob no habría dejado de recogerlas.

—¿De dónde podía venir Andrian, en su opinión?

—Es difícil de decir. Del valle que se abre hacia el oeste, al igual que del paso cercano, más al norte. La línea de la frontera está cerca y recorre todo el territorio, desde los Alpes hasta el Adriático.

—¿Acaban aquí las notas al respecto del padre Jakob?

El sacerdote hojeó algunas páginas.

—Sí, lo siento. Solo hay un par de líneas sobre el hecho de que el joven no dijo una sola palabra, ni siquiera lanzó un suspiro. Los partisanos italianos vinieron a recogerlo al día siguiente y por aquí no volvió a saberse nada de él, ni siquiera su nombre. Hasta ayer.

—Muy bien —dijo Teresa—. Le doy las gracias.

El sacerdote metió el diario en el sobre.

—Me hubiera gustado poder serles de más ayuda, comisaria. Como le he dicho, las noticias no eran información relevante.

—Me han sido útiles, en cambio, para proporcionarme una imagen más detallada del caso.

Se levantaron. El móvil de Teresa sonó en el bolso.

—Discúlpeme, tengo que responder.

Se alejó unos pasos antes de aceptar la llamada de Parri.

—Dime, Antonio.

El médico forense no se perdió en preámbulos.

—Vente a mi despacho, Teresa, tan pronto como puedas. Tengo noticias más que interesantes.

—¿Han llegado los resultados de los exámenes genéticos?

—Sí.

A Teresa le chocó la reluctancia de Parri. Por lo general, no solía hacerse de rogar.

—¿No puedes adelantarme nada? —preguntó.

—Es un discurso bastante largo, a decir verdad, y ni siquiera es muy significativo en lo que atañe al ámbito médico.

—¿Y a qué atañe, entonces, su relevancia?

—A mil cuatrocientos años de historia, más o menos. Date prisa, te espero.

22.

La luna era de sangre esa noche. Se había levantado por detrás de la cima del Canin con un halo púrpura y evanescente. Un mal presagio, según la mujer del leñador.

No fue el único. Unos días antes, una cabra había parido una cría negra con un solo ojo, que había mordido a su madre antes incluso de aprender a respirar.

El leñador, tras hacer que se bendijera el establo, había reservado a esa cría más cuidados que a los demás animales, porque la sabiduría popular así se lo aconsejaba: encender una vela a Dios y dos al diablo, se decía. Había que temer al mal, pero llegado el caso, también saber congraciarse con él.

Desde aquel día, le costaba conciliar el sueño y ahora la luna sangrienta alimentaba su desasosiego.

Espantó esas ideas infaustas cuando se encaminó por el bosque, con su mujer agarrada del brazo y un farol como guía.

Habría preferido quedarse en la cama, dormir el sueño de los justos, pero había algo que tenía que hacer antes, para repeler de su casa la suerte adversa.

Los soldados del IX Korpus de Tito habían pasado esa mañana por allí, cruzando sus tierras hasta el bosque, y luego de regreso. Tuvo que darles la leche recién ordeñada y una cerda.

Buscaban desertores y su sed de sangre solo era equiparable con el hambre de la comida que les quitaban a los demás.

Los había escuchado hablar de un joven muerto en el bosque, poco más allá de sus campos. Esos animales lo habían dejado allí, sin darle un entierro cristiano.

Su esposa le había insistido durante largo rato, no conseguía quitarse de la cabeza esa alma a la que se le había negado el perdón de los pecados y el paraíso.

Tampoco él estaba tranquilo pensando en un cadáver descomponiéndose un poco más allá de su huerto. Las lluvias podrían apestar la cosecha.

—Enterrémoslo —le había implorado su mujer.

Esperaron a que se hiciera de noche para salir con una pala, agua bendita y un crucifijo de madera.

No tuvieron que buscar demasiado. El cuerpo se les apareció sobre una cama de helechos.

El leñador acercó el farol.

Sangre. Sangre en todo el cuerpo. Como una segunda piel, que lo recubría desde el pelo hasta los pies.

El cadáver estaba tan descarnado que hacía creer que la muerte ya se lo había llevado hacía días, pero sin que se hubiera hinchado.

—¡Madre de Dios!

La mujer se santiguó, colocó el crucifijo en el pecho del cadáver y empezó a rezar.

El hombre se quitó el jersey y tomó la pala, pero un grito de la mujer lo hizo sobresaltarse. Rápidamente, le tapó la boca.

—¡Calla! —dijo en voz baja—. No vayan a oírte.

Los soldados de Tito aún podían estar cerca. Sin embargo, su expresión y los temblores que la sacudían le hicieron preocuparse.

Apartó la mano y siguió su mirada hacia el crucifijo.

—Se mueve —susurró la mujer.

El cadáver respiraba.

23.

Teresa y Marini llegaron al Instituto de Medicina Legal una hora después. Ella recorrió los pasillos con una energía que no creía poseer. También al joven inspector le llamó la atención, a pesar de que parecía cada vez más perdido en sus pensamientos angustiosos.

—No creo que Parri vaya a salir corriendo —le dijo, manteniendo el paso sin esfuerzo.

Marini no lo entendía. Le resultaba imposible. Teresa conocía al forense desde hacía casi treinta años: en su voz había captado un mensaje inconfundible: emoción, lo que para él significaba que la sangre había hablado, había revelado el secreto que guardaba. Como un nigromante, Antonio Parri la había hecho «cantar».

Teresa llegó acalorada a su despacho.

—¿Y bien? —preguntó, todavía en la puerta.

Parri no levantó la vista del monitor.

—Pensé que ibas a llegar antes —dijo.

—Estábamos en Bovec, hablando con el párroco. Nos ha traducido algunos documentos que testimonian el hallazgo de Andrian.

Parri los examinó, interesado de repente.

—¿Así que os ha sido útil?

Teresa se sentó y empezó a abanicarse la cara con su diario.

—Las condiciones de Andrian eran compatibles con la posibilidad de cometer un crimen particularmente atroz, de naturaleza apasionada —dijo—. Estaba cubierto de sangre, que no era suya, y en evidente estado de *shock*.

—Ya lo has condenado —dijo Parri, sacudiendo la cabeza—. No es propio de ti.

Teresa abrió el diario.

—No lo he condenado. Sigo las pistas —murmuró, escribiendo la fecha y la hora.

—Para ti es culpable —sentenció el forense.

Teresa levantó la vista.

—Tú, en cambio, crees que a su edad, sea lo que sea lo que haya hecho a estas alturas ya no tiene importancia, ¿verdad? —preguntó.

—Ese hombre ni siquiera sabe que existe, tú misma lo has dicho.

—Me parece estar oyendo al padre Georg. Me ha dado la impresión de que él también me sugería que lo dejara correr.

—Es un sacerdote. El perdón ante todo.

Teresa sonrió.

—No me corresponde perdonar a mí, Antonio, sino a la víctima, o a su familia. Y para otorgar el perdón, antes es necesario saber quién es el pecador.

Él reflexionó un momento, luego se encogió de hombros.

—Nada que objetar.

—¿Vas a contarnos de una vez cuáles son las novedades?

Parri abrió un expediente y extrajo algunas gruesas hojas repletas de gráficos y números. Análisis químicos.

Entre los documentos, Teresa entrevió la foto de la *Ninfa durmiente*. Parecía como si ese rostro la siguiera a todas partes.

—Te tiene fascinada —dijo Parri.

—Sí —admitió Teresa, sin levantar la vista de la imagen—. Siento que ha existido de verdad, tal vez por eso no puedo pensar en dejarlo. Tengo que seguir buscando.

—¿Y si te dijera exactamente dónde?

El forense hablaba en serio, aunque un amago de sonrisa le hiciera fruncir los labios. No estaba bromeando.

—¿Qué has descubierto? —le preguntó.

Parri giró la hoja con los análisis hacia ella y señaló un valor particular: un código que a Teresa no le dijo nada. Se lo pasó a Marini.

—Las pruebas genéticas han señalado una peculiaridad de la sangre encontrada en el dibujo —les explicó Parri—. Hemos dividido el genoma. Pues bien, en este individuo es muy particular. Yo diría que único.

Teresa frunció el ceño.

—¿Anormal? —preguntó.

Parri se echó a reír.

—Normalísimo, si hablas desde un punto de vista biológico. No me estoy refiriendo a un monstruo o a una persona con disfunciones genéticas.

—Entonces no te entiendo.

—Trataré de contártelo de forma sencilla: el genoma se divide en tipos diferentes. En Europa occidental los más característicos son tres, cuatro como máximo. La arqueología genética puede decirnos mucho sobre los desplazamientos de un grupo étnico en particular a lo largo de los siglos, su evolución, su mezcla, al estudiar precisamente los diferentes genomas. El haplogrupo H es dominante en el cuarenta por ciento de la población.

—¿Me estás diciendo que la sangre pertenece a un extranjero? ¿A un no europeo?

—Sí. Y no. Creo que es muy italiano, desde hace mil años por lo menos.

—Me estás confundiendo.

—Hemos encontrado un genoma único en el mundo, Teresa, compartido por una población escasa que vive a pocos kilómetros de aquí y que genéticamente no tiene nada que ver con las poblaciones europeas que lo rodean, ni siquiera con los italianos. Estoy hablando de los resianos.

Teresa tardó unos segundos en encuadrar la información. Había oído hablar de la peculiaridad de los habitantes de Val Resia, del extraño idioma que hablaban, pero nunca había estudiado el tema en profundidad.

—¿Así que para ti esa sangre es de un resiano? —preguntó.

—Estoy seguro. Nos lo dice el ADN.

—Y dices que es único en el mundo.

—Val Resia es una isla genética y lingüística casi perfecta y, desde un punto de vista científico, preciosa por esa misma causa. Al menos lo fue hasta hace unos cuantos años. Lo garantizaba el aislamiento derivado de su condición de valle cerrado. Los trazados de los genotipos revelan que la población tiene una alta tasa de homocigosis, lo que significa que ha recibido muy poca contribución genética del exterior en los últimos milenios. El ADN de los resianos sigue siendo el de las poblaciones fundadoras. De sus orígenes, sin embargo, se sabe poco. Ellos mismos siguen buscando todavía respuestas a preguntas existenciales: de dónde vienen, quiénes son. Lo único indudable es que no pertenecen a ninguna cepa genética de Europa occidental. Su idioma es un eslavo arcaico, antiquísimo. Que ha llegado hasta nosotros inmutado.

—Bueno, Eslovenia está a dos pasos —dijo Marini devolviéndole la hoja.

Parri hizo una mueca.

—Te aconsejo que no se te ocurra decirles cosas como esas. ¡Nunca! —dijo—. Sería una ofensa para ellos. Los resianos no son eslovenos. Ni por sangre, ni por cultura. Y el idioma resiano no es un dialecto esloveno. Es protoeslavo, algo infinitamente más antiguo, noble y complejo que un dialecto heredado de un pueblo vecino. Tiene términos en común con el ruso, el serbio, el croata, el ucraniano, pero es diferente de todos esos idiomas. Probablemente ayudó a forjar su base. Los resianos han estado luchando durante años para no ser devorados por esas generalizaciones. Su identidad no debe ser degradada.

—¿Pero de dónde vinieron? —preguntó Teresa.

—Probablemente del mar Caspio, en el siglo VI después de Cristo, tal vez con caravanas que seguían a los hunos y a los ávaros. El mapeo genético de los habitantes actuales de esas tierras distantes revela una chispa de comunidad con el genoma resiano —los miró, temblando—. ¿No intuís lo extraordinario que resulta todo esto? Los resianos parecen haber caído del cielo, genéticamente diferentes de todos los demás seres humanos de su alrededor, y su única conexión congénita está al este del mar Caspio. Es como si en todos estos siglos su sangre se hubiera mantenido pura. Llevan en sus venas los caracteres de unas gentes que se establecieron hace mil cuatrocientos años en el valle después de un viaje que duró quién sabe cuánto: incluso pueden distinguirse las cuatro grandes tribus que dieron origen a los principales asentamientos.

—Veo que entiendes del asunto —dijo Teresa.

Parri tomó una publicación académica de la estantería que estaba detrás de él y la abrió sobre la mesa. La hojeó hasta que encontró un artículo que les señaló.

—Hace unos años, el descubrimiento de la peculiaridad de su genoma despertó interés en distintos ámbitos científicos, incluido el mío. Por desgracia, no ha tenido la misma fortuna en términos de difusión de masas. Es una lástima. Casi nadie conoce su historia, pese a lo fascinante que es.

Teresa tomó la foto de la *Ninfa durmiente* y la acercó a la revista. De repente, el exotismo de sus rasgos parecía tener un nuevo significado. Quizá solo fuera una coincidencia, una combinación casual de la naturaleza. O bien, podía ser el despertar de una antigua herencia.

—Una resiana —susurró.

—Sí, Teresa. Es en ese valle donde tienes que buscar.

—Es compatible con los resultados de las investigaciones —sopesó Marini—. La Val Resia es limítrofe con el Canal del Ferro. Desde allí, Andrian podría haber llegado a Bovec.

Parri asintió.

—No sin dificultad, pero es posible. ¿Cómo pensáis actuar a partir de ahora? —preguntó.

Teresa se levantó, con la foto aún en la mano.

—Necesito entender cómo moverme, pero lo más inmediato y sencillo que podemos hacer es acercarnos al valle.

Parri sonrió.

—¿Pretendes enseñar la imagen por ahí y preguntar si alguien reconoce a la mujer retratada en la pintura?

Teresa se encogió de hombros.

—¿Por qué no? —murmuró, con los ojos todavía fijos en la *Ninfa durmiente*—. No es una cara de las que se olvidan, ni siquiera pasados setenta años. Andrian no la ha olvidado. Confío en que alguien más se acuerde de ella.

24.

Cuando el *Tikô Wariö* lo llamó desde el bosque, el viejo Emmanuel estaba sentado en la parte de atrás de su casa, la última antes del río, en una ladera rodeada de alerces y hayas.

Bebía vino de una botella y lanzaba granos de trigo a las gallinas bajo el emparrado, fresco por la brisa que respiraba el valle.

El anciano se puso de pie balanceándose sobre sus huesudas rodillas, con la botella medio vacía en una mano y la otra apoyada en un bastón que él mismo afirmaba haber tallado, cuando era niño. Representaba una serpiente con las fauces abiertas, tan retorcida como el cuerpo de una culebra cuando intenta escapar del pico de un halcón.

El *Tikô Wariö* lo vio llegar al borde del bosque no sin esfuerzo.

—¿Dónde estás? —preguntó Emmanuel, cegado por un momento a causa de la repentina sombra—. No te veo.

El golpe en el pecho, justo en el corazón, fue breve. Una estocada que dio la impresión de deslizarse en la carne en lugar de golpearla.

La botella se le escapó de los dedos al viejo y cayó en una maraña de raíces.

El vino se extendió sobre el terreno como si fuera sangre. Alimentó el bosque, que parecía tener sed de él. Las gotas púrpuras caían repiqueteando y desaparecían de inmediato, engullidas tal vez por el infierno bajo sus pies. El *Tikô Wariö* vio a Emmanuel mirarse el pecho con estupor. Aún tenía el puñal clavado en el costado.

Un jadeo tan débil como el viento que soplaba del sur le salió de los labios.

Emmanuel parecía estar vaciándose, como si con la sangre se le estuviera escapando la vida también.

Cayó de rodillas. Levantó la cara hacia la figura que permanecía inmóvil, frente a él, contemplando su agonía.

El *Tikô Wariö* vio que su mirada ya no estaba confundida. Emmanuel sabía por qué se estaba muriendo.

Porque el pasado había vuelto. Porque un enorme poder serpenteaba por el valle y exigía no ser revelado.

Estaba muriendo para guardar un secreto.

25.

No sé por qué me obstino en sentir este trabajo como si fuera mío, como si continuara formando parte de mi futuro, como si esta Teresa que soy hoy se pareciera remotamente a la mujer que ha sido.

Aun así, abro los ojos por la mañana y soy policía. Cada día, cada hora. Cada momento.

Es lo que me define, lo que llena de significado cada respiración cansada.

No sé si se puede llamar «esperanza» a esta forma mía de aferrarme al tiempo, como si pudiera frenarlo. Solo sé que cada adiós ha de ser preparado y estoy trabajando para dejarlo todo en las manos que se encargarán de ello.

Lo indudable es que he aprendido que «supervivencia» es una palabra noble.

No hay mayor dignidad que la de aquellos que se ven obligados a sobrevivir.

—¿No debíamos ir al valle? —preguntó Marini.

Teresa le había indicado que condujera hasta las colinas de las afueras de la ciudad sin darle más indicaciones que las necesarias para girar cuando era necesario.

—E iremos —respondió, cerrando el diario—. Pero antes tenemos que ver a alguien.

Notaba con el rabillo del ojo que él se volvía a menudo para mirarla. Desenvolvió un caramelo y se lo metió en la boca.

—Si realmente quiere matarse con todo ese azúcar —rezongó él—, por lo menos podría ofrecerme uno de vez en cuando.

—¿Para qué? Me vas a decir que no.

—Sabía que respondería así.

—¿Quieres uno?

—No.

—Qué previsible...

—*Coherente*. ¿Con quién se supone que vamos a reunirnos?

Teresa sabía que su iniciativa generaría un sinfín de controversias, porque él era cauto, ponderado, leal y receloso. Peor aún: conservador. A veces se preguntaba qué relación tenía con su madre, porque parecía estar desesperadamente en busca de una figura que la recordara.

—Un recurso —respondió, mirando hacia otro lado.

—¿Vamos a reunirnos con un recurso?

—Sí.

—¿Y nos reunimos en el campo?

—¿Tenes algo en contra del campo?

—Ni siquiera voy a preguntarle si lo ha consultado con Lona.

—Haces bien.

El joven inspector meneó la cabeza, pero no respondió. Teresa le señaló un punto lejano en la colina.

—¿Qué es? —le preguntó él.

—Qué era. Un manicomio. Y ahí es adonde vamos.

Marini redujo la marcha y giró para adentrarse por una carreterilla cuesta arriba invadida de hierbajos.

—Me parece que no podía haber lugar mejor —murmuró.

La intemperie y el abandono habían despojado el antiguo hospital psiquiátrico de todo, devolviéndolo desnudo a la colina. En lugar de puertas y ventanas había agujeros húmedos y desconchados y, si uno se asomaba a la entrada, podía recorrer con la mirada toda la planta baja y llegar hasta el verde de detrás.

El viento y la lluvia habían alentado una nueva colonización: habían traído tierra y brotes donde había estado el suelo. Los pasillos se habían visto invadidos por vástagos que pugnaban por el espacio y la luz, pioneros que no temían la sombra. Las frondosas ramas de rosas silvestres se aferraban al pasamanos de las escaleras y atraían a las abejas de la colmena cercana.

Teresa se sorprendió pensando que la obra de demolición de la naturaleza estaba realizando un milagro allí: por destructiva que fuera, avanzaba con la levedad de una semilla, con la tierna gracia de una flor. Pacientemente, estrujaba la obra humana con kilómetros de raíces delgadas y hacía agradable incluso ese recuerdo del infierno.

Marini se unió a ella y se asomó a la entrada. En una pared ya sin revoque, alguien había escrito una palabra con pintura de aerosol. Un poco más abajo, una flecha les indicaba la dirección que debían seguir.

—Cadáver —leyó en voz alta—. ¿Esto es una broma?

Teresa abarcó el edificio con la mirada.

—Un campo de adiestramiento —murmuró.

—¿Para quién?

Un golpeteo de pasos apresurados anunció la llegada de su invitado.

—Para él —dijo Teresa.

El perro bajó las escaleras dando grandes saltos, pero se detuvo cuando vio a Marini.

—Hola, Smoky —lo saludó ella.

—¿Quién es Smoky?

Marini parecía confundido. Y la confusión siempre le volvía un poco petulante.

—Un nuevo amigo, espero.

Ambos se volvieron hacia la chica que se asomaba desde la balaustrada del primer piso.

—¿Así que ella es el recurso? —preguntó Marini en voz baja, pasando revista al pelo azul de Blanca, a su cuerpo de aspecto frágil, embutido en unos vaqueros desteñidos y una camiseta sin forma. Sobre todo, a sus ojos llenos de oscuridad.

—Tengo un nombre —dijo la joven.

—Blanca Zago. El inspector Massimo Marini —los presentó Teresa.

Blanca comenzó a bajar los escalones. Smoky se unió a ella de inmediato, se colocó a su lado y ella se aferró a la agarradera sujeta a su arnés.

—Es tal como lo describiste —le dijo a Teresa no sin cierto valor.

Marini miró a su superior.

—¿Y cómo se supone que soy?

—El recurso es él. Smoky —cambió de tema Teresa.

Marini lo sopesó.

—¿Un mestizo?

—Un perro de rastreo.

—¿De drogas?

—De restos humanos y huellas biológicas —aclaró Blanca, con una fuerza inesperada.

—Y hay pocos como él —enfatizó Teresa.

Marini se acercó al perro y extendió una mano. Smoky le enseñó los dientes.

—No parece estar bajo control —dijo, retrayéndola.

—Oh, Marini. ¿Por qué te esfuerzas tanto en ser detestable?

—¿Yo?

Teresa le dio una palmada en el brazo.

—Ambrosini es el promotor de la colaboración entre el equipo y Blanca y Smoky —dijo.

Marini se cruzó de brazos.

—Es una pena que luego le diera un infarto. No creo que el nuevo comisario jefe aprecie la iniciativa.

—Dejémosle al margen de esta historia —zanjó Teresa.

—¿Y podemos hacerlo?

—Ya lo estamos haciendo.

Massimo suspiró.

—De mal en peor —dijo.

El crujido de los neumáticos en lo que quedaba de la grava en el patio anunció la llegada de los otros invitados que Teresa estaba esperando. Poco después, el fiscal Gardini se unió a ellos junto con el responsable de la Policía Científica.

Marini la miró.

—Al parecer, esto va en serio —dijo.

Después de las presentaciones, Teresa se volvió hacia Blanca.

—Entonces, ¿quieres enseñarles lo buenos que sois? —preguntó con una sonrisa.

Esa chica le gustaba. Era una interesante mezcla de audacia y timidez.

Blanca asintió. Busco algo en el bolsillo de sus vaqueros y se lo tendió a Marini. Este lo tomó y lo movió entre sus dedos, frunciendo el ceño.

—Una ampolla. Parece sangre. ¿De quién es? —preguntó.

—Mía —respondió Blanca.

Él la miró.

—Es obvio que tu perro la reconocerá, si es con esto con lo que lo has adiestrado.

Ella levantó la barbilla. Lo estaba desafiando.

—Lo obvio es que no entiendes nada —respondió—. Un perro rastreador no busca *un* tipo de sangre. Busca sangre. No busca *un* cadáver. Busca *cualquier* cadáver.

Cayó el silencio.

—Blanca, explícanos cómo vas a proceder —dijo Gardini al cabo de un momento.

La joven asintió, mientras seguía sujetando a Smoky a su lado, como si su cercanía le diera valor para afrontar a esos extraños que estaban allí para someterlos a prueba.

—Lo más importante —dijo— es contaminar el área de búsqueda, después de haber ocultado las pistas. Los perros son listos. Siguen el rastro de quienes ocultan el olor y no el propio olor, por lo que en el adiestramiento tocamos toda el área al azar, caminamos y nos sentamos en el suelo dejando nuestro olor por todas partes.

—Queda claro —dijo Gardini con amabilidad—. ¿Hay algo más que quieras explicarnos antes de que empecemos?

—Los COV, los compuestos orgánicos volátiles, tienden a depositarse abajo, de modo que en el adiestramiento tanto Smoky como yo nos concentramos más en las pistas de la parte inferior, porque creo que es difícil encontrar sangre en el techo y no en el suelo, resulta poco verosímil.

—Lo confirmo —dijo el responsable de la Científica.

—Cualquier perro de detección no será tan preciso al señalar un rastro colocado en lo alto como en el caso de un olor al que pueda llegar físicamente —explicó Blanca con mayor decisión—. La manera de señalar de Smoky consiste en acostarse y mirar fijamente el olor si está en el suelo. Sentarse y mirar fijamente el olor, si está ubicado a media altura, y sentarse y ladrar tres veces, si el olor está colocado en lo alto, como si dijera: ¿cómo voy a señalártelo?

Gardini se echó a reír.

—Me parece una solución estupenda.

Blanca buscó la mano de Teresa y ella se la apretó, como una señal para que continuara.

—En cuanto a los enterramientos, el razonamiento no cambia, pero el olor no estará localizado en un punto fijo, como ocurre con una gota de sangre o un hueso. La zona será más extensa, más o menos como la superficie del cuerpo sepultado. La señalización será diferente: en este caso, Smoky mueve vigorosamente la cola, se da la vuelta y a veces empieza a excavar.

Marini tosió.

—No me atrevo a preguntar cómo habéis logrado encontrar un cuerpo con el que ejercitaros... —murmuró.

—Blanca y Smoky no son aficionados —intervino Teresa—. Ya han llevado a cabo varias operaciones transfronterizas de búsqueda y han participado en cursos en Suecia, Gran Bretaña y Finlandia. De modo que tratemos de que no se nos escapen. ¿Entendido? —Teresa le pellizcó la mejilla—. Ahora vete y esparce unas gotas donde te parezca mejor —zanjó, con los ojos puestos en la ampolla que Marini tenía en la mano—. Ya se encargará Smoky de decirnos dónde.

—¿Por qué yo?

—Porque eres el santo Tomás de toda situación. Y no te olvides de contaminar la zona con tu olor.

Marini titubeó, pero después, con una mirada de condescendencia a un loco —¿o de desconsuelo?—, desapareció en los pasillos del manicomio, seguido por Gardini y por el responsable de la Científica.

—No le gusto —dijo Blanca en voz baja, acariciando a Smoky. Parecía triste de repente.

—Todo lo contrario —la consoló Teresa—. No sé por qué, pero ese chico tan guapo, lleno de talento e inteligencia, tiene una escasa autoestima. Te ve como una amenaza, porque entiende tu valor.

—¿En serio?

—Oh, sí. El problema de Marini es Massimo Marini.

Al inspector le llevó casi veinte minutos decidir dónde esparcir cinco gotas de sangre. Lo ayudó el responsable de la Científica, que llevaba consigo un maletín que contenía algunos «señuelos» que distraerían el olfato del perro.

Teresa y Blanca esperaron pacientemente. Cuando reapareció, Marini parecía satisfecho. Estaba seguro de haberles puesto las cosas difíciles.

—¿Empezamos? —preguntó.

Blanca no dejó que se lo repitieran. Llamó a Smoky y lo puso a sus pies, luego le dio la orden: «¡Busca!».

Juntos comenzaron una danza que flotaba entre moléculas olorosas y quimiorreceptores. Una simbiosis, una afinidad electiva. La joven y el perro se entendían, sabían leer en el cuerpo de los otros mensajes que para el mundo exterior seguían siendo misteriosos. Teresa notó que Blanca no conducía a Smoky con gestos impositivos, como había visto hacer a los adiestradores de la policía. Eran todo uno. Se entendían en silencio. Blanca seguía el ritmo de Smoky, sabía cuándo estimularlo reforzando la importancia del hallazgo y cuándo dejarle el tiempo necesario para buscar. Era un mundo de oscuridad, el suyo. Muy confuso. Y, sin embargo, parecía como si danzaran en él de verdad, fluctuando sobre las sombras.

Teresa y los demás los seguían a cierta distancia, para no estorbar la concentración del animal y de la joven.

—Dudo que hayan estudiado en la escuela de suboficiales —murmuró Marini.

Teresa se le quedó mirando, asombrada.

—No te hacía tan gilipollas —dijo.

—¿Porque tengo dudas razonables?

—Porque le has declarado la guerra a una chica de veinte años.

—No le he declarado la guerra. Está *ciega*, Dios santo. ¿Se da cuenta de la situación en la que nos está poniendo? ¿De la prueba a la que la está sometiendo?

Teresa se enfrentó a él con la cara levantada casi hasta rozarlo.

—No le pongas límites que ella no siente que tiene. No le hagas ese feo. Me apuesto lo que quieras a que ha habido muchos que ya se lo han hecho, y ella está aquí. Se las ha apañado para dejarlos atrás. Es más fuerte de lo que piensas y si eres incapaz de entenderlo, el problema es tuyo.

Él abrió los brazos.

—Lo siento, pero no tengo su fe —respondió—. Nunca lo conseguirán.

—Pues entonces ve tras ella, santo Tomás —lo instó a seguirla.

Marini se tomó muy en serio la tarea de observador escéptico. Los pasos de Blanca eran los suyos, tanto que la joven chocó con él varias veces.

Teresa observaba, meneando la cabeza. El inspector era granítico en su determinación de parecer leal a quién sabe qué protocolo, cuando cualquier regla había saltado por los aires en el mismo momento en el que Teresa le había presentado a Blanca con el Flacucho.

La joven daba muestras de paciencia, lo soportaba a pesar de que sus mejillas mostraban un sonrojo que podía ser de irritación. De vez en cuando se concedía la satisfacción de desplazarlo con una mano, requiriendo más espacio, un respiro en ese asalto pedante, pero en el que a veces se entreveía la curiosidad por descubrirla y el deseo de ayudarla. Pequeños gestos, como la mano que Marini a menudo levantaba instintivamente para sostenerla en caso de necesidad.

Teresa los veía chocar, disculparse, alejarse y luego recuperar la distancia para volver a chocar. Era un paso adelante: se estaban calibrando el uno a la otra. Piezas de diferentes formas, ligeramente redondeadas, intentaban entender cómo podían encajar.

Después de un par de gruñidos dirigidos a Marini, Smoky parecía haber olvidado la presencia de nadie que no fuera su propia humana. Los sentidos del animal se concentraban en el rastro que estaba olfateando. Su actividad no tardó en volverse enérgica.

Ya estamos. Teresa advirtió un espasmo de agitación en el estómago. Si el perro cometía un error, aunque fuera una sola vez, su fiabilidad quedaría cuestionada.

Smoky olfateó con entusiasmo una rejilla en el suelo, se tumbó y esperó a que la mano de Blanca se posara sobre su espalda.

—Pista número uno —dijo la joven, y con una orden apenas susurrada le hizo volver a incorporarse sobre sus patas.

—Correcto —confirmó el responsable de la Científica.

La astucia no había servido para engañar a Smoky. Había discriminado el cono de olor de la muestra de sangre, por más que estuviera oculto bajo el óxido, que contenía ferritina como la sangre.

—Sigamos —dijo Gardini.

Smoky reanudó su juego, moviendo la cola, pero atento a las escasas indicaciones de Blanca. Esta vez señaló la presencia de sangre en el pavimento ennegrecido de las viejas cocinas, debajo de lo que quedaba de un fuego probablemente encendido por niños aburridos.

Debajo de la ceniza, que entra por la nariz del perro, obstaculizando su percepción sensorial, pensó Teresa.

—Pista número dos.

—¡Correcto!

La número tres estaba escondida en la basura encerrada en un armario y la número cuatro en el corcho de una botella de aguardiente, todavía impregnada por el intenso olor a alcohol.

La prueba terminó en un baño de la segunda planta. Smoky se sentó y ladró tres veces hacia el techo mohoso.

—Pista número cinco.

—Correcto. Prueba superada.

Marini había hecho un excelente trabajo, pero no había sido suficiente. Quedó claro para todos que sus habilidades predictivas no iban muy allá.

«Nunca lo conseguirán», había dicho. Por la expresión que tenía ahora, Teresa estaba segura de que se hubiera tragado con gusto la bravuconada. Pensó que Ambrosini no había exagerado. La chica y su perro eran un recurso precioso.

Se preguntó si en un bosque desconocido, en medio de millones de señales olorosas diferentes, los receptores de Smoky serían capaces de detectar la presencia de un cuerpo enterrado setenta años antes.

Se preguntó si estaría en condiciones de sacar a la luz los huesos de la *Ninfa durmiente*.

26.

¡Soy un idiota!

La toma de conciencia lo embistió como un rayo. Ocurrió mientras Massimo conducía hacia casa y seguía pensando en un perro capaz de encontrar la muerte en escondrijos imposibles de desvelar para los demás, en la chica ciega que compartía sus pasos en un silencio casi religioso y en los misteriosos designios que Teresa Battaglia tenía para el equipo que dirigía.

El mensaje de Elena había llegado unas horas antes, pero él no lo había leído hasta ese momento, cuando se había parado en el semáforo.

El semáforo se puso verde, pero él no se movió.

Se había olvidado de la revisión médica a la que debía haberla acompañado.

Se había olvidado de su hijo antes incluso de que naciera.

Era el pánico lo que lo inmovilizaba. Solo se espabiló cuando el ruido de los cláxones detrás de él se volvió insistente y un automóvil intentó adelantarlo, arriesgándose a chocar contra una camioneta que venía por el otro carril.

Puso la primera y se dirigió hacia casa, con un regusto agrio en la boca que tenía todo el sabor de la cobardía.

Soy un idiota.

Massimo sentía la garganta seca, un repentino impulso de gritar. Era la conciencia de haberlo estropeado todo una vez más. Quizá la definitiva. Sabía que tenía demasiado que hacerse perdonar para seguir confiando en la comprensión de Elena. Se preguntó adónde había ido su amor por ella. Un amor loco, puro, raro. Parecía como si se lo hubiera tragado su vientre en el mismo momento en el que otra vida había tomado posesión de él.

Deambuló sin sentido media hora, antes de entrar por el sendero de casa y aparcar. Cuando llegó, levantó la mirada hacia el tercer piso: la ventana francesa que daba a la terraza estaba abierta. Elena ya había regresado.

Por un momento estuvo tentado de marcharse y posponer el choque; en cambio, retiró la llave de contacto y subió a verla.

Su perfume estaba por todas partes. Había envuelto a Massimo nada más cruzar el umbral de casa. Llevaba pocos días allí, pero el perfume de Elena parecía penetrar en cada objeto, en cada pliegue de su vida. Y no era algo artificial e industrial, no se trataba de un líquido costoso vaporizado en la piel y la ropa.

Era algo más complejo: una arquitectura invisible, construida en poco tiempo pero resistente a sus intentos de ignorarla, que subrayaba la presencia de su dueña en ese lugar, una especie de expugnación.

Era una pirámide olfativa hecha con el papel de los libros que Elena se había traído con ella y que él encontraba en cada habitación de la casa; estaba hecho con las flores de lavanda reunidas en bolsas de organza que ella guardaba entre su ropa. Estaba hecho con el jabón que prefería, de olor a mar. Con el aroma de las velas que encendía por la noche, como si cada encuentro fuera romántico, con el champú de miel, el único que no le estropeaba el pelo, con el pastel que había preparado el día anterior, el favorito de Massimo. El aroma a vainilla y azúcar glas persistía en el aire.

El perfume de Elena resultaba unas veces tan tranquilizador como el de su madre, otras sensual, otras alegre. Era lo que hacía de esas paredes un hogar.

La encontró en la terraza, reclinada en la tumbona, con los ojos cerrados y un vaso de agua con menta en una mano. Con la otra se acariciaba el vientre. Era una caricia persistente, un abrazo para quien no había nacido aún. Ya lo estaba acunando.

Massimo se detuvo en el umbral, buscando las palabras más adecuadas para romper el silencio pero no la paz.

—No digas nada —dijo ella, sin abrir los ojos—. No me interesa.

Él tragó saliva.

—¿Qué tal estás? —preguntó.

Elena lo miró por fin.

Sus ojos habían llorado, pero Massimo no estaba seguro de que fuera por él. No era tristeza o desesperación lo que los bañaba, sino un amor totalizador, que la había sacudido profundamente y que, por primera vez desde que la conocía, no estaba dirigido a él.

Las lágrimas de Elena eran lágrimas conmovidas.

—Estamos bien —le contestó—. ¿Y tú?

Massimo se sentó a su lado. Elena dejó su vaso sobre la mesa, al lado de un sobre. El primer pensamiento de Massimo, cuando lo notó, fue que era para él. El estómago se le contrajo.

—Ya no me reconozco —susurró, sin mirarla a la cara—. No es una excusa. Es la verdad.

—Lo sé.

—No me gusto, Elena. Odio en lo que me he convertido, pero tampoco puedo recitar un papel desde por la mañana hasta por la noche. Yo...

—No lo digas —lo interrumpió ella—. No digas cosas de las que puedas arrepentirte.

Massimo guardó silencio. Había estado a punto de admitir que realmente él no quería ese hijo. Se preguntó qué hacía Elena aún allí con él. No podía entenderla, su propio comportamiento le daba arcadas incluso a él mismo.

Se dio cuenta de que lo que había confundido con la docilidad era, en realidad, una determinación tan fuerte que no acusaba fallas, ni se dejaba corroer por el ácido de la duda. Elena lo quería a su lado y no le importaba su debilidad: lo jaleaba para que la superara, para que ocupara el lugar que le había reservado junto a ella. Ahora que estaba embarazada, su fuerza brillaba en cada una de sus miradas.

—Elena... —murmuró.

Ella se levantó, dio unos pasos para irse, luego se lo pensó mejor, se inclinó y lo abrazó por detrás.

—No eres como él, Massimo. No eres como tu padre —le susurró, con su cálida mejilla apoyada en la de él.

Massimo se puso rígido, con la respiración entrecortada.

—¿Quién te ha dicho eso? —preguntó, pero sabía la respuesta: su madre.

Elena rompió el abrazo.

—El sobre es para ti, ábrelo. Y hazlo de inmediato.

Lo dejó solo y el viento le pareció de repente a Massimo menos cálido.

Su corazón era un toro que golpeaba el costado en cada latido con el riesgo de hacer sangrar heridas antiguas que nunca habían sanado.

Elena lo sabía. La conciencia de aquello lo dejó aturdido. Se preguntó qué pensaría, si su madre le habría contado todo, incluso la parte más impactante. Lo dudaba; si así fuera, ella no estaría allí.

Tomó el sobre y lo abrió, convencido de que aquello era el final, pero dentro no encontró las palabras de despedida que había esperado.

Miró las imágenes en blanco y negro y de golpe le resultó difícil pensar de manera coherente.

Las fotos de la ecografía le temblaban entre las manos, como estandartes de un amoroso ataque contra los muros de indiferencia que protegían su retirada.

El comandante de aquel asedio tenía la apariencia de un frijol que no medía siquiera un centímetro.

Su hijo.

27.

Teresa cerró el diario con las últimas notas del día y apagó las luces de la casa. Una por una, las habitaciones de su vida se oscurecían tras sus pasos.

Oscuridad respecto a su enfermedad.

Oscuridad respecto a Albert.

Oscuridad respecto a todo lo que no fuera el alma. Esa seguía ardiendo.

En ciertas noches desesperadas, Teresa aguardaba el dolor con urgencia, se dejaba aferrar, agradecida, porque el sufrimiento nunca venía a verla sola. En la oscuridad, en el silencio, en la soledad, le parecía sentir el abrazo del hijo que nunca había tenido. Era una sensación de cristal, tan frágil que incluso un suspiro hubiera podido resquebrajarla.

En ciertas tardes desesperadas, era ella la que se hacía añicos. Se había quebrado una noche de hacía treinta años, en el quirófano de un hospital del que había salido sola. Pero ser madre es una condición de la que es imposible volver atrás. Tras convertirse en dos, nunca se vuelve a ser una.

Teresa había recuperado todas sus piezas con gran esfuerzo. Las había vuelto a juntar, manteniéndolas unidas con una feroz determinación de supervivencia, pero definitivamente tenían aristas afiladas que dolían. En ciertos momentos podía sentirlas restregándose contra la coraza, cortándola con cada respiración y haciéndola sangrar.

Solo cuando el dolor que soportaba era excesivo, tanto que no le hubiera extrañado morir, llegaba su hijo. La rozaba de maneras inescrutables, pero era tangible.

Teresa lloraba entonces en silencio y las suyas no eran lágrimas de angustia, sino de amor.

Se tumbó en la cama. La cicatriz de su vientre ya no le ardía porque su hijo estaba con ella. Estaba en esa habitación, junto a la caja de música cuya melodía nunca había escuchado, junto a una madre que nunca había podido acunarlo. Era un vínculo que jamás se había interrumpido, un amor que sobrevivía a la muerte. Estaba allí para decirle que ella era su madre, y siempre lo sería.

Teresa extendió su mano en esa densa oscuridad y fue como si lo alcanzara.

—Perdóname —susurró.

28.

La *Ninfa durmiente* y una criatura que aún no había nacido jugaban a perseguirse en los pensamientos de Massimo. Como trasfondo, la ciudad discurría como el falso decorado de una película muda. Dos pensamientos tan diferentes y sin embargo similares. Ambos eran compañeros de noches de insomnio y días atormentados: una mujer muerta y una nueva vida que pronto lo situaría frente a su mayor temor.

Las suelas de las zapatillas de atletismo percutían el asfalto con un ritmo rápido y regular. Ya había recorrido unos diez kilómetros y ni siquiera eran las siete de la mañana.

Massimo no se daba tregua, ni en el cuerpo ni en la mente.

Elena le había permitido dormir a su lado la noche anterior, pero no habían llegado a aclarar nada. No había sido capaz de hacerle la pregunta que lo había perseguido desde que ella había aludido a su padre. Parecía tranquila, a pesar de todo. No había rehuido su contacto cuando la había abrazado y era más de lo que Massimo podía esperar. La había sentido deslizarse en el sueño, con la respiración cada vez más ligera. Fue entonces cuando apoyó una mano sobre su vientre.

Más tarde, trató de comprender lo que había sentido en ese contacto, pero no había sabido darse una respuesta. No, desde luego, el rechazo instintivo que había temido, pero tampoco una unión visceral que trascendiera el cuerpo. Había sido más bien una tregua, un bajar la guardia y estudiar al enemigo. Un enemigo que, sin embargo, no demostraba ser agresivo. Vegetaba en los recovecos del útero de su madre, preparándose para poner patas arriba la vida de quienes se la habían dado. Massimo se sintió como un idiota y retiró la mano.

Aumentó el ritmo de la carrera, con el corazón enloquecido.

No era el niño el enemigo, sino algo que, tal vez, habitaba en silencio en la naturaleza de Massimo, que invadía el núcleo de cada célula suya: el ADN de un loco.

Dobló rabioso hacia un lado y apretó el ritmo hasta llegar sin aliento al gimnasio.

Había estado yendo allí desde que se mudó y, en los últimos tiempos, con cierta urgencia. No era un club deportivo de moda donde la gente se reúne para socializar y queda para un tomar algo. Allí solo regía un imperativo: los que entraban no debían tener miedo a estropearse las manos.

Massimo sospechaba que cualquier trivial control de seguridad llevaría al cierre inmediato del gimnasio, pero le gustaba su aspecto genuino y sincero, el de los que se niegan a mejorar de apariencia solo para sentirse homologados. Y por encima de todo, a Massimo le hacía falta. Sentía cada vez más la necesidad de soltar algunos puñetazos y vaciar el cuerpo de una carga negativa de rabia que amenazaba con atropellarlo.

El gimnasio abría mucho antes de que las calles se poblaran y sus luces eran las últimas de la calle en apagarse. Massimo sabía que algunas noches la trastienda se animaba con voces excitadas y presencias circunspectas: encuentros en jaulas de MMA, artes marciales mixtas con muchos golpes permitidos y pocas reglas. Nunca había hecho preguntas al respecto, pero estaba seguro de que no contaban con los pertinentes permisos.

Se topó con el dueño en el pasillo que llevaba desde la entrada a la sala de entrenamiento. Lucius era un exbailarín del cuerpo de ballet del Teatro de la Ópera de Tirana, que sentía tanta pasión por la lucha grecorromana como por la danza clásica. A los treinta años decidió que, para salvar su vida, era mejor un desembarco clandestino que un *rond de jambe en l'air* y en 1991 llegó a Bari a bordo del Vlora con otros veinte mil desesperados. Desde ese momento, Italia se había convertido en su patria. Lo repetía cada vez que alguien le preguntaba sobre Albania. Las banderas tricolores que destacaban en las cuatro esquinas del gimnasio lo decían a las claras. A Lucius no le gustaba hablar sobre aquella travesía. No le gustaba hablar de nada. De esos momentos solo recordaba un detalle: la sed, tan intensa como para enloquecer a un hombre cuerdo.

Ahora estaba sacando lustre a las ventanas, como todas las mañanas.

—Te espera —se limitó a decirle, con un cigarro apagado entre sus labios.

Massimo se detuvo.

—¿Quién?

—Desafío.

—¿Me espera un desafío?

Lucius no añadió nada más y Massimo lo dejó correr. Aquel hombre era famoso por sus frases crípticas, que nadie era capaz de entender y que él nunca se avenía a explicar.

La sala aún estaba a oscuras, pero el chirrido de una taquilla al cerrarse le indicaba que no estaba solo. Se imaginaba quién podía ser el rival que lo estaba esperando. La competencia entre ellos no solo era física, sino que se extendía en distintos niveles, a menudo imponderables. Porque Christian Neri era un carabinero.

Massimo nunca había aceptado luchar con él. Temía que la rivalidad que los enardecía pudiera superar el autocontrol y llevarlo a un estallido de violencia que no quería experimentar: estaba allí para descargarla, no para acrecentarla.

Se encendieron las luces. Christian se estaba atando las zapatillas, sentado en un banco. Tenía su edad y un hijo que no era suyo que su compañera le había dejado antes de regresar a Rumanía. Formaba parte de la Brigada de tutela del patrimonio cultural.

—Me he enterado de que el fiscal Gardini os ha asignado el caso de Andrian —dijo el carabinero, levantándose y acercándose al cuadrilátero—. En el cuartel ya hemos empezado a hacer apuestas sobre lo que tardaréis en mandarlo todo al garete.

—Os pica, ¿eh? —se rio Massimo—. A juzgar por vuestra capacidad media para resolver una investigación, podemos tomárnoslo con calma.

La sonrisa del otro desapareció.

—Ven a hablar de eso ahí arriba —lo invitó con un gesto.

Massimo le dio la espalda.

—Tal vez en alguna otra ocasión —declinó la invitación.

—¿Tienes miedo de que papá te regañe?

Se detuvo. Por un momento se preguntó qué sabría él de su padre, si había utilizado para provocarlo el único argumento capaz de incitarlo, pero descartó inmediatamente la duda. No podía estar al tanto de nada. El daño, sin embargo, ya estaba hecho. La tensión acumulada en el último período era gas comprimido a punto de hacerlo atronar.

Massimo se unió a él, arrojó la bolsa al borde del cuadrilátero y saltó las cuerdas.

—Sin guantes, sin protección —dijo—. Procuraré no hacerte daño.

El otro se movió con tanta rapidez que Massimo no vio venir los golpes. Llovieron del cielo sobre su rostro como rayos: tres a la derecha y uno más potente a la izquierda. Le pareció sentir que se le deformaban los huesos y que el gimnasio daba vueltas. El olor en las fosas nasales era el del caucho del cuadrilátero.

Massimo se tambaleó tanto que tuvo que sujetarse a las cuerdas.

—No me hagas ir a por ti —lo desafío Christian, haciéndole gestos de que se acercara al centro del cuadrilátero.

Massimo cargó contra él con la cabeza gacha y lo agarró de la cintura, pero levantarlo se reveló tarea ardua. Le parecía tener una serpiente entre las manos. Christian giró sobre su propio tronco y Massimo se lo encontró aferrado a su espalda, con sus piernas estrangulándole la garganta. Se las apañó para soltarse y entonces llegó su turno de atacar. Fue una liberación que lo asustó y ante la cual le resultó difícil decir basta. Lo alejó de él antes de perder completamente el control.

Al borde del cuadrilátero, sonó el móvil de Massimo.

—Responde y te parto en dos —lo amenazó Christian, con un pómulo enrojecido y jadeando, pero tan pronto como terminó de hablar, aprovechó la distracción de Massimo y se lanzó de nuevo contra él. Una patada en la espinilla y dos en el estómago en rápida sucesión hicieron que Massimo gritara. Cayó al suelo y se golpeó la frente contra las protecciones del cuadrilátero

—¡Cojones!

Se quedó en el suelo, aturdido aún por el golpe repentino. Rodó sobre su espalda y contó los daños: una rodilla le palpitaba de forma sospechosa.

—¡Levántate! —le gritó Lucius desde el borde del cuadrilátero—. ¡Rápido!

—¿Por qué no vienes y me lo dices aquí arriba? —respondió secamente.

El móvil seguía sonando. Massimo había entrevisto el nombre en la pantalla. Se las arregló para agarrar el dispositivo y aceptar la llamada.

—¡Dime, rápido! —dijo, separándose de la esquina.

—Buenos días —respondió De Carli—. ¿Te pillo en mal momento?

Massimo se agachó para esquivar una patada. Christian había apuntado a su cara.

—Todos parecen malos momentos últimamente —respondió.

—Ay, ay, noto un aire de conmiseración. Escucha, creo que los malos momentos están destinados a empeorar.

Massimo paró un golpe, pero otro le alcanzó en un costado.

—¡Mierda! —espetó.

—Bien puedes decirlo. Battaglia quiere verte. Ya ha llegado.

—¿Es que no duerme nunca?

—Lo primero que ha hecho ha sido preguntar por ti.

—Solo me faltaba ella.

Massimo trató de doblarse nuevamente sobre sus piernas, pero tenían una articulación rígida y la rodilla parecía haberse hinchado ya.

—Me hará falta una hora por lo menos —dijo.

—¿Estás de broma? No tienes una hora.

Massimo se tocó una mejilla y cuando retiró la mano la vio roja de sangre.

—¿Te ha dicho por qué le arde tanto el culo? —preguntó.

La pausa de De Carli lo alarmó. Hubo una perturbación en el otro lado de la línea.

—El único culo que va a arder será el tuyo, si no te mueves —rugió la comisaria.

Una patada alcanzó a Massimo en plena cara y lo mandó a la lona.

29.

Ya era la segunda vez que el periódico local se ocupaba del caso de la *Ninfa durmiente*. Esa mañana, en primera plana, lanzaba un titular nauseabundo, que recogía el nombre del asesino: Alessio Andrian.

Al parecer, el periodista que firmaba el artículo era mucho más habilidoso que ella, pensó Teresa, puesto que había encontrado ya al culpable sin margen alguno para la duda. El texto iba acompañado por dos fotografías: un cuadro de Andrian que representaba un paisaje alpino y una reciente de Gortan frente a su galería.

Ahí estaba la garganta profunda que no veía la hora de darle a la lengua.

Teresa leyó a toda prisa, reprimiendo con esfuerzo la rabia. Como siempre, no faltaban los detalles horripilantes, pero eran inexactos y exagerados. Daba la impresión de que en el lienzo se había encontrado el material biológico de un cuerpo entero.

Gortan hablaba del hallazgo, enfatizando su propio mérito en el descubrimiento. El periodista le daba cuerda, felicitándolo y, mientras tanto, sugería, sin andarse con medias tintas, que el asesino no podía ser otro más que el pintor loco y misántropo, que se había rodeado de silencio durante más de medio siglo.

Teresa lanzó el periódico sobre el escritorio, disgustada. El periodismo agresivo y voyerista la irritaba, especialmente cuando chocaba con su trabajo, que consistía en investigaciones sutiles, a menudo con detalles matizados. Razonamiento, y desde luego nada de cháchara.

—¿Dónde cojones está Marini? —atronó.

De Carli asomó la cabeza en el despacho.

—¿Pregunta por Parisi?

—*Marini*.

—Aún no ha aparecido, comisaria. Para compensar, el coche del jefe Lona acaba de llegar.

—Mierda.

De Carli se volvió hacia el corredor.

—Ah, me parece que también ha llegado Marini —dijo.

—¿Te parece?

—Lo que veo, por ahora, es a un hombre cojeando con un labio hinchado.

Teresa se levantó y fue a mirar.

Efectivamente, Marini cojeaba de modo ostentoso y tenía el labio tumefacto, pero no era ese el peor aspecto de la escena.

—¿Qué ha pasado? —le preguntó, saliendo a su encuentro.

Él hizo una mueca.

—¿Y bien? —insistió.

—Un ajuste de cuentas, al parecer —respondió él.

Teresa lo miró. Estaba despeinado, lívido y sudado aún. Su ropa la desorientaba y en otras circunstancias la habría hecho pensar en una broma. Los pantalones cortos eran, definitivamente, demasiado ajustados y la camiseta de tejido técnico tenía un desgarrón en un hombro.

—¿Has dejado que te zurren? —le preguntó incrédula.

El inspector levantó una mano y el gesto pareció costarle cierto esfuerzo.

—No es que haya tenido elección. Es una larga historia —suspiró.

Ella lo agarró del brazo y lo empujó hacia su despacho.

—No vayas a creer que con eso te vas de rositas —silabeó—. ¿Te parece esta forma de presentarte?

—Había entendido que era urgente...

—¿Llegar puntual al trabajo? Pues parece que sí, que así es.

—Lamento interrumpir —dijo De Carli desde la puerta—, pero Lona viene para acá.

—Entra —le ordenó Teresa—. Y quítate la chaqueta.

Cuando Albert Lona entró, Teresa estaba al lado de la ventana y Marini se había sentado en su escritorio, con una chaqueta excesivamente pequeña para él.

Albert los recompensó con una sonrisa que Teresa describió como peligrosa. Por su experiencia, un preludio del gruñido de la hiena que era.

—Buenos días —los saludó—. Supongo que habrán leído la noticia que se ha publicado en primera plana esta mañana.

—Sí, la hemos leído —respondió Teresa.

El nuevo comisario jefe dio unos pasos en la habitación, observó los documentos de los escritorios, sus expresiones, incluso el contenido de un portalápices. Escogió cuidadosamente un bolígrafo y levantó con la punta la tapa de un cartapacio.

—Era lo último que necesitábamos —murmuró, leyendo—. Ahora podemos estar seguros de que el juez Crespi no archivará el caso hasta que vayamos a verlo con el nombre del culpable.

Dejó caer la hoja de papel.

—Si alguien espera que dentro de unas pocas semanas nadie se acuerde de Alessio Andrian ni de su cuadro —prosiguió—, ya se encargará ese tal Gortan de recordárselo a todos. Su galería ha ganado mucha publicidad gracias al descubrimiento, sin gastarse un céntimo. Probablemente ya habrá programado algunos actos a tal propósito en el calendario.

Teresa no podía dejar de darle la razón. Albert no era el superior con el que todos habrían soñado, pero los entresijos de su trabajo los conocía perfectamente.

—Tenemos los ojos de la opinión pública sobre nosotros —prosiguió Albert—. Los periodistas controlan el tiempo, cronometran cada movimiento que hacemos. Esperan a que demos un paso en falso para sumirnos en el ridículo, pero basta con que les demos una mínima satisfacción y nos incensarán —se giró para examinarlos—. Ahora os pregunto: ¿tenemos algo para darles?

Era a Teresa a quien estaba mirando, y ella sabía que la pregunta no carecía de trampas. No tenía delante a un superior que simplemente le estuviera pidiendo que lo pusiese al día de la investigación. Albert Lona estaba allí para descubrir cómo abatirla, y a todo su equipo con ella. Tenía que darle lo que pedía, pero al mismo tiempo no lo suficiente como para que se acercara demasiado.

Acercarse en todos los sentidos: Teresa no quería ni imaginarse cuál sería su reacción si llegara a ver los diminutos pantaloncitos cortos que Marini llevaba bajo su escritorio.

—Tengo una pista —se decidió a contarle—. Nada seguro aún, pero tal vez ahora sepa ya dónde buscar.

Los ojos de Albert se iluminaron, como si hubiera olido carne fresca para hincarle el diente.

—Interesante. Oigámosla —la exhortó a continuar.

—La sangre nos ha dado cierta información sobre la víctima que podría revelarse como un factor clave para descubrir de dónde procedía —contó Teresa a regañadientes.

Él frunció el ceño. Parecía receloso.

—¿Puede la sangre hacer algo así?

—*Esta* sangre, sí. El doctor Parri, sin embargo, necesita unos días más para darnos los resultados finales. Por ahora, es solo una hipótesis por confirmar.

Sonó el móvil del comisario jefe. Albert respondió con monosílabos. Por esas pocas palabras, Teresa comprendió que se trataba de otro enojoso asunto que resolver. De Carli, desde el despacho de al lado, estaba haciendo un buen trabajo.

Tan pronto como terminó la llamada, Albert se encaminó hacia la puerta y eso le bastó a Teresa para respirar mejor.

—Tengo que irme —dijo—, pero volveré pronto. Dígale al doctor Parri que lo que quiero son certezas, no suposiciones.

Solo entonces pareció percatarse del moretón en la cara de Marini. Dio unos pasos hacia él.

—¿Qué le ha ocurrido a usted? —preguntó.

—Un accidente en el entrenamiento. Nada de particular.

En el silencio que siguió, Teresa se preguntó si Albert habría notado el temblor en la voz del inspector, la inmovilidad de la respiración contenida de ambos y su mirada dirigiéndose por instinto hacia debajo de la mesa, de la que asomaban unas zapatillas deportivas de colores, y de donde la apartó rápidamente.

—Como ya le he dicho, comisaria Battaglia, su equipo está bajo escrutinio. Le ruego que crea que me tomo esta tarea muy en serio.

Con ese último mensaje para ella, Albert Lona se fue por fin.

30.

Tempus valet, volat, velat. *El lema sigue dándome vueltas por la cabeza, creo que se ha ganado un lugar entre los recuerdos de este diario. Ahora que lo pienso, su atingencia con esta investigación es sorprendente.*

El tiempo vale, huye, cela.

El tiempo siempre esconde algo. Un secreto, un recuerdo, una promesa nunca cumplida, el dolor. Se extiende sobre los pensamientos y los sentimientos, recubriéndolos lánguidamente con la amable niebla del olvido, mientras los devora sin que su dueño se dé cuenta.

El tiempo cela, incluso los crímenes. Enterrada bajo años, décadas, de vida hormigueante, la muerte parece menos monstruosa, no da miedo. Se descolora, se despoja de emoción y es olvidada al final, y sus víctimas con ella.

Tempus valet, volat, velat. El dicho latino presidía el campanario a la entrada de Val Resia. Una iglesia moderna, un bloque de hormigón y metal que destacaba como un cuerpo extraño en el paisaje. Teresa se preguntó qué clase de visión había guiado la mano de quienes la habían proyectado. Tal vez una confianza en el futuro que no había encontrado correspondencia en la realidad.

Marini conducía con dificultad, conteniendo una mueca de dolor con cada cambio de marcha. De vez en cuando se estiraba los pantalones con la mano. No soportaba el pelo de animal metido en la urdimbre de la tela.

—¿Era necesario traerlos a ellos también? —preguntó en determinado momento, mirando por el retrovisor. Desde el asiento trasero, Smoky le contestó con un gruñido bronco. Aparentemente, todavía había cuestiones por resolver entre ellos.

—¿Tienes miedo? —le preguntó Blanca.

—No tengo miedo. Tengo un perro que me jadea en la nuca.

—¡Mira tú qué problema!

—No lo sería, si su aliento oliera a menta.

—Ya está bien. Somos un equipo —dijo Teresa—. Necesitamos conocernos.

Estaba segura de que no tardarían en congeniar, pero Marini no estaba poniendo las cosas fáciles. Cada vez se mostraba más esquivo y la idea de colaborar ni siquiera se le pasaba por la cabeza.

Antes de ir al valle, habían hecho una parada en su casa. Había subido rápidamente a cambiarse, y esos escasos minutos habían bastado para que Teresa entreviera a una mujer joven en la terraza. Se había quedado asombrada: por lo que él les contaba a sus compañeros, no había nadie en su vida. La única historia que había logrado hilvanar después de su traslado no había durado mucho. Sentía curiosidad por saber quién era esa misteriosa invitada suya y qué parte de su desasosiego dependía de ella.

La carretera empezó a ascender, serpenteando entre espesos bosques por un lado y el arroyo Resia por el otro. El agua esmeraldina brillaba al sol, se volvía transparente cuando discurría entre rocas claras y orillas de guijarros, intercaladas por puentes de madera que llevaban de una orilla a otra de los arroyos. Sobre las crestas podían verse los tejados de algunas cabañas inmersas en el verde. A su alrededor, los macizos de los montes Musi, del Canin y del Plauris se elevaban contra el cielo terso. Más de dos mil quinientos metros de altura hasta el pico más alto, aunque ellos se detendrían mucho antes. Los asentamientos estaban suspendidos entre los primeros bosques de alerces y los huertos, justo encima de las laderas.

Allí detrás está Bovec, pensó Teresa, mirando hacia el este. Diez, quince kilómetros entre los bosques que Alessio Andrian había recorrido tal vez en un estado de profunda conmoción.

Quién sabe cuántos kilómetros llegaría a recorrer. Caminó durante días. Vagando en círculos, perdido.

Después de algunas curvas, el valle se abrió ante su vista. Era una cuenca profunda y empinada, con el fondo salpicado de morenas allanadas cubiertas por bosques. Había pocos prados y ninguna meseta digna de ese nombre. Los centros habitados que formaban el municipio disperso de Resia eran tejados y campanarios que brotaban de la vegetación: cinco localidades principales y seis aldeas, poco más de mil habitantes.

Cuando se encontraron con las primeras señales de tráfico con indicaciones de cómo llegar, Teresa comprendió por qué Parri se había empeñado en disuadirlos de la idea de que el resiano era un dialecto.

No tenía mucho en común con el esloveno. No se parecía en nada a algo que ella hubiera visto.

Ravanza era Prato di Resia, la capital. San Giorgio se convirtió en *Bilä*. Gniva era *Njïwa,* en el barrio *Hözd.* Oseacco era *Osoanë.* El arroyo Resia aparecía señalado como *Tavilika Wöda.*

Marini redujo la velocidad hasta detenerse en un cruce.

—¿Por dónde voy? —preguntó.

Teresa bajó la ventanilla e intentó leer, pero no tenía idea de cómo pronunciar la secuencia abstrusa de vocales y consonantes. Sobre todo, no tenía idea de adónde ir. Aún no se habían topado con ningún alma. Estaban cerca del tráfico de la carretera nacional que corría hacia la frontera y, sin embargo, Teresa tuvo la sensación de haber cruzado las puertas de un reino lejano.

Ya le había ocurrido algo así, apenas unos meses antes. Recordó otro bosque, diferente pero igualmente poderoso. La estación había cambiado, no había horrendos glaciares ni extensiones nevadas, pero la sensación de estar siendo observada era la misma, como si alguien la estuviera mirando. La naturaleza, de una manera misteriosa y algo inquietante, respiraba y se movía a su alrededor.

—Apaga el motor —dijo.

Marini obedeció y los mensajes sonoros del bosque los alcanzaron como alientos de un organismo huésped. No reinaba el silencio como Teresa se había imaginado, sino una sinfonía de voces armoniosas unidas unas a otras por una profunda simbiosis: las llamadas entre las ramas verdes, el rugido del agua que caía entre las rocas, el suave chapoteo que emitía cuando fluía más lenta, aguas arriba. Las crepitaciones repentinas entre las zarzas, el susurro de seres que se arrastraban entre la maleza. El viento era un estremecimiento que recorría las copas de los árboles como una ola que se flexionaba y se elevaba de nuevo. Incluso la luz parecía tener un sonido en ese espacio hecho de vibraciones: era un tono bajo que se extendía por la piel de Teresa, por los pétalos de las flores, por las hojas y por las cortezas y liberaba su aroma. Saltaba al agua en juegos luminosos y calentaba la piedra reluciente.

Pero el bosque, Teresa lo sabía, era también secretos y revelaciones, oscuridad y muerte. Absorbía la sustancia de los huesos de quienes se perdían en él y nunca regresaban.

Por un momento se quedó trastornada. La ciudad domesticaba los sentidos, los acostumbraba a una realidad desvaída, mientras que en aquel lugar cada estructura biológica, por inmóvil que estuviera y pese a su apariencia inanimada, estaba saturada de vida. La naturaleza del valle era espartana y exuberante al mismo tiempo. No se concedía extravagancias exóticas, pero aquello de lo que disponía se había desarrollado con formas y colores grandiosos.

De mala gana le dijo a Marini que arrancara y se encaminara hacia Prato, el principal núcleo habitado.

La carretera se encaramó siguiendo la ladera de la montaña, replegándose y desplegándose en curvas cerradas y secas. Poco después, otro campanario apareció ante su vista.

Rośajanskë Kumün, indicaba el letrero al comienzo de la población. Algunas pocas casas, a lo largo de la calle principal. Los edificios no eran del estilo tradicional de montaña, sino construcciones normales de aspecto reciente. El terremoto de 1976 había borrado allí también casi todos los restos del pasado. Las fachadas de varias casas estaban decoradas con murales que contaban la historia reciente de sus habitantes: representaban a hombres con bigotes y sombreros, trajes de tela gruesa, chalecos. Correas de cuero colgando de los hombros sostenían lo que parecía una cómoda transportada sobre la espalda. Emigrantes, afiladores y artesanos ambulantes que durante el invierno construían enseres domésticos a la tenue luz de una lámpara y con el deshielo recorrían las calles del mundo para venderlos.

Teresa localizó una taberna e hizo un gesto a Marini para que aparcara un poco más adelante. El nombre de la calle era impronunciable: *Ta-w Hradö*.

—Parece como si estuviéramos en el paraíso —dijo Blanca, mientras bajaba—. Hay que ver lo bien que huele el aire —Smoky se reunió con ella de un salto.

—Lo indudable es que estamos al comienzo de una historia —murmuró Teresa—. Quién sabe adónde nos llevará.

—Yo sigo oliendo el aliento del perro.

—Marini, eres insoportable.

—Se llama sinceridad.

Teresa tomó a Blanca del brazo.

—Y celos —le susurró.

Cruzaron un puente que daba a un río azul de lecho rocoso. Algunos niños saltaban y reían entre enormes rocas de piedra caliza. Teresa se asomó por el parapeto. Cuando la vieron, huyeron, dejando que la corriente arrastrara sus coloridas embarcaciones.

La Osteria alla Fortuna era un local histórico, el letrero recogía el año 1902. La puerta de roble se abrió al interior en penumbra y una frescura tonificante rozó el cuerpo acalorado de Teresa.

—Bienvenidos.

La tabernera los saludó tan pronto como cruzaron el umbral. Estaba de espaldas, limpiando vigorosamente con un paño los vasos que colocaba en fila sobre el aparador. Cuando se dio la vuelta, reveló una belleza poco convencional. Era imposible acertar con la edad de aquella mujer vestida con una túnica de color ladrillo que le llegaba a los pies. El pelo, de un blanco cándido, recogido en una cola alta, contrastaba con la cara lisa y el marcado arco de las cejas pintadas de negro. El intenso azul de los iris iba acompañado por el rojo escarlata de los labios y los lapislázulis engastados en sus grandes pendientes de filigrana de plata. Llevaba las manos enfundadas en mitones de ganchillo. Era alta. Teresa, instintivamente, la definió como «majestuosa».

La única palabra que había dicho había bastado para revelar el acento que pesaba en su habla. Parecía trocear las sílabas para volver a coserlas después juntas en un compás agradable y rítmico.

Devolvieron el saludo y se sentaron en los taburetes de la barra. Smoky se situó entre las piernas de Blanca, sereno y silencioso.

Un cliente pagó la cuenta y se marchó tras saludarla. A Teresa le pareció captar el nombre de la mujer: Mat.

—¿Qué les pongo? —les preguntó, mientras colocaba los billetes en la caja registradora.

Pidieron tres bebidas. Eran las once de la mañana pasadas y apenas había clientes, solo dos ancianos jugando a las cartas en la mesa de un rincón. El lugar era singular. Las paredes y el techo estaban revestidos de madera natural, rubia como la miel. Largas ristras de ajo colgaban de las vigas, como festones de un pasado agreste. Una estufa de arrabio abombada y negra albergaba un ramo de flores silvestres unidas por una cinta roja y azul, el mismo que estaba atado en los clavijeros de los violines colgados de las paredes. Había docenas y algunos tenían apariencia de antiguos. No eran tantos, en todo caso, como las fotos colocadas en filas ordenadas debajo de los instrumentos: retratos de hombres y mujeres, de todas las edades y de diferentes generaciones. Podían llegar incluso al centenar.

Teresa buscó con la mirada a la mujer detrás de la barra. Después de servirles, había vuelto a su tarea, girando la bayeta entre los dedos con las uñas pintadas de azul.

—Mientras veníamos, había unos niños divirtiéndose en el río —le dijo—. Los asusté y escaparon abandonando sus juguetes en la corriente. Lo siento mucho.

La mujer se echó a reír.

—No se preocupe. Los encontrarán —dijo, volviéndose—. El río forma un meandro, un poco más abajo. Lo llamamos la Garganta: la corriente deposita allí todo lo que arrastra en su camino. Esos juguetes ya estarán en las riberas. ¿Qué les trae por aquí? No parecen turistas.

Su mirada estaba animada por una curiosidad vinculada a algo más, un ingrediente menos prominente y que por esa misma razón atrajo la atención de Teresa. No era recelo ni molestia. No fue capaz de captar su esencia.

—Nos interesa la historia del valle. Hemos oído hablar de sus orígenes —respondió evasiva.

La sonrisa de la otra era cautelosa. No estaba muy convencida.

Teresa miró las fotos. Los ojos de Mat siguieron el recorrido de los suyos.

—Son nuestros músicos, los que ya no viven —dijo, respondiendo la pregunta silenciosa—. Un homenaje a quienes transmitieron la antigua música y un reconocimiento al patrimonio intangible del valle. Nos han dejado como herencia el arte de tocar la *zitira* y la *bünkula.*

—El violín. ¿Lo llaman así?

La mujer se alejó y regresó poco después con un instrumento en la mano.

—Esta es la *zitira,* un violín modificado. La *bünkula,* en cambio, es una especie de violonchelo. Son instrumentos populares resianos. No los verá en ningún otro lugar del mundo. El tercer elemento necesario para nuestra música es el ritmo del pie. ¿Lo ha escuchado alguna vez?

Teresa negó con la cabeza.

—Por desgracia, no. ¿Por qué dice que están modificados?

—Están diseñados para que su sonido sea similar al de una gaita, la *dudy*, que se tocaba en el valle antes de la llegada de los instrumentos de cuerda.

—Da la impresión de que las peculiaridades aquí, entre ustedes, son muchas.

—Venga a una de nuestras fiestas y se dará cuenta. En carnaval el *Püst*. Nuestros bailes son muy hermosos, antiguos.

—¿Cuánto de antiguos?

La mujer la miró con una mezcla de deleite y orgullo en sus ojos. Quién sabe cuántas veces había tenido que explicar esas historias a los turistas.

—Milenarios —respondió.

—Y son, cómo se lo diría, ¿originales?

—Sin cambios.

—¿Dónde se aprende a tocarlos? ¿Hay una escuela? —preguntó Marini.

—No, nada de escuelas. Los jóvenes siguen a los ancianos de oído. Siempre ha sido así. Vengan conmigo.

Como si la conociera desde siempre, Mat tomó a Blanca de la mano y la condujo a la salita contigua, que albergaba un pequeño restaurante, donde la piedra natural era el elemento que predominaba. Un sonajero que llevaba atado al tobillo tintineaba a cada paso y asomaba de vez en cuando por debajo del borde de su túnica. Les señaló un maniquí de madera en una esquina de la habitación. Llevaba lo que Teresa supuso que era un vestido típico. También de lo más extraño.

—¿Qué es? —preguntó.

—Es una de las *lipe bile maškire* de nuestro carnaval. Significa «hermosas máscaras blancas».

La estilizada figura femenina llevaba encima un vestido blanco compuesto por faldas superpuestas y una camisola de gasa ligera. La cintura estaba marcada por un cinturón alto, de color rojo, como las cintas que caían por los volantes. Tenía algunas campanillas cosidas al vestido. La particularidad era el tocado: una especie de *colbac* alto decorado por coloridas flores de papel.

—Realmente bonito —observó Teresa.

La mujer no dio muestras de escucharla. Se había quedado mirando el vestido y parecía distante con sus pensamientos.

—Durante el *Püst,* nuestras máscaras blancas bailan desde la puesta del sol del martes de carnaval hasta el amanecer del miércoles de ceniza —empezó a explicar lentamente—. Son ellas quienes prenden la hoguera en la que arderá el *Babaz.*

Teresa notó que Marini se acercaba por detrás de ella.

—¿Quién es el *Babaz*? —preguntó, sin volverse a mirarlo.

La mujer señaló con el dedo índice al techo y Teresa vio un monigote de paja y trapo colgando de las vigas. Tenía las dimensiones realistas de un hombre, y como tal iba vestido, con un traje oscuro que se parecía al que usaba su abuelo los domingos, el bueno. También llevaba sombrero. La cara había sido pintada en la tela. Sonreía, pero con una sonrisa estática y melancólica.

Al fin y al cabo, sabe que terminará quemado, pensó para sus adentros Teresa.

—Soy la guardiana de sus cenizas —prosiguió la mujer. Se acercó a un aparador y rozó los jarrones de barro—. El *Babaz* representa el viejo año, la fría y árida oscuridad del invierno. El pasado, con sus dolores y sus pecados. Recojo sus restos cuando aún están calientes.

—Creo que es la primera vez —dijo Teresa— que oigo hablar de una tradición en la que es el hombre el que muere quemado, metafóricamente, en un ritual pagano.

La mujer inclinó la cabeza hacia atrás y se echó a reír, revelando su garganta blanca. Debía tener cincuenta años por lo menos, pero el tiempo parecía haberse detenido mucho antes para ella: no era más que un reflejo que se deslizaba de vez en cuando por su rostro y lo mostraba tal como debería haber sido.

—Nos mantenemos fieles a nuestra diversidad —la oyó decir.

Teresa buscó su mirada.

—Me parece que aquí se tiene más en cuenta que en otros lugares. ¿O me equivoco? —preguntó.

La mujer se puso seria.

—No se equivoca. Quizá porque sentimos que se nos escapa de entre los dedos. La vida moderna implica una bastardía general en sí misma, y lo digo en el sentido más positivo del término.

Y además hay quien quiere quitárnosla. Quien quiere borrarla para reemplazarla con algo que no es nuestro, ni remotamente. Nunca llegaré a entenderlo.

—¿A qué se refiere?

—A una ley para la protección de las minorías que acabará matando nuestra cultura —respondió la mujer con un suspiro, como si esas palabras le hicieran daño—. Nos han incluido a la fuerza en la minoría eslovena, pero nosotros no somos eslovenos, nunca lo hemos sido. Tengo la impresión de que, en algún momento de la historia, alguien confundió el término «eslavos» con «eslovenos». Un error que nos está costando caro. Esa ley está engullendo nuestro patrimonio más valioso.

—¿Engullendo? —repitió Marini.

La mujer tomó un jarrón en sus brazos y comenzó a acariciarlo.

—Llama a nuestros orígenes con un nombre inapropiado —murmuró—. Es como si a usted le dijeran que su familia nunca ha existido, que sus padres no eran los que le generaron. Es como si alguien borrara de golpe el pasado de sus ancestros, lo robara, para entregárselo a otra persona. De hecho, lo que nos han dicho es que nuestra historia no es cierta, que nuestro idioma es un dialecto. Un dialecto, ¿lo entiende? Cuando, en cambio, la Unesco lo ha definido como un *idioma* en peligro de extinción. En el pasado, Eslovenia ya quiso alargar sus manos sobre esta tierra. Nunca permitiremos que logren su propósito. Somos resianos, y después somos italianos. Por ese orden. La nacionalidad italiana nos la hemos ganado, hemos luchado en todos los conflictos por la defensa de sus fronteras.

La mujer volvió a colocar el jarrón con cuidado y guardó silencio. Teresa notó su respiración acelerada. La cuestión era tan importante para ella que le robaba el aire. Se preguntó cómo podía alguien estar tan apegado a sus propios orígenes, hasta el extremo de sentirse mal cuando se ponían en duda.

—Dijo que alguien cometió un error... —sugirió, para que continuara.

—Un error no carente de graves consecuencias. Alguien quiere volver a estar bajo protección eslovena. Un puñado de personas. Lo han conseguido por medio de una ley inconstitucional, que permitió que el voto de unos pocos entregara a mil personas, nuestro valle, nuestra historia, al cepo de una normativa nefasta. En los museos, las manufacturas de nuestros antepasados están clasificadas como eslovenas y no como resianas. Nuestros bailes, nuestros cánticos, únicos en el mundo, se consideran *eslovenos*. ¿Entiende lo que nos están haciendo? Nos están aniquilando. Nos están *borrando del mapa*.

Teresa asintió, por más que no estuviera segura de que una persona no nativa pudiera entender realmente el dolor que emanaba de esas palabras. Se preguntó qué pensarían sus abuelos de semejante ultraje a la memoria.

—Disculpe, pero no creo que haya venido usted aquí solo para conocer el folklore del valle, ¿o me equivoco? —preguntó la mujer.

—Soy la comisaria Battaglia —se presentó Teresa, y estos son mis colaboradores.

—Matriona, pero todos me llaman Mat.

Se estrecharon la mano.

—Tal vez haya leído o escuchado algo en estos días acerca del hallazgo de un famoso cuadro —continuó Teresa.

La mujer asintió.

—El retrato pintado con sangre —dijo.

—Sé que lo que me dispongo a preguntarle le sonará extraño, pero no lo haría si no estuviera convencida de que esa persona existió realmente—. Teresa sacó la fotografía de la *Ninfa durmiente* de su bolso de bandolera y se la entregó—. Creo que esa muchacha nació y vivió aquí, en el valle. Desapareció el 20 de abril de 1945. Estoy buscando a alguien que pueda recordarla. Me doy cuenta de que...

—Krisnja —murmuró la mujer. Tenía la foto sujeta entre sus manos y la miraba con una expresión enigmática.

—*¿Krisnja?*

—En nuestro idioma significa «cereza». Es el nombre de esta chica.

—¿Sabe usted a quién pertenece esta cara? —preguntó Teresa sorprendida, lanzando una mirada a Marini.

—Sé quién es, pero no entiendo la fecha. ¿1945? No es posible.

—¿Por qué?

Matriona le devolvió la foto.

—Porque Krisnja está viva, nunca ha desaparecido, que yo sepa, y tiene poco más de veinte años.

31.

Cuando Teresa le explicó la razón de su presencia en el valle, la mirada de Matriona se había deslizado hacia una de las mesas. El periódico del día estaba allí bien a la vista. En primera plana, un artículo contaba la historia de la *Ninfa durmiente*. La expresión le había cambiado, como si de repente hubiera entendido la importancia de la revelación que acababa de hacer.

—Confío en su discreción —le había dicho Teresa—. Es muy importante, en esta etapa de las indagaciones.

El juez Crespi había insistido mucho: por el momento, no debía hacerse pública ninguna imagen del retrato. Lo que temía era una ofensiva de los mitómanos. Las señalaciones falsas, en un caso como ese, podrían alcanzar porcentajes tan altos como para bloquear, de hecho, la investigación.

Matriona les había dado un nombre y una dirección. Desde ese momento, de una forma que hubiera resultado imperceptible para la mayoría, se había vuelto cautelosa. No había dicho nada más, asegurándoles que pronto obtendrían las respuestas que buscaban. Algunas, por lo menos.

—Van a despertar también antiguos dolores —había dicho—. Háganlo con respeto.

El sufrimiento adormecido era el de los Di Lenardo, la familia de Krisnja.

La casa era un chalecito amarillo con una extensa pradera de césped perfectamente cortado. Detrás, el bosque y unas extraordinarias vistas del monte Canin, con su colosal meseta de piedra caliza.

Teresa no había pensado en qué decir, no tenía ni idea de cómo afrontar a esas personas para hurgar en su pasado en busca de un asesinato que tal vez desconocían. Al mismo tiempo, sin embargo, le excitaba la perspectiva de encontrar por fin el extremo del hilo que unía la pintura a un lejano día del pasado. Tenía que rebobinarlo para encontrar el otro extremo, pista tras pista. Era un hilo hecho con una sutil emotividad que había superado indemne el paso del tiempo y que le habría permitido descubrir la historia que se ocultaba detrás de la *Ninfa durmiente*.

—Voy a entrar sola —dijo Teresa, saliendo del coche. Se apoyó contra la puerta antes de cerrarla. La mirada de Marini era sombría, seguro que hubiera querido protestar—. No quiero que esta visita sea percibida como un asedio, así que no os quedéis aquí como de vigilancia. Aprovechad para conoceros mejor —el sendero que llevaba a la casa estaba bordeado por un seto de acebo.

No le había dado tiempo a pulsar el timbre cuando un hombre la llamó desde la colina.

—¡Ya voy! —gritó.

Fue a su encuentro con paso ágil. Cuando estuvo lo suficientemente cerca, Teresa decidió que debía tener unos setenta años, o tal vez algunos menos. Era difícil de decir: el rostro excavado por las arrugas parecía desentonar con ese cuerpo de aspecto robusto y gallardo aún. Si bien no era muy alto, desprendía un aire autoritario, aunque pacífico. Tenía el pelo tupido, oscuro, con apenas algunas manchas de gris en las sienes. La camisa a cuadros, enrollada hasta el codo, dejaba ver unos antebrazos fuertes y bronceados.

Llegó hasta ella y la miró con curiosidad.

—¿Puedo ayudarla en algo? —preguntó. El tono era áspero, pero podría tratarse de la ruda gentileza de quienes no están acostumbrados a recibir visitas.

Teresa, esta vez, decidió ser directa y no le ocultó su identidad. Ante la palabra «policía», el hombre le estrechó la mano con reluctancia. Se la soltó casi de inmediato.

—Estoy buscando a Krisnja Di Lenardo —dijo Teresa, observando su reacción.

El hombre frunció el ceño.

—Es mi sobrina. Vive allí arriba —dijo, señalando hacia la casa al otro lado de la colina—, pero ahora no está en casa. ¿Hay algún problema?

—No, ningún problema.

—La policía no busca a la gente si no hay problemas.

Teresa sonrió.

—Tiene razón, pero no atañe directamente a su sobrina. Eso puedo excluirlo. En realidad, creo que usted también podría ayudarme.

—Si puedo, con mucho gusto.

Teresa se sorprendió estudiando los rasgos de aquel rostro singular. Pensó que la herencia de las facciones es algo inconmensurable, un guiño que atañe a los caprichos de la naturaleza, y al mismo tiempo una fórmula química que se vuelve líneas de carne siguiendo rutas matemáticas perfectas.

Francesco Di Lenardo tenía los ojos negros, ligeramente oblicuos, pequeños pero ardientes. La nariz chata bajaba con líneas suaves hacia los delgados labios. Los pómulos altos encerraban la cara en un óvalo perfecto de aire exótico.

Teresa ya había visto esas facciones, que recordaban tierras lejanas. Las había visto en un retrato que parecía llamarla con insistencia desde su bolso. Las había visto unos años antes en una exposición fotográfica sobre los hazara, un pueblo de origen mongol con rasgos caucásicos. Sin embargo, ahora se hallaba en Val di Resia, no en una remota estepa del Cáucaso.

Es pura casualidad agudizada por la sugestión, se dijo.

Sacó la foto de la *Ninfa durmiente* y se la entregó al hombre.

—Estoy buscando a esta mujer —dijo únicamente, esperando que no pareciera que estaba loca.

Francesco Di Lenardo sujetó la imagen entre sus dedos. A Teresa le pareció que había dejado de respirar. Después de un largo momento de silencio, el hombre se sentó en los escalones del porche.

—¿Quién le dijo que viniera aquí? —preguntó. No despegaba los ojos de esa cara tan parecida a la suya.

—He enseñado la foto en el pueblo y me han dicho que preguntara por Krisnja Di Lenardo. Me dijeron que es una chica joven, pero la mujer que busco debería tener...

—Noventa años —concluyó el hombre en su lugar. La miró—. Esta no es mi sobrina Krisnja. Es el retrato de mi tía. Se llamaba Aniza.

32.

—Aniza era la hermana de mi padre. Desapareció la noche del 20 de abril de 1945 y desde ese día nadie ha vuelto a saber nada de ella. Durante toda mi vida he albergado la esperanza de que se hubiera marchado para empezar una nueva vida en algún otro sitio y ahora viene usted a decirme que murió ese mismo día.

Francesco Di Lenardo inclinó la mirada hacia la taza vacía que seguía girando entre sus manos. Había invitado a Teresa a entrar para tomar un café y se lo había servido sin dejar de mirarla, con una curiosidad que no ocultaba trazas de recelo.

Teresa comprendía su perplejidad. A ella tampoco le hubiera gustado recibir a un extraño en casa que le dijera que algo horrible había sucedido en su familia, hace ya tanto tiempo que no puedes hacer nada al respecto más que resignarte a dejar entrar a la muerte en tu vida en forma de remordimientos y recuerdos dolorosos. Aquella casa ordenada y acogedora se había llenado de repente de tristeza. Las paredes parecían estar hechas de libros, por los muchos que contenía. Teresa había entrevisto ensayos sobre filosofía, historia, arqueología y botánica. Francesco le había dicho que su esposa había sido profesora. Desde su muerte, años antes, él la seguía buscando entre esas páginas.

—No tengo pruebas en este momento —le respondió—, pero si la sangre del cuadro fuera efectivamente la de Aniza, entonces sí, está muerta. Se han tomado muestras de tejido cardíaco de las fibras del papel. Esa sangre salió del corazón y una herida como esa...

—Es letal.

—Lo siento.

—Me imagino que les hará falta una muestra de mi sangre para compararla.

Teresa asintió.

—No está obligado, pero nos despejaría muchas dudas y también se las despejaría a su familia.

—Claro. Estoy a su disposición.

—Gracias. Haré que se pongan en contacto con usted para la extracción.

Se hizo un silencio difícil de colmar. El tictac de un reloj invadió el vacío dejado por las palabras.

Tempus valet, volat, velat, pensó de nuevo Teresa. No había un lema más adecuado para describir lo que le había sucedido a Aniza. La muerte le había robado la vida cuando acababa de florecer, le había quitado el valor de un futuro aún por planificar, y, por último, la había escondido en las estancias secretas de un tiempo pasado, enterrándola bajo décadas de oscuridad.

—¿Por qué ha dicho que esperaba que se hubiera marchado? —preguntó al cabo de un momento—. ¿Qué le hizo pensar que tal posibilidad fuera factible?

Francesco se encogió de hombros, con la mirada aún gacha, perdido en contemplar el rostro de la joven en la foto del dibujo. De vez en cuando lo acariciaba con un dedo.

—Desesperación —susurró—. Nada más.

—¿Hay alguien que siga vivo que la haya conocido personalmente? Me gustaría hablar con él.

El hombre la miró con estupor.

—Yo —dijo.

—¿Usted?

—Tenía ocho años cuando desapareció. La recuerdo bien. Vivía con nosotros, en casa de mi abuelo. Aún estaba soltera. Yo era su *Franchincec.*

Teresa estaba sorprendida. Hizo rápidamente cuentas.

—Pensé que era usted mucho más joven —dijo.

Francesco sonrió. Una sonrisa llena de amargura. Era evidente que el día había cambiado para él. Nubes grávidas de sentimientos amargos se habían acumulado en la mente y el corazón de aquel hombre repentinamente encorvado y silencioso.

—Tengo casi ochenta años —confirmó—. Y una buena memoria de la que supongo que querrá usted sacar partido.

—Sé que no será agradable para usted, pero me gustaría que me hablara de Aniza. Tal vez haya en sus recuerdos algo que pueda hacerme comprender lo que le sucedió.

Francesco se levantó y se acercó a la ventana, con los ojos clavados en el macizo de Canin iluminado por el sol.

—¿Por dónde empiezo? —pregunto.

—Por el sentimiento que les unía, si se siente capaz. Han pasado setenta años, y sigue sufriendo usted como si hubiera ocurrido ayer.

—Así es. Todavía la siento aquí —se dio un golpe en el pecho—. Éramos como hermano y hermana, a pesar de la diferencia de edad. O tal vez algo más. Era mi segunda madre, tan cariñosa como si yo fuera su hijo.

—Voy a hacerle una pregunta. Retomemos lo que me ha dicho hace un momento: ¿de verdad no recuerda nada que pueda relacionarse con una disputa, una situación de tensión, que pueda haber causado que abandonara la familia?

—No, no recuerdo nada de eso, y ya era lo suficientemente mayor. Los ocho años de aquellos tiempos no eran los de hoy. Ya trabajaba, ayudando a mi padre, que era afilador durante el invierno, y a mi abuelo en los campos durante los meses de buen tiempo. Ya no éramos niños por entonces.

—¿Qué hacía Aniza?

—Ah, ella trabajaba en la hilandería de Ravanza, no muy lejos de aquí. Tejían lino. Y luego bordaba mucho, hacía ganchillo. Se le daba muy bien y vendía muchas cosas de las que hacía. Tenía unas manos estupendas.

—¿Estaba comprometida?

—No, pero pretendientes no le faltaban. Mi abuelo espantaba a muchos en la puerta de casa. Para él nadie estaba a su altura.

—¿Y qué pensaba Aniza de eso? ¿La hacía sufrir?

—Qué va, ni mucho menos, no me malinterprete. El comportamiento de mi abuelo era siempre afable. Aniza nunca le dio a entender que estuviera interesada en ninguno de esos jóvenes. Ella se escondía conmigo en las escaleras y nos reíamos juntos de esas escenas —se volvió y su mirada cayó de nuevo en la foto. Sus ojos relucían a causa de las lágrimas retenidas—. Ella era tan hermosa que podía conseguir a quien quisiera, pero parecía estar esperando un gran amor que apareciera por el horizonte. Aún no lo veía, pero sus ojos reflejaban ya una cierta luz con aroma a cuento de hadas. Aniza era así. Era la vida misma.

—Podría haber alguien que estuviera celoso de ella, ¿no cree?

—No tengo ni idea, pero nunca la vi preocupada ni enojada. Los míos son recuerdos de infancia, es cierto, pero no están edulcorados por el tiempo o por su ausencia. No digo que fuera perfecta, era una chica que no llegaba a los veinte años, feliz y serena. Amistades no le faltaban, pero he de decirle que no encontrará a ninguna con vida.

Francesco volvió a sentarse frente a ella. Parecía más tranquilo. Teresa había reabierto una vieja herida que nunca había llegado a cerrarse de verdad, había devuelto el dolor a su vida. Le habían hecho falta unos minutos para recuperarse.

—Me imagino que el pueblo era un lugar tranquilo —continuó Teresa.

—Si se refiere a que no había locos maniáticos por ahí como pasa a menudo hoy en día, sí, pero de todos modos ya se encargaba la guerra de animar los días en el valle.

—¿Qué recuerdos tiene de esa época?

Él entrelazó sus manos frente al dibujo. Temblaban.

—Pasábamos hambre, los alemanes subían desde los pueblos de la llanura para controlar las aldeas del valle, y había partisanos que los tenían a tiro desde los agostaderos. Y nosotros, en el medio.

Teresa comprendió que tal vez había encontrado la conexión que estaba buscando, el extremo del hilo que intentaba rebobinar.

—Hábleme de esos partisanos —dijo, sacando el cuaderno de su bolsillo—. ¿De qué brigada eran?

Francesco parecía incómodo. No conseguía quedarse quieto.

—Ah, los partisanos —dijo, como si un mal sabor de boca le pegara los labios—. No recuerdo haber visto nunca por aquí los pañuelos verdes de la Brigada Osoppo, solo los rojos de la Garibaldi. Eran partidarios de Tito. Venían de los valles de Natisone. El sentimiento que acompaña aquí casi siempre su memoria es el de haber tenido que aguantarlos. Los resianos los soportaron, pero yo no hablaría de odio. Es la guerra en sí misma lo inaceptable. A fin de cuentas, eran casi todos buenos chicos, muchos de ellos poco más que críos. Menores con un fusil en las manos, ¿se da cuenta? Vivían en los bosques, en los agostaderos, y de vez en cuando bajaban a las aldeas para aprovisionarse de alimentos.

—Ha dicho *casi*: ¿es que había alguno que no fuera tan buen chico?

—Dale a un idiota un arma y tendrás un idiota lleno de arrogancia, solía decir mi abuelo. No eran santos, pero tampoco eran demonios. Aquí en el valle nunca crearon problemas. Ahora, en cambio, resulta que uno de ellos dibujó la cara de Aniza con sangre.

Sus manos temblaron aún más. Las escondió debajo de la mesa.

Teresa insistió.

—¿No recuerda siquiera algún incidente negativo relacionado con ellos?

El silencio que siguió fue singular.

—¿Señor Di Lenardo?

—Fue en 1945, a finales del invierno. Todos los jueves por la mañana, subía del valle un alemán en un carro arrastrado por un caballo. Iba a San Giorgio, al horno, a buscar pan fresco. Recorría todo el camino espoleando al animal, sin escolta. No la necesitaba: era intocable y lo sabía. Si alguien le hubiera hecho algo, sus compañeros se lo habrían hecho pagar caro a los habitantes del valle. Así funcionaban las cosas con los alemanes.

—Ya me lo imagino.

—Desde los pueblos encaramados en las morenas, lo veíamos subir por el camino que bordeaba la montaña y el río. Ese día también lo vieron los partisanos, pero no se adentraron en el bosque, no había necesidad: sabían que el alemán iría al horno como todas las semanas y regresaría con su *Kommandant* sin molestar a nadie...

—Pero aquel día las cosas fueron distintas —dijo Teresa por un impulso.

Francesco se pasó la lengua por los labios, tan nervioso como alguien que tuviera que lidiar de repente con un ardor.

—Sí, aquel día las cosas fueron distintas —suspiró.

33.

Apoyado contra el coche, Massimo observaba el manto frondoso que cubría las colinas y el valle como un tejido dinámico, compuesto por millones de interconexiones. Había aprendido a temerlo y a respetarlo. La experiencia que había vivido solo unos meses antes junto con Teresa Battaglia y el resto del equipo, en un bosque no muy lejos de allí, aún reverberaba en su interior. Era un recuerdo que resonaría largo tiempo en sus recovecos, como una nota baja y vibrante. Tan profunda como los abismos del alma humana.

De vez en cuando se tocaba el ojo morado: lagrimeaba, sensible al viento que se levantaba con ráfagas frescas y húmedas del cañón excavado por el río. Traía el olor de las rocas húmedas y del musgo que goteaba aferrado a las orillas.

El coche se estremeció brevemente bajo su espalda. Blanca había bajado y se había apoyado también contra la cálida carrocería, que transportaba hasta el valle el olor químico y venenoso del mundo del que provenían.

La vio por el rabillo del ojo mientras cruzaba los brazos como él. Incluso la expresión era la misma: seria, pero poco convincente.

Sintió el impulso de sonreír.

—Perdona —dijo la chica inesperadamente.

Massimo se volvió para mirarla. Cualquiera hubiera entendido que esa palabra le había costado una buena porción de orgullo.

—¿Por qué? —le preguntó.

Blanca se había sonrojado de vergüenza y él sintió ternura.

—Yo... —empezó a decirle—. Te he contestado mal un par de veces. No es propio de mí.

Él le dio un codazo suave.

—Soy yo el que ha de pedirte perdón —dijo, silenciando las justificaciones—. Me he comportado como un gilipollas.

Blanca se mordió el labio. Sus ojos tan particulares, ciegos frente al mundo pero capaces de sondearlo por caminos misteriosos, vagaron por el bosque sin verlo. Para ella debía de ser un mar nocturno, borroso y oscuro.

—¿Crees que la encontraremos alguna vez? —le preguntó.

Massimo clavó la mirada en la tupida extensión. Era un organismo que no siempre devolvía lo que devoraba.

—Depende del bosque —murmuró, mientras le sacudía un escalofrío a pesar del clima templado.

—Hablas de él como si tuviera sentimientos.

Él siguió escrutando esa inmensidad de sombras y recovecos. Por un momento, le pareció que su mirada era correspondida.

—Créeme. Los tiene.

34.

—Poco antes de que el soldado alemán llegara a la aldea, mi hermana Ewa, la abuela de Krisnja, vino a llamarme al campo donde yo vigilaba las vacas —continuó Francesco. Teresa se había dado cuenta de que su rostro estaba perlado con un velo de sudor, pero él se esforzaba por parecer impasible. Dejó que siguiera hablando.

—Ewa era solo un año mayor que yo y tenía un fusil en las manos. Se lo había prestado en broma un partisano con el que desde hacía unos días había trabado amistad. Una amistad prohibida. Le enseñaba a disparar, después de haber quitado las balas.

—¿Y ocurría a menudo? —le preguntó.

—Yo no tenía ni idea de nada. Más tarde supe que había sucedido un par de veces. Era un chico de diecisiete años, lo recuerdo bien. Pelirrojo, con muchos rizos, y una cara moteada de pecas. Ese día nos llevó a un prado que daba a la carretera. Al otro lado, escondido en el boscaje, había un puesto de avanzadilla partisano. Nos agazapamos; Ewa, entre risas, me dejó empuñar el fusil. Apunté, apreté el gatillo fingiendo que disparaba, solo que el arma disparó de verdad. La bala cortó una de las guarniciones que aseguraban el caballo al carro. Fue el acabose. El animal se encabritó y arrastró al soldado a la carrera por todo el valle. No había pasado ni una hora cuando los alemanes llegaron a la aldea entre ráfagas de ametralladoras y disparos de fusil que asaetaban las casas y los campos. Afortunadamente, se conformaron con aterrorizarnos y se marcharon. Nunca supe si ese chico se había olvidado de quitar las balas o si fue un juego sádico para él.

Teresa tragó saliva con dificultad.

—¿Le ocurre algo? —le preguntó Francesco, al notar su expresión.

Teresa lo negó, pero no era del todo cierto. Francesco Di Lenardo acababa de describir el cuadro que Teresa había admirado en casa de Andrian. El pintor, por lo tanto, había presenciado la escena, mientras un compañero suyo dejaba que Francesco disparara. Estaba allí, a pocos metros del niño, del sobrino de la mujer a la que poco tiempo después mataría, escondido probablemente en la avanzadilla partisana oculta entre los árboles en la colina de enfrente. Lo miraba, lo observaba. Era un invitado invisible que había entrado en el círculo íntimo de la familia de Aniza.

—¿Recuerda el nombre del partisano pelirrojo? Probablemente fuera un compañero de Andrian —dijo Teresa.

—No.

—¿Y el de algún otro?

—No, lo siento. Ninguno de nosotros intimaba con ellos, era peligroso. Y no usaban sus nombres de pila para llamarse unos a otros, sino los de guerra. En todo caso, no recuerdo ninguno.

Teresa hizo la pregunta que ambos habían estado esperando desde que comenzaron a hablar.

—¿Qué pasó la noche en la que desapareció Aniza?

La mirada de Francesco cambió. Se volvió absorta, distante: había regresado a ese día, setenta años antes.

—Lo que sucedió cambió mi vida —dijo—. Era una tarde tibia, parecía que el verano tenía prisa por llegar. Aniza se había pasado todo el día bordando en su habitación.

—¿Era un comportamiento inusual?

—No especialmente. Lo había hecho a menudo en las últimas semanas. Decía que tenía que acabar deprisa un encargo para entregarlo. Yo, en aquellos días, prefería jugar en la calle con otros niños y no le presté mucha atención. Nunca me lo perdonaré.

—No tiene nada de lo que culparse —dijo Teresa, pero Francesco pareció no oírla.

—Poco antes de la cena, Aniza dijo que iba a ver a una amiga suya, Katerina, para enseñarle el ajuar que estaba preparando para su hijo. Katerina iba a dar a luz en pocas semanas y Aniza le tenía mucho cariño.

—¿Qué les contó Katerina de aquella cita?

—Nada. No la vio. Aniza nunca llegó a su casa, aunque vivía a pocos minutos andando de aquí. Preguntamos a todo el pueblo, pero nadie había visto a mi tía en los alrededores de la casa de la joven. Hubo quien juró haberla visto bajar por el camino que conducía al bosque, hacia el este, al otro lado del pueblo. ¿A qué iba al bosque a esas horas, sola? Son preguntas que nos han vuelto locos durante años.

Teresa escogió las palabras cuidadosamente y habló con delicadeza, pero era consciente de que para esa alma quebrada resonarían en cualquier caso como un grito.

—No creo que Aniza estuviera sola en el bosque —murmuró—. Creo que alguien la esperaba entre los árboles.

Francesco la miró.

—¿Alguien que la atrajo hasta allí? —preguntó.

—No, no la atrajo. Se habían puesto de acuerdo. Aniza tenía que verse con alguien esa noche, sí, pero no con Katerina.

El hombre se puso rígido.

—¿Quiere usted decir que Aniza le mintió a su familia? ¿A mí?

Teresa sonrió, para suavizar la verdad.

—Son cosas que hacen las jóvenes, en otros tiempos quizá incluso más, para reunirse con su enamorado —dijo.

—Mi tía tenía edad para desposarse, no había razón para ocultarle a mi abuelo su amor por un chico.

—Tenía todas las razones, si ese chico era un partisano escondido en estas montañas.

Francesco se quedó sin palabras.

—¿Andrian? —susurró.

—Sí.

En el rostro de Francesco se alternaron emociones encontradas: asombro, resignación, turbación y finalmente rabia.

—Ella lo amaba y él la mató —murmuró, con los ojos desorbitados, las manos apoyadas de nuevo en la *Ninfa durmiente,* como queriendo retenerla en su propia vida.

—Todavía hay que aclarar muchas cosas —dijo Teresa.

—¿Por qué le haría algo así?

—Francesco, por ahora solo estamos haciendo suposiciones. Por favor, mantenga la calma.

El hombre miraba al vacío, como si estuvieran cobrando forma ante él pensamientos que nunca antes había osado concebir.

—¿Cómo la mató? —preguntó.

—Es imposible decirlo si no encontramos el cuerpo. Es más, sin cuerpo y sin confesión, me temo que ni siquiera podemos hablar de asesinato.

Francesco la fulminó con la mirada.

—¿Y qué fue lo que pasó, entonces? —silbó.

—Pues una trágica fatalidad, incluso en lo que respecta al juez. Aniza pudo resultar herida, quizás al caerse en una grieta. ¿Alguna vez lo ha pensado? Andrian estaba allí, pero no podía ayudarla. Y se volvió loco de dolor.

Francesco pareció considerar la nueva hipótesis, pero la descartó inmediatamente después con una negación decidida.

—Si había un lugar donde Aniza estaba segura, eran los bosques de este valle. Había nacido aquí, conocía cada recoveco, cada garganta, cada saliente. *No.* No fue el valle el que mató a una de sus hijas, comisaria.

Tampoco Teresa estaba convencida de ello, pero se sintió obligada a sondear todas las posibilidades.

—Andrian hubiera podido acudir a nosotros, en ese caso —continuó Francesco, nervioso—. Habría podido pedir ayuda, ¡intentar salvarla! ¡Podía haber venido a vernos y decirnos dónde estaba!

Estalló en sollozos, pero su dolor era púdico y se detuvo antes de que se convirtiera en llanto. Escondió el rostro entre sus manos y suspiró.

—Lo siento —se apresuró a decir—. No es propio de mí, pero la tensión...

Teresa le puso la mano en el hombro. Abrazó ese cuerpo enorme y afligido durante un momento, luego lo soltó.

—No hay nada por lo que disculparse, Francesco. ¿Tiene ganas de continuar?

El hombre asintió.

—Ha dicho que Aniza salió de la casa justo antes de cenar. ¿La vio usted mismo?

—Sí, yo estaba jugando en el patio. Me dio un beso rápido. La vi bajar por la carretera. Iba cantando.

—¿Y luego?

—Luego nada. No regresó. Cayó la oscuridad, mi abuelo estaba furioso por ese retraso. Estábamos en guerra, por las noches no era aconsejable volver a casa demasiado tarde. Fue a buscarla a casa de Katerina. Él solo. Lo esperé en casa, con mi padre y mi madre que bromeaban diciendo que a Aniza le iba a caer una buena con el abuelo. Cuando regresó, sin embargo, era otra persona. Nunca olvidaré su mirada. Lo sabía ya. Sabía ya que nunca volvería a verla.

—¿Qué les dijo? —preguntó Teresa en un susurro.

Francesco mantuvo la cabeza entre las manos, la mirada fija en la *Ninfa*.

—«La oscuridad me la ha quitado», eso fue lo que murmuró. *La oscuridad me la ha quitado.* Ni siquiera tenía voz para hablar. A mi padre le llevó un rato entenderlo, luego salió y llamó a todo el pueblo para que saliera, yendo de puerta en puerta preguntando, buscando. Muchos salieron al bosque con linternas y antorchas. Recuerdo que la noche se iluminó de luces y el silencio se vio atravesado por miles de llamadas que gritaban a la oscuridad un solo nombre. Aniza. Los animales en las eras y en los establos estaban nerviosos. Se les había contagiado nuestra inquietud.

Calló un momento y suspiró antes de continuar.

—Tanta preocupación no sirvió de nada, ni esa noche, ni las que siguieron. Solo encontramos un bolso con sus labores de bordado. Estaba en el borde del bosque.

Teresa sintió algo revolverse en su pecho, una sensación densa que se apoderó de su corazón.

—Desearía poder aliviar su dolor —consiguió decir apenas.

—Y luego la música. Esa maldita melodía —prosiguió Francesco, como si ya le resultara imposible volver de los recuerdos.

—¿Qué música?

—Un violín que empezó a tocar en la oscuridad. Estaba en el bosque, en la montaña que teníamos delante. Sonó casi toda la noche. Breves pausas, y luego volvía a empezar.

—¿Quién era?

—Nunca lo supimos. Aquí en el valle tuvimos un maestro muy bueno, aficionado a la música clásica. Dijo reconocer la melodía sin asomo de duda. Era la *Sonata para violín en sol menor* de Tartini, más conocido como *El trino del diablo*. Quien la estuviera tocando lo hacía maravillosamente.

Teresa se quedó sorprendida.

—No soy ninguna experta, pero sé que es una de las pruebas técnicamente más exigentes jamás compuestas para un violín solista, una sonata de rara e inigualable complejidad —dijo—. ¿Quién era capaz de tocarla en el valle? Una habilidad como esa no podía pasar desapercibida.

—Nadie. Y si está pensando que podría ser uno de nuestros instrumentos el que sonaba, le digo inmediatamente que no. No era un sonido resiano. Aún me da escalofríos, incluso ahora —hizo una pausa, como si no estuviera seguro de si continuar o no—. ¿Sabe lo que decía Tartini al respecto?

Teresa negó con la cabeza.

—Que la sonata nació de un sueño en el que había hecho un pacto con el diablo. Lucifer había ejecutado esa increíble pieza para él, con una genialidad y brillantez que venían directamente del infierno. Al despertar, Tartini trató de transferirla de inmediato a una partitura, pero siempre juró que fue incapaz de reproducir toda su magnificencia. La sonata vio la luz exactamente diecisiete años después de ese maldito sueño.

—Desde luego, es una clave de lectura muy sugestiva —reflexionó Teresa.

—Los viejos resianos tomaron esta historia al pie de la letra. Dijeron que había sido el diablo quien había raptado a Aniza, arrancándola de su vida, llevándosela con él al bosque y luego a la oscuridad, la inmutable, la que nunca ve el amanecer. Su trino se escuchó durante algunas noches. Traído por el viento, primero cerca, luego lejos. Parecía mofarse de nosotros, de nuestra fe, de nuestras búsquedas. Era una befa de nuestras esperanzas de encontrar a Aniza aún viva. Mi abuelo dijo que al final el diablo se mostró magnánimo, porque no nos permitió encontrar su cuerpo. Nos dejó una pizca de esperanza a la que aferrarnos, si realmente queríamos seguir haciéndolo.

Se quedó en silencio, el peso de los recuerdos le veló la mirada y le dobló los hombros.

Teresa hizo la última pregunta.

—Supongo que no denunciaron la desaparición, ¿verdad?

—¿Ante quién? Esta era una tierra fronteriza, la guerra estaba en su clímax más trágico. No había Estado, las instituciones tenían cientos de miles de muertes en las que pensar. Italia estaba a la deriva. Estábamos solos, Aniza estaba sola. Perdida.

Teresa cerró el cuaderno.

—Creo que por el momento puede ser suficiente —dijo—. Gracias, me ha sido muy útil.

Francesco se espabiló de sus pensamientos e hizo algo que Teresa no esperaba.

Preguntó por Andrian.

—He leído la noticia en el periódico, pero no había elementos para vincularlo con Aniza. ¿Es cierto que no ha vuelto a hablar desde 1945?

—Sí, es verdad.

—Creen que fue él quien la mató, ¿no?

—Es posible, pero todavía hay muchos elementos que tomar en consideración.

Francesco reunió en un breve silencio las fuerzas para hacer la pregunta sucesiva.

—¿Cree que podría conocerlo?

35.

La policía había llegado al valle con el mayor sigilo. Iba siguiendo las huellas dejadas por un corazón casi un siglo antes y, sin saberlo, había reabierto las puertas de un pasado que no debía regresar. A pesar del tiempo transcurrido, esa sangre aún estaba caliente, mantenida con vida por el recuerdo perpetuo de aquellos que habían amado a la joven a quien pertenecía. Esa sangre había hablado. Los había llevado allí antes de lo previsto.

A pesar de la discreción de la comisaria pelirroja y de mirada aguda, alguien se había percatado de los recién llegados. Los había seguido. Los veía violar paso a paso, con cada palabra, un enigma sagrado.

El *Tikô Wariö* llevaba un cuévano a hombros. El líquido que rezumaba de sus mimbres tenía la consistencia y el color de la pulpa de las cerezas maduras, pero su olor ferroso era el de la vida que fluye por las venas y que ahora, en cambio, estaba quieta, casi coagulada.

Un corazón por un corazón. El castigo por la traición.

La policía no era el único peligro que acechaba. Otras presencias vigilaban el valle como rapaces nocturnas.

El peso ligero de lo que el cuévano contenía era una advertencia silenciosa y feroz para no olvidar: lo que había sucedido una tarde en el bosque, setenta años atrás, debía permanecer enterrado y no ver nunca más la luz.

Tenía que descansar en su tumba. Para siempre en el valle.

36.

El viento soplaba con furia, cargado de humedad. Una nube espumosa en rápida transformación había cubierto el sol y su sombra tentacular había caído sobre el valle. Se desplazaba por encima de las crestas y a lo largo del lecho del río como la mano de un gigante. Sus dedos recorrían la tierra y esparcían escalofríos, robaban el calor de la roca y empujaban a los animales hacia sus madrigueras.

El aire era eléctrico, cargado de promesas tormentosas. Al este, el triángulo del cielo entre las agujas de los Alpes era un remolino de nubes grávidas de lluvia. El crujido de los relámpagos cruzaba ese torbellino gris metálico, cada uno seguido por un trueno que parecía la voz de la montaña, un grito que resquebrajaba el aire y estallaba con estruendo. La naturaleza estaba a punto de exhibirse en uno de sus espectáculos más impresionantes.

Teresa se acuclilló bajo el tilo centenario que Francesco le había indicado. El follaje recibía los bofetones del aire revuelto que lo hacía girar violentamente de un lado a otro, y parecía vibrar de rabia.

Aún no había hablado con Marini y Blanca. Ya tendrían tiempo para desenmarañar esa historia. Solo quería «sentir».

El pueblo había cambiado, pero no en exceso, ahora Teresa se daba cuenta. Frente a ella se abría un fragmento de paisaje que ya había visto en el cuadro de Andrian. El pintor lo había pintado desde el lugar en el que ahora ella observaba la perspectiva y se imaginaba a los dos niños y al partisano pelirrojo mirando el carro conducido por el soldado alemán que se encaramaba por la cuesta.

Andrian había estado allí setenta años antes que Teresa. Había mirado lo que ella estaba mirando ahora. Había respirado los aromas del valle. Había observado a su gente. Se había acercado a Aniza a escondidas de su familia. Estuvo tan cerca de Francesco como para poder tocarlo, mientras él ni siquiera conocía su existencia, ni los impulsos que, tal vez, lo habían llevado a matar a quien más deseaba.

Teresa rozó las raíces del tilo. Parecían brazos musculosos hincados en la tierra. Se imaginó a Andrian sentado allí, con su fusil y sus lápices, que cogía una hoja y empezaba a dibujar.

Hundió la mano en la tierra. Necesitaba imaginárselo. Necesitaba tratar de entender lo que había sucedido en su mente, cómo habían sido esos días de un pasado lejano. Necesitaba establecer algún contacto con él. Sentir lo que había sentido. Aferrar sus esperanzas, sus alegrías, sus dolores. Aquella obsesión suya.

No tenía nada más que a ese viejo pintor loco. Aniza, definitivamente, era tierra en la tierra, no era ya cuerpo.

Se le vino a la cabeza la forma con la que Andrian miraba el bosque fuera de su habitación: como si hubiera algo ante sus ojos que atrajera su atención, hasta el extremo de hacer desaparecer el mundo que lo rodeaba. Como si alguien correspondiera a su mirada.

Andrian no observaba el bosque fuera de su casa, se corrigió. *El tiempo se ha detenido para él. Está mirando la tumba de Aniza. Aquí, en alguna parte. La enterró donde solo él podía verla. Donde solo podía ser suya. Está aún ante sus ojos.*

—¿Dónde estás? —susurró—. ¿Dónde te has escondido?

Miró el valle a sus pies. Su majestuosidad, la belleza salvaje de los picos y de las profundidades la aturdían. El río se deslizaba entre las rocas, rompiéndose en chorros a cada salto, para reunirse más abajo y contonearse lentamente hacia la garganta, donde las cosas muertas y otras que nunca habían respirado eran engullidas para ser depositadas después en la orilla. «Inmensidad» era la palabra que Teresa tenía en los labios. Una inmensidad no solo física, sino que trascendía la materia. Había algo místico en aquellos lugares, algo que tenía mucho que ver con el sentido de lo divino. El valle respiraba con un aliento vital. Cada tallo, cada hoja, cada piedra, cada gota de agua vibraban con una energía sensible, que creaba cosas perfectas.

Aniza formaba parte ahora de todo eso. Era una flor entre las flores.

¿Dónde estás?, siguió pensando. *¿Qué fue lo que te hizo?*

Como movida por sus pensamientos, la nube que ocultaba el sol se deshizo a causa de los vientos de las alturas y liberó la luz. El calor regresó al mundo, los colores se volvieron más densos. Cayeron las primeras gotas de lluvia y se mezclaron con los rayos del sol.

Un arcoíris brillaba en el horizonte, como un puente sobre el desfiladero que bajaba hasta el río.

Aquí están, pensó Teresa, *los dos lados de esta historia: tiniebla y luz, muerte y amor.*

Si quería llegar al otro extremo del hilo y encontrar el origen de la tragedia, debía tenerlos ambos bien presentes.

37.

20 de abril de 1945

El anochecer iba conquistando la aldea con sombras violetas. Era el momento en el que el día y la noche se rozaban. La luz se encaramaba por los muros de las casas como un ejército compacto que efectúa una retirada ordenada. El oro se elevaba hacia los tejados, mientras el sol era una vela desgastada que iba apagándose más allá de la muralla almenada de las montañas. Los matices del mundo se volvieron más densos, como si el aire estuviera más enrarecido y los colores languidecieran en el fondo, residuos densos y materiales de luz. Parecía posible respirarlos, sentir encima su peso infinitesimal.

Aniza se llenaba de esa sombra con cada respiración, mientras bajaba con rápidos pasos por el camino de la iglesia. Sentía que algo había cambiado en ella en las últimas semanas. El cielo terso de su vida se había convertido en noche. Una noche con aroma a flores silvestres y besos robados, a cuerpos entrelazados entre briznas de hierba y promesas de amor eterno. Era el aroma de una pasión secreta, que no la dejaba comer ni dormir y le iluminaba las mejillas con un sonrojo que, según le decía él, la hacía más hermosa.

La noche, sin embargo, no dejaba de estar hecha de oscuridad. Toda lógica quedaba apagaba, las defensas se relajaban. Era sobre todo la traición de la confianza, cada vez que se veía obligada a mentir a su familia.

Aniza se sentía desgarrada entre lo que era y lo que ese amor le pedía que fuese, pero la elección ya había sido tomada.

La casa de Katerina estaba frente a la iglesia. Unos pasos más y llegaría hasta ella.

En cambio, giró a la izquierda y se encaminó por el sendero que pronto se convertiría en poco más que una pista de mulas. Miró a sus espaldas. Nadie debía saberlo. Nadie podría entenderlo.

Los narcisos salvajes parecían señalar el camino, entre cascadas de acacias blancas como su vestido y matas de rosas silvestres. Las orquídeas de montaña eran un nido de inflorescencias oscuras que emergían de la nube espumosa de los berceos.

Levantó el chal sobre la cabeza y se sintió como una novia. El bosque era el templo, la naturaleza era su dios.

Él la estaba esperando.

38.

—Aniza. Entonces existió de verdad.

Marini había pronunciado esas palabras con pesadumbre, en un suspiro. Teresa se hacía cargo de su estado de ánimo. Los sentimientos eran de impotencia, de esa melancolía sutil pero persistente que los invadía cada vez que no había nada que hacer por la víctima. La náusea, la rabia: ya las habían vivido.

Habían llegado ante Aniza con setenta años de retraso.

—Todavía podemos averiguar qué le ocurrió.

Fue Blanca quien habló, con una urgencia en su voz que conmovió a Teresa. Y luego ese «nosotros» implícito que la hizo sonreír a pesar de todo.

—Lo intentaremos —prometió.

En la cara de la joven se dibujó una expresión decepcionada y al mismo tiempo preocupada.

—¿Eso es todo? —preguntó.

Marini se echó a reír.

—Ojalá —dijo—. Aún no lo sabes, pero para esta señora «lo intentaremos» significa literalmente que escupiremos sangre hasta que obtengamos el nombre del culpable y un móvil inobjetable.

—Vuelve a llamarme otra vez «señora» y te mando a tomar por culo. ¿Te queda claro?

—Cristalino, señora.

Blanca sacudió la cabeza. Parecía asombrada de su capacidad para atormentarse mutuamente.

—¿Y ahora? ¿Cuál es el siguiente paso? —preguntó.

Teresa sacó su diario del bolso en bandolera. Buscó una página intacta y miró hacia la aldea.

—Ahora profundicemos más.

Francesco Di Lenardo los había invitado a un encuentro de la Asociación para la Tutela de la Identidad Resiana. La reunión se celebraba en la posada de Matriona. El local estaba abarrotado y los ánimos encendidos. En el orden del día, según sospechaba Teresa, no figuraban cuestiones sobre el idioma y la cultura del valle, sino el asesinato de una muchacha desaparecida muchos años atrás. Aniza estaba en boca de todos los presentes, en sus miradas incrédulas, perdidas incluso en algunos casos. En cierto modo, había vuelto a casa.

Una vez más, Teresa se maravilló de la emotividad que un acontecimiento tan lejano en el pasado conseguía desprender, pero en este caso, a diferencia del dolor de Francesco, la explicación que se daba era mucho más prosaica: Val Resia era un mundo ayuno de episodios criminales. El de Aniza era probablemente el único asesinato —si bien aún por demostrar— que había contaminado su pureza: resonaba como una bola de metal lanzada escalón tras escalón escaleras abajo. Piso tras piso, década tras década, el ruido seguía siendo ensordecedor.

Cuando se percataron de la presencia de extraños, docenas de pares de ojos se volvieron hacia la entrada. Se hizo el silencio, roto solo por un resoplido de Smoky. Desde su llegada al valle, el perro estaba nervioso. Incapaz de encontrar sosiego, daba vueltas sobre sí mismo, se sentaba y aullaba, para levantarse de nuevo después y volver a empezar.

—Quizá esté aburrido —había dicho Blanca, pero no parecía muy convencida.

—Desde la aparición de la *Ninfa,* todo ha ido de mal en peor —había comentado Marini, lapidario.

Teresa lo fulminó con la mirada. Odiaba las supersticiones y más aún a quienes las fomentaban. Nunca habían traído nada bueno a la humanidad.

—Estaba bromeando —aclaró él.

—Más te vale.

Teresa correspondió al examen de todas aquellas personas sin molestarse en ocultarlo. Estaba buscando un elemento recurrente en sus caras, un rastro visible de su origen común. Había oído que toda la gente de ese valle se parecía un poco.

Quizá fuera así en un pasado no muy lejano, pensó, pero ahora esa peculiaridad física, si alguna vez llegó a existir, se había confundido, diluido.

Francesco se le acercó y ese gesto pareció reabrir las compuertas del tiempo: las conversaciones comenzaron a fluir nuevamente, la gente se les aproximó, rodeándolos con curiosidad.

—Calma, calma —los mantuvo a raya Francesco—. Sentémonos y todos tendréis la oportunidad de preguntar lo que queráis.

Hubo muchas preguntas y Teresa respondió con paciencia a todas. No podía revelar nada sobre los resultados de las indagaciones, pero tenía interés en hacerles partícipes en la medida de lo posible, quería sondear el estado de ánimo de esas mujeres y hombres que no habían conocido a Aniza, pero que se interrogaban sobre el destino que la había arrancado de su familia. Percibió el vínculo que hacía que se sintieran como algo más que simples vecinos.

—¿Hubo un asesino entre nosotros o el culpable es ese tal Andrian? —preguntó alguien. Algunos miraron a su alrededor, como buscando una refutación que no llegó para ninguna de las dos hipótesis.

—Es muy temprano para llamar al culpable por su nombre —dijo Teresa.

Poco a poco, cuando ya no quedó ningún aspecto sobre el que indagar, los ánimos se apaciguaron, las conversaciones tomaron otros derroteros y el charloteo se vio acompañado por unas copas de buen vino. Nadie hablaba en italiano. La lengua era un dulce y misterioso restallido de consonantes, una armonía vocal de encanto exótico.

Matriona era una anfitriona atenta a sus invitados. Teresa la miró mientras deambulaba entre las mesas, llenando vasos y sirviendo bocaditos de apetitoso aroma. Algunas mujeres la ayudaban. Teresa se había percatado de que habían sido las únicas que no se habían acercado a ella ni le habían hecho preguntas. La habían observado a distancia, sin dejar que se filtraran sus emociones.

—Tienen que probar nuestra crema de tallos de ajo —dijo Francesco, ofreciéndoles una bandeja de canapés. El pan todavía estaba caliente y la salsa, de un color verde brillante, era fragante. El olor, sin embargo, no resultaba tan penetrante como Teresa había esperado.

—Vamos, sírvanse —insistió Francesco—. No lo encontrarán en ningún otro sitio.

—¿También el ajo es especial aquí? —preguntó Marini mordiendo un trozo.

—El aislamiento no ha tenido sus efectos solo en los humanos del valle —Francesco señaló las ristras que colgaban del techo—. Nuestro ajo se llama *strock,* es rojo, con granos diminutos, y de gusto dulce. Como todas las cosas preciosas, su producción es escasa.

Teresa y Blanca también lo probaron.

—Delicioso.

El aperitivo se deslizó hacia el almuerzo sin que Teresa se diera cuenta. Cuando mencionó que tenían que regresar a la ciudad, fue Matriona la primera en insistir para que se quedaran. Había llevado a la mesa platos de sopa humeantes.

—Nuestra sopa de ajo. No pueden dejar de probarla —dijo—. Y además tenemos *calcüne.* He recogido el llantén y la colleja esta mañana para preparar el relleno. Me apuesto algo a que nunca han probado la zanahoria silvestre.

—Si es por eso, tampoco lo demás —se rio Blanca.

Matriona le acarició un hombro.

—Entonces no hay más que hablar —dijo, volviéndose para atender al resto de invitados.

Teresa mencionó a las mujeres que la ayudaban.

—No me las han presentado —dijo.

Francesco siguió su mirada.

—Trabajan en la explotación agrícola de Mat —le explicó—. Cultivan ajo y plantas medicinales, malva sobre todo. Las ponen a secar y las empaquetan para venderlas como infusiones o componentes medicinales. Es un experimento social y económico que funciona. Muchos jóvenes se han acercado a nuestra zona de esta manera. Algunos han vuelto a vivir en el valle después de haberse ido —señaló las cintas que colgaban de los clavijeros de los violines—. Cada mujer tiene sus propias bandas, sus colores, y decora el cuévano con el que recoge flores y plantas. Es también una manera de alimentar sus raíces y al mismo tiempo expresar la individualidad.

—Sus apellidos son italianos —reflexionó Teresa—. Sin embargo, muchas mujeres tienen nombres resianos. Los hombres, por el contrario, no.

El hombre asintió.

—Nuestro idioma se ha transmitido de forma oral durante siglos. Solo en tiempos recientes estamos tratando de elaborar una versión escrita, tal vez por hallarnos tan cerca de perderlo. Adoptar apellidos italianos fue algo natural, supongo, cuando el valle se abrió al mundo. No puedo decirle exactamente cuándo sucedió. Muchos me consideran la memoria histórica de este lugar, pero tal vez no tenga la edad suficiente para recordar lo que importa, y los saberes antiguos, por desgracia, se han perdido. No sabemos de dónde venimos. Nuestras mujeres, en cambio, siempre han conservado algo de nuestra historia, ellas sí. Como si se tratara de un fuego sagrado, una pequeña llama que había que mantener viva. Siguen transmitiéndose los nombres antiguos. Son ellas las que enseñan resiano a los más jóvenes. Son ellas las que devuelven la vida a esta tierra cada primavera, cultivando sus hierbas. Por supuesto, no todas. Solo algunas. Pero estoy seguro de que habrá más que se unan a ellas. Las hembras de todas las especies se preocupan por cosas en las que los machos rara vez piensan.

—¿A qué se refiere? —preguntó Marini.

—Al futuro. Para ellos es una propensión genética innata.

—Aquí el pasado y el futuro se fusionan —observó Teresa.

Francesco pareció reflexionar.

—El tiempo para los antiguos no tenía una tendencia lineal, como para nosotros —dijo—. Era cíclico, como las estaciones de la naturaleza. El invierno era una puerta que se abría a la primavera. La muerte era un tránsito hacia una nueva vida. De esa manera, en este valle, el pasado es el punto de partida y de regreso.

—¿De verdad no les ha quedado ningún testimonio de sus orígenes? —preguntó Blanca. Parecía fascinada.

—Ninguno. Llevamos aquí siglos, pero todo rastro de nuestra llegada parece haberse desvanecido. Todo lo que da testimonio de nuestros orígenes es etéreo, evasivo: nuestro lenguaje y nuestros cantos.

—¿Cantos?

—Supongo que nunca habrán oído hablar de Ella von Schultz-Adaïewsky. Era una compositora y musicóloga rusa que también vivió aquí en Italia. Se dedicó desde muy temprano a los estudios etnomusicológicos. En 1897, publicó un ensayo, *La Berceuse Populaire.*

—La canción de cuna popular —tradujo Teresa.

—Estudió, para lo que tuvo que viajar, distintas canciones de cuna del continente indoeuropeo. Su teoría era que las cantilenas populares que se usaban para adormecer a los niños poseían en sus ritmos propiedades calmantes y sedantes y que había sido precisamente la sabiduría popular instintiva lo que había excluido de las canciones de cuna los elementos que estimulaban el *ethos* inquietante. Como es lógico, la cuestión es más técnica y compleja de lo que les describo. Ella lo explicaba con compases y tiempos en alza, llamados anacrusas, a los que definía como «elementos perturbadores y enemigos del descanso».

—Disculpe —le interrumpió Marini—. No acabo de entender la conexión con sus orígenes.

—En este ensayo, Ella describe una canción de cuna de Mingrelia. Los mingrelianos son un pueblo que vive en una tierra montañosa a orillas del mar Negro: Cólquida, patria de Medea y tal vez de las amazonas. En concreto, Ella visitó el pueblo de Tsaisci, en el Cáucaso. Definió a sus habitantes como «morenos y ardientes». Escuchó su canción de cuna, un *paeon epibatus:* una melodía acompañada con el ritmo del pie.

—Igual que sus canciones —murmuró Teresa, intuyendo adónde quería ir a parar Francesco.

El hombre asintió. La miró con ímpetu silencioso.

—En su ensayo, Ella escribió que ya había escuchado una versión de esa cantilena —dijo—. La había oído durante dos estancias que había realizado en Italia, a fines del siglo xix, en un valle que definió como pintoresco.

—La Val Resia.

—Sí. Nuestra tierra. Ella la nombra claramente y describe las arias musicales. La única diferencia que encontró fue que nuestra canción de cuna es una tetrapodia yámbica, mientras que la mingreliana es una dipodia trocaica. Tecnicismos que tienen significado para poca gente. Para nosotros, para la mayoría, esas cantilenas parecen muy similares, casi la misma melodía.

Se inclinó hacia ellos, los miró uno por uno a los ojos. Los suyos eran ardientes.

—Significa que hemos encontrado una chispa de nuestros orígenes y no están aquí, ni al otro lado de las fronteras que nos rodean, sino mucho más al este, en oriente. El genoma nos lo confirma. Ahora la ciencia nos da la razón, nos dice que no somos unos pobres locos, como algunos nos han acusado de ser durante mucho tiempo.

Tomó un sorbo de vino. Las manos le temblaban ligeramente.

—Y además, hay otra diferencia —agregó, quizá algo titubeante.

—¿Cuál? —preguntó Teresa.

—Nuestra canción de cuna es también un canto fúnebre —murmuró—. Porque para nosotros el final es solo un nuevo comienzo. Adormecemos a nuestros muertos, los acunamos en el momento de su fallecimiento. La muerte es solo un tránsito.

Teresa pensó en sus reflexiones sobre la concepción cíclica del tiempo para los antiguos. Una sabiduría olvidada, que, por el contrario, parecía sobrevivir en ese valle.

—¿Cuál es exactamente su teoría sobre los orígenes de los resianos? —le preguntó.

Francesco respiró hondo.

—Nuestra historia comenzó allí, en los alrededores del lago Aral, probablemente. Hasta allí subieron los pastores de Mesopotamia. Iban en busca de pastos y aquella era una buena zona, por más que dominada por los pueblos de la estepa, violentos y déspotas. Sin embargo, allí también se torcieron las cosas: dejó de haber agua y pasto para los animales. Los pueblos de pastores se trasladaron entonces al noreste y se detuvieron en el Cáucaso. Tácito señala su presencia en el territorio de la actual Ucrania y los describe muy bien: a diferencia de los toscos hombres de la estepa, que se expresaban con dificultad mediante gestos y gruñidos, vivían en chozas y vestían discretamente, eran criadores de ganado y granjeros y hablaban su propio idioma. Tácito los llamaba *sclaves,* porque los hombres a caballo los explotaban y los sometían con la fuerza. Los mantuvieron divididos y esta división condujo a ligeras modificaciones en su idioma. Se cree que en torno al siglo VI huyeron de nuevo hacia el noroeste, siguiendo al ejército de los hunos. A nuestro valle llegaron cuatro tribus: cuatro diferentes cepas eslavas arcaicas. El profesor Hamp, un lingüista de notable fama, nos ha definido como una estirpe eslava glotológicamente independiente, confirmando la tesis de Baudouin de Courtenay.

Francesco calló, con la mirada sobre el mantel de lino. Sus dedos lo acariciaban sin tregua. Estaba claro que se había hundido en sus pensamientos, como si el pasado antiguo fuera ahora una corriente de imágenes que fluían sobre ese lienzo blanco.

—La tierra de las amazonas —murmuró Blanca, embelesada—. ¡Qué historia tan emocionante!

Todos se rieron.

—De todas las cosas que nos ha contado, solo se te ha quedado grabado un detalle que es precisamente lo único legendario —le tomó el pelo Marini.

—Eso lo dices tú.

—Lo dice la historia oficial.

—A decir verdad, tenemos muchas amazonas aquí —dijo Francesco—. Son mujeres fuertes las nuestras, e independientes. Solo Dios sabe cuánto —levantó los ojos: estaban sosegados de nuevo—. Pronto conocerán a una, y creo que verla les sobrecogerá.

Teresa había estado esperando ese momento con congoja y ahora que había llegado, su corazón latía con fuerza. Había llegado el momento de conocer a Krisnja, la bisnieta de Aniza.

Había llegado el momento de ver, en carne y hueso, el rostro de la *Ninfa durmiente*.

39.

Cuando no asistía a sus clases universitarias, Krisnja trabajaba como voluntaria en el museo etnográfico del valle. El edificio albergaba algunas salas modernas para la exhibición de una muestra permanente sobre un antiguo arte itinerante que hasta unas décadas antes había servido de sustento a los habitantes de Val Resia: el de los afiladores de cuchillos. Un edificio adyacente, más antiguo y rural, acogía en cambio la reconstrucción de una típica vivienda de la zona.

Francesco había dicho que la joven los estaba esperando allí.

—¿Listas? —preguntó Marini, con una expresión irónica que tal vez pretendía diluir su propia tensión. Habían fantaseado tanto sobre la *Ninfa durmiente* que probablemente la decepción a la que estaban a punto de enfrentarse fuese inevitable. Resultaba difícil que la semejanza entre las dos mujeres fuera tan sorprendente como les habían dicho. Sin duda, era imposible encontrar en una persona de carne y hueso la fascinación de un retrato tan misterioso.

—Listas o no, hagámoslo —contestó Teresa.

El sol había sido engullido por gigantescos vórtices de plomo a la altura de los picos. Las nubes eran torbellinos sombríos y amenazadores. El tiempo había cambiado otra vez y el día se había vuelto oscuro, con el aire tenebroso y amarillento. El viento traía el aroma de la lluvia y las primeras gotas de una virulenta metamorfosis. A lo lejos, espantosos rayos desgarraban la oscuridad entre dos picos.

Dejaron a Smoky esperándolos en el coche, con la ventanilla entreabierta. Una escalera de madera llevaba al primer piso. Por la puerta entornada salía el canto de una mujer en idioma resiano. La canción de cuna era de una dulce lentitud, la de los ritmos de la naturaleza. A Teresa le recordó las melodías campesinas de su infancia, cuando recolectaba con sus abuelos heno para los animales en los campos, o las uvas maduras y azucaradas de las hileras de vides, cuando el aire aún era cálido pero los colores del inminente otoño ya pincelaban las hojas. Podía sentir su aroma, la dulzura en sus labios. La canción estaba impregnada de ternura que se mezclaba con melancolía, pero también con una solemnidad que emocionaba. Se preguntó qué historia contaría.

Rozó el umbral, la puerta se abrió de par en par y Teresa se encontró en el pasado. El olor de la casa era el de la madera de los bancos hechos a mano que ocupaban los dos lados de la habitación, el del viburno de los cuévanos colgados en las paredes junto con otras manufacturas, con fotografías de rostros ancianos que parecían esculturas del tiempo. Manojos de hierbas secas pendían de las vigas del techo. Una estufa de mampostería ocupaba el lado libre. Al lado, en un trípode, había un caldero de aspecto antiguo.

Ella estaba allí, con el perfil oculto por un manto de cabellos oscuros que rozaban sus hombros en una ola que continuaba sobre su espalda. Llevaba una larga falda negra con un borde rematado con motivos florales y una blusa blanca ajustada a la cintura por una banda de color azulado. Se había subido las mangas hasta los codos y estaba absorta, revolviendo sobre una esterilla las corolas de minúsculas flores blancas. La manzanilla expandía en el aire su inconfundible aroma de miel después de casi un año de secado.

Krisnja continuaba con su canto de paz, mientras la tormenta amenazaba fuera. Fue una visión llena de magia que ninguno de ellos se atrevió a interrumpir. La cantilena se oponía con sosegada grandeza a la fuerza de los elementos que aullaban contra las ventanas y hacía que su furor se desvaneciera, casi como si fuera capaz de amansarlos. Blanca rozó la mano de Teresa en un breve apretón, como para decirle que compartía su emoción.

El canto se interrumpió y el aliento de todos también quedó suspendido en el aire.

Krisnja se dio la vuelta. Para Teresa fue como mirar la cara de una persona a la que nunca había visto en persona, pero a la que conocía desde siempre. Apretó con fuerza la mano de Blanca antes de soltarla, como si dijera: siente la emoción que fluye dentro de mí. ¡Es ella!

La reencarnación de la *Ninfa durmiente* se hallaba ante ellos, con el óvalo perfecto del rostro, la nariz recta y los ojos ligeramente oblicuos, tan negros como Teresa se los había imaginado. Las ondas del pelo le bajaban hasta el pecho, muy parecidas a las del retrato, pero vivas y relucientes.

Había algo místico que se reflejaba en ella: las leyes del universo que hacían que parejas de genes errantes, adormecidos durante generaciones, despertaran en una nueva vida y devolvieran al mundo el recuerdo de otra. Krisnja era el retrato de su tía abuela Aniza.

Sonrió, y fue como ver florecer una flor.

Krisnja preparó café al estilo resiano, dejando que hirviera en una cazuela. Era difícil no escudriñarla hasta resultar inoportunos, pero no parecía importarle.

—Francesco me ha contado lo del retrato y su historia —dijo, mientras servía las *sope,* rebanadas de pan bañadas en huevo, fritas y espolvoreadas con azúcar. Marini y Blanca no se anduvieron con remilgos. Teresa, en cambio, pensó en su glucemia y renunció. Krisnja se sentó con ellos—. Ha sido perturbador para él. Quería con ternura a Aniza. Siempre me decía, de niña, cuánto me parecía a ella, pero en cierto momento dejó de hacerlo. Supongo que no quería compararme con una muerta. Pero sus ojos siguieron diciéndomelo, cada vez que se posaban en mí.

Titubeó, luego miró a Teresa.

—¿De verdad me parezco tanto a ella? —preguntó.

Teresa colocó la foto del retrato sobre la mesa.

La muchacha se tocó los labios con una mano, un gesto que tal vez denotaba el deseo inconsciente de ocultar su emoción frente a extraños.

—Así que esta es ella —susurró—. Nunca me atreví a pedirle a Francesco sus fotos. Las conserva como reliquias.

A Teresa le hubiera gustado decirle lo que generalmente prometía a los familiares de una víctima: que encontraría al culpable, que devolvería a Aniza a casa para que quienes la amaran pudieran dedicarle una sepultura que perpetuara su memoria. En cambio, guardó silencio, porque hubieran sido palabras erradas. No estaba en condiciones de hacer promesas.

—Francesco habla de ti con gran afecto —dijo, cambiando de tema.

Krisnja sonrió.

—Un cariño correspondido. Siempre ha estado ahí para mí, tal vez sea yo la hija que nunca tuvo. Mi abuela Ewa enviudó demasiado pronto, mi padre dejó el valle cuando yo era pequeña, abandonando a mi madre Hanna. Francesco de alguna manera lo reemplazó, a pesar de que mi vida ha transcurrido entre mujeres.

Teresa pensó que tal vez fuera esa la razón por la que el hombre no los había acompañado a ese encuentro: no quería hacer que la muchacha se sintiera oprimida por un recuerdo que todavía estaba vivo en él y que para Krisnja podría ser engorroso. Miró a su alrededor.

—Da la impresión de que las guardianas más apasionadas de vuestra cultura sois vosotras, las mujeres —dijo.

A Krisnja se le ensombreció el gesto.

—Nuestra gente está viviendo un momento difícil y doloroso, una fractura interna que durante muchos siglos nunca se había producido —señaló los objetos que los rodeaban, los paneles que contaban la historia del valle—. Entre otras cosas, por eso sigo yo aquí. Velo por la verdad. La restablezco.

El coche se alejó bajo la lluvia torrencial. En el asiento trasero, Blanca estaba absorta, abrazada a Smoky con expresión pensativa. Marini conducía lentamente, con los ojos fijos en la densa cortina de agua que el automóvil hendía a su paso. A los lados de la carretera se habían formado auténticos torrentes que arrastraban la grava valle abajo.

Teresa estaba exhausta, como si el cansancio del día la hubiera arrollado justo al cerrar la puerta del coche para dejar atrás ese valle. Las emociones pesan, estaba convencida. Son una carga para el corazón y para el cuerpo, doblan los hombros incluso cuando tienen aguante. Como una esponja, Teresa absorbía los humores del mundo, las luces y las sombras, y los hacía suyos. Era mucha la oscuridad que había penetrado en ella, pero de alguna forma, en su mayor parte, había logrado convertirla en fuego, en pasión ardiente por la vida. La oscuridad se había precipitado en los recovecos de su alma y ella había aprendido a convivir con su presencia, a no sacudirla como haría con un veneno. La dejaba asentarse en el fondo, pero allí estaba, sentía cómo se elevaba de vez en cuando como un vapor tóxico.

El violento repiqueteo de la lluvia en el parabrisas era hipnótico. Se le cerraban los ojos contra su voluntad. Proyectadas contra el telón de la mente, las caras de Matriona, Francesco y Krisnja se alternaban como cartas sobre una mesa de juego. Otras muchas aún estaban ocultas. A ella le correspondía darles la vuelta y que la partida terminara en victoria. Pero de victorioso en su vida no quedaba nada.

El despertador de su móvil le advirtió de que faltaba una hora para la inyección nocturna de insulina. Hizo cuentas: tenía tiempo de sobra para llegar a comisaría, pergeñar un informe en el que no diría gran cosa y encerrarse en un baño anónimo para pinchar de nuevo, una vez más, una piel más frágil de lo que parecía y que a veces no sentía como suya. Tiempo suficiente para encontrarse sola, un poco más magullada que cuando se despertó esa mañana. Un poco más cansada.

Los pensamientos eran vectores de nombres y palabras suspendidos en un espacio que aún le costaba trabajo definir.

Lluvia. Orígenes. Krisnja. La enfermedad.

Más lluvia. Francesco. Recuerdo. La enfermedad que borra el recuerdo.

Entrecerró los ojos. La tormenta había empeorado. Marini se veía obligado a reducir la velocidad a menudo para evitar las ramas y el follaje que ocupaban la carretera. El viento silbaba entre los árboles y sacudía las ramas hasta quebrarlas. Las ráfagas de lluvia eran como golpetazos contra las ventanillas.

Los ojos de Teresa se cerraron de nuevo.

—Tal vez deberíamos detenernos y esperar a que pare —oyó decir a Blanca.

—Otro par de curvas cerradas y nos cruzaremos con la estatal —la tranquilizó Marini.

Un trueno aterrador rasgó el aire y vibró en el metal y en los cristales del automóvil.

Blanca gritó.

—Hemos despertado a un dios colérico.

Teresa se dio cuenta de haber sido ella la que pronunciaba esas palabras solo cuando sus labios soltaron la última sílaba. Todavía podía oírlas insistir en la punta de la lengua, inoportunas. No era un pensamiento propio de ella.

Abrió los ojos otra vez. Tenía delante una catarata de color metálico, incesante y furibunda. Una cuchilla de agua que se abalanzaba sobre el mundo. Ráfagas de viento la cruzaban de vez en cuando, haciéndose visibles en turbinas blancuzcas. En ese infierno de humedad, Teresa vio de repente una forma más oscura, de pie en medio de la breve recta. Aguzó la vista. La sombra tomó forma entre el barrido obsesivo del limpiaparabrisas, pero ya era demasiado tarde.

—¡Cuidado! —gritó. Un gesto instintivo le hizo agarrar el volante y girarlo con fuerza.

El coche cambió violentamente de dirección y con una sacudida se estrelló contra el guardarraíl, hundiéndolo. La carrera por la pendiente tuvo la duración de un grito y se detuvo contra el tronco de un árbol.

El silencio duró poco. Estalló la confusión. Los ladridos de Smoky, ellos llamándose entre sí para evaluar los daños. Las patadas de Blanca contra la puerta, tratando de salir de la cabina. Los brazos de Marini que aferraban a la joven y la arrastraban fuera, sobre la hierba.

Teresa agitaba los brazos. No sentía dolor, solo una confusión acolchada que era peor para ella que la muerte.

—¡Comisaria! ¿Me oye?

Marini la estaba sacudiendo. Seguía sentada en el asiento del copiloto, con el cinturón abrochado. Teresa no respondió, lo agarró del brazo.

—¿Pudiste esquivarlo? —le preguntó.

Él la miró sin entender.

—¿Esquivar el qué?

Teresa miró hacia arriba, a la carretera. La lluvia torrencial la convirtió en una visión temblorosa, como un espejismo.

—Había alguien allí en medio. ¿No lo has visto?

Lo vio palidecer. Marini no esperó más, trepó con esfuerzo hasta la carretera y desapareció de la vista. Smoky condujo a Blanca hasta Teresa. La muchacha tenía los ojos muy abiertos y la sangre congelada en las venas, a juzgar por su palidez. El agua le corría por la cara en riachuelos que parecían venas transparentes.

—¿Estás bien? —le preguntó. Se podía ver que estaba a punto de llorar.

Teresa asintió y aceptó sus manos para bajar del coche.

Marini reapareció ante la vista, se dejó deslizar por el barranco para reunirse rápidamente con ellas. Un corte profundo marcaba su frente. La sangre era arrastrada prontamente por la lluvia.

—No he encontrado a nadie —dijo, con una mirada que ella no supo interpretar—. No había nadie, comisaria.

El estruendo a su alrededor disminuyó de repente. El huracán se convirtió en una fuerte lluvia que golpeaba la chapa arrancada.

Teresa apartó la mirada. La clavó en el precipicio a pocos metros de ellos.

¿Qué he hecho?

40.

Massimo se tocó la frente y se le escapó una imprecación. Debajo de la tirita, los puntos tiraban de la piel con una sensación molesta.

—¿Te duele? —preguntó Blanca.

Él le rozó un brazo.

—No —la tranquilizó—. ¿Tú cómo te encuentras?

La muchacha soltó un largo suspiro.

—Nerviosa.

Ella y Smoky habían tenido suerte, ni siquiera se habían hecho un rasguño, pero Blanca estaba ansiosa porque había tenido que dejar al perro en la sala de espera de urgencias con De Carli. No se estaba quieta un segundo y su ansiedad había contagiado también a Massimo. Había tratado de tranquilizarla varias veces, pero luego comprendió que el cariño que sentía por Smoky era precioso para ella y que, al igual que una madre, no se calmaría hasta reunirse con él.

Ambos estaban esperando que la comisaria Battaglia saliera de la sala de urgencias donde la atendían por una luxación de muñeca. En cualquier caso, Massimo había logrado que la enfermera que acababa de aparecer por la puerta un poco antes le dijera que no tenía nada roto.

Massimo, sin embargo, no estaba preocupado por las heridas externas. Necesitaba hablar con ella para decirle que lo que había ocurrido no tenía importancia para nadie. Para él, menos aún. Habían tenido suerte, el resto era solo un recuerdo desagradable, ya dejado atrás. Pronto se desvanecería y nunca volvería a mencionarse.

La había visto mortificada, asustada. Rebosante de vergüenza por el inexplicable gesto que había realizado.

Por un momento, Massimo creyó realmente que había atropellado a alguien. Volvió a la carretera con un nudo en el estómago que casi se había convertido en un espasmo por miedo a encontrarse con un cuerpo tirado en el asfalto. No había nada, excepto algunas ramas y una alfombra de hojas arrancadas por el viento. El alivio que había sentido no podía expresarse con palabras, pero de inmediato se convirtió en aprensión: la Teresa Battaglia que conocía nunca habría actuado tan precipitadamente.

—Vete a casa —le dijo a Blanca—. Es inútil que esperemos aquí los dos.

Ella negó con la cabeza.

—No, quiero comprobar que está bien.

Él le acarició la cabeza y se sorprendió ante ese gesto, retirando de inmediato la mano.

—Pues claro que está bien —la tranquilizó.

—Entonces, ¿por qué no sale?

—Porque es una comisaria de policía involucrada en un accidente —mintió—. No tienes ni idea de la cantidad de papeles que tendrá que rellenar desde ahora hasta el próximo siglo. Vete, De Carli te está esperando para llevarte a casa.

La expresión de ella se volvió aún más sombría.

—¿El coche destrozado le traerá problemas?

Si el problema hubiera sido solo el coche, Massimo se habría echado unas risas.

—No, ningún problema. Había un tronco caído en medio de la carretera. Di un volantazo en el último momento porque a causa de la lluvia no lo había visto.

Ella guardó silencio unos instantes, como si estuviera sopesando sus palabras.

—¿Es esa la versión «oficial»? —le preguntó.

Massimo hizo una mueca.

—Si la llamas «oficial», suena horrible —dijo—. Fue eso lo que ocurrió, ¿verdad?

Ella sonrió

—Sí.

—Ahora vete.

—Me voy, pero dile que a mí me importa un bledo.

Massimo hizo un gesto a una enfermera para que la acompañara.

—Por supuesto.

La vio salir arrastrando los pasos, como si la retuviera un imán, obligándola a oponerse a su fuerza de atracción, que hacía pesado cada movimiento.

Se quedó mirando la puerta del cuarto. No parecía haber nadie dentro, tan profundo era el silencio.

Ocultó el rostro entre las manos. Solo Dios sabía cómo reaccionaría Albert Lona ante la noticia. Si esperaba una excusa para atacar a la comisaria, el azar nunca le ofrecería una mejor. Tenían que hacer piña alrededor de ella, él y todos los demás del equipo.

Una caricia en su espalda lo hizo estremecerse.

—Hola, soy yo.

Elena le miraba con aprensión el apósito de la frente.

Massimo se levantó.

—Hola, no tenías por qué venir —dijo rápidamente—. Te dije que cogería un taxi. ¿Qué tal estás?

Ella retrocedió.

—¿Y tú me lo preguntas? Eres tú el que casi se parte la cabeza.

Massimo se dio cuenta del aspecto que debía de tener: la ropa arrugada y manchada de sangre; el apósito, más grande de lo que realmente era la herida.

Intentó sonreír y se señaló la frente.

—La cabeza está bien. De verdad, no hacía falta que te cansaras por mí.

En lugar de relajarse, la expresión de ella se endureció.

—Es verdad, parece que no puedo hacer nada por ti —dijo.

Él levantó una mano para tocarla, pero en el último momento la dejó caer a un costado.

—No he querido decir eso.

—¿Pues entonces qué has querido decir? Estaba preocupada y creo que no me faltan motivos.

Massimo sabía que no se refería solo al accidente. Algo se había roto en él hacía mucho tiempo, y ella parecía ver ahora por fin la grieta que lo recorría. La fractura hacía aflorar una oscuridad que la perturbaba, que lo volvía un desconocido. Se decidió a atraerla hacia él.

—Lo siento —susurró, con la frente apoyada en la suya. La sentía fría, o tal vez fuera él quien estaba gélido.

—¿Marini?

Massimo se dio la vuelta. Había llegado Parri. Notó cómo Elena se desprendía de su abrazo y no hizo nada por retenerla.

—Doctor Parri, no me dejan entrar —dijo, con una urgencia que no fue capaz de disimular.

El médico sonrió brevemente. Examinó el hematoma que presionaba el pómulo con aire crítico.

—Ya me encargo yo de nuestra Battaglia. Los colegas ya me han tranquilizado acerca de su estado. Vete a casa, ponte hielo y duerme bien esta noche.

Massimo quería decirle que no era ese el pensamiento que lo atormentaba, que tal vez fuera Teresa Battaglia la que necesitase ser tranquilizada, escucharle decir que le podía haber pasado a cualquiera.

—Me gustaría verla —dijo en cambio.

La mirada de Parri pasó de él a Elena, luego volvió a su rostro. El doctor le puso una mano en el hombro. Apretó fuerte.

—La llevaré a casa y me quedaré con ella. No te preocupes. *Por nada.*

Massimo leyó en sus ojos mucho más que esas palabras. Parri había entendido.

41.

Teresa apoyó el dedo índice en el brazalete. Con un movimiento rápido, hizo girar la circunferencia alrededor de su muñeca sana. Era una ruleta rusa: si se detenía en su nombre, continuaba; si salía un número de teléfono al que llamar, lo haría. Le diría a su médico que había llegado el momento del que tanto habían discutido. Renunciaría a su trabajo.

Ese número aún no había salido. Desde un punto de vista estadístico, era un hecho casi milagroso.

Sentada en la camilla, con las piernas colgando, Teresa tenía la sensación de estar al borde de un precipicio, sin valor para saltar, pero sin fuerza tampoco para marcharse.

Estaba aterrorizada de sí misma, de lo que había estado a punto de hacer: matar a dos críos.

Para salvar una sombra inexistente, pensó con horror.

En su vida se había equivocado muchas veces. Había caído y se había levantado. Lo había perdido todo y había vuelto a empezar. Había dicho adiós a muchas personas y había conocido a otras muchas. Pero nunca le había hecho daño a nadie.

A uno sí, al más importante.

Se enjugó una lágrima con la mano, pero el dolor seguía ardiéndole en la cara.

Giró una vez más el brazalete y volvió a salir su nombre.

Se preguntaba si la enfermedad habría acelerado su curso y si los lapsus de memoria irían acompañados ahora de alucinaciones. Era posible. Era probable. Casi con toda seguridad acababa de suceder.

Una sombra inexistente.

Lo que había visto no era solo un reflejo de oscuridad creado por la lluvia torrencial. Era mucho más: algo que parecía vivo.

Y hostil.

Meneó la cabeza, como para sacudirse de encima esos pensamientos que la perturbaban.

Se abrió la puerta. La cara sonriente de Antonio Parri hizo que suspirara de alivio.

Su amigo la abrazó sin decir nada. Teresa se lo permitió. Lo necesitaba. Necesitaba desesperadamente a alguien que la cuidara, entregar a otro las riendas de su vida, aunque fuera por un momento, porque ella ya era incapaz de gobernarla.

—Todo va bien —le oyó decir en voz baja contra su pelo.

No era cierto, pero se concedió una pequeña mentira en ese momento. A Teresa le hacía falta, pero sentía también la necesidad de explicarse, de quitarse un peso de encima. Levantó la cara y miró a su viejo amigo a los ojos. Siempre tan sosegados, una promesa de alivio incluso en las circunstancias más difíciles.

—Antonio... —empezó a decir.

—Chisss, ya me lo han explicado por teléfono.

—Necesito hablar de ello.

Él seguía acunándola, como si tuviera a una niña entre los brazos, e hizo caso omiso de sus palabras.

—Marini ya lo ha arreglado todo y te han dado el alta —le dijo—. Te llevaré a casa.

Teresa lo apartó con amabilidad.

—¿Qué es lo que ha arreglado? —preguntó.

Antonio la miró por encima de la montura de sus gafas.

—Ha explicado cómo se produjo el accidente, el tronco caído en el camino y el intento de evitarlo.

—No había ningún tronco —murmuró Teresa.

—Parisi y De Carli lo apartaron cuando fueron a recogerte.

Teresa lo observó en silencio. Por un momento pensó que realmente se lo creía.

—Sabes bien que es una chorrada.

—Desde luego.

Antonio lo dijo con calma, la misma con la que se opondría a todos los intentos de Teresa de hacer que prevaleciera su culpa. Una calma marmórea, en la que nada hacía mella.

La estaba protegiendo. Igual que Marini, que De Carli y Parisi.

Apartó la mirada, le picaban los ojos.

—¿Por qué? —se limitó a preguntar.

Él le puso la chaqueta sobre los hombros. Se inclinó sobre su oído.

—Porque he perdido la cuenta de todas las veces que me quitaste el vaso de la mano cuando estaba tan borracho que era incapaz de recordar siquiera cómo me llamaba —susurró.

Teresa le apretó la mano con fuerza. Hubiera dado cualquier cosa por explicarle la razón por la que había agarrado el volante arriesgándose a convertir un barranco en su tumba.

Pero no podía hacerlo. Por primera vez, no podía confiarse a él.

Porque lo que había creído ver bajo las ráfagas de lluvia era una figura humana, parada en medio de la carretera. Porque esa figura tenía los puños cerrados y le pareció que estaba encorvada, como en el acto de desafiarla a que siguiera adelante.

Lo que había creído ver no podía confiárselo a nadie, a menos que pusiera todas las cartas sobre la mesa, incluida la de su enfermedad, porque era la única circunstancia que podía explicarlo.

—¿Te has puesto tu inyección de insulina? —le preguntó Antonio, ayudándola a bajar.

—Sí.

—Pues entonces vámonos.

Teresa asintió.

—Aunque la perspectiva de encerrarme en casa a darle vueltas no es que me entusiasme —refunfuñó.

Su amigo la tomó del brazo.

—Es que no te llevo a casa. Todavía no —dijo, con una sonrisa maliciosa.

—¿Ah no?

—Tengo una sorpresa para ti y, dado que ni siquiera un vuelo cuesta abajo ha logrado noquearte, creo que te la voy a dar ahora.

—¿Es algo de comer y tiene mucha azúcar?

—No, pero me juego algo a que te gustará de todos modos. Te está esperando abajo, en mi laboratorio.

Teresa se detuvo.

—¿Novedades sobe la *Ninfa durmiente*?

La sonrisa de Antonio Parri se ensanchó. Era un sí.

—¿Soy o no soy bueno?

—El mejor.

Ya era de noche y los pasillos del depósito de cadáveres estaban desiertos y en penumbra. El despacho de Parri era el único local iluminado aún, después de la secretaría, los laboratorios oscuros y las salas con las cámaras frigoríficas. El vigilante levantó la cabeza del periódico que estaba leyendo, los reconoció y, después de asentir, volvió a su lectura.

Teresa sentía curiosidad, pero no le había hecho ninguna pregunta. Dejaba que Antonio la guiara para revelarle el secreto que había descubierto.

El despacho estaba iluminado por la luz azulada del monitor. El protector de pantalla era un cráneo que giraba sobre sí mismo. Teresa pensó en el Flacucho y en Blanca. Confiaba en que la joven no se hubiera asustado en exceso. Tal vez la llamara más tarde. El zumbido del ordenador encendido era el único ruido que se oía. Detrás del escritorio, un esqueleto humano completo los invitaba a entrar con un índice curvado hacia arriba.

—¿Y este quién es? —preguntó Teresa.

—El último regalo de los estudiantes de doctorado.

Antonio se sentó y tecleó la contraseña para acceder a los archivos.

—En realidad hay dos sorpresas. La primera es una confirmación: el ADN extraído del retrato coincide en un noventa y ocho por ciento con el de Francesco Di Lenardo.

—La sangre es la de Aniza. ¿Y la otra sorpresa?

—Vente a este lado —la invitó—. Todavía no he impreso las fotos.

—¿Fotos?

—Ampliaciones. Mira.

A esas alturas, Teresa había aprendido a descifrar los jeroglíficos de Antonio, y aún más los mapas con los que orientaba sus teorías hasta que se convertían en pruebas. Las imágenes eran porciones del retrato de la Ninfa, divididas por secciones. Una cuadrícula digital se superponía sobre cada área, tal como hacía la Científica cuando inspeccionaba un terreno, o un arqueólogo en una excavación.

La mirada de Teresa se concentró en el recuadro inferior izquierdo. Los punteros del programa de análisis habían resaltado y aislado una sombra que a simple vista hubiera podido parecer una gradación más pronunciada que las demás. Antonio hizo correr las imágenes. Otro fotograma ampliaba el área y señalaba con un sombreado rojo los patrones reconocidos por el programa.

—¿Es lo que creo que es? —preguntó.

—Yo diría que sí. Esperé a que otro colega me lo confirmara antes de decírtelo. Son dos huellas parciales, de un dedo índice y otro anular. El algoritmo ha reconstruido las proporciones: la longitud es diferente. Pertenecían a un varón adulto.

—¿Estás seguro?

—Sí. En las mujeres la longitud es la misma. Y respondo ya a tu próxima pregunta: no pertenecen a Alessio Andrian. Ya las he comparado con las suyas.

Teresa recordó lo que le había contado Francesco acerca del sonido de un violín que escuchó en el bosque la noche en que Aniza había desaparecido. Sin pruebas, con tan solo el recuerdo de quien era un niño en el momento de los hechos, lo había dejado de lado. Respiró hondo.

—Había alguien allí con ellos, mientras Aniza moría y Andrian pintaba su retrato —murmuró—. Alguien que tocó esa sangre todavía caliente.

42.

Un repiqueteo apremiante. Y esa maldita sensación opresiva en la garganta.

Massimo tragó saliva, trató de espantarla, pero se volvió más insistente. Raspaba la mucosa como una cuchilla de afeitar y le hizo toser a causa del ardor.

No entendía dónde estaba, no lo recordaba. En el bosque, tal vez.

El repiqueteo se convirtió en un latido sombrío, una cuenta atrás de un tiempo que se le estaba escapando.

Massimo intentó levantarse, pero no sentía los brazos ni las piernas. Estaba acostado en algún lugar de esa negrura densa. Solo los pensamientos parecían tener aún capacidad para moverse, pero eran peces que culebreaban en un estanque inmóvil. Salían a la superficie por unos instantes y volvían al olvido líquido, destellos incoherentes de una actividad cerebral que parecía lejana.

La respiración se le aceleró, junto con las pulsaciones. Massimo podía notarla golpeándole el pecho. Era un zumbido en los oídos, una presión a la altura de las sienes. Era sangre que fluía con la furia de una catarata en las venas. Se precipitaba dentro del cuerpo inerte con un fragor de cascadas.

Intentó abrir los ojos en la oscuridad, pero los párpados eran compuertas cerradas bajo la mordaza de un profundo agotamiento. Con mucho esfuerzo apenas podía levantarlos. En ese limbo humeante entrevió una sombra, una sombra con voz de mujer, que lo llamaba por su nombre.

Aniza, pensó.

La sensación de no estar solo se volvió certeza cuando un toque suave le rozó el rostro.

—¿Dónde estás? —le preguntó.

No conseguía verla. La oscuridad era una masa compacta a su alrededor, igual que el aire, que parecía hormigón, coagulado dentro de su cuerpo y ocupando cada mínimo intersticio de carne. Era un veneno sólido. Massimo se imaginó los alveolos cediendo uno tras otro ante esa avanzada y secándose como las ramas de un árbol muerto.

Estaba soñando, ahora lo sabía, pero era incapaz de despertarse. Algo lo anclaba al fondo de ese sueño negro. Algo cuyo olor estaba cambiando y se volvía más fuerte. Con regusto a polvo de huesos.

Sintió que su respiración se aceleraba hasta convertirse en un grito estrangulado. El sueño revelaba su verdadero rostro: el de su padre. Massimo podía verlo. Afloraba desde la oscuridad, como un muerto de las aguas. Estaba pálido. No había sangre debajo de esa piel hinchada y transparente. No había vida.

El grito cesó y Massimo gimió, como cuando siendo niño lo veía acercarse. Ahora era un hombre, y sin embargo temblaba. ¿Cómo era posible que bastara tan poco para hacer añicos lo que le había llevado casi treinta años construir? ¿Que fuera suficiente la mirada de esos dos ojos tan parecidos a los suyos? Todos sus esfuerzos por espantar los recuerdos parecían alejarlos durante cierto tiempo, como pájaros asustados por un disparo, pero luego regresaban, siempre. Eran cuervos que se alimentaban de su felicidad, que la hacían jirones con sus picos puntiagudos.

En la pesadilla, su padre crecía, alimentado por la repulsión de Massimo, o tal vez por su miedo. Su boca entreabierta esparcía un aliento que olía a flores y se parecía a una tumba levantada en un cementerio.

Massimo sintió que su garganta se le cerraba, que el aire del que disponía se estaba agotando. Unas enormes manos lo asaltaron, pero logró agarrarlas antes de que hicieran lo mismo con él. Había aprendido a defenderse. Ya lo había hecho. Solo tenía que empujar, empujar fuerte y hacerle caer...

Apretó hasta que sintió sus dedos entrar en la carne de esa oscura criatura nacida de su mente.

El silencio gritó y lo hizo con voz de mujer.

Massimo abrió los ojos. Estaba despierto. Las muñecas que apretaba eran las de Elena, tan diminutas como para desaparecer en sus manos masculinas.

Las soltó, con una sensación de creciente horror.

Ella respiraba afanosa, igual que él. Ambos parecían salir de una pelea. Elena no decía nada. La luz de la lámpara iluminaba sus pupilas dilatadas por el miedo. Parecía una niña, con el pelo enmarañado y la camiseta caída sobre los hombros. Lo miraba como se mira a alguien a quien no se reconoce ya. Massimo había temido ese momento desde el instante en que se dio cuenta de que estaba enamorado de ella.

—Massimo...

—*No.*

No aceptó la mano que Elena le tendía y la apartó de su lado. La había visto temblar por un momento: tenía miedo de él. Al final, lo que más temía había sucedido. Le miró las muñecas. La piel estaba enrojecida donde Massimo había apretado. Sintió las lágrimas mezclarse con el sudor que hacía arder sus ojos.

—No ha pasado nada —la oyó decir entre los sollozos que habían empezado a surgir de su garganta. Las manos se habían precipitado hacia su vientre, rodeándolo en un gesto de protección.

Elena acababa de decir una mentira. Era más de lo que estaba dispuesto a aceptar.

Soy como él. Sangre de su sangre. Un monstruo.

Y de ese monstruo tenía que defenderla.

—Vete —dijo, sintiéndose desfallecer—. Vete, para siempre.

43.

Se cuenta de un gato que atrapó una vez a un ratón para comér-
selo, pero el ratón, chillando desesperado entre sus garras, le imploró:
—¡Oh, gato, concédeme una oportunidad!
Entonces el gato, divertido ante la agonía del animalejo, res-
pondió:
—No te comeré, tierno ratoncito, a condición de que adivi-
nes lo que voy a hacer...

Teresa reflexionó sobre la paradoja, luego cerró el diario y
aplazó la resolución para otro día. Ya era tarde y sus ojos estaban
demasiado cansados. Dudaba, sin embargo, de poder dormir.

—Un ratón en una trampa —resopló.

A lo largo de su carrera, incluso en las situaciones más compli-
cadas, nunca había tenido la percepción de estar entre la espada y
la pared. Siempre había podido elegir, por más que la alternativa
requiriera a menudo cierta dosis de valor.

Llevaba ya días, por el contrario, desde que la *Ninfa durmiente*
había entrado en su vida, sintiéndose como un ratón en una trampa, y no era debido a su enfermedad.

Por mucho que la investigación atañera a una muerte violenta
muy lejana en el tiempo, la inquietaba; como si alguien estuviera
siguiendo sus pasos, observando cada uno de sus gestos, la conociera íntimamente y supiera, si se hacía necesario, cómo atacar para
herirla en lo más hondo.

Había una presencia desconocida en aquella historia que aler-
taba sus sentidos. Teresa lo había percibido. Antonio Parri, tal vez,
la hubiera entrevisto en las huellas encontradas sobre el retrato.

Una presencia que probablemente ya no esté con vida, se dijo
Teresa. *Entonces, ¿por qué siento que la tengo encima?*

Tal vez fuera ese sentimiento el que había alimentado su aluci-
nación.

Los perros del vecindario llevaban varios minutos ladrando. Habían empezado los del final de la calle, luego el alboroto se fue extendiendo de casa en casa hasta la de sus vecinos, señalando con sus estallidos la progresión de una visita no deseada. Había alguien en la calle, y no era un gato. Los gatos nunca se desplazan en línea recta durante cientos de metros y, sobre todo, detestan los ladridos de los perros.

Teresa miró la hora. Era ya bastante tarde. De nuevo esa sensación de estar siendo observada.

Se acercó a la ventana sin hacer ruido. Apartó ligeramente la cortina con una mano, lo poco que necesitaba para acercar un ojo al cristal y escudriñar en la oscuridad.

Cuando fue otro ojo lo que vio, Teresa dio un salto hacia atrás y le faltó poco para soltar un grito. Una mano se le fue al pecho, como para sostener el corazón. Abrió de inmediato la ventana.

—¿Estás loca? —susurró.

Blanca y Smoky estaban inmóviles como estatuas de jardín.

—¿Te has enfadado? —le preguntó la muchacha.

—Casi me muero del susto. Pero bueno, menudo vicio el tuyo, observar a las personas a sus espaldas...

Blanca sonrió.

—No puedo observar a nadie, soy ciega. Estaba a la escucha. Solo queríamos saber cómo estabas —dijo—. El mensaje que dejaste en el buzón no se entendía bien.

—Vamos, entrad. Por la puerta.

Blanca dio un paso atrás.

—No, no estás sola, he oído una voz. Tu marido.

Teresa se volvió hacia el sofá, donde Antonio Parri dormía con el mando a distancia en una mano. Había insistido en quedarse.

Teresa volvió a mirar a la muchacha. Quién sabe cuánto tiempo llevaba allí fuera esperando.

—No es mi marido. Es un amigo preocupado por mí —explicó.

—Me alegro de que se haya quedado —observó Blanca.

Teresa se apoyó en el balcón.

—Siento mucho lo de hoy —dijo—. No sé qué me ha pasado. He estado a punto de mataros.

El rostro de Blanca se ensombreció, como si sus emociones también se hubieran ensuciado con algo viscoso.

—Siempre te refieres a «vosotros». Mataros, has dicho, pero tú también estabas allí. Tú también corriste un gran riesgo —señaló—. Es como si de ti misma no te importara nada.

Teresa reflexionó.

—Menuda estupidez, ¿verdad? —preguntó.

Blanca meneó la cabeza.

—Es muy de madre —dijo con dulzura.

Ambas callaron, pero el silencio no resultaba pesado. Reinaba la paz en una noche estrellada por fin.

44.

«*Fffntrp... yo... nooooo... sab.*»

De Carli frunció el ceño.

—No es Marini —dijo, cuando terminó el mensaje grabado en el contestador automático de Teresa.

—Te digo que es él. Es su número —masculló ella—. ¿Pero qué demonios está diciendo?

—*Fffntrp* —repitió De Carli.

—Gracias, muy amable.

Esa mañana, Teresa se había despertado con ese mensaje incomprensible e inmediatamente después con una llamada de la Central en la que se le comunicaba un asunto urgente, una noticia impactante. No había sido un buen comienzo en un día que se preveía complicado y agotador.

—Intenta volver a llamarlo —ordenó a De Carli—. Tenemos poco tiempo.

Volvió a poner el mensaje en el modo manos libres.

Parisi entró en la oficina.

—Estamos listos para irnos —dijo, luego oyó las palabras sin sentido y se detuvo—. ¿Es quien estoy pensando yo? —preguntó, estupefacto.

—¿En quién estás pensando? —le retó Teresa.

—En un inspector borracho.

Teresa dio un golpe en la mesa.

—¡Lo sabía! —se levantó y agarró el bolso—. Vamos a buscar a ese imbécil.

En la puerta se tropezó con Albert Lona. El inesperado contacto hizo que se sobresaltara. Él pareció percatarse de la turbación que conseguía provocar en ella, una mezcla de antiguo sufrimiento, vinculado al impulso incontrolable de alejarlo lo más posible. Alberto parecía capaz de olisquear todo cambio de humor y de emplearlo para sus propios fines.

Durante un momento la sostuvo por los brazos.

—Comisaria Battaglia, parece como si le costara trabajo el mero hecho de mantenerse en pie —dijo. Estrechó sus manos con más fuerza unos momentos, luego las abrió y la soltó.

Nadie rechistó. Teresa sintió la presencia de sus chicos detrás. Percibió la ira silenciosa que emanaba de ellos.

—Estamos listos —anunció, haciendo caso omiso deliberadamente de la provocación—. El equipo está saliendo, jefe Lona.

Él examinó su rostro, los rasguños que el accidente había dejado en su mejilla, la sombra en el lugar donde la cabeza de Teresa había golpeado la chapa del coche.

—Me he enterado de lo que pasó ayer. No creo que sea lo más conveniente, para un equipo de la policía, el verse involucrado en un accidente como ese —miró hacia el despacho—. ¿Y el inspector Marini? —preguntó.

—Ya ha salido. Nos precede —dijo Teresa.

Albert sonrió.

—Espero que esté en condiciones de hacer su trabajo —dijo, enigmáticamente. Luego se inclinó hacia su costado—. Y tú, ¿todavía eres capaz de hacerlo? No me lo parece —murmuró.

Teresa se apartó, fingiendo una calma que estaba lejos de sentir.

—Somos un equipo eficiente —oyó decir a Parisi a sus espaldas.

—Y la comisaria Battaglia es la mejor, sobre el terreno y fuera de él —remachó De Carli.

Lona los estudió, un examen que duró un parpadeo, pero que Teresa estaba segura de que ya había dado sus resultados: los dos tendrían que andarse con mucho cuidado, porque ahora estaban en el punto de mira del nuevo comisario jefe.

—Eso espero, por su propio bien —respondió Lona con amabilidad—, porque me ha parecido entender que el caso de la *Ninfa durmiente* se ha complicado recientemente.

Se alejó con lo que, para aquellos que sabían leer sus señales, era una promesa de problemas. Teresa se volvió hacia sus subordinados.

—No lo desafiéis —les reprochó—. No espera otra cosa.

La forma en que la miraban le hizo darse cuenta de que harían oídos sordos ante cualquier protesta. Siempre lo había sospechado, pero ahora estaba segura: Parisi y De Carli conocían su pasado.

Las llaves estaban metidas en la cerradura de la puerta de entrada, hacia el exterior. La puerta estaba apenas entornada. Marini debía de estar en casa.

—Voy a entrar sola —dijo Teresa—. Esperadme en el coche.

—Por favor, saque algunas fotos —le rogó De Carli.

—¡Vete a paseo!

El piso era como se lo había imaginado: masculino en los colores y en la ausencia de cualquier objeto que no fuera necesario. El orden era el de su dueño: una forma, tal vez, de esconder mucho de sí mismo, un tirón de riendas a la vida, para darle la forma deseada.

—¿Marini? —le llamó—. ¿Hay alguien en casa?

Deambular entre sus cosas, observar ese nido rebuscado en su estilo y sin embargo tan espartano, de persona leal a no se sabe qué regla superior, como un soldado, le provocó incomodidad. Estaba escudriñando, sin invitación, su mundo oculto, a pesar de que su instinto le dijera que solo se trataba de una fachada.

En esa casa, Teresa había encontrado algo que no había esperado, pero que conocía bien: la soledad. Advertía su presencia en detalles que a otros no les habrían dicho nada, y aún más en los detalles que faltaban: no había recuerdos dispersos entre esas habitaciones. No pudo encontrar ni uno solo. Marini se había borrado a sí mismo, casi como si existiese solo para el presente. Ni siquiera había rastro de la mujer que había visto asomarse a la terraza el día anterior. Quienquiera que fuese, había desaparecido sin dejar nada tras de sí.

—¿Marini? —volvió a llamar.

Entró en el dormitorio. A través de las persianas echadas, el sol se quebraba en la habitación en forma de ojos luminosos. Sobre una mesita de noche, Teresa notó una pila de libros. Pudo entrever algunos títulos. Eran las lecturas que le había sugerido «vivamente»: manuales de psicología criminal y medicina forense. No se esperaba que los hubiera estudiado de verdad.

Un pequeño movimiento atrajo su atención hacia un rincón en sombra. Marini estaba en el suelo, con el cuerpo desplomado contra la pared. Se acercó a él y se puso en cuclillas a su lado. El olor a alcohol era penetrante.

—Cristo santo, pero ¿cuánto has bebido?

Le levantó la cara y se sintió desfallecer. Massimo había estado llorando.

—Pero ¿qué te ha pasado? —murmuró.

Él abrió los ojos y una lágrima se le escapó de las pestañas, deslizándose hasta su barbilla.

—Estoy acabado —dijo.

Teresa trató de ponerlo de pie, pero era un peso muerto.

—Si Lona llega a enterarse de esto, da por seguro que lo estarás —le espetó, pero era consciente de que la cólera era solo una forma de ocultar la aprensión—. El comisario jefe está convencido de que estás trabajando diligentemente para resolver un caso, fíjate. Si tan solo te viera...

Marini apartó las manos temblorosas que intentaban inútilmente moverlo, pero no las soltó. Las mantuvo apretadas entre las suyas.

—¿Se ha enfadado con usted? —preguntó. La voz no era pegajosa como Teresa habría esperado. Era una voz cansada, simplemente, de una manera que ella conocía bien. Era la estela que deja la desesperación tras su paso.

—No, todavía no —le susurró, tratando de sonreír.

Él le apretó las manos con más fuerza antes de soltarlas.

—Lo siento mucho —dijo.

Teresa trató de mirar el fondo de sus ojos, tan líquidos, tan perdidos. Vio miedo y se preguntó una vez más qué podía haber mandado a la lona a ese chico tan brillante y decidido.

—Marini, ¿qué es lo que te ocurre? —preguntó suavemente, casi temerosa de poder romper aquel contacto que sentía tan frágil.

Él se llevó las manos a la cabeza. Una lágrima repiqueteó en el parqué.

—Me he perdido.

—Dime qué ha pasado y tal vez pueda ir a buscarte.

Marini la miró y Teresa no vislumbró esperanza en sus ojos.

—¿Estás enfermo o lo está alguien que te importa? —preguntó, dado que él permanecía en silencio.

Hubo una breve carcajada, pero con todo el sabor a lágrimas contenidas.

—No hay nadie enfermo, comisaria.

Teresa no sabía qué más pensar. Lo había visto inquieto, a veces melancólico, pero nunca tan devastado. Le sujetó la barbilla con una mano.

—¿Qué pasó cuando volviste a casa de vacaciones? —preguntó, sin andarse con rodeos. Él trató de mirar hacia otro lado, pero Teresa no le dejó vía de fuga—. ¿Qué pasó cuando volviste a casa? —repitió en voz más alta, convencida ahora de que el origen del problema debía buscarse allí, en el lugar del que había llegado Marini, huyendo tal vez.

Teresa comenzaba a pensar que no obtendría nada de él cuando Marini habló.

—Vi a Elena de nuevo —susurré—. Hicimos el amor.

Teresa no supo qué contestar. No se esperaba una confesión de sufrimiento romántico, ni que él se dejara llevar a confidencias como esas. Lo conocía lo suficientemente bien, a estas alturas, como para saber que nunca habría terminado en tal estado, descuidando su trabajo, si el problema no hubiera sido relevante.

—Bueno —dijo—, no me parece que sea tan dramático. ¿O sí que lo es?

—Me fui mientras ella dormía y durante semanas no respondí a sus llamadas.

Teresa estaba asombrada.

—Eso no habla muy bien de ti —comentó.

—Elena está embarazada.

Lo dijo de golpe, como se confiesan los pecados más mortificantes o los amores más tenebrosos. Como si hubiera sido capaz por fin de exhalar un fantasma.

A Teresa le llevó unos minutos colocar en fila esas palabras en su mente. Chirriaban con la imagen de destrucción que se mostraba ante sus ojos.

Marini tenía la mirada perdida en el vacío, los codos apoyados en las rodillas y la camisa desabrochada. La tela estaba manchada en algunos lugares.

—¿No dice nada? —le preguntó.

Teresa se sentó a su lado con un suspiro.

—Es una pregunta odiosa, pero... —empezó a decir.

—El niño es mío.

Ella también se quedó mirando a la nada. No era difícil adivinar el problema: ese hijo él no lo quería.

—Elena vino a buscarme —prosiguió—. Y yo volví a rechazarla. Me ha dicho que estará en el hotel unos días más, luego...

Teresa no pudo evitar reaccionar.

—¿Pero en qué te has convertido? —le espetó—. Si querías una aventura...

—No es una aventura. Nunca lo ha sido.

Su vehemencia dejaba entrever una historia que iba mucho más allá de las pocas palabras que se habían pronunciado.

—¿Puedo preguntarte qué significa para ti? —le preguntó, ya más tranquila. Esperaba que Marini, al escucharse a sí mismo, pudiera reorganizar sus pensamientos, pero también las emociones que lo habían arrollado y hecho trizas.

Él hizo un gesto vago con la mano, como diciendo: ¿cómo voy a explicar aquello que ni siquiera puedo definir?

—Tenemos tiempo —mintió ella, acomodándose mejor. La dureza del suelo era una continua puñalada para su espalda maltrecha—. No voy a marcharme.

Siguió un silencio que parecía destinado a durar para siempre.

—Mira que te lo estoy diciendo en serio, no me voy a ninguna parte.

Marini suspiró.

—Ella fue la primera —dijo casi en un susurro—. Y la única.

Teresa no estaba segura de haber entendido bien.

—Por «única» quieres decir...

—Solo ella.

—¿En todos los sentidos?

—En todos los sentidos. Ahora puede reírse si quiere.

Teresa sopesó la idea, pero no le pareció divertida.

—Es muy romántico —dijo.

Él apoyó el mentón sobre las rodillas.

—Es bastante raro. Sé que está pensando eso.

Ella se encogió de hombros.

—Nunca lo hubiera dicho de alguien como tú. Lo admito. Pero, perdona, ¿y todas las chicas con las que has salido en estos meses?

Él hizo una mueca.

—No han sido tantas en realidad. Salí con ellas, nada más.

Esta vez Teresa sí que se rio.

—Quién sabe lo que habrán pensado de ti —dijo.

—Puedo imaginármelo.

Teresa le dio un golpecito con el codo.

—Pero, entonces, ¿por qué? —preguntó—. Si es ella a quien has escogido, ¿a qué viene todo este drama?

Marini la miró de una manera que ella nunca olvidaría: vulnerable, asustado. Estaba desesperado.

—Porque no puedo —respondió, volviendo a mirar al vacío.

Cayó de nuevo el silencio. Teresa no conseguía entender qué era eso que tanto lo asustaba. No se lo había contado todo y desde luego no tenía la menor intención de hacerlo allí, en ese momento. Podía sentir su sufrimiento. Era una sensación de frío que parecía rodearlo. Eran náuseas que le atormentaban el estómago y manos incapaces de encontrar sosiego.

—Dígame qué he de hacer —le escuchó decir.

Teresa levantó los ojos hacia el cielo escondido por el techo. Aun así, ella podía verlo.

—No puedo ayudarte —dijo—, porque lo que quieres que te diga es que haces bien en renunciar a ellos si no te sientes capaz, mientras que yo a ese niño me lo llevaría conmigo sin dudarlo.

Ella era consciente de la mirada más atenta que presionaba ahora sobre su perfil, de la voz que había salido más quebrada de lo que hubiera querido, de las defensas que estaban cayendo.

Díselo. A toda prisa y sin pensártelo demasiado.

—En una vida que parece la de otra, estuve casada —le dijo—. Tenía treinta años y ya era policía. En mi trabajo me las apañaba muy bien, no puedo decir lo mismo en mi vida privada. Él me pegaba. Con regularidad. No se detuvo ni siquiera cuando me quedé embarazada. Ahora sé que una mujer maltratada por su pareja durante el embarazo tiene el doble de posibilidades de ser asesinada por ese hombre. En aquellos días, en cambio, yo solo era la sombra de mí misma. Reuní la fuerza para irme demasiado tarde: él me encontró y me pegó por última vez. Perdí al niño y también la posibilidad de ser madre. Para siempre.

Llegó al final sin aliento y con el corazón enloquecido. Nunca se hubiera creído capaz de volver a dar voz a ese dolor. Demasiada angustia, demasiada vergüenza.

Le pareció sentir una caricia en la cara. Tal vez fuera Marini, o tal vez fuera solo un recuerdo aún demasiado vivo.

—Comisaria...

Teresa levantó una mano para evitar que continuara.

—No hay un solo día en que no piense en ese amor traicionado, por mí precisamente, que hubiera debido protegerlo más que nadie. No hay un solo día en que no piense en el niño al que no pude abrazar —dijo—. No hay nada, *nada,* que no estaría dispuesta a dar por tenerlo aquí conmigo.

Una mano agarró su vientre, casi aferrándose a la cicatriz que la partía en dos, línea divisoria de su vida.

—No te das cuenta de aquello a lo que estás renunciando, y lo que más me atormenta es que sé que podría estar aquí durante horas tratando de convencerte, pero no lo entenderías. Nunca lo entendemos, hasta que lo perdemos.

Se secó las lágrimas. El silencio era tan denso que podía oír a Marini tragar saliva.

—Tu Elena saldrá adelante —murmuró—, tendrá a vuestro hijo y conocerá la felicidad más pura, a pesar de ti, a pesar de las dificultades. Tú, en cambio... Tú, Marini, te ahogarás en el arrepentimiento. Es la diada madre-hijo, el núcleo del que se originó la primera comunidad humana, y todo lo que somos. No la del hombre-mujer. Te enfrentas a un milagro al que estás invitado a participar. Recuérdalo, inspector, la próxima vez que se te venga a la cabeza rechazarlo.

Se levantó, se alisó los pantalones. Recuperó el control no sin esfuerzo. Le tendió la mano y lo ayudó a ponerse de pie.

—Ahora, arréglate, porque ha habido un asesinato en el valle de la *Ninfa durmiente* —le dijo.

Miró el efecto de la noticia lavarle los ojos de turbación y confusión. Esperó unos momentos antes de asestarle el golpe.

—Se ha encontrado un corazón. Todavía no sabemos a quién pertenece.

45.

¿Qué puede llevar a un hombre a rechazar a su hijo aún en el regazo materno?

¿Qué puede llevar a un hombre a arrancar el corazón a otro hombre?

Y a golpear a una mujer hasta que pierda el sentido, a pintar las paredes de un matrimonio con su sangre.

Qué puede llevar a esa mujer a seguir con él.

Nunca nos conocemos de verdad a nosotros mismos ni a quienes tenemos a nuestro lado. Podemos definirnos de muchas maneras, pero al final son nuestras decisiones ante una encrucijada las que muestran quiénes somos. O el secreto que escondemos.

El de Marini debe de ser profundo y doloroso. Igual que el misterio oculto en el pasado del valle.

Tempus valet, volat, velat.

Estaban de vuelta en el valle. Para Teresa fue como entrar en un laberinto hecho de sombras que debía iluminar. La oscuridad no era solo una metáfora, esa mañana. Había amanecido un día oscuro en Resia, como si la noche, tras encontrar una manera de dar a luz, hubiera generado una réplica imperfecta de sí misma: lívida, hinchada, purulenta. Las nubes eran regazos púrpuras que parecían respirar sobre sus cabezas: se engrosaban y se retraían, y lanzaban diluvios tan densos que hacían desaparecer los contornos de las cimas. De los recovecos del bosque se elevaba un olor que indisponía, la podredumbre de la descomposición acelerada por la humedad persistente.

Si Teresa hubiera creído en la magia, en la magia maligna, lo habría interpretado como un infausto presagio. Sentía que el reciente asesinato no era un caso en sí mismo, sino que tenía que estar relacionado con el descubrimiento de la *Ninfa durmiente* y la llegada de la policía al valle. Se lo decían la experiencia y las estadísticas, pero sobre todo era su inconsciente el que la ponía en guardia. Le hacía intuir la presencia del mal. No un mal genérico, sino una forma organizada, evolucionada, por más que brutal y hostil. Ahora que la muerte ya no era solo antigua, la amenaza se cernía sobre ellos.

El lugar del descubrimiento se hallaba a la entrada de la carretera que conducía a los núcleos habitados. El área ya había sido acordonada. Los vehículos policiales bloqueaban el paso, los agentes supervisaban el flujo del personal autorizado y ordenaban a quienes carecían de autorización para estar allí que se alejaran. Los espectadores, sin embargo, ya habían encontrado una manera de acercarse: eran manchas de colores, inmóviles en la linde del bosque. Entre los árboles, observaban las primeras operaciones de inspección ocular en un silencio circunspecto.

Parri ya había llegado y había puesto en marcha el procedimiento para la inspección médico-legal. Algunos agentes de la Científica estudiaban las tierras circundantes en busca de huellas, objetos personales u otros restos. Los destellos de las cámaras a veces se confundían con los resplandores de los relámpagos que el cielo arrojaba sobre el bosque.

—Aquí dentro de poco va a caer una buena —le oyó decir Teresa, espoleando a los demás para que todo posible indicio fuera identificado, marcado y fotografiado antes de que la lluvia lo borrase para siempre.

Teresa y Marini se acercaron hasta él, deteniéndose en la línea de demarcación del área. Parri advirtió su presencia y les hizo gestos de que se le unieran. Se pusieron el mono y los cubrezapatos y siguieron el recorrido trazado por la Científica, ya inspeccionado.

El médico forense los saludó con una sonrisa triste.

—Parece que la historia se complica —dijo.

Parri tenía el pelo mojado a causa de las partículas de agua invisibles que flotaban sobre el bosque. Sostenía en sus manos una carpeta rígida con la hoja en la que escribía sus anotaciones. La superficie del papel se había vuelto irregular por la humedad que entraba en las fibras. Algunas palabras habían quedado reducidas a una mancha de tinta.

—¿Todo bien? —le preguntó a Teresa.

Ella asintió, agradecida por su preocupación. No estaba segura de poder decir lo mismo de Marini, pero el chico tenía temple:

nadie habría adivinado su estado emocional. Había dudado si llevárselo consigo o no, pero al final había decidido que la única forma de arrebatárselo a los pensamientos destructivos que lo atormentaban era arrojarlo a aguas turbias y agitadas para despertar su instinto de supervivencia.

Parri se apartó y los invitó con un brazo a participar en el espectáculo.

Era sin duda una representación, pensó Teresa. Y estaba segura de que había sido preparada para ellos.

El corazón desgarrado de una víctima aún desconocida estaba clavado en el letrero que señalaba el comienzo del territorio municipal. El simbolismo era poderoso, como el mensaje que ese músculo inerte llevaba implícito.

Corazón por corazón, se le ocurrió pensar.

El de Aniza, casi un siglo antes. Este sin nombre, ahora que el destino de la joven había salido a la luz.

Puso en marcha la herramienta de grabación de su móvil.

—¿Es humano? —solicitó confirmación a Parri.

—Sí. Ha sido extraído de la cavidad torácica utilizando una hoja de doble filo. Los cortes son precisos, limpios.

—Sin titubeos —murmuró Teresa.

Marini acercó la cara al órgano azulado.

—¿Cuándo? —preguntó.

—A juzgar por la fase del período cromático, yo diría que hace entre treinta y seis y veinticuatro horas, pero es muy difícil ser preciso: demasiada humedad —se puso los guantes y ensanchó una sección ya abierta—. La coloración más oscura se extiende siguiendo el recorrido de la red venosa superficial, para bajar luego a lo más profundo. Puede verse que el tejido más hueco sigue siendo de un rojo intenso. El procedimiento generalmente comienza alrededor de pasadas veinticuatro horas, en el caso de temperaturas suaves.

—Supongo que es demasiado pronto para preguntarte más cosas —dijo Teresa.

—Puedo decirte que es un corazón en mal estado de salud. Las válvulas están desgastadas. La víctima debe de haber padecido insuficiencia mitral. No es un órgano joven. Se ha agrandado, y el volumen no depende de la transformación gaseosa.

Teresa se acercó el micrófono a los labios.

—Determinar si han echado de menos a algún habitante en el valle desde hace un par de días. Presumiblemente anciano —registró.

Los ojos seguían fijos en ese corazón negro. A veces le parecía verlo latir, pero era solo su imaginación, un intento de establecer un contacto emocional con lo que quedaba de una víctima.

—Para saber si la extracción se produjo después de la muerte o si es en cambio la causa de ella, tengo que llevarlo al laboratorio y efectuar un examen más específico —dijo Parri—. Sin embargo, a la altura de la aurícula derecha hay en todo caso una herida punzante bastante profunda. Todavía no puedo decirte si es *perimortem* o *postmortem*.

Teresa se percató de la llegada de un sedán oscuro. Albert Lona bajó de él un momento después junto con el fiscal Gardini. Su mirada no tardó en localizarla entre los agentes de guardia, los hombres de la Científica y los de la policía local que acordonaban el área. Parecía como si estuviera allí para ella, y tal vez así fuese.

Volvió a mirar a Parri.

—No he encontrado dípteros. Ni huevos ni larvas de ninguna especie —decía. Se quitó los guantes y los arrojó a una bolsa de deshechos médicos—. Alguien se tomó muchas molestias antes de dejarlo aquí clavado. Lo mantuvo a resguardo de los insectos sarcosaprófagos. El amigo nos ha facilitado el trabajo: no tendremos que pasarnos las próximas horas capturando moscas y recolectando larvas con pinzas y paletas.

Teresa y Marini se lanzaron una mirada de entendimiento. Había una organización, un cuidado por los detalles que bordeaba la neurosis.

—Nos han adelantado que por ahora no se han localizado huellas, ni rastros del cuerpo —dijo Teresa.

Parri asintió.

—Me lo esperaba. Es un cuadro coherente.

—Te dejamos terminar. Iré contigo al laboratorio, si no te importa.

Se alejaron unos metros. Tan pronto como pasó por debajo de la cinta que marcaba el área, Teresa empezó a respirar mejor. Vio que Gardini estaba discutiendo con el jefe de la Científica, mientras que de Albert ya no había rastro. El fiscal se acercó de inmediato a ellos.

—¿Primeras impresiones? —le preguntó.

—Es una advertencia —respondió con firmeza, buscando el diario en la bolsa—. Esto es un mensaje para nosotros. Una invitación a no sobrepasar ciertas fronteras.

—Si es así —dijo Marini—, el asesino ha corrido un gran riesgo.

Teresa reflexionó.

—El miedo vuelve intrépidos a algunos, a veces incluso imprudentes —dijo—. Nos estamos acercando a algo que debía permanecer enterrado en este valle. Que lo sigue estando, pero que poco a poco va saliendo a la luz.

—Parece saber moverse bien, en todo caso —observó Gardini.

—Ah, si es por eso, es inteligente y astuto. Ha hecho un trabajo limpio.

—¿Cuánta fuerza se necesita para arrancar un corazón de un pecho? —murmuró Marini.

No era la fortaleza del asesino lo que impresionaba a Teresa. No hacía falta mucha, por lo demás.

—Estás sopesando su fuerza física. Yo estoy pensando en la mental —dijo—. ¿Cuánta fuerza hace falta para arrancar un corazón *palpitante* de un pecho?

Gardini la miró con asombro.

—¿Hay elementos para creer que ha sido eso lo que ha ocurrido?

Teresa no respondió. Un leve gesto de la cabeza indicó que aún era demasiado pronto para decirlo, pero creía que la víctima había desempeñado un papel relevante en esa historia. No había sido elegida al azar. Por el simbolismo poderoso y arcaico del acto de intimidación. Por el riesgo que se había corrido. Por la fuerza del mensaje que se les había hecho llegar. No le costaba creer que también su muerte hubiera sido atroz, tanto como la advertencia dirigida hacia ellos.

Un miembro de la Científica reclamó la atención de Gardini y el fiscal se despidió de ellos.

Marini miró el corazón, colgado en la entrada de la población como un estandarte de la muerte. Un rayo aterrador iluminó el paisaje con un resplandor fantasmal.

—Tal vez la figura que vio ayer en medio de la carretera no fuera solo una sombra —dijo en voz baja.

Tal vez. Teresa también lo había pensado.

Una ráfaga de viento trajo un aroma conocido que le cerró el estómago.

Se volvió y vio a Albert mirándola, apenas los separaba la distancia de un brazo tendido. Luchó contra el impulso de retroceder, pero sobre todo se preguntó cuántas palabras de las que había dicho Marini habría oído. Por su expresión imperturbable, se habría dicho que ninguna.

—Comisaria, inspector —saludó el jefe de policía.

—Buenos días, jefe Lona —contestó Marini. Teresa tuvo la clara impresión de que se le había anticipado para liberarla del engorro. Ella se limitó a un gesto.

Albert conseguía no perder la elegancia incluso en esa coyuntura: bajo la lluvia, con la sangre goteando en la tierra a escasa distancia de sus zapatos caros, rodeados por el barro. No había cogido un paraguas bajo el que refugiarse, dejaba que las gotas le empaparan el pelo hasta que se convertían en arroyuelos que desaparecían en el cuello de su camisa. Era su lado animalesco el que emergía de tanto descuido. Albert Lona era una fiera, elegante y espléndidamente salvaje, pero aun así una fiera. Teresa se preguntó si estaba solo, tal como lo recordaba, o si una mujer lo estaría esperando en casa para encargarse de su ropa empapada: el único papel que ese hombre podía reconocerle.

—Pónganme al día —les dijo, con un tono casual en la voz para que la rudeza de la orden resultara menos irritante.

Teresa le expuso las escasas novedades que le había contado Parri y se cuidó de no confiarle sus pensamientos.

Lo vio fruncir el ceño, con los ojos mirando a lo lejos ahora.

—No es suficiente —le oyó decir, como si las huellas dejadas por el asesino dependieran de su hipotética voluntad.

—Es posible que los análisis químicos revelen algunos detalles más —le dijo, pero los intentos por tranquilizarlo resultaron ser una panacea aguada también para sus oídos.

Albert sacudió la cabeza.

—No es suficiente —repitió con dureza, esta vez con los ojos clavados en los suyos—. Exijo mayores evidencias. Esto recuerda al caso Imset, ¿no le parece?

Teresa no reaccionó. El nombre del dios funerario egipcio no evoca nada en su mente.

—Comisaria, se encargó usted del asunto. Con éxito, a despecho de todas las previsiones —insistió Albert, molesto por su prolongado silencio.

Teresa removió ese nombre, como si fuera un gusto para saborear y reconocer. Sentía la mirada de los dos hombres sobre ella. La de Albert era interrogante, vagamente resentida. La de Marini mostraba curiosidad, acaso solo una nota de perplejidad. La primera era un buqué amargo y agrio. La segunda, otro verde y áspero, demasiado joven aún para el paladar.

Teresa no lo recordaba. Era incapaz de recuperar en su memoria ese caso, ese nombre. Ni siquiera el reflejo de un rostro, las postrimerías de una conversación. Era como si nunca hubiera trabajado en él. Acababa de perder una parte de su vida. Apretó con fuerza su diario en el bolsillo.

—Cada caso es un mundo —improvisó, con el corazón latiéndole en la garganta, henchido de terror.

—¡Tonterías! —atronó él—. Obviamente no quería sugerir que pudiera haber una conexión. Pero las modalidades...

Teresa estaba hundiéndose lentamente en el turbio lago del pánico. El líquido venenoso de la duda le llegó a la boca y le robó el aliento.

—Recuerdo ese caso —intervino Marini—. Estudié los informes, nada más llegar. El asesino extraía los órganos internos de las víctimas, uno por cada cuerpo. Cuatro en total, hallados en jarrones canopos de cuatro mil años de antigüedad. Se trataba de trofeos, en ese caso. ¿Verdad, comisaria?

Teresa asintió, alentada por su mirada.

—Esto, sin embargo, no es un trofeo —logró decir—. No es un tótem con el que el asesino se recree íntimamente para evocar sus delirios de omnipotencia. Lo ha compartido con nosotros y, por lo tanto, lo ha despojado de toda fantasía. *Es para nosotros.*

Lona pareció considerar sus palabras, pero no añadió nada más al respecto. Quizá Marini, más tarde, pagaría un alto precio por haber refutado la hipótesis del comisario jefe, pero aquel no era el momento.

Albert cambió de tema.

—Están a punto de llegar los hombres con los perros de rastreo —les dijo—. Es preciso que encontremos ese cuerpo. La prensa no tiene la paciencia del fiscal.

Teresa y Marini se miraron. Habían tenido la misma idea, pero esta vez fue ella quien se expuso.

—Sugiero el uso de un recurso que el jefe Ambrosini estaba valorando antes de quedar impedido. No es del orgánico del cuerpo, pero sus capacidades son...

—¿Qué es lo que no les ha quedado claro de mis palabras?

Teresa no terminó la oración. No habría servido de nada. Albert se fue, dejándola temblando de rabia, rebosando un miedo —el de estar desapareciendo junto con su mente— que no le permitía otra reacción que la de temblar. ¿Qué era ella sino lo que había pensado, hecho, amado durante los últimos cuarenta años? Sus casos, las investigaciones desesperadas, las intuiciones decisivas, la compasión por las víctimas que había conocido. A veces, incluso salvado.

—Lo siento —oyó decir a Marini.

—Gracias —respondió, a media voz.

—Fue un placer. Es un gilipollas.

La angustia de Teresa discurría en riachuelos que gorgoteaban junto con el agua que había comenzado a rezumar de las rocas que delimitaban uno de los lados de la carretera. La lluvia había aumentado en intensidad, pero los curiosos no se habían movido. Se espabiló, levantó el brazo y llamó a De Carli.

—Sácalos de aquí. Que se vuelvan a casa.

Lo vio titubear.

—Comisaria, están rezando.

Teresa notó que bajo las capuchas y los paraguas las cabezas estaban inclinadas. Como convocado por su atención, se elevó un canto de mujer. La letanía tuvo el poder de silenciar todo ruido humano.

La multitud se abrió, revelando a las miradas a una mujer con un vestido largo y el pelo blanco mojado por la lluvia. Entonaba un canto tan antiguo como la historia de su pueblo. Matriona parecía mirar a los ojos de Teresa, orgullosa y altanera.

Teresa nunca había escuchado nada parecido. Eran sonidos ancestrales, que provenían de un mundo desaparecido y sin embargo aún vivo, y que se alternaban con retoques de madera que les hacían eco desde las profundidades del bosque.

Se le vinieron a la cabeza las palabras de Francesco.

La cantilena para los muertos, pensó.

46.

Massimo se metió una pastilla analgésica en la boca. La primera ni siquiera había hecho mella en el dolor de cabeza que llevaba horas atormentándolo. La segunda lo había hecho apenas soportable. Confiaba en que la tercera lo domara lo suficiente como para mantener los ojos abiertos y la mente despejada.

Tomó un sorbo de agua de la botella que había sacado del dispensador de bebidas y se juró, por enésima vez ese día, que nunca volvería a probar una gota de alcohol.

El hecho de estar en la morgue, fuera de la sala de autopsias, no lo ayudaba a mantener a raya las náuseas.

Revisó su móvil. Elena no había llamado. Después de mandarle un mensaje con la dirección del hotel en el que permanecería durante unos días, no había vuelto a dar noticias.

La decisión ha sido mía, pensó cáustico Massimo. ¿Pero había sido realmente una decisión? No se lo parecía. Alguien más había decidido por él, mucho tiempo atrás.

—Marini, ¿estás vivo? —le llamó a Teresa Battaglia desde la sala de autopsias.

Massimo sacudió la cabeza. Por un momento, esa mañana en su casa, estuvo a punto de contárselo todo, con todo detalle. Pero ahora la comisaria había vuelto a ser la de siempre: dominante y huraña.

Entró, rezando para que su estómago resistiera otro par de horas por lo menos.

Es solo un corazón, se dijo mientras lo miraba, un grumo oscuro del tamaño de un puño sobre la mesa de acero. De haber habido un cuerpo en su lugar, el olor habría infectado el aire forzándolo a una retirada vergonzosa.

Parri ya había comenzado la disección y poco después confirmó lo que ya les había dicho en el lugar del hallazgo: el órgano pertenecía a una persona anciana y se hallaba en mal estado, no solo por la edad sino también por el deterioro de las válvulas cardíacas debido a un defecto de funcionamiento.

—Los colegas ya están sondeando el valle —dijo el inspector—. Pronto sabremos quién falta a la llamada.

—Tomo muestras para las pruebas genéticas y toxicológicas —dijo Parri, preparando los portaobjetos—, pero ya he efectuado la prueba de glicoforina: ha resultado positivo.

Los pómulos de Battaglia se tensaron bajo de la piel.

—Si los órganos reaccionan a la glicoforina —explicó en beneficio de Massimo—, significa que estaban vivos en el momento de la extracción.

—Espera un momento —la interrumpió Parri—. Algo está obstruyendo la válvula mitral.

Buscó una pinza de pico delgado en la bandeja de los instrumentos y encendió la lámpara cefálica de su frente.

Poco después, la pinza emergió de la cavidad, sosteniendo un pequeño objeto oscuro.

La comisaria Battaglia se acercó, colocándose mejor sus lentes de lectura sobre la nariz.

—Una ramita —dijo Massimo—. Se habrá metido con el viento de la tormenta.

Parri lo miró.

—Estaba bien metida, en lo más hondo —aclaró—. El viento no tiene dedos.

—Alguien se ha tomado muchas molestias. Eso fue lo que dijiste, Antonio —recordó la comisaria—. Hasta el extremo de mantenerlo alejado de insectos y larvas. Cuidándolo para nosotros: nunca nos lo habría presentado sucio.

Pidió los alicates y Parri se los pasó. Giró la ramita debajo de los ojos, se la acercó a la nariz, varias veces.

—Es tomillo —dijo asombrada—. Un círculo entretejido con una ramita de tomillo.

—Qué raro —dijo Parri. Por la forma en la que él y la comisaria se miraron, parecía que se estaba produciendo una comunicación telepática entre ellos. Se habían entendido.

—¿Qué significa eso? —preguntó Massimo.

Teresa Battaglia se retorció los labios con los dedos, concentrada.

—El tomillo es una planta medicinal utilizada desde la antigüedad —dijo—, pero también está dotada de poderes mágicos. Así lo creyeron los antiguos. Se empleaba durante los sacrificios debido a su intenso aroma. Mi abuela solía decir que paseando entre las plantas de tomillo al anochecer era posible ver los espíritus de los muertos.

—Hay algo de ritual, entonces —murmuró Massimo.

—*Thymus, thymi, thymo, thymum*... ¿Cómo es la declinación? —preguntó ella.

Él abrió los brazos.

—No lo sé.

—Es latín.

—Lo había intuido.

Teresa escribió apresuradamente en su cuaderno, luego levantó de repente la cabeza, como si saliera de una apnea, y volvió a meterla enseguida entre las páginas.

—*Thumòs, thumòn*. Griego —continuó.

—No se me daban muy bien las traducciones en el colegio —admitió Massimo.

—A mí tampoco —dijo Parri.

La comisaria Battaglia volvió a oler la plantita. Giró la ramita entre los dedos.

—La etimología de la palabra «tomillo» lleva las huellas de su uso más antiguo.

Massimo sintió que su estómago estaba a punto de rebelarse.

—¿Tiene que mantenerlo debajo de su nariz? *Estaba dentro de un corazón* —le recordó.

—*Thuos* en griego significa sacrificio, ofrenda. *Thumiào*, arder, realizar una inmolación. Por último, *Thumòs:* ira, pero también el estado emocional del alma, una conexión profunda con cuerpo, sangre y respiración —prosiguió ella. Parecía aliviada de poder recordar tan bien. Miró a Parri y luego a él con una sonrisa maliciosa.

—Son los elementos de esta muerte —reflexionó—. Es el asesino quien nos lo dice: he hecho un sacrificio por un bien superior y lo he hecho con ira.

Cerró el diario de repente.

—Siente rabia y miedo, porque estamos cerca de tocar algo que es sagrado para él.

47.

Francesco Di Lenardo los vio venir desde lejos, protegiéndose con una mano los ojos de los rayos del sol poniente hacia el nadir, mientras la otra caía a un costado. Descendió la empinada cresta con una agilidad impensable para un hombre de su edad. Con un par de saltos se plantó en la carreterilla que se desplegaba en el bosque, con la montaña a un lado y el barranco que se abría hacia el río al otro, lo suficiente como para dejar pasar un automóvil. Llegó hasta Teresa y Marini sin una pizca de resuello.

—Caminemos un rato juntos —sugirió, cuando Teresa le dijo que estaban allí para hablar con él. Necesitaban profundizar más a fondo en el pasado si querían entrever el rostro de quien había matado en el presente. Necesitaban sus recuerdos una vez más.

Pasearon en silencio, acompañados por sombras cada vez más largas. El día agonizaba en un esplendor reluciente. Bandas de pájaros danzaban en el cielo cambiando de dirección de manera repentina con una coordinación que dejaba siempre a Teresa llena de estupor. Sincronizaban su vuelo como si fueran una sola entidad.

Francesco se detuvo para observarlos, en un lugar donde la línea de árboles se interrumpía para reanudarse diez metros más tarde.

—Una vieja pista cortafuegos —explicó sin añadir nada más.

Teresa ya había conocido a criaturas como él, tan solitarias como el viejo alerce que dominaba el claro, unas cuantas curvas más abajo. Sabía que lo que le hacía falta era tiempo, pero no el tiempo del hombre. El que marcaba la naturaleza, como el vuelo de la bandada, el lento cruce de un caracol a sus pies, el tamborileo del pájaro carpintero en la corteza de un abedul, detrás de ellos.

Insistir, apremiarlo, habría surtido el único efecto de hacer que se encerrara en sí mismo.

De un sendero entre los árboles surgió un chico, mochila al hombro y camiseta enrollada sobre su cabeza, a modo de sombrero.

Estaba acalorado, con el rostro ya bronceado aunque solo fuera primavera.

Francesco lo saludó levantando un brazo.

—Es Sandro, el novio de Krisnja —se lo presentó ciñéndolo en un abrazo, cuando se reunió con ellos. El joven agachó la mirada por un momento.

—Sí, bueno, puede decirse que sí —se rio, avergonzado quizá.

Teresa recordó haberlo visto en la reunión de la asociación.

—Sandro no nació en el valle, pero es como si lo hubiera hecho —dijo Francesco—. Está estudiando para técnico forestal.

El joven levantó una mano, como para quitarse importancia.

—Por ahora, paso mi tiempo libre haciendo el censo de la circunferencia de los alerces —dijo.

Todos se rieron. El chico los saludó y prosiguió su camino río abajo. La mirada de Francesco no lo abandonó hasta que desapareció más allá de la curva.

—Muchos se han ido —susurró—, pero algunos han venido. Necesitamos a jóvenes como él. Por el valle y por la floresta. Algún día Sandro se encargará de cuidar estos bosques. Está aprendiendo la importancia de no repoblar los claros, de dejar algunos árboles muertos en la maleza, una fiesta para los barrenderos del bosque. Comprende la necesidad de no derribar los árboles que los animales necesitan para los encuentros que preludian los apareamientos. Aprende a proteger la biodiversidad.

Los colores iban degradándose hacia tonalidades de un verde parduzco. Teresa observó el sotobosque. Era un mundo sumergido. La luz enrarecida parecía tener consistencia. Así lo dijo.

—Se llama «laguna verde» —le explicó Francesco—. Es la banda de radiación que logra penetrar por las copas de los árboles y llegar al suelo. Representa solo el tres por ciento del espectro y es inútil para la fotosíntesis. Por esa razón en los bosques más densos la maleza es un desierto ácido.

—Conoce usted muy bien este mundo —observó Teresa.

—Es mi mundo. Los árboles, en el fondo, no son tan diferentes a nosotros. Representan casi la totalidad de las formas de vida de este planeta: eso significa que son el resultado de un proceso evolutivo de conquista y supervivencia casi perfecto.

—Dicho así suena perturbador —dijo Marini.

—Lo es. Y también fascinante. Las plantas ven la luz a través de fotorreceptores dispersos en su superficie: ojos que observan el mundo a su manera. Distinguen el día de la noche, sienten la proximidad de una nueva estación por el alargamiento o el acortamiento de las horas de luz. Descansan, como todas las criaturas vivientes, y se agachan en la oscuridad. Están dotadas de tacto y olfato: huelen las plantas anfitrionas que van a infestar y por su aroma se dan cuenta de si gozan de buena salud. A través de las raíces, ceden principios nutrientes a sus vecinas más débiles y, si son atacadas por parásitos, producen sustancias tóxicas que vuelven repugnante el sabor de las hojas. Compiten por el espacio y la luz. Tienen memoria y un sentido de equilibrio que les permite crecer derechas incluso en terrenos irregulares. Y se comunican, de maneras que solo podemos entender parcialmente.

Se acuclilló, tocó el suelo.

—Y esta es solo su apariencia «de arriba». Las raíces forman una red neuronal ilimitada. Toman decisiones complejas todos los días.

—En términos de sentidos, no les falta de nada —dijo Marini.

—Se piensa que las plantas son sordas, a decir verdad.

Francesco recogió un puñado de tierra en la mano.

—Sabemos muy poco acerca de esta criatura verde que respira por nosotros —dijo—. Este puñado de tierra es el hogar de cientos de millones de microbios. Mueren, si se separan de su entorno. Las interacciones entre cada uno de ellos y las dependencias recíprocas con este planeta son tan densas e insondables que no pueden ser reproducidas artificialmente.

Teresa no había intervenido. Había identificado en los conocimientos de Francesco un detalle que aguijoneaba su instinto.

El hombre se puso de pie, sacudiéndose la tierra de sus pantalones.

—Entonces, ¿están aquí porque creen que la historia del corazón que se ha encontrado en la desembocadura del valle está relacionada con la desaparición de Aniza? —preguntó por fin.

Teresa solo contaba con su convicción, hija tanto de la intuición como de la experiencia. Lo que veían sus ojos era un conjunto interconectado de detalles, a menudo invisibles para la mayoría, de acontecimientos distantes en el tiempo y el espacio, pero a la vez vinculados. Lo que Teresa veía era el tejido del mal que la rodeaba, una epidermis viva y cambiante, recorrida por impulsos que ponían en comunicación puntos aparentemente más distantes. Era una dermis que se movía por encima del mundo y por debajo de sus sentidos.

—Tiendo a pensar eso, en efecto —respondió.

Francesco miró el horizonte. El cielo se estaba oscureciendo. A lo lejos se oyó bramar a un ciervo.

—Los viejos decían que es el espíritu del día el que llama a la noche —murmuró—. La oscuridad ha caído en verdad sobre esta tierra, pero por ahora no le seguirá ningún amanecer, solo la duda y la desesperación.

Teresa dio un paso hacia él.

—Alguien en el valle se siente amenazado —dijo.

—¿Por qué me mira así?

—Usted conoce la botánica, tal vez incluso los mensajes más recónditos de la naturaleza —insistió con amabilidad.

—¿Qué quiere decir con eso?

—Explíquemelo usted: *Thymus,* por ejemplo.

El hombre meneó la cabeza.

—No sé adónde quiere ir a parar. Por su actitud parece como si yo debiera saber algo, pero si cree que puedo tener algo que ver con la desaparición de Aniza yerra por completo. A menos que piense que un niño de ocho años puede matar.

Teresa no respondió. Percibía la rabia silenciosa del hombre que se había sentido asediado y el malestar de Marini a su lado, cada vez más enardecido en su inmovilidad.

—Creo que aún conserva las pertenencias personales de Aniza —dijo.

La expresión de Francesco respondió por él.

—Me gustaría verlas, por favor.

48.

Los escalones de madera crujieron bajo los pasos de Massimo. Delante de él, Teresa Battaglia y Francesco Di Lenardo lo precedieron hasta la última planta de la casa. La buhardilla era una habitación de techo inclinado. Una claraboya ocupaba un lado en toda su altura y ofrecía un panorama extraordinario de los montes Musi. El revestimiento de tablones de pino desprendía en la sala un aroma a madera, a actividades lentas relacionadas con las estaciones, a un mundo que Massimo apenas conocía, pero que parecía provocar un eco dentro de él, como una invitación al recuerdo.

El desván no era el trastero polvoriento y descuidado que se había imaginado. Era el corazón secreto de la casa: una estufa de azulejos aguardaba para calentarla el próximo invierno y un sillón de terciopelo estaba colocado frente a las vistas. Algunos libros formaban una pila que llegaba hasta el brazo. Un tomo descansaba sobre el acolchado del asiento. Massimo lo rozó. Era una colección de antiguos cuentos de hadas protagonizados por el bosque. Un *edelweiss* seco servía como marcapáginas: los pétalos plateados y esponjosos asomaban por las páginas. Estaba seguro de que fue Francesco quien lo recogió cuando era más joven, en alguna grieta asomada al vacío, donde a esas inflorescencias de color blanco lechoso les gustaba crecer. «Flor de roca», la había oído llamar.

Miró al hombre. Su perfil no traicionaba emoción alguna, pero toda la mímica de su cuerpo hablaba de orgullo ofendido. Se sentía sometido a un examen que lo insultaba.

—Sus cosas están ahí dentro —dijo, señalando un arquibanco ricamente tallado, apoyado contra la pared. La madera lijada y grabada por la mano de un artesano superlativo representaban motivos florales esculpidos y pintados con un azul violáceo aún brillante, a pesar del paso del tiempo. Gencianas.

Francesco se inclinó sobre una rodilla y acarició la madera.

—Era su artesa dotal —recordó—. Todas las chicas jóvenes tenían una. Estaba destinada a guardar su ajuar de novia y a salir de la casa de su padre con ella el día de su boda. Se creía que era necesaria para formar una nueva familia. Las mujeres la heredaban de su madre, quien a su vez la había recibido de la suya. Viajaba por la historia a través de manos femeninas. Esta tiene más de trescientos años.

Giró la llave en la cerradura y se quedó quieto, como inclinado ante los recuerdos.

—Disculpen —murmuró—. No lo abro a menudo y no lo hago de buena gana.

—Tómese todo el tiempo que necesite —le dijo la comisaria Battaglia. Había vuelto a mostrarse suave con él, como si ese dolor tan sincero que emanaba del hombre requiriera cuidados incluso por parte de aquellos que apenas lo conocían.

Ella era así. Podría llegar a ser brutal solo para comprender hasta dónde podía llegar una persona arrastrada por la rabia. Ponía a prueba, sondeaba con puñaladas fulminantes porque sabía perfectamente, más que cualquier otra persona que Massimo conociera, que el ser humano finge todos los días de su vida: por un mecanismo de defensa, por pereza, por costumbre, por convención, en su beneficio. Simplemente para sobrevivir.

Francesco levantó la tapa y Massimo entrevió una fecha grabada: 1706. Aquel objeto había sido custodiado por generaciones de mujeres, tan diferentes entre sí y, sin embargo, unidas por un mismo hilo, el sueño del amor, la fuerza exigida para ser la puerta de una nueva vida.

Cerró los ojos un momento. Hubiera querido alejarse de ese lugar que se estaba llenando de significados amargos para él, pero al mismo tiempo se sentía guiado de la mano hacia un viaje que le hacía pensar por primera vez que todavía había esperanzas. Era Aniza quien lo llevaba consigo, y su rostro a veces se confundía con el de Elena.

Cuando los abrió de nuevo, Francesco sostenía un traje blanco en sus manos, similar al que habían visto en la posada de Matriona. Las campanillas cosidas en el cinturón tintinearon ligeramente.

—Nuestro traje regional —dijo—. Mi mujer y yo no tuvimos hijos. Me gustaría que Krisnja lo llevara en su boda, algún día —sonrió—. Pero los jóvenes de hoy tienen otros gustos, me parece. Y es razonable.

Lo dobló con cuidado y lo puso en el suelo. Sacó una foto, y la mano que la sostenía temblaba. Se la entregó de inmediato, como si no quisiera verlo.

—Aquí lo llevaba Aniza. Creo que fue durante la fiesta de primavera, justo antes de que desapareciera. Estaba a punto de actuar en el *Kölu*, la «danza en círculo».

Teresa Battaglia la cogió y la estudió largo rato.

—Y estas son sus labores de bordado —dijo Francesco, abriendo una canasta de costura—. Algunas acababa de terminarlas, otras permanecerán inacabadas para siempre.

La comisaria le pasó la foto a Massimo y miró en la canasta de mimbre. Él también se acercó y sintió que su corazón se le encogía.

Aniza había confeccionado minúsculos zapatitos de recién nacido. Los colores eran los verdes de los prados en primavera, de los pétalos de caléndula y aciano.

Tuvo que alejarse. Las palabras que Francesco intercambiaba con la comisaria se convirtieron en un zumbido indistinto.

Sostuvo la foto con fuerza en sus manos antes de reunir valor para mirarla.

Aniza lo observaba desde la imagen en blanco y negro. Cándida como una novia, en la hierba alta de un prado. El sol iluminaba los volantes de la falda creando un juego de transparencias. Llevaba flores sujetas al pelo. Una brisa cristalizada en ola eterna le había levantado algunos mechones alrededor de la cara. La sonrisa que le doblaba los labios estaba apenas esbozada. Tenía una mano suspendida en un gesto incompleto, como para llevársela a la cara, acaso para capturar un mechón y colocárselo detrás de la oreja.

Pero fue la colocación de la otra mano lo que le estremeció como un golpe repentino en el pecho: estaba reclinada sobre el vientre, en forma de copa, como encerrándolo.

Massimo ya había visto ese gesto protector de puro instinto. Elena lo había hecho la noche anterior.

La mirada corrió hacia el ajuar de recién nacido en la canasta. Se le cortó la respiración. No era para una amiga.

Notó que se movía, que se llevaba a la comisaria aparte, mirándola a los ojos asombrados y acercando la cara a su oído, pero era como si fuera otro el que obrara por él.

—Estaba embarazada —le susurró.

49.

20 de abril de 1945

Aniza avanzaba por el bosque con el paso de una novia, el sendero cubierto de hierba era la nave que conducía al altar, los troncos de los robles centenarios, las columnas. El pueblo, a esas alturas, no era más que un campanario que se elevaba a sus espaldas, por encima de las cimas más altas de los abetos. Sobre su cabeza cubierta, las ramas de los avellanos, de las acacias y de los robles se unían en arquitrabes retorcidos e imponentes. La galería de frondas de fondo oscuro era un pasaje hacia una nueva vida.

La joven se volvió para mirar su pasado. Observó la línea del sol escalar rápidamente la esfera con la rosa de los vientos en el remate de la iglesia. Cuando la sombra la engulló, colocó el cesto de bordar en la hierba y prosiguió su camino hacia las profundidades del bosque.

Desde el pueblo se elevó el canto de una mujer que acompañó sus pasos. Subía hacia el cielo como espirales de humo. Serpenteaba sinuoso y se expandía por el valle. La robusta voz hablaba de las actividades nocturnas de la familia en el idioma de sus antepasados. Era una despedida del día, un saludo a la noche inminente, con la plegaria de que no trajera consigo los fantasmas que se levantaban en la oscuridad de la bruma de la montaña, sino tan solo buenos sueños y el rocío para apagar la sed de los cultivos.

Al otro lado del puente del Wöda, otra mujer respondió a la llamada y las dos voces se persiguieron mutuamente llevadas por el viento que se levantaba del lecho del arroyo al atardecer. Otras las siguieron, llegando más lejos. Eran las «madres del valle», las que habían generado más hijas. Progenitoras de mujeres que son madres a su vez.

Aniza entonó la letanía en un susurro y una mano corrió a acariciar el estómago aún plano. La cintura no tardaría en hinchársele y modelarse como un pequeño mundo en el centro de su universo. Al canto se le unió la primitiva melodía del bosque: era como un sonido de flauta, cuando el viento se desliza en las ramas secas y huecas de los troncos caídos.

Aniza levantó la mirada hacia el cielo. Entre las copas entrevió el brillo de Venus. En una rama, una lechuza de plumas plateadas se alzó en vuelo con sus poderosos aleteos. Era el espíritu de la noche, convocado por el bramido del ciervo macho que dominaba el territorio en las laderas de los Musi.

Aniza agradeció a la Madre el buen auspicio. Cogió las anémonas de color rosa pálido que marcaban el camino e hizo un ramo nupcial con una cinta.

El canto terminó. Ahora las puertas de las casas estaban cerradas, los animales descansaban en los establos. La llama ardía en las lámparas y los más pequeños habían sido recostados en sus cunas.

Se preparó para esperar, con los latidos del corazón acelerados.

Él se estaba acercando.

50.

Teresa salió trastornada de la casa de Francesco, como si emergiera de un denso espejo de agua. Había vislumbrado el reflejo de una vida asesinada y había sido doloroso, pero ahora tenía que confrontarse con un nuevo drama. Si la intuición de Marini era correcta, había otra víctima en el pasado: un niño que no llegó a nacer.

El inspector estaba postrado. La zozobra estiraba sus facciones y volvía febriles sus ojos.

—Estaba embarazada —le oyó repetir, o tal vez solo fuera el viento que se había levantado—. Y alguien la mató.

Teresa hubiera querido refutar sus palabras con firmeza, pero algo se lo impedía. Había una mano incorpórea apretándole la garganta. Una vez más, su inconsciente. Le estaba diciendo que no apartase la mirada, que no negara lo que ella ya sabía que era la verdad y que recorriera ese camino hasta el final.

Al pie de la colina, una figura conocida se alejaba seguida de un perro. Vieron a Krisnja desaparecer entre los árboles.

—Quiero hablar con ella —dijo Teresa.

Bajaron la pendiente a su vez. Cuando Marini la llamó, la muchacha se dio la vuelta y sonrió, reconociéndolos, pero su gesto se ensombreció de inmediato al ver sus expresiones. Su mirada pasó de ellos a la casa de su tío.

—¿Ha pasado algo? —preguntó alarmada.

—Nada nuevo —la tranquilizó Teresa—, pero hasta que no descubramos lo que está sucediendo en el valle, no es seguro adentrarse solos en el bosque, especialmente cuando llega la oscuridad.

Krisnja se volvió hacia la espesura. Más allá del hayedo, pasado el puente y bajando la primera curva, había sido hallado el corazón. Todavía no sabían a quién pertenecía, pero Teresa estaba segura de que pronto tendrían un nombre y una cara que buscar. La noticia había corrido de casa en casa por el valle. Todos se habían ofrecido para echar una mano. Nadie permaneció de brazos cruzados. Se abrieron las puertas de las granjas, se revisaron los graneros y los cobertizos de las herramientas. La policía seguía peinando el lugar del hallazgo y el perímetro circundante.

Krisnja ciñó los brazos contra el pecho.

—Aquí no estamos acostumbrados a sentirnos en peligro —dijo, mirándolos.

Teresa percibió su desconcierto. Aquel paraíso se había visto contaminado por una muerte violenta. La tierra había saciado su sed con sangre. Nunca volvería a ser la misma.

—Hemos estado en casa de tu tío —le dijo, para distraerla—. Viendo las cosas de Aniza.

Ella los miró con esos ojos tan especiales que provenían del pasado, de Aniza, de un legado milenario. Era, sin lugar a dudas, hija de su estirpe.

—Nunca se las ha enseñado a nadie —dijo—. Le provocan dolor.

Teresa buscó las palabras más adecuadas.

—El vínculo que los unía era muy fuerte —dijo—. Me he topado con pocos dolores tan duraderos, intactos como el primer día.

Krisnja miró las montañas, el viento le levantó el pelo descubriendo su orgulloso perfil.

—Él también tiene sus propios tormentos —murmuró—. Aquellos fueron días malditos. Nadie aquí puede librarse del pasado.

—La desaparición de Aniza fue una tragedia que subvirtió la paz del valle —observó Teresa.

La luz en los ojos negros de Krisnja se agitó con un temblor. Por un momento pareció apagarse.

—No fue el único acontecimiento trágico —dijo—. ¿Francesco no se lo ha contado?

51.

Francesco había mentido. La guerra no se había retirado arrastrándose fuera del valle sin dejar una estela de muerte y devastación en la tierra resiana. Y de los frutos de la tierra se habían alimentado sus habitantes, bautizados para siempre con sangre inocente derramada. Krisnja les había contado unos hechos dramáticos, que habían profanado para siempre la santidad de esos lugares: un fusilamiento que los invasores habían usado como advertencia contra los habitantes de Resia. Una venganza.

Teresa se preguntó por qué, cuando quiso saber si había habido algún hecho sangriento relacionado con la presencia de los partisanos en el valle, Francesco se lo había ocultado.

«Se conformaron con aterrorizarnos y se marcharon», le había dicho, al contarle las represalias de los nazis por el disparo que salió de un fusil partisano. Teresa lo había anotado en su diario. Y no con un apunte rápido, sino con la frase exacta, como si hubiera sabido que esas palabras no tardarían en ser una mano que señalara la dirección hacia la que mirar.

Quizá no encontrase nada, pero por experiencia sabía que las personas mienten en detalles aparentemente insignificantes por dos razones: por patología o para ocultar secretos.

Había decidido no presentarse de inmediato ante su puerta para pedirle explicaciones. Quería ir a verle con algo más en su haber. Tal vez pretendía conseguir que se sintiera seguro y ver cuáles iban a ser sus próximos pasos. O tal vez, las suyas solo fueran elucubraciones de un espíritu acostumbrado a dudar de la naturaleza humana.

Había algo más que quería hacer, en cambio, antes de que la noche cayera para apaciguar las fatigas del día.

—¿Te sientes con fuerzas? —le preguntó a Marini. A su lado, él asintió.

Llamaron a la puerta de Raffaello Andrian.

—¿Un violín? —preguntó el joven poco después, cuando oyó lo que Teresa había ido a preguntarle—. No recuerdo haber oído nunca que mi tío tuviera uno, ni mucho menos que lo tocara.

Teresa se guardó para sí misma la noticia de la huella ajena hallada en el cuadro.

—¿No se le ocurre nada que pueda relacionarlo con ese instrumento? —preguntó—. Aunque no sea más que un vago interés, una amistad...

El joven reflexionó.

—Lo único que puedo decirle a ese respecto es que la familia Andrian lleva décadas comerciando con madera de resonancia. Tal vez seamos los únicos que quedan, aquí en Italia. No tengo noticias de otros mayoristas activos.

—¿Podría ser algo más concreto? —preguntó Marini.

—Se trata de la madera que se extrae del abeto rojo. Bastante rara. Tenemos la suerte de tener cerca un bosque milenario, en la frontera con Austria y Eslovenia. Es la única fibra con la que puede construirse un instrumento de cuerda de calidad. La planta debe tener casi dos siglos de antigüedad y haber crecido lenta y regularmente durante todo ese tiempo. ¿Se imaginan lo que significa una imperturbabilidad de esa clase en un ecosistema tan mutable como un bosque? Un pequeño, gran milagro.

—Supongo que una fibra semejante resulta necesaria para la calidad del sonido —dijo Teresa.

Raffaello Andrian asintió.

—La madera sometida a secado con un proceso de maduración paciente transforma la resina, que cristaliza en las paredes de los vasos linfáticos: auténticos tubos de órganos de la naturaleza. Es la madera la que resuena, la que canta para nosotros.

Teresa lo había escuchado fascinada, pero dudaba que esa historia pudiera proporcionar un camino a seguir. Tenía que buscar por otro lado.

—¿Qué tal está su tío? —preguntó, arrepintiéndose de no haberlo preguntado antes.

El joven se ensombreció.

—Han despertado ustedes recuerdos que tal vez deberían haber permanecido enterrados —respondió. Miró la puerta cerrada de la habitación al final del pasillo—. Nunca lo había visto así.

—¿Está sufriendo?

—No, comisaria. No es sufrimiento. Es...

—Un odio poderoso —completó la frase ella.

—Un odio poderoso, efectivamente.

Teresa sacó de la bolsa el objeto que Francesco, después de una repetida insistencia, les había permitido llevarse de entre sus recuerdos. No había sido fácil para él concedérselo, ni para Teresa pedírselo. Era consciente de la carga de dolor que llevaba consigo. Convivía con ello cada día y cada noche desde hacía treinta años.

Al fin y al cabo, es suyo, pensó. Pertenecía a Alessio Andrian tanto como a Aniza.

Se lo enseñó a Raffaello, quien lo miró sin comprender. Cuando Teresa le explicó lo que creían que había ocurrido en el pasado, el significado le fue claro y los ojos se le humedecieron. Se hizo a un lado y miró hacia la habitación de Alessio. Era un salvoconducto, una invitación a hacer lo que había que hacer, después de siete décadas de dolor y soledad.

Teresa se encaminó por el pasillo. Cada paso era una palabra que repetía en su interior para comprender si era la más piadosa que podía decir. Tal vez no hubiera ninguna adecuada y, por mucho que quisiera elegir, se equivocara en cualquier caso.

Pasó por delante del cuadro en el que los dos niños estaban al lado del partisano, el fusil que disparaba al desprevenido enemigo. Resultaba impresionante darse cuenta de que había encontrado un rastro de aquel hecho del pasado. La turbaba. Francesco y Alessio siempre habían estado unidos durante esos años por un recuerdo común.

Lo observó durante unos instantes, luego siguió adelante. Llamó suavemente a la puerta, una caricia más que otra cosa, y la empujó.

Andrian parecía haberse quedado donde lo habían dejado. La posición de su cuerpo, la dirección de la mirada, que seguía orientada hacia el bosque ahora oscuro. La habitación estaba iluminada por la tenue luz de una lámpara y él llevaba otro pijama y una manta cuidadosamente colocada sobre sus rodillas. Alguien había recogido flores para él y las había puesto en un florero sobre la mesita de noche. Olían a campos al sol, a miel, a la vida que fuera de allí seguía su curso. Aportaban luz a la oscuridad, pero Teresa estaba segura de que ni siquiera les había echado un vistazo.

Se arrodilló junto a la silla de ruedas. Observó su perfil, esos ojos de mirada tan inhumana que ahora, tal vez, Teresa se sentía capaz de entender.

Aún no sabía si delante de él había un asesino, o solo una mente enferma, o un hombre que había elegido vestir su alma de luto cada día que aún le fuera concedido vivir. Un luto absoluto, despiadado consigo mismo.

Observó sus manos. Manos que tal vez no habían matado, pero que ciertamente habían pintado con sangre el retrato de Aniza. Habían tocado su corazón, pero ¿cómo? ¿Con violencia e ímpetu, o con una última caricia? Manos que, por lo que parecía, nunca habían tocado un violín, pero que eran las de un artista.

Teresa le acercó el objeto que sostenía entre ellas y comprendió que no había palabras dignas de ser pronunciadas.

Los minúsculos zapatitos del color de las prímulas encontraron por fin su sitio, entre los dedos de Alessio. Era como si siempre hubieran estado destinados a permanecer allí. Eran el recuerdo de un hijo que se acuclillaba entre las manos de su padre.

Detrás de ella, Teresa oyó sollozar a Raffaello. Se imaginaba su emoción y la de Marini, porque también a ella le costaba trabajo seguir allí, controlarse, respirar.

Porque Alessio estaba llorando, tan inmóvil como la criatura en la que había elegido convertirse. Su mirada no había bajado a su regazo, la expresión no se había alterado en ningún momento. Solo eran lágrimas que corrían por su rostro, como si fuera su alma la que estuviera llorando.

El anillo que llevaba en el dedo anular relucía bajo las gotas que lo mojaban. Teresa rozó la cálida mano y vio las dos aes mayúsculas grabadas en el metal como lo que realmente eran: no las iniciales de Alessio Andrian, sino las de dos jóvenes enamorados. Alessio y Aniza.

Ese anillo era una alianza.

52.

En el valle, el canto de las mujeres murió con el día, pero algo quedó suspendido en el bosque: una vibración baja, como el viento en la garganta de un dios. Resonaba en los barrancos y corría en pos de los bramidos que saltaban entre las crestas por encima del río. Los animales respondían a las «madres del valle», reconociendo con ellas un vínculo atávico que unía toda forma de vida.

El silencio volvió luego a posarse sobre la capa boscosa, pero era diferente a cualquier otro que la floresta hubiera experimentado nunca: era absoluto. Era la ausencia de movimiento que acompaña el peligro.

Una presencia había violado los límites invisibles de las madrigueras y los territorios que los animales custodiaban alrededor de los refugios donde descansaba la manada. Sus pasos traían un miedo inmóvil.

El peligro advertido por los animales no gruñó. No aulló. No tenía los colmillos abiertos en la noche, ni garras capaces de despedazar la carne de sus presas.

Se manifestó con un olor humano y una melodía que era tormento y éxtasis. El motivo se elevó a alturas que parecían capaces de alcanzar las cumbres rocosas, a pesar de haber nacido en el infierno.

Manos humanas que presionaban las cuerdas del violín y dirigían el arco con doloroso ardor. Parecían poseídas. La «melodía del diablo» surgió con la luna por la silueta de las montañas, maligna y romántica, soberbia e impetuosa. La leyenda cuenta que sucedían cosas extrañas cuando alguien se atrevía a tocarla: hechos oscuros, la mayoría de las veces de poca importancia, pero otras, otras veces eran sangrientos.

El violinista imaginó la caja de resonancia del instrumento como una puerta abierta a los infiernos y esos sonidos como el grito de Lucifer al mundo. Ese grito también era el suyo.

Tocaba por ella, que ni siquiera lo veía.

Tocaba por ella, que entre esos árboles esperaba el amor.

Tocaba por ella, para ella sola. Pálida Venus, estrella brillante. Señora de su corazón maldito sin paz.

53.

Esta investigación es un viaje dentro de mí misma. Veo lo que era y ya no volveré a ser. En lo que me he convertido y en lo que me convertiré. Es una confrontación en cada momento con el dolor que me destruyó y luego me forjó, y con el miedo ante un futuro demasiado cercano.

Es una investigación que soy incapaz de abandonar. Es mía, en todos los sentidos, con su carga de recuerdos y de tormentos. Es algo que he de hacer, antes de que llegue mi invierno. Siento ya el otoño, adelantado: yo también, igual que la naturaleza, necesito retirarme a lo esencial.

Si creyera en el karma, en el destino y en la magia, diría que esta investigación me estaba esperando.

La Ninfa durmiente, *Aniza y Alessio me esperaban.*

La gravilla tintineó en el cristal de la ventana. Teresa no se levantó del sofá.

—¡La puerta está abierta! —gritó.

El primero en entrar fue Smoky, meneando la cola y alborozado. Se acercó a saludarla saltando, con las patas sobre sus rodillas. A esas alturas, la reconocía como una amiga. Blanca lo siguió poco después. Se orientaba gracias a un bastón para invidentes. Era la primera vez que Teresa se lo veía entre las manos.

—Deberías cerrar con llave, sobre todo de noche —le aconsejó la joven. Sus dedos se deslizaron por la puerta y encontraron a tientas lo que estaban buscando. La llave giró en la cerradura.

—¿Quién puede ser tan idiota como para venir a robarle a una policía? —dijo Teresa, dejando el libro que estaba leyendo. Se quitó las gafas de lectura—. Explícame por qué nunca llamas a la puerta.

Blanca buscó el sofá y se sentó.

—Quizá nunca me sienta esperada.

—Yo te estaba esperando.

—Tengo la sensación de molestar menos, de esta manera.

Era una confesión bastante profunda y la muchacha ni siquiera se había dado cuenta. Entraba por la trastienda en las vidas de los demás, porque quizá nunca le habían enseñado que también podía accederse por la puerta principal.

Había algo ingenuo en ella, algo asilvestrado, que enternecía a Teresa.

—¿Y bien? —le dijo Blanca—, ¿en qué consiste esa propuesta indecente?

Teresa se acomodó en el sofá, con un brazo en el respaldo y una pierna debajo de las nalgas.

—Una caza al descubrimiento de un cuerpo —dijo—. En un bosque. Alguien que ha sido asesinado hace poco. Tendrás que lidiar con los rastreadores de la policía.

—Caramba.

—No son especialmente buenos.

Blanca se puso de pie. Luego se dejó caer de nuevo.

—¡Vamos! Son excepcionales —explotó.

Era cierto, pero Teresa sabía que para Blanca y Smoky, y también para sus amigos que se dedicaban tan apasionadamente a la detección de restos humanos, se trataba de una oportunidad única para destacar y superar la resistencia del comisario jefe.

—Smoky no es un perro especializado en cadáveres, ya te lo he dicho —protestó la chica—. Si hay que buscar sangre, o alguna parte del cuerpo, entonces sí. Pero un cadáver entero, si no está enterrado, es otra cosa. Los olores cambian.

—Pero dijiste que, en cualquier caso, está familiarizado con la cadaverina —objetó Teresa.

—Sí, pero no es su especialidad. ¿Qué pasa si falla?

—No creo que le moleste en exceso. ¿Y a ti?

Blanca agachó la cara.

—A mí tal vez un poco. ¿Es algo malo?

—No, no lo es, pero estoy segura de que no correrás ese riesgo.

Era cierto, de lo contrario nunca se lo habría propuesto.

Blanca parece tomar sus palabras en consideración.

—Si cometo un error, la que lo pagará serás tú, ¿no?

—No hay problema, créeme.

—Pero...

—Os necesito a ti y a Smoky. Quiero una colaboración continua y para lograrlo tengo que conseguir que otros crean en vosotros también. Ya no quiero recurrir a equipos externos. Quiero crear el *nuestro*. Siento pedirte lo que quizá te parezca un paso demasiado arriesgado, pero no lo haría si no creyera que puedes conseguirlo.

No le dijo que dar ese salto la beneficiaría. Blanca necesitaba creer en sí misma, pero antes que nada debía hacerlo alguien más. Le hacía falta confianza y Teresa estaba dispuesta a dársela.

—Los tiempos —murmuró entonces Blanca—. Serán distintos si quieres recurrir a nosotros.

—Los tiempos no serán un problema —la tranquilizó. Ella haría de escudo entre Blanca y Albert. Amortiguaría cada golpe bajo del comisario jefe.

—La diferencia entre un perro de detección de restos humanos y un *cadaver dog* estriba en la técnica de búsqueda —le explicó la joven—. Si tienes que encontrar un cadáver en un bosque de grandes dimensiones, lo que te hace falta es un perro de búsqueda en superficie, un perro que recorra kilómetros y te señale a la persona: una persona muerta. Con los de detección, en cambio, tienes perros que exploran sistemática o inductivamente cada centímetro de terreno y encuentran desde la diminuta gota de sangre hasta la pieza más grande.

—¿Tan grande como el Flacucho?

Blanca asintió.

—Sí, el Flacucho, por ejemplo, hasta llegar a los enterramientos de cuerpos enteros. Un perro de detección necesita mucho tiempo para declarar un área rastreada, pero no se le escapa nada.

—Lo tendrás —le prometió—. ¿Entonces la respuesta es un sí?

Blanca acarició a Smoky.

—Cuando empezamos a practicar con placenta junto a nuestros compañeros de equipo, tratamos de ocultar un frasco entero. Podría ser el equivalente de un cadáver, considerando cuánto apestaba. Los perros se dirigieron directamente hacia la fuente del olor olfateando el aire. Creo que podría ocurrir lo mismo con un cadáver en descomposición —levantó la barbilla—. Es un sí.

Teresa sonrió.

—Me alegra mucho. Gracias —se estiró para coger una carpeta en la mesa de café—. No te le he contado todo, en realidad. El cuerpo que debéis buscar no está intacto, pero no puedo saber si está hecho pedazos, enterrado o abandonado al aire libre. Solo le falta una parte.

Abrió el expediente y se lo leyó.

—El corazón —murmuró Blanca, cuando Teresa había terminado.

—Le han quitado el corazón, sí.

Teresa puso en sus manos un tubo de ensayo que Parri había preparado para ella.

—No sabía si podía serte útil, así que... —dijo.

Blanca lo tomó y lo giró entre sus dedos. Intuyó de inmediato cuál era su contenido.

—Nunca he tenido un pedacito de corazón en mis manos —suspiró—. Generalmente, Smoky no necesita un olor inicial. Tiene en su memoria todos los olores de un cuerpo sin vida: la placenta, que como te he dicho contiene el ochenta por ciento de ellos. La sangre en todos sus grados de «maduración», desde la más reciente hasta la de un año atrás. Huesos frescos y viejos. Cadaverina.

—Si no es necesario...

La chica acercó rápidamente el tubo de ensayo a su pecho.

—¡Oh, no! Me quedo con esto. Quiero intentarlo —se apresuró a decir—. ¿Cuándo?

—Muy pronto. Debéis estar listos.

Teresa permaneció en silencio unos instantes, luego le pidió una promesa.

—Encuéntralo —murmuró—. Antes que los demás.

Los ojos de Blanca parecían brillar.

—Lo encontraremos.

—No estarás sola en este desafío.

—Tú tampoco.

54.

Otra noche había quedado atrás y un nuevo día se había alzado. También Teresa se sentía como renacida de sus cenizas: amasada, requemada a causa del cansancio y con un regusto a ahumado provocado por la edad. Era el resultado de la combustión de los acontecimientos, y estaba muy lejos de ser resplandeciente.

Tampoco es que Marini, a su lado, fuera un sol refulgente. Parecía más bien un planeta sombrío en curso de colisión consigo mismo. ¿Imposible? Él demostraba lo contrario.

Teresa estaba casi convencida de que la llamaría para decirle que tenía cosas más urgentes que hacer ese día, a despecho de todas las reglas y obligaciones. En sueños, le decía que iba a recuperar a su hijo. En cambio, estaba allí, decidido a hacerse daño.

Acababan de recibir la confirmación oficial por parte de la Central, aunque ya lo supieran: en el lugar del hallazgo del corazón no se habían detectado huellas dactilares, ni rastros de ADN que no fueran de la víctima.

Teresa se lo esperaba. La escena tenía una apariencia de orden. El asesinato y la mutilación del cadáver se habían consumado en otra parte.

—Un trabajo limpio, a pesar del gesto impulsivo y demente —había dicho Marini.

—Ya sabemos que lo ha hecho por miedo —respondió ella—. Preguntémonos por qué.

—Ya lo hemos dicho: para proteger un secreto.

—No uno cualquiera. Un secreto sagrado. Pero ¿de qué puede derivarse semejante devoción? ¿Tan arraigada como para despojar a alguien de toda convención social y hacerle matar para defenderla?

Marini no respondió de inmediato.

—¿Amor? —se aventuró después.

Teresa no estaba totalmente de acuerdo. Pensaba en otra cosa, en un sentimiento más oscuro, inconsciente en cierto modo y sideral, pero se guardó la hipótesis para ella, mientras entraba en una casa en el extremo más alejado de Val Resia.

Unas horas antes, junto con la confirmación de la ausencia de rastros, había llegado también la identidad de la probable víctima: Emmanuel Turan. Nadie lo había visto desde hacía dos días y era inusual que aquel hombre de ochenta años no participara en la vida del pueblo. Un pariente había llamado a la comisaría para decir que no había rastro de él en su casa. Emmanuel se había dejado abierta la puerta del gallinero y durante la noche un zorro había entrado a saquear. Un descuido como ese no era propio de él, según su familiar: debía de haberle ocurrido algo antes de que cayera la oscuridad.

La vivienda era tan modesta como el exterior. Hablaba de aislamiento, deseado quizá, padecido tal vez. De una mente confusa, tan caótica como el desorden que se creaba a su alrededor. Una mente infantil, incapaz de cuidarse por sí sola.

A Teresa la acompañaba siempre un sentimiento de tristeza cuando tenía que hacer una inspección en el hogar de una víctima o de una persona desaparecida.

Había algo de las personas que ya no estaban allí que quedaba suspendido entre las paredes, sobre la mesa donde ya no comerían, en la cama que ya no acogería sus cuerpos cansados, en los objetos cotidianos, dentro de la ropa que colgaba en los armarios.

Teresa percibía siempre con un escalofrío si una persona desaparecida había dejado de respirar: era como si volviese a su casa en forma de un aroma en suspensión cargado de nostalgia por lo que ya no podía tocar. Nunca se había equivocado.

Así ocurrió también con Emmanuel Turan: comprendió de inmediato que ya no seguía vivo.

—Si él es la víctima, nos llevará semanas revisar la casa —oyó decir a Marini—. Nunca había visto semejante desorden.

—La víctima es él —murmuró Teresa, deambulando entre sus cosas. Quería respirar ese dolor. Era necesario—. Y no es desorden. Se llama disposofobia. Es un trastorno patológico que lleva a quien lo padece a acumular objetos sin control. Puede asociarse con el síndrome de Diógenes: desatención hacia la propia vida y persona en distintos niveles. Acabarás tú también así, si le das la espalda a tu hijo y a la mujer a la que amas.

—Comisaria...

Teresa se agachó. En un rincón de la cocina, debajo de periódicos manchados que databan de años atrás, había un cable eléctrico del que salía un zumbido inquietante.

—Que alguien apague la corriente. Un incendio es lo único que nos faltaba.

Siguieron el cable hasta la habitación contigua. Marini abrió con cautela la puerta entornada, pero no había nada vivo esperándolos dentro, solo la celebración de una devastadora soledad, el altar erigido en honor de una vida nunca completamente realizada.

El abeto decorado con luces intermitentes no era más que un esqueleto contra la pared desnuda. No había ya rastro de hojas en forma de aguja, ni siquiera en el suelo. El lazo rojo que decoraba la punta estaba ennegrecido por el humo que la estufa había desprendido durante muchos inviernos.

—Debe de llevar allí años —dijo Marini.

Teresa apenas lo escuchó, con los ojos fijos en los retratos familiares guardados en sus marcos y bien expuestos sobre un aparador, el único mueble libre de baratijas.

Horrorizada, sintió que se le helaba la sangre al ver esas caras de niños y adultos sonrientes.

Caras todas diferentes. Sonrisas postizas, tan falsas como los productos que anunciaban. Eran recortes de periódicos, anuncios obsoletos.

Eran la familia que Emmanuel nunca había tenido a su lado.

Alguien del equipo cortó por fin la electricidad. El espectáculo grotesco se desvaneció junto con el centelleo. Para Teresa fue como si hubiera caído una mortaja sobre el sufrimiento más íntimo del anciano. Le quedó la angustia que sentía cada vez que tenía la sensación de no haber llegado a tiempo para detener la acción devastadora del mal.

Parisi entró sin aliento.

—Hay restos de sangre. Donde empieza el bosque.

Sangre que manchaba la tierra, entre fragmentos de vidrio y cáscaras de bellotas, entre estróbilos que olían a pino y huellas de pequeñas patas de peso ligero.

Los pensamientos de Teresa corrieron a otro bosque, no muy lejos de allí, a otro derramamiento de sangre, a otra caza entre cavidades y arroyos transparentes que databa apenas de unos meses antes. Ahora no había extensiones silenciosas de hielo bajo sus pies, ni frío punzante en su piel, pero también esta vez la muerte mostraba su rostro más feroz.

—Debe de haberlo hecho aquí —dijo Marini—. El asesino lo golpeó y le sacó el corazón.

El barro había borrado las huellas, pero no del todo la sangre. Era una mancha negra.

Teresa mira hacia la espesura, en lo profundo del bosque.

—El cuerpo no puede estar muy lejos. Debe de haberlo escondido por aquí, en alguna parte.

—Sus conocidos dijeron que Emmanuel Turan era de constitución grácil, tan alto como un niño de diez años y consumido por la edad y el vicio del alcohol. Pesaba muy poco —observó Marini.

Teresa hizo una mueca.

—En todo caso, sería un peso muerto. Difícil de evaluar. Llamad a la Científica —ordenó a Parisi y a De Carli—. También habrá que informar al comisario jefe y poner al día al fiscal Gardini.

No conseguía apartar los ojos de aquella mancha negra. Le parecía sentir el olor.

—Quien ha matado hoy tal vez quiera ocultar la identidad del hombre que estuvo con Alessio Andrian la noche en que murió Aniza —dijo—. El hombre que dejó su huella en la *Ninfa durmiente* y que aún carece de identidad.

Marini se acercó, él también estaba mirando la sangre que empapaba la tierra.

—Entonces solo se trata de encontrarlo, ¿verdad?

Teresa asintió.

—Creo que sé dónde, pero antes tú tienes que buscar a una persona por mí.

55.

Era un bar en un pueblo de provincias como tantos otros, en la llanura agrícola y plana. Teresa echó un vistazo a su alrededor: algunas casas y muchos campos, nadie por las calles.

—¿Tu informador es de confianza? —le preguntó a Marini.

—Diría que sí —respondió—, a menos que quiera dudar de la fiabilidad de Guglielmo Mori.

—¿Y quién se supone que es ese?

—El abuelo de Parisi.

Lo miró.

—¿Y esa es tu fuente? ¿El pariente de un colega?

—Parisi dice que lo sabe todo sobre la Segunda Guerra Mundial, y también sobre sus secuelas. Quería o no quería...

—De acuerdo.

—Está seguro de que encontrará al hombre que busca aquí dentro. Es un lugar de encuentro, la sede de una asociación.

Teresa suspiró. No le preguntó qué clase de asociación era: podía imaginárselo. Si la persona que Marini le había prometido estaba de verdad dentro del local, el encuentro no iba a ser fácil.

El interior era como se lo había imaginado. Baldosas viejas y desportilladas, mobiliario vetusto y una barra que tenía medio siglo por lo menos y recorría la pared frente a ellos. En el techo, polvorientas lámparas de neón. Un televisor encendido transmitía en directo un torneo de billar. El sonido estaba al mínimo.

Todas las mesas estaban ocupadas por hombres ancianos enfrascados en partidas de brisca y de tute. El vocerío se amortiguó en cuanto entraron y cuando mencionaron un nombre al tabernero cesó por completo.

—¿Son ustedes periodistas? —preguntó el hombre.

Por la forma en que lo dijo, Teresa intuyó que la curiosidad de los medios de comunicación provocada por el descubrimiento de la *Ninfa durmiente* había llegado hasta allí, por una razón diferente a la que había atraído a Teresa. La gente quería saber cuál había sido el pasado de Alessio Andrian. Lo imaginaban como una fiera hambrienta, agazapada en las montañas.

—No somos periodistas —respondió.

—Pues entonces, ¿qué es lo que quieren?

La voz que había hablado provenía del fondo de la sala, de la última mesa, la que estaba debajo del televisor. Las expresiones de esos hombres eran de recelo al borde de la hostilidad. Una más que el resto.

Teresa comprendió que había encontrado al testigo que estaba buscando. Se acercó al anciano que había hablado con una voz extraordinariamente nítida, cuya imperiosidad no quedaba mellada en absoluto por el acento cantarín de la zona.

Mariano Claut, nombre de guerra «Merlino». Casi noventa años, físico achaparrado. Era el único antiguo partisano que aún quedaba con vida de la brigada de Andrian, según la información que Marini había logrado recabar. Andrian aparte, por supuesto, pero para todos era como si ya estuviera muerto.

Se acercó a él.

—Señor Claut, ¿podemos hablar? —preguntó.

El hombre deja las cartas sobre la mesa.

—Me parece que la libertad de expresión está consagrada en la Constitución —respondió.

No era un mal comienzo. Teresa habría esperado una mayor resistencia, pero sabía que los hombres como él todavía tenían mucho que decir, que explicar. Sin embargo, eso no significaba que lo consideraran agradable.

Los compañeros de partida abandonaron la mesa, como respondiendo a una invitación silenciosa.

—Entonces, ¿quiénes son ustedes? —preguntó Claut.

—La comisaria de policía Teresa Battaglia y el inspector Massimo Marini —respondió ella.

—Nada menos —comentó seráfico—. Si han venido a tocarme las pelotas, ahí tienen la puerta.

Teresa se sentó.

—No crea que me dejo impresionar por la chocarrería —le aseguró Teresa—. Soy capaz de ser peor que usted.

—Puedo confirmárselo —asintió Marini, tomando asiento.

A Claut la reacción lo pilló por sorpresa, o esa impresión dio. Para aquellos que no conocían su historia, podría parecer el típico «perro ladrador, poco mordedor». En cambio, esas manos habían matado. Varias veces.

—Estamos aquí por el caso de la *Ninfa durmiente* —le dijo Teresa, yendo directa al grano—. Estoy segura de que ha oído hablar de ello.

Claut puso los ojos en blanco.

—¿Que si he oído hablar? —espetó—. Nauseado estoy del asunto. Los periodistas me atormentan. Quieren saber cosas sobre Andrian, pero mi boca está cosida.

—Me temo que yo también tengo que atormentarle.

El hombre apoyó un dedo sobre la mesa, con fuerza.

—La resistencia empezó aquí —dijo—. En esta tierra. ¿Y cree usted que puede obtener algo de mí? Yo mataba nazis a la edad en que usted peinaba muñecas, comisaria.

Teresa se inclinó hacia él.

—Nunca he peinado muñecas —le confesó—. Y le aseguro que si estoy aquí es para dar caza al mal, no para traerlo de vuelta a su vida.

El viejo partisano la sopesó. Parecía olfatear la mentira, buscándola en el aire a su alrededor, pero no pudo encontrarla.

—Yo nunca desvelaré los nombres de mis compañeros que siguen sin ser revelados. No hablaré de ellos —dijo—. Alguno se ha filtrado, como el de su pintor. Juré que el secreto moriría conmigo, y para eso ya falta poco, cuando terminó la guerra y empezó el proceso. El proceso contra *nosotros,* que empuñamos los fusiles no para conquistar, no para someter, sino para que ese horror acabara cuanto antes.

Teresa podía imaginarse lo que le llevaba a rechazar cualquier careo: hacía setenta años que no faltaba gente que cuestionara el sacrificio hecho por sus compañeros y por él, y lo paragonaba al de quienes estuvieron en el otro bando durante la guerra.

—¿De qué tiene miedo aún? —le preguntó Marini.

—¡Yo no le tengo miedo a nada! Mi vida ya le he vivido. Pero no me gusta este mundo que dejo. Son ustedes quienes han de tener cuidado, porque veo algunas regurgitaciones fascistas, las tenemos ante nuestras narices. Los hemos mantenido a raya durante cincuenta años, luego alguien legitimó el fascismo, porque «ya no supone un peligro, todos están muertos» —soltó una carcajada amarga—. Yo digo que son más que antes.

—No estamos aquí para juzgar a nadie —le aseguró Teresa.

Mariano clavó dos ojos feroces en los suyos.

—¿Ah, no? —preguntó—. Pero bien que han ido a ver al sacerdote eslavo, lo sé. Todo se sabe enseguida por aquí. Les habrá contado lo malos que eran los partisanos.

—Estoy aquí para escuchar su verdad, ahora.

—La verdad —repitió, casi escupiendo las palabras—. Los hechos, eso le cuento: quienes eligieron la Resistencia tuvieron que dejarlo todo y echarse al monte, pasar hambre, padecer frío y calor. En cambio, quienes eligieron el fascismo tenían uniformes, comidas aseguradas y no lo pasaban mal. En su opinión, ¿quién estaba luchando por amor a la patria? No teníamos dinero, nada. Los bolsillos estaban tan vacíos como las tripas, pero esa pobreza nos garantizaba ser libres, porque lo que hicimos lo hicimos por nuestro propio bien y el de los demás. Los fascistas eran los «hijos de la patria»: una forma altisonante de llamar a la carne de cañón que mandaban al frente. A nosotros nos llamaban «rebeldes» —se rio—. Éramos muchachotes que hubiéramos preferido mil veces volver a casa, estar a salvo. No éramos demonios.

—Sigo desde hace cuarenta años la estela de sangre que deja a su paso la muerte violenta —le dijo Teresa—. Nunca me he topado con demonios en mi camino, solo con hombres. Si hay algún infierno, es la guerra.

Él la miró con una nueva luz en los ojos.

—¿Por qué no quiero hablar? —dijo—. Porque estoy cansado de ser tratado como un asesino. Perdí a mi compañero en esa guerra, ahorcado con veinte años. He visto a otro, enfermo de fiebres, entregado a los fascistas por los espías del pueblo. Lo golpearon, colgado del cuello a una barandilla. Le cortaron los testículos y se los pusieron en la boca. Y le prendieron fuego. He visto a una niña celebrar el final de la guerra trepando a un árbol en la era de su casa, libre por fin para jugar: los nazis en retirada llegaron disparando ráfagas de ametralladoras. Se las arregló para bajar y abrazar a su madre: murió así, aferrada a ella. Dígame usted, comisaria, que conoce la mente humana, qué puede transformar a un hombre en un asesino tan brutal —murmuró.

Teresa sopesó sus palabras, consciente de estar adentrándose en un campo minado.

—A partir de la Primera Guerra Mundial, los psiquiatras militares indagaron en el comportamiento humano durante un conflicto. Las estadísticas demuestran que solo tres de cada diez soldados son buenos asesinos. Los mejores tienen las mismas características siempre: son sujetos psicópatas, indisciplinados, agresivos y escasamente realizados en las vertientes privada y social de su vida. Durante las entrevistas dijeron que el placer de matar era parecido al del orgasmo. Las fases psicológicas por las que pasaban no eran muy distintas de las de un asesino en serie, incluida la deshumanización de la víctima. Técnicamente, se les llama asesinos en serie «ocultos» y son más de los que puede uno imaginarse. Cazan y se encarnizan con impunidad, porque matar en guerra es un comportamiento socialmente aceptado.

Mariano levantó los ojos hacia ella, con una mirada diferente, dolorida.

—También nosotros matamos, es cierto —murmuró—, pero no torturábamos, a los fascistas los mirábamos a los ojos. Esa es la diferencia.

Teresa pensó que siempre había dos verdades por lo menos: la del verdugo y la de la víctima. Y ese hombre y sus compañeros habían sido una cosa y la otra. Había escuchado el dolor de la población que exudaban los diarios del padre Jakob y lo había sentido ahora también, en las palabras del viejo partisano, apagadas a ratos por la emoción. Cada uno contaba su propia verdad, que no era absoluta, como todas las experiencias.

La Historia no lo había absuelto por completo, como parecía desear, y ella no estaba allí para hacerlo, pero tampoco para condenarlo. Estaba convencida de que la Historia algún día hablaría por sí misma. La naturaleza, incluso la naturaleza humana, está orientada hacia la búsqueda del equilibrio. Alguien dijo que «el Bien siempre triunfa sobre el Mal». Teresa prefería pensar que la vida siempre encontraba la forma de eliminar a sus hijos más sanguinarios y peligrosos, y por lo general era una forma despiadada.

Porque la vida no puede crecer en el suelo ácido de la violencia, del miedo y del atropello.

Teresa pensó con emoción en un campo baldío no muy lejos de allí. Para aquellos que no conocían la historia, era difícil reconocer en él un antiguo campo de concentración. Sin embargo, las lápidas en memoria de lo que había sido estaban allí, plantadas cual advertencia eterna en la tierra. No había nada más que hierba: inmediatamente después de la guerra, la población local desmanteló la construcción de ladrillo y empleó el material reunido para edificar la escuela infantil del pueblo. Una flor había germinado desde el infierno. Esa era la lección de la Historia. Llevaba tiempo, pero la naturaleza siempre pone remedio a las distorsiones del alma humana. Las entierra bajo una nueva vida.

En una guerra, todos pierden, pensó. La culpa se entremezcla a menudo con la inocencia. Quienquiera que viniera después, como ella, debía tan solo un silencio respetuoso a quienes la habían vivido en su propia piel.

Teresa dejó la foto de la *Ninfa durmiente* sobre la mesa.

—Estoy aquí por ella —dijo—, para descubrir cómo murió.

Mariano contempló el dibujo.

—De modo que es este el retrato que Andrian hizo en las montañas.

—El 20 de abril de 1945.

El viejo partisano parecía perdido en los recuerdos.

—Yo no estaba. No estaba allí. Me hallaba más al oeste en los últimos días de la guerra.

Teresa no se dio por vencida.

—Pero conocía a ese grupo de partisanos. Eran sus compañeros. Esa noche alguien tocaba un violín en el bosque donde esta chica desapareció. Los habitantes del valle dicen que no era uno de ellos.

Mariano no respondió, no levantó la vista de la *Ninfa.*

—¿Y qué quiere?

—Pues quiero que me diga quién era el que lo tocaba. ¿Quién, entre sus compañeros, tocaba el violín?

—¿Para qué le hace falta saberlo? Ya han sentenciado a Andrian. Un partisano rojo: ¿quién mejor que él podría encarnar al culpable? Reemplazarlo con otro nombre no significará diferencia alguna para la gente.

Teresa meneó la cabeza.

—Pero sí para su familia. Si es la verdad lo que quiere, este es el momento de decirla —afirmó.

Mariano extendió la mano y rozó el dibujo con un dedo. Parecía una caricia. Luego lo empujó hacia Teresa.

—Los nombres de mis compañeros morirán conmigo —repitió.

—¿Se da cuenta de que probablemente estamos hablando de una persona ya muerta?

—También esa chica lo está, y aun así siguen buscando.

Teresa se levantó, con más brusquedad de lo que le hubiera gustado, pero su voz era tranquila cuando habló.

—Es una cuestión de justicia —dijo—, y pensé que la encontraría aquí.

Ya estaba en la puerta cuando Mariano volvió a hablar.

—No le diré el nombre, pero puedo decirle cómo lo buscaría yo.

Teresa se volvió.

—Somos cazadores, nosotros dos —murmuró el viejo partisano, con una especie de respeto en la voz—. Le enseñaré dónde mirar.

56.

El sotobosque andaba revuelto a causa de una extraña forma de vida que mantenía alejados a los grandes mamíferos y obligaba a los pequeños a refugiarse en las madrigueras excavadas bajo la superficie.

Los hombres que venían de lejos buscaban huellas que no eran capaces de encontrar. Aquel no era su hábitat. Sus ojos no estaban entrenados para «ver». Sus oídos estaban sordos ante el eco de la tierra que sus pies pisoteaban: no reconocían el vacío resonante de una tumba antigua, el eco distinto del mantillo cuando el suelo ha sido removido y allanado. Estaban buscando un enterramiento reciente, que, aun en el supuesto de hallarlo, solo los conduciría a lo que quedaba de esos restos miserables.

El *Tikô Wariö,* en cambio, sabía entrever. La naturaleza enseñaba a interpretar su lenguaje, pero era necesario vivir toda una vida dentro de ella para entenderlo.

Esa invasión era temida y al mismo tiempo invocada. Había sido necesaria. Tal vez fuera una liberación.

El «feroz guardián» se limitaba por el momento a contemplarla. Era una sombra que seguía los pasos de la vieja cazadora pelirroja y de su sabueso de mirada inquieta.

Ellos eran el verdadero peligro. La mujer sabía guiar donde otros se habrían perdido. También tenía un don: veía cosas que a la mayoría no les eran concedidas. Veía la oscuridad detrás de la luz de cada alma humana.

Y nunca se detenía. Nunca dejaba de buscar.

57.

—El diablo parece señalarnos el camino que debemos seguir.

El tono de Marini aspiraba a ser gracioso, pero algo había resquebrajado las últimas sílabas: la sensación, tal vez, de hallarse dentro de una historia que parecía estar siendo manejada por una mano suprema y maligna.

Teresa lo pensó, en detrimento de todas sus convicciones escépticas, cuando frente al Conservatorio de Música de Trieste descubrió el ilustre nombre que llevaba: Giuseppe Tartini, el padre del *El trino del diablo*.

El centro, uno de los trece conservatorios históricos de Italia, estaba ubicado en el palacio Rittmeyer, un espléndido y álgido ejemplo de la arquitectura triestina, la de una pequeña e iridiscente Viena a orillas del mar. La puesta de sol lo iluminaba con una calidez rosada, con reflejos ardientes que relampagueaban en los grandes ventanales, astillas de cielo como réplicas para las gaviotas en vuelo. La cuadratura habsbúrgica se fusionaba con los destellos neolatinos de los capiteles y las cariátides.

Al cruzar su umbral, una vez más, Teresa tuvo la impresión de caminar siguiendo las palabras de una historia ya escrita, que había alcanzado un clímax dramático precisamente allí. La última luz del día entraba de través para hacer resplandecer el mármol blanco de las escalinatas, que ascendían por distintas plantas en arcadas y balaustradas sostenidas por columnas de color rosa.

Por un momento no pudo continuar. Las manos enterradas en sus bolsillos no podían quedarse quietas. Resultaba extraño que a su mente le costara tanto recuperar fragmentos de la vida reciente y, en cambio, tuviera tan presentes acontecimientos lejanos. Quizá fuera ese su destino: retirarse poco a poco hacia el pasado, volver a ser una niña, hasta desaparecer.

—Este edificio fue el escenario de unos hechos sangrientos —le contó a Marini, con la voz convertida en puro susurro—.

Durante la última guerra era la sede del Deutsches Soldatenheim, un círculo para militares alemanes que servía también como cantina. Fue el objetivo de un atentado con dinamita que mató a cinco soldados. El 23 de abril de 1944 la represalia alemana fue atroz.

—Cincuenta y un rehenes fueron sacados de las cárceles del Coroneo y ahorcados a lo largo de las escalinatas —prosiguió en su lugar una voz masculina. Se dieron la vuelta. El hombre era joven y elegante. Pelo hasta los hombros, voz sin acento—. Cuando las barandillas ya no eran suficientes —continuó—, los colgaron de las ventanas, en los pasillos y por último de los armarios. Los dejaron balancearse durante cinco interminables días, custodiados por la Guardia Cívica: una advertencia para que esta ciudad nunca se atreviera a levantar la cabeza de nuevo.

Teresa le tendió la mano.

—Comisaria Battaglia —se presentó.

El hombre sonrió.

—Luka Mendler, el director. Bienvenidos.

Marini ya había hablado con él por teléfono cuando le anunció su visita, aunque lo hizo con deliberada vaguedad sobre las razones que los llevarían allí. Teresa no quería lanzar a la curiosidad del público más detalles del asunto, pero había llegado el momento de desvelar el misterio.

Mendler escuchó su historia con ponderado interés.

—Así que están aquí para buscar a un violinista que tocaba en el bosque esa noche mientras la chica moría —dijo.

—No un violinista cualquiera —respondió Teresa—. Uno excepcionalmente dotado, tan talentoso como para poder interpretar la sonata de Tartini de una manera sublime. Nos han sugerido la posibilidad de encontrar sus huellas aquí.

Mendler mantuvo una compostura regia todo el rato. Teresa ya había conocido a músicos de alto nivel en su vida, pero esa elegancia intemporal la había encontrado solo en los amantes de la música clásica, que tenían la forma física de los bailarines y la mental de quienes creen en las liturgias. Fascinante.

—Me imagino que el conservatorio forma a muchos artistas capaces de ejecutar esa pieza —dijo Marini.

Mendler titubeó.

—Sí y no, inspector. Depende de lo que entienda por «ejecutar». La *Sonata para violín en sol menor* de Tartini es una pieza repleta de trampas. Están bien escondidas, para quienes no conocen la música. En apariencia parece casi «amigable», pero les garantizo que es técnicamente una de las composiciones más complejas jamás creadas. Se dice que Tartini la concibió como una trampa para los demás músicos. Era una manera de decirles: nunca seréis tan grandes como yo. *El trino del diablo* es como el mal, inspector: oculta bien su auténtica naturaleza.

—Quien escuchó ese violín tocando en el bosque era uno del oficio, consiéntame la expresión —dijo Teresa—. Un profesor de música diplomado en el Conservatorio de Venecia la consideró una ejecución perfecta y quedó pasmado.

Una ceja de Mendler se elevó de golpe.

—Me hubiera gustado estar allí, en ese caso.

—¿No lo cree posible?

—El término que usaría yo es improbable. La noticia de un talento semejante debería haber llegado a nosotros cuando, en cambio, no se sabe nada.

Teresa también lo había pensado.

—La explicación a la que he llegado —le dijo— es que la guerra lo borró. Se pensaba en otras cosas, en sobrevivir.

—Es razonable —concedió el director—. Pero sigo pensando que debería haber dejado alguna huella. Huellas escritas.

Teresa lo miró con curiosidad. Mendler sonrió ante su esperanza.

—Este edificio ha sido la sede del conservatorio desde 1954, pero su biblioteca conserva un archivo histórico, que ha confluido aquí desde las sedes anteriores. Sin duda encontrarán lo que están buscando. Siempre que ese violinista amado por Lucifer haya existido realmente.

El entusiasmo de Teresa se desvaneció cuando las puertas de la biblioteca Levi se abrieron ante ella. No fue el esplendor de la sala lo que la sorprendió, ni la amplitud de la colección literaria de musicología ni los restos antiguos que Mendler iba describiendo a cada paso.

El archivo histórico era inmenso.

—El inventario aún no ha sido completado —les estaba explicando el director.

El patrimonio documental del conservatorio no estaba digitalizado. Eso solo significaba una cosa: llamar a Albert y mendigar más recursos que dedicar a la investigación. Nunca se los concedería.

Teresa se detuvo. Marini se volvió para buscarla con la mirada y ella entendió que tenía sus propias perplejidades.

El sol se hundió en el Adriático y una sombra fría cayó sobre la sala.

Por el momento, la caza se interrumpía allí.

58.

20 de abril de 1945

La música del bosque cambió. El sonido de un violín serpenteó entre las hayas y los abetos a lo largo de la cresta, hasta llegar a ella.

Aniza se estremeció, no por el fresco que traía la noche, sino por la sensación de ser observada.

Él nunca le había gustado. La miraba de una manera que la hacía sentir incómoda, como si tuviera que ser suya, como si Alessio no fuera el dueño de su corazón.

La melodía parecía caminar con pies humanos, se desplazaba como el viento de este a oeste, a veces se desvanecía casi hasta desaparecer, pero luego regresaba con más ímpetu.

Aniza se imaginaba al violinista tocando el instrumento mientras vagaba por el bosque que ya había aprendido a conocer bien. Se lo imaginaba pensando en ella. Bajo la luna embrujada él la deseaba, era consciente de ello y le repugnaba.

La mano corrió hacia el vientre y lo encerró en su abrazo. Los labios susurraron dulces palabras de consuelo para su pequeño, mientras su mirada rebuscaba en la línea de los árboles, esperando ver aparecer a Alessio. Pocas veces su corazón agobiado había latido con tanta fuerza por volver a verlo como en ese momento.

La música cesó. El silencio que siguió era anómalo. Parecía como si el bosque hubiera dejado de respirar.

Algunas ramas se movieron y no era el viento lo que las sacudía.

Aniza no esperaba ver esa cara asomarse entre la vegetación. Miró más allá, preocupada por el hecho de que Alessio pudiera aparecer de un momento a otro, revelando su secreto, pero todavía no había señales de él. Entonces sonrió y le tendió la mano.

—¿Por qué estás aquí? —preguntó en el idioma de sus antepasados.

El abrazo fue tan fuerte que la dejó sin aliento. Tan fuerte como para hacerle daño.

59.

Teresa Battaglia tuvo que deponer las armas ese día. No le había gustado. Nunca se plegaba de buena gana a un viento en contra.

Massimo había visto la desazón doblarle los labios hacia abajo, enderezarle la espalda en un último movimiento de rebelión que se había quebrado contra el tono seco con el que Albert Lona había atajado su petición. Una llamada telefónica demasiado breve: Massimo estaba seguro de que el jefe de policía no le había dado siquiera tiempo a la comisaria para explicarse. No le interesaban los hechos ni tampoco la suerte de la investigación. Lo que parecía perseguir era su fracaso. Una vez más se preguntó qué hecho aciago los unía, y una vez más no supo qué responderse. Una hipótesis, sin embargo, se iba abriendo paso en su mente. La espantó con fuerza, subiendo los escalones que lo llevaban a casa.

Tampoco para Massimo resultaba fácil volver a su apartamento como si no hubiera un corazón en una celda frigorífica del depósito que aguardaba a que lo devolvieran al cuerpo del que había sido arrancado. Como si los personajes del negro cuento de hadas que el pasado había comenzado a narrar nunca hubieran existido, cuando en cambio eran muy reales.

Siempre era difícil regresar y encontrar el piso vacío, desde que Elena había reaparecido —y desaparecido— de su vida. El cansancio nunca era suficiente para aliviar la melancolía.

Se encontró el descansillo a oscuras. Tomó nota mental de que debía cambiar la bombilla al día siguiente, con la luz del día, pero nada más formularlo, el propósito dio paso a otros pensamientos, hecho trizas por el crujido de cristales bajo las suelas de sus zapatos.

Alguien había roto el plafón del techo, eso era lo que él pensaba, y las sombras se volvieron de repente hostiles a sus sentidos.

No habría sido un problema de no ser él el único inquilino de la planta.

No habría sido un problema ni siquiera en ese caso, si alguien no hubiera colgado un corazón humano el día anterior a la entrada del pueblo donde estaban investigando.

Retrocedió hacia las escaleras, acariciadas por la luz atenuada del piso de abajo. Buscó el móvil en el bolsillo y habilitó el modo linterna. Reprimió el impulso de sacar el arma de la funda, apuntó el haz de luz hacia el cono oscuro y rastreó la oscuridad.

El descansillo estaba desierto, pero el latido cardíaco de Massimo se aceleró de todos modos.

La superficie oscura de la puerta de su apartamento brillaba, como si fuera líquida, y parecía chorrear a los lados.

Se acercó con cautela, el cristal crujió de nuevo bajo sus pies.

—Joder.

Una sustancia de color rojo oscuro goteaba hasta el suelo, coagulada en finos riachuelos. No olía a nada, o tal vez fueran los sentidos de Massimo que se habían congelado. Algunas huellas parciales ensuciaban el piso hasta el ascensor.

Instintivamente, busco el número de Elena en la agenda. Tuvo que intentarlo dos veces antes de que los dedos consiguieran marcar la secuencia correctamente.

—¿Estás bien? —preguntó ansioso, tan pronto como ella respondió.

Del otro lado hubo una ligera vacilación.

—A ti qué te parece, ¿cómo puedo estar?

Massimo se impacientó.

—Quiero decir si ha ocurrido algo extraño, que pueda haberte asustado —dijo enérgicamente—. Alguien que te haya molestado.

Silencio otra vez.

—No me ha molestado nadie —el tono de Elena era lapidario—. Y tu hijo está bien, en caso de que te interese.

Interrumpió la llamada sin decir una palabra más, pero Massimo se quedó unos momentos con el móvil pegado a la oreja y luego maldijo.

Todo lo que hacía últimamente era siempre un error. Las palabras se habían vuelto muy difíciles de elegir. Algunas, imposibles de decir.

Claro que había pensado en su hijo. Lo hacía con cada respiración.

Claro que lo amaba. Por eso no podía tenerlo a su lado.

Un escalofrío le recorrió nuevamente la espalda, con la sensación de que el peligro estaba cerca.

60.

El glucómetro emitió su dictamen, como una sibila tecnológica que leyera los pronósticos en la sangre. La pequeña aguja del lápiz de insulina empujó el medicamento hacia la grasa subcutánea.

Teresa permaneció observando sus caderas, campo de batalla desde hacía más de una década. Miles de agujeros invisibles habían hecho de la piel una coraza.

Las heridas abren desgarros, pero una vez cerrados, los labios cicatrizados son más gruesos, más resistentes. La biología de la curación pasa siempre por un estado inflamatorio y una remodelación. A lo largo del tiempo, el cuerpo de Teresa había cambiado con ella: más compacto y más pesado, más ancho, se asentaba a cada paso como un ancla en el fondo. Su forma podía parecer poco agraciada, pero era en cambio la más adecuada. Representaba su manera de permanecer en el mundo, dando testimonio de su supervivencia.

Pero eso no valía para todas las heridas. Los tejidos del corazón —de *su* corazón— habían quedado deshilachados. Las células del alma no habían creado puentes de filamentos en el vacío.

Acabó sintiéndose distinta, pero nunca llegó a sanar completamente. Algo, sin embargo, estaba cambiando. Por la brecha soplaba aire fresco y tenía la sensación de renacer, a pesar de todo.

Ese algo tenía un nombre que rara vez pronunciaba: prefería llamarlo Marini, como un maestro a su alumno.

Compartir su pasado con él no había sido una elección fácil, pero en parte la había liberado: fue como verse a sí misma y sentir compasión. El perdón tal vez nunca llegara, pero la culpa parecía más soportable.

Teresa se descubría respirando esperanza desde que Marini estaba con ella. No era la estúpida ilusión de poder sanar, sino una tensión primordial, la de la naturaleza que tiene como objetivo preservar la especie en lugar de al individuo. Así era en su caso: por fin tenía la sensación de que el equipo estaba al completo y de que podría hacer grandes cosas, después de ella. Marini y Blanca eran los últimos y preciosos componentes de un engranaje especial.

Su abuelo le había enseñado que el árbol que siente que está llegando a su fin produce más frutos en el último verano de su vida, en un esfuerzo extremo por hacer avanzar la especie: ella también estaba lista para dar a sus chicos todo de sí misma antes de desaparecer, cualquier pedacito de conocimiento adquirido esforzada y apasionadamente en una larga carrera.

Teresa se preparó para su solitario ritual nocturno: eligió la música, amortiguó las luces. Al volver a casa, una hora antes, no le había parecido su hogar: había sentido una desorientación que no había sabido explicarse, como si las coordenadas fijas de su vida hubieran cambiado sus valores de repente, subvirtiendo el equilibrio. Pero la sensación había pasado y ella aceptó agradecida el regreso a la normalidad.

Se sirvió una copa de vino. Era de color rubí y olía a mora, pero Teresa aún no había encontrado uno que pudiera competir en fragancia con el que hacía su abuelo, en el sótano de la casa de campo. O tal vez fuera solo la dulzura de los recuerdos lo que lo hacía incomparable.

Hizo rotar la copa e inhaló el buqué. Lo saboreó apoyada en el mostrador de la cocina, mientras decidía qué preparar de cena.

Cada herramienta en los estantes y en los armarios estaba marcada por una etiqueta con su nombre. Al igual que cada ingrediente. En la nevera estaba pegada una hoja con la lista de operaciones que había de realizar antes de acostarse. Verificar que había apagado el gas encabezaba la lista.

Era un mapa para la mente de Teresa: un recorrido guiado que la ayudaría a no perderse o a perderse lo más tarde posible.

—No me queda otra que resistir —susurró, pero no había rastro de conmiseración en ella esa noche. Se encerraba a sí misma en una esquina cuando un muerto esperaba justicia, y ahora tenía dos de los que encargarse. La investigación no había dado resultados por el momento y la espera era extenuante.

Su mirada se posó sobre la mesa inmaculada. La laca blanca brillaba, ni un solo rasguño que la surcara. Teresa se había sentado allí a comer en tan pocas ocasiones que no recordaba siquiera la última vez que había ocurrido. Por lo general, prefería la mesa baja del salón, delante del sofá. Por ese motivo notó de inmediato el detalle fuera de lugar.

Un pelo, negro y erizado.

Extendido en toda su longitud, en el centro exacto de la superficie refulgente. Ligeramente enrollado sobre sí mismo, nervioso e irregular.

Algo hostil emanaba del filamento de unos treinta centímetros de largo, porque no debería haber estado allí: no era de la dueña de la casa, y Teresa no había tenido invitados a los que pudiera pertenecer —¿o se le había olvidado?— pero, sobre todo, parecía colocado allí intencionalmente.

Teresa no lo tocó.

Se le vino a la cabeza la sensación que había experimentado al cruzar el umbral de la casa: el aire era diferente, olía de forma inusual. No era *solo* el aroma de sus objetos, de las plantas que le hacían compañía, del papel de los libros, de las telas que la envolvían. Un olor extraño remansado, casi subterráneo. Su inconsciente lo había captado. La desorientación que había sentido se debía a la percepción de que las cosas no estaban como las había dejado.

Alguien había invadido su territorio mientras ella no estaba. Tal vez no estuviera sola.

Pensó con preocupación en la pistola de servicio. ¿La había guardado con llave en el cajón del escritorio o estaba en la funda, colgando del perchero, al alcance de cualquiera?

No lo recordaba.

Apoyó el vaso. El repiqueteo del cristal en el estante era el único ruido en la casa. No se había dado cuenta hasta ese momento: la música había cesado.

Entró en el salón, con movimientos desmañados a causa del miedo. Podría haber pensado que era su enfermedad la razón de una paranoia tan aguda, pero comprobó que la cadena musical estaba encendida: alguien había puesto en pausa el CD y el piloto rojo parpadeaba como una señal de peligro para sus ojos.

Nunca como en ese momento esperó que los signos del alzhéimer se hubieran vuelto más agresivos y que fuera ella la intrusa que estaba dejando huellas donde más segura se sentía.

La funda colgaba vacía del perchero al lado de la entrada.

Teresa miró la oscuridad en la habitación contigua: su despacho. Allí estaban el escritorio, el bolso con el móvil y, tal vez, el arma.

Debe de estar allí, se dijo, pero era muy difícil recordar un comportamiento automático que había estado repitiendo todos los días durante décadas. ¿De verdad no la había metido en el cajón una hora antes? ¿O había sido el día anterior, o el precedente?

Pasó mentalmente revista a los movimientos que debía hacer para hallar el interruptor de la luz. Bastaba con estirar el brazo un poco más allá del umbral negro, a la derecha, y lo habría notado sin dificultad bajo los dedos, pero mientras tanto, durante esos pocos segundos bajaría sus defensas y alguien podría agarrarla y arrastrarla a la oscuridad. O sorprenderla por detrás. Y hacerle daño.

Extendió una mano, pero el gesto quedó inconcluso.

Se dio la vuelta.

Ahora estaba segura de no estar sola. Lo había oído, no en la oscuridad de la habitación sino en algún rincón de la casa.

—¡No tengo miedo! —gritó, y alguien respondió.

Fue solo un crujido, pero que se recortó con nitidez en el silencio absoluto, como una sombra en una pared soleada.

—Asómate que te vea —lo desafió Teresa. Cerró la puerta del despacho tras ella, giró la llave y se la guardó en el bolsillo.

Desde el corredor, el intruso respondió de nuevo: un golpe sordo y amortiguado, como un material suave que cae al suelo.

No se revelaba, pero tampoco huía. Permanecía allí con ella. Buscaba ese contacto, estaba ahí para eso.

Teresa se aventuró unos pasos y lo vio por fin. Era solo un color más oscuro en el piso, una falta de luz en el parqué. Lo imaginó en el baño de invitados, inmóvil, inmerso en el resplandor de las farolas que entraba por la ventana. Era una masa que impedía que la luz se reflejara. Indescifrable.

No tengo miedo, repitió Teresa, pero esta vez solo para sí misma.

—Sal que te vea —lo invitó.

Quería saber si su intuición era correcta y dejar que diera el siguiente paso. Algo le decía que no estaba allí para hacerle daño, de lo contrario ya lo habría hecho.

La sombra se movió y en ese momento el timbre sonó insistentemente. Teresa se estremeció, y también lo hizo el intruso, entre objetos que caían al suelo, arrollados en su huida.

Teresa entró en la habitación y la encontró vacía, con la ventana abierta de par en par.

Se asomó y vio a Marini corriendo hacia ella.

—¡Lo he visto! —gritó—. ¿Está bien? —ante un gesto de ella, desapareció en la parte trasera de la casa.

Teresa maldijo el cuerpo que le impedía saltar por la ventana y ser por entero lo que más deseaba: policía.

Se apresuró a la puerta de entrada. Salió al jardín y corrió hacia la tapia cubierta de hiedra. Daba a la carretera. En la escena reinaba la inmovilidad, solo un perro ladraba al final de la calle. No había rastro del intruso, ni de Marini. Pensó con preocupación en el joven inspector tras los pasos de un posible asesino. Solo.

No puedes saber si es realmente el asesino.

Se estaba mintiendo a sí misma. Sabía que era él. Lo sentía.

Alguien saltó de repente por la tapia, esquivándola por poco. Teresa estuvo a punto de gritar. Era Marini.

—Se me ha escapado —dijo, ajustándose la chaqueta entre una lluvia de hojas que seguía cayendo. Estaba sin aliento y furioso—. Acababa de cruzar el muro cuando un coche se alejó derrapando. No he podido verlo bien y desapareció detrás de la curva.

Teresa se quedó mirando al vacío unos instantes. Esa visita nocturna debía de tener algún significado, pero aún era misteriosa para ella. Se espabiló.

—¿Por qué has venido? —preguntó.

—Alguien ha visitado mi casa también.

—Si es el asesino —dijo Teresa—, ha querido medir su ego y el nuestro. Vamos, tengo que enseñarte una cosa.

Marini la siguió hasta la casa y cuando ella le señaló el cabello extendido sobre la mesa, frunció el ceño.

—Se trata de una puesta en escena, estoy segura —dijo antes de que él pudiera objetar nada—. Ha modificado el escenario para dejar un mensaje que todavía no me queda claro. Sé que puede parecer una hipótesis arriesgada, y todavía no tengo nada entre manos para probarlo, pero te aseguro que ese cabello no ha llegado aquí por casualidad.

Él la miró.

—No tiene que convencerme —dijo—. Lo sé. Voy a llamar a la comisaría.

Teresa asintió. Tenía que anotar cada detalle. Las investigaciones estaban en un punto de inflexión. El asesino había querido comunicarse con ellos: tenía una historia que contar, que probablemente le había marcado profundamente.

Que la situación acababa de sufrir un cambio drástico fue evidente para ella unos minutos después: no había ni rastro de su diario. En el bolso encontró la última página que había escrito, una simple nota en la que intentaba esbozar el perfil del asesino.

Parecía haberla dejado allí para burlarse de ella: «No has entendido nada en absoluto —le estaba diciendo—, a pesar de lo claro que está todo».

Teresa la apretó en el puño. Comprendió qué era el ruido sordo que había oído antes: un diario que se cerraba.

—Se ha llevado mi diario —dijo. Marini dejó una frase a medias y tapó el micrófono del teléfono con una mano.

—¿Cómo ha dicho?

—Se ha llevado mi diario.

La expresión del inspector se endureció. Después de unas pocas palabras, interrumpió la llamada.

—Lo encontraremos, no se preocupe.

Teresa no lo dudó, pero se preguntaba si sería demasiado tarde. Demasiado tarde para salvar sus recuerdos y el secreto de lo que le estaba sucediendo. Ahora tenía una razón más para dar caza al asesino, pero él disponía de un arma poderosa para condicionarla psicológicamente. Tal vez creyera que la tenía metida en un puño, porque quien se había llevado el diario no lo había hecho al azar. Sabía que era un objeto importante para Teresa. Eso solo significaba una cosa: mientras ella se sentía a salvo, alguien la estaba observando.

Marini sacó del bolsillo las llaves del coche.

—La Central va a mandar a un equipo a detectar posibles huellas —dijo—, pero nosotros, entretanto, no podemos limitarnos a mirar. Tenemos que volver al conservatorio y ponernos a buscar, y necesitamos refuerzos. Parisi y De Carli están a punto de llegar.

Teresa frunció el ceño. Los dos agentes acababan de terminar su turno, como ellos dos. El inspector adivinó sus pensamientos.

—No intente mandarlos a casa: no lo harán. Y no, no me he puesto en contacto con el comisario jefe —le sonrió, tranquilizador—. Vienen por usted. Yo estoy aquí por usted.

61.

La noche se estaba aclarando en un alba tersa. Los mármoles lechosos de la Viena asomada al mar relucían como madreperla bajo el cielo tornasolado. Una pareja de gaviotas chillaba planeando sobre la superficie del agua inmóvil. Un velero se balanceaba en el horizonte, contra el contorno borroso de los petroleros en alta mar, espejismos en una extensión de cobalto.

La biblioteca del conservatorio ya estaba iluminada y la sección del archivo histórico bullía de actividad. El crujido de las páginas que pasaban era una respiración rítmica que se elevaba de los antiguos tomos. El aroma a papel, a maderas finas, a la seda que cubría las paredes se mezclaba con el olor más prosaico del café sacado de las máquinas expendedoras en los pasillos.

Luka Mendler había reunido a sus estudiantes más apasionados para una caza al tesoro muy especial: ¿quién, entre los antiguos alumnos, poseía el deslumbrante talento de Giuseppe Tartini? ¿Quién, entre cientos de nombres, era el único capaz de tocar *El trino del diablo* con una maestría inalcanzable?

La respuesta yacía enterrada en miles de páginas.

Marini, De Carli y Parisi estaban inclinados, al igual que los estudiantes, sobre las carpetas. Teresa los observaba de vez en cuando y se sentía en deuda con ellos. Sabía que estaban allí por ella, y no porque Marini se lo hubiera dicho: lo leía en sus ojos, lo sentía en la rabia que fluía por sus músculos. La estaban protegiendo.

La confirmación que temía Teresa había llegado poco antes desde la Central: en su casa no se había encontrado rastro alguno. El intruso se había movido con pasos cuidadosos. Ni siquiera en su fuga había pisado en ningún momento fuera del solado. No había dejado una sola huella dactilar parcial.

Excepto el pelo. Parri lo estaba analizando, pero obtener respuestas llevaría tiempo y Teresa era consciente de no tener mucho disponible.

Ha embadurnado la puerta de Marini con pintura color sangre, reflexionó.

Era un detalle que desentonaba y la desorientaba.

No arrancas un corazón del pecho a un hombre y luego recurres a la pintura para intimidar a quienes te están pisando los talones.

Parecían dos acciones cometidas por personalidades muy diferentes: feroz, la primera; falsamente cruel, la segunda. ¿Qué posibilidades había, sin embargo, de que ambos hechos y la visita del extraño a su casa no estuvieran relacionados?

—¡Puede que lo haya encontrado! —gritó una voz, propagándose como el entusiasmo que la enardecía por toda la sala.

La chica agitó una mano hacia Mendler. Teresa se unió al director y juntos leyeron la página que la joven les indicaba.

Recogía una fecha y una celebración: 29 de junio de 1943. Concierto para la administración fascista. Un estudiante del conservatorio ejecuta un solo: la *Sonata para violín en sol menor* de Tartini.

Teresa leyó el nombre con un estremecimiento que le recorrió la nuca: Carlo Alberto Morandini, nacido en 1928. Tenía diecisiete años en el momento de la desaparición de Aniza.

Más tarde, alguien había trazado una línea sobre su nombre, en una *damnatio memoriae* que, sin embargo, no lo había borrado por completo. Una nota al margen explicaba la razón: en septiembre de ese año, Carlo Alberto Morandini se había unido a la lucha partisana.

62.

Carlo Alberto Morandini, nombre de guerra partisano «Cam». Cam, como el hijo que Noé maldijo junto con sus descendientes. Llevaba quince años muerto.

Teresa ya contaba con esa posibilidad, pero ahora no podía negar la sensación de hallarse frente a una señal de fin prematuro de trayecto. Todo lo que podía confiar en recoger era el recuerdo de aquellos que lo habían conocido mejor que nadie.

La mujer que se acurrucó en su suéter apelmazado frente a ella, sin embargo, no tardó en demoler sus esperanzas.

—No conocía a ese hombre —murmuró distraídamente, enrollando y desenrollando una manga sobre el antebrazo—. Era un extraño que frecuentaba nuestra casa y que en alguna ocasión se acordaba de mirarme. En todo caso, no ocurría a menudo.

Teresa sintió piedad por ella.

—Era su padre de todos modos —dijo.

Los ojos de Maddalena asaetearon su rostro. Fue un pequeño gesto de ira, no hacia Teresa, sino hacia el padre ausente. La carencia de su amor seguía siendo una pesada carga que acarrear.

—Podría describirle mejor su espalda que su rostro. Apenas recuerdo su voz —continuó—. Ni siquiera a punto de morir tuvo interés en que estuviera a su lado. Mi hijo estuvo con él. Su nieto varón: el único por el que parecía preocuparse —se encendió un cigarrillo. Le temblaban las manos—. Me lo quitaba durante días enteros.

—¿Adónde lo llevaba?

—Su obsesión era la montaña, una pasión que vivió hasta el final. A menudo salían juntos para irse de excursión.

—Me gustaría hablar con su hijo.

La mujer estalló en una carcajada amarga.

—A mí también me gustaría. Hace dos años que no sé nada de él. La última vez que lo llamé, un mensaje grabado del operador decía que ese número ya no estaba activo. Se ve que mi hijo se olvidó de avisarme.

—Lo siento.

La mujer se encogió de hombros.

—Alessandro no me odia. No hay problemas entre nosotros. Es que vive solo..., como su abuelo. Los demás son sombras en su vida. Sombras de paso.

Teresa miro a Marini. Tenía una expresión tensa y sus pensamientos no eran difíciles de adivinar: se estaba preguntando si también su ausencia destruiría al niño del que estaba tratando desesperadamente de alejarse.

—¿Su padre habló alguna vez de la guerra con su madre o con usted? —preguntó a la mujer.

Maddalena apagó el cigarrillo en el cenicero y encendió otro.

—Solo para darnos a entender nuestra insignificancia. Era imposible que lo comprendiéramos, eso nos decía. No nos habíamos ganado nuestra libertad como él.

—¿Qué le pasó a su violín?

—No tengo ni idea. No había ninguno entre sus cosas.

Teresa le preguntó si tenía una foto de su padre que pudiera enseñarle. La mujer levantó la cara y exhaló el humo, como probablemente hubiera querido hacer con el rencor que todavía la corroía.

—He quitado todos sus recuerdos de esta casa —respondió—. Estuvieron encerrados en una caja en el ático durante años, junto con mi resentimiento, hasta que pude reunir fuerzas para deshacerme de todo. La única foto suya de la que no me deshice es la que encontrarán en el cementerio.

Teresa fue al cementerio. Vio la tumba invadida por la maleza. Vio el florero desoladamente hueco de donde salía un olor a podredumbre, símbolo de la copa vacía que ese hombre había hecho de su hija. Una copa que jamás se llenó de amor.

Y por fin vio a Cam.

Lo conocía.

63.

El hombre al que Teresa buscaba estaba en la leñera, ordenando las pilas de madera con la energía de un chico joven. Francesco no se dio la vuelta, pero de alguna manera había adivinado la identidad de la persona que tenía a sus espaldas.

—Su gente está por todo el bosque —dijo, secándose el sudor del cuello con un pañuelo—. No hacen nada más que buscar desde el amanecer hasta el anochecer, pero todavía no han encontrado a Emmanuel.

Teresa observó sus manos blandir los troncos y levantarlos sin aparente esfuerzo. Por el tono de su voz, no llegaba a entender si la presencia de la policía en el valle era motivo de incomodidad para él. No parecía asombrado por el momentáneo punto muerto en el que languidecía la investigación. Simplemente significaba que el bosque, con sus grietas, sus llanos fangosos y sus cascajales, que podían desmoronarse de repente y hacer que te vieras cientos de metros por debajo, estaba haciendo su trabajo: ocultar lo que allí se escondía. Era una trampa que aseguraba la supervivencia de sus habitantes.

—Me ha mentido usted —dijo Teresa, mientras se sentaba en un banco tallado en un tronco de pino.

Francesco se dio por fin la vuelta, con una mano a un lado y la otra apretada alrededor del pañuelo. La mirada pasó de ella a Marini, sin agacharse en ningún momento. Él también se sentó en un tocón del que apartó el hacha.

—No es muy cortés presentarse en casa de alguien y acusarlo de mentiroso —dijo, sin animosidad.

—No hago visitas de cortesía cuando trabajo —respondió Teresa con el mismo tono tranquilo—, y la mía es solo una constatación. ¿O me equivoco?

Francesco no respondió.

Teresa le mostró la impresión de una foto: representaba a un hombre de mediana edad, con el pelo todavía tupido y rizado como en su juventud. Era el retrato de Cam, la efigie sacada de su tumba.

—No ha cambiado mucho, ¿verdad? —le dijo.

La expresión de Francesco se alteró. Estaba conmocionado, como si ante él hubiera un muerto resucitado para arrastrarlo al infierno.

—Se llamaba Carlo Alberto Morandini —prosiguió Teresa—. Quizá eso no lo sepa, pero seguramente sabe que era un partisano y que en los últimos días de la guerra estuvo en estas montañas. Fue él quien le dio el fusil que aquel día disparó y alcanzó el carro conducido por el alemán.

Francesco no hizo ademán de coger la hoja que Teresa le tendía.

—¿Cómo lo ha sabido? —preguntó en un suspiro.

—Lo he reconocido. Alessio Andrian lo pintó en un cuadro. Pintó toda la escena. Les estaba mirando. Fue Cam quien les dio el arma, ¿verdad?

Francesco asintió, con los codos clavados en las rodillas y las manos cruzadas delante de los labios. Teresa intercambió una mirada de entendimiento con Marini.

—¿Por qué me mintió sobre las incursiones alemanas? ¿Por qué silenció el fusilamiento de un resiano? —preguntó a Francesco.

El hombre agachó la cabeza.

—Por vergüenza. Una profunda vergüenza —admitió—, que después de setenta años no da señales de apagarse. El fusilamiento fue una represalia por el disparo contra el alemán, pero eso nunca se supo. Mi hermana Ewa y yo no le contamos a nadie lo que realmente había ocurrido. Y un chico inocente murió sin saber por qué. Murió asesinado ante nuestros propios ojos, frente a nuestras bocas cosidas.

—Hicieron un pacto —sugirió Teresa.

Francesco miró hacia la lejanía, al pasado quizá.

—Sí —murmuró—. Un pacto maldito.

64.

Marzo de 1945

La llegada de los alemanes fue anunciada por el rugido de los motores que impulsaban los camiones cuesta arriba por las curvas cerradas. Los gases de los tubos de escape subieron por la garganta hasta la primera aldea, cual advertencia de un cambio que alteraría para siempre ese pequeño mundo que había escapado de la guerra hasta entonces.

Francesco los vio doblar la última revuelta, pero aún no comprendía para qué habían venido. Eran diferentes del soldado que iba todos los jueves a buscar el pan al horno. Estaban rabiosos.

Su hermana Ewa lo agarró del brazo y lo empujó hacia su casa. No tuvieron tiempo de esconderse detrás de la puerta. Las camionetas rodeaban la población. Militares uniformados bajaron uno tras otro de las cajas cubiertas con lonas de los vehículos, ágiles como lobos hambrientos y del mismo color que su manto. Empuñaban las armas, los miraban a los ojos como si no tuvieran seres humanos frente a ellos.

Francesco pensó que la guerra era realmente extraña. Bastaba una línea invisible trazada por quién sabe quién en el suelo para determinar el odio o la hermandad. La casualidad de nacer a un lado o a otro te hacía amigo o enemigo.

Comprendió que los soldados estaban allí a causa del disparo que había salido de aquel fusil entre sus manos. Ahora lo regañarían y su padre se enfadaría con él.

Miró a Ewa y sintió que temblaba, pero su hermana apretó su mano con más fuerza y acercó un dedo a sus labios.

«*Franchincec,* lo has jurado», le estaba diciendo. Se habían prometido guardar silencio. Lo que había ocurrido moriría con ellos.

Los soldados entraron en las casas, obligaron a hombres, mujeres, niños y ancianos a salir a la plaza. Levantaron las armas contra los pechos jadeantes.

Su jefe —extraordinario a los ojos de Francesco, con su uniforme que parecía tejido de tinieblas y orgullo— ladró órdenes a la cara del alcalde. Clemente hablaba un poco ese idioma seco y anguloso, y respondió mezclando miedo, palabras desconocidas e imploraciones en italiano.

Nadie escondía armas allí, dijo. Nadie le había disparado a ninguno de ellos.

Francesco agachó los ojos. Las primeras lágrimas se asomaron para abrasarlos. Los mantuvo fijos en sus dedos entrelazados con los de Ewa, símbolo de un pacto que no debían traicionar, mientras todo empezó.

Los lobos extranjeros rodearon a los corderos y eligieron al sacrificial entre ellos. Gwen tenía apenas quince años, faltaban pocos días para que se fuera a llevar las pocas vacas que quedaban a los pastos de las montañas. Regresaría al final del verano. Nunca en su vida había empuñado un arma.

Francesco levantó la vista y vio a Aniza entre la multitud. Miraba hacia el bosque con una expresión llena de desesperada expectación, como si de un momento a otro alguien pudiera venir a salvarlos.

Los niños del valle no habían conocido la guerra hasta entonces.

Francesco descubrió que tenía un olor preciso: el de la sangre, el del metal de las armas, el de los golpes que abrían desgarrones en la carne. El olor extraño de los invasores, del cuero de las botas que aplastaban las flores bajo sus pasos violentos.

Tenía el sonido de los disparos de metralleta, de un idioma desconocido que parecía ladrado, de casquillos vacíos que tintineaban en la piedra. Del llanto histérico de una madre, del grito áfono de su padre. Del cuerpo de un chico que cae en la tierra, entre las corolas de azafrán pisoteadas. Del temblor final de sus extremidades, entre los brazos de una mujer sin aliento ya para gritar. Incluso el sonido de la lágrima que cayó al suelo de la cara de Gwen, manchada de rojo: Francesco lo escuchó claramente, o tal vez fuera solo el de la inocencia desprendida de su alma, que iba a mezclarse con la sangre, en la tierra.

Los primeros disparos salieron del bosque y asustaron a los lobos. Entre los árboles aparecieron los partisanos escupiendo balas. El caos del infierno estalló entre las casas.

Francesco sintió que lo levantaban entre los gritos. Era Aniza, quien lo tomó en sus brazos, mientras Ewa se aferraba a su falda. Había un hombre con ella, a quien Francesco nunca había visto, y nunca volvió a ver. Llevaba un pañuelo rojo en el cuello y sus dedos estaban sucios de pintura alrededor del rifle. Protegía su fuga y se los llevaba lejos, a terreno seguro. No dejó de disparar en ningún momento, hasta que estuvieron a salvo.

En el almacén del molino, mientras Aniza, desde un hueco de las vigas, vigilaba el pueblo, que había vuelto a quedarse en silencio, Francesco miró a Ewa entre lágrimas, con el sabor salado del moco en la lengua. La vio apretar los labios y colocar bajo sus faldas con un gesto discreto el tesoro robado al alemán.

Pero ese tesoro ahora le parecía sucio. Exudaba sangre y vida humana.

65.

Escuchó las palabras de Francesco con el corazón en la garganta. Era una bala palpitante que sin entrar ni salir le traspasaba la carne.

Francesco parecía tener ante sus ojos los ecos visuales de un pasado doloroso.

—Ahora me parece recordar —susurró—. Ese día un partisano nos ayudó a escapar del fuego cruzado. Había venido directamente hacia Aniza, hacia nosotros. Andrian. Debió de ser él.

Se llevó las manos a la cara.

—Nunca me perdonaré por mi silencio. El recuerdo de Gwen me ha atormentado toda mi vida —dijo con rabia. Luego se miró las palmas—. Todavía siento su sangre, pero les juro que ese fusil no debería haber estado cargado. Era solo un juego, apuntaba al alemán únicamente por diversión. Ewa y yo pasábamos mucho tiempo en los prados fuera del pueblo y ya habíamos visto varias veces a ese partisano. Nos había dejado jugar con su arma en un par de ocasiones, cuando el aguardiente lo ponía de buen humor, pero no era un inconsciente, siempre sacaba las balas.

—Excepto ese día —sugirió la comisaria Battaglia.

Francesco los miró por turnos.

—Nunca he podido recordar si le vi hacerlo o no —dijo—. Ese día, el rifle disparó e hirió de refilón al alemán. Por un rasguño, por un juego, Gwen fue asesinado.

Massimo percibió en sí mismo la abrumadora sensación de culpa que sentía ese hombre. Tenía la clara percepción de que en esa historia todavía había algo oculto, tan profundamente oculto que era solo un perfil oscuro que no podía vislumbrar.

—Ese partisano se hacía llamar Cam —le dijo Teresa—. ¿Lo sabía?

—No. No teníamos mucha confianza. No se trataba de amistad. Para él éramos... una diversión.

—¿Sabía que tocaba el violín de forma excelente y había ejecutado *El trino del diablo* ante el *podestà* de Trieste?

La mirada aterrorizada de Francesco fue una respuesta clara.

—Era él quien estaba en el bosque entonces, esa noche —murmuró.

—Confirmaremos su participación en la desaparición de Aniza —respondió la comisaria—. Que estaba en el boscaje se da por supuesto: el campamento partisano estaba cerca. Que fuera él quien tocaba esa noche me parece más que probable. Que matara a Aniza escondiendo su cuerpo aún hemos de aclararlo. ¿Un hipotético móvil? Anhelo, impulso sexual. Quizá él la asaltara, ella se resistiera y el chico perdiera el control.

Francesco cerró los ojos.

—Si fue él quien hizo daño a Aniza, entonces con mi silencio maté dos veces.

Le temblaban las manos en el regazo y Massimo sintió que ese escalofrío le invadía el estómago y lo contagiaba de dolor.

Porque entendía cómo se sentía. Él lo sabía.

Buscó con la mirada la salvación en otro lugar, olvidando a la comisaria y al viejo que vagaba por el pasado. Necesitaba perderse en los salvajes aromas del bosque y hacerse la ilusión de que nada más importaba, de que el hombre, con sus problemas, no es más que un pequeño e irrelevante trazo en ese cuadro viviente del tamaño del mundo. Necesitaba cambiar de perspectiva, o se volvería loco. Sintió que había llegado a un punto sin retorno: con Elena, con su vida. Era de esos instantes en los que te das cuenta de que nada volverá a ser igual que antes. Nada de lo que hagas podrá coser el desgarrón. Lo que Massimo había hecho era como la muerte: irremediable.

Por eso quería a Elena lejos de su corazón. La quería lejos de sus peligrosas manos. Ahora, en cambio, había una cadena que los unía, y estaba hecha de su propio ADN. El niño los encarcelaba con su cordón umbilical. Massimo sintió una angustia desesperada ante esa idea, y cuanto más afloraba ese sentimiento y adquiría forma, más infame se sentía.

Cerró los ojos por un momento. Exhaló el desasosiego que lo estaba envenenando. Retrocedió un paso y otro más. Y siguió así. Hasta que la retirada se transmutó en una fuga.

66.

Teresa se había quedado de piedra. Cuando se dio la vuelta, Marini se había ido. Lo había visto girarse hacia ella por última vez antes de subir al coche, arrancar y salir corriendo como si su propia supervivencia dependiera de la huida.

Siguió mirándolo incluso cuando ya estaba lejos, tras desaparecer pasada la curva. Escrutaba su rostro, impreso en su cabeza. Lo que había entrevisto la convenció de que no había tiempo que perder. Tenía que entender lo que le estaba desgarrando, tratar de salvarlo, de una forma u otra. La explicación no estaba en el expediente que precedió a su llegada al equipo. Al menos, no del todo. La información contenida en esas páginas no la sorprendió, se esperaba el currículum inmaculado, las altas calificaciones y el comportamiento irreprochable: era la copa reluciente de un ganador predestinado. El éxito de Massimo Marini era el resultado de una redención personal anhelada desesperadamente. Un acto de salvación, era indudable, pero aún sin completar.

Ese brillo, sin embargo, se había apagado unas líneas más tarde. Teresa no estaba preparada para lo que siguió: la descripción aséptica, en términos legales, de un hecho trágico que probablemente había condicionado cada momento de la vida de Marini.

Sin embargo, la sensación era que faltaba algo. Había algo más, que permanecía suspendido: tormento, no solo dolor. Sentimiento de culpa.

Buscó un número en el listín telefónico e hizo la llamada, mascullando. No era propio de ella cobrarse favores, tocar a una puerta y decir: «Estoy aquí porque estás en deuda conmigo».

Por Massimo lo hizo.

—No es poca cosa lo que pides —dijo la voz al otro lado de la línea, después de que ella explicara lo que quería.

—¿No se puede hacer? —preguntó Teresa entonces, con un significado completamente diferente.

Hubo un suspiro.

—No se puede y no debería. Pero lo haré.

Una vez que terminó la llamada, bajó no sin esfuerzo hasta la aldea, donde los equipos de búsqueda aún rastreaban el bosque, siguiendo las huellas de un cuerpo sin corazón que no conseguían encontrar. Pensó en Blanca, en Smoky, y decidió que había llegado el momento de que se sumaran a la partida.

Tuvo que llamar a comisaría y explicarle a un asombrado De Carli que alguien tenía que ir a buscarla enseguida porque Marini había decidido largarse. Sabía, estaba segura, que el agente no se lo diría a nadie más que a Parisi. Era su círculo: un círculo de confianza, de honor, de valores que solo podían explicarse con el concepto de «pertenencia». *Eran los mismos* —pensó con una sonrisa, a pesar de todo— *de los antiguos guerreros.* Y era ella quien debía guiar a esos guerreros, jóvenes, fuertes e impetuosos. Atormentados a veces, como Marini. Ella, que era incapaz de dar cuatro pasos rápidos sin quedarse sin aliento.

Era su mente —no el cuerpo, no el vigor físico— el arma más afilada de la que disponía, pero ahora que había comenzado su caída al vacío, Teresa se sentía fuera de lugar como nunca hasta entonces. Una usurpadora, una mentirosa. En eso podía transformarte el amor desesperado, incluso por el propio trabajo.

Miró la hora en el móvil, mientras la búsqueda continuaba a su alrededor, en forma de hombres que intercambiaban órdenes ya frágiles a causa del cansancio, radiotransmisores que gruñían palabras rotas, perros excitados que daban el cambio a otros ya exhaustos, mapas extendidos sobre los capós de los coches. El tiempo había cambiado otra vez y el viento húmedo levantaba las esquinas. Uno se escapó de las manos que lo tenían prisionero y voló por el aire, antes de caer en la tierra, a los pies de Teresa. Lo recogió y miró la cuadrícula que alguien había trazado con un rotulador rojo.

Se lo devolvió a su dueño y lo vio regresar hacia los demás, con las botas sucias de barro hasta las rodillas.

Ante ella se desarrollaban escenas que ya había visto, que ya había vivido. Toda su vida.

—Teresa.

Cerró los ojos. Bastaba con su nombre susurrado por esa voz para que sintiera repentinamente frío: era una tormenta arrastrada por el viento.

Se giró.

—Comisario Lona —lo saludó.

Albert estaba envuelto en su costosa chaqueta, con una bufanda de lino alrededor del cuello, del mismo color que sus ojos, el de un lago en un día lluvioso.

No le sorprendió encontrarlo allí. Le gustaba saborear el poder que su cargo le daba sobre los demás, la tensión que emanaba de su presencia. Y se enrabietaba cuando alguien parecía inmune a su contagio, como Teresa.

—No aprecio progresos —dijo, desplazando la mirada por encima de su hombro.

Teresa la siguió con la suya.

—Estos bosques son vastos —dijo—. Un bosque termina donde empieza otro. El cuerpo podría estar en cualquier parte.

—Escúchate. Me estás diciendo que no lo encontrarán.

—Lo encontrarán. Tarde.

—Hablas del asunto como si no fuera de tu incumbencia. Lo es, te lo garantizo.

Teresa no opuso resistencia a su furia sosegada: habría sido como pretender que una víbora no mordiera o que una boa no triturara. Era su naturaleza.

—Tengo la solución— se limitó a decir—. Tengo a alguien que puede dar un nuevo impulso a la búsqueda.

—¿De quién se trata?

—Un perfil externo.

—¿Otra vez con esta historia? Ya te he respondido. No.

—Una colaboración...

El rostro de Albert se volvió con brusquedad hacia ella.

—No. Ningún civil. Nada de colaboraciones. Serán mis hombres los que encuentren ese maldito cuerpo y resuelvan el caso.

Teresa no albergaba duda alguna sobre el destino de su propuesta, pero había querido intentarlo de todos modos. Con la esperanza de equivocarse.

Albert ponía su prestigio personal por encima de cualquier otra cosa: de las víctimas, de los familiares que imploraban una respuesta, incluso del asesino que aguardaba su próximo movimiento. *Le toca armarse de paciencia a él también,* pensó sarcásticamente Teresa. Era probable que se estuviera preguntando qué demonios hacían, dando vueltas por el bosque.

Ha sido muy astuto. Conoce su territorio y ha escondido bien lo que no quiere que encuentren. Aún no.

Suspiró, y sucedió algo que nunca se habría imaginado. La mano de Albert se posó sobre su rostro en una cálida caricia.

—¿Cuánto más tendrás que perder antes de darte cuenta de que no puedes conseguirlo sola? —le oyó decir, y no necesitó preguntarle el verdadero significado de esa frase para comprender que se refería a algo muy distinto que el caso de la *Ninfa durmiente*.

Teresa se vio desde fuera y por primera vez no encontró un vacío a sus espaldas.

Tenía a sus chicos, a los que seguir, alguien incluso a quien cuidar.

Tenía a Blanca, ahora, y a su corcel de olfato incomparable.

Tenía a las víctimas, a las que había querido como una madre en cuarenta años de trabajo. Un amor tan poderoso debe dar sus frutos, incluso por parte de quien no pudo lograrlo. Sintió la noche, que la envolvía. Sintió su protección.

Tenía a las familias de las víctimas, que también se habían convertido en suyas con el tiempo.

Amigos como Parri y Ambrosini.

Pero, sobre todo, se tenía a sí misma.

Le agarró la muñeca. Apretó con fuerza y apartó la mano de ella.

—No estoy sola —dijo.

La mirada de Albert cambió igual que una serpiente cambia de muda. Se desnudó de la piel falsa que había usado y reveló el manto reluciente de las escamas.

—Entonces haré el vacío a tu alrededor —le juró, como si le estuviera prometiendo su amor.

Teresa sonrió a su pesar ante aquella habilidad suya para desorientar a la presa.

—Hazlo —dijo—, y tampoco entonces seré tuya.

Él la miró en silencio unos instantes, luego le dio la espalda y se fue.

Solo entonces se dio cuenta Teresa de que De Carli había llegado y la estaba esperando junto al coche.

Se reunió con él, convencida de que debía haber visto demasiado. El agente se apresuró a abrirle la puerta.

—Comisaria, no le voy a hacer ninguna pregunta, pero...

—Bravo, no las hagas —lo interrumpió, arrojando el bolso sobre el asiento.

—Dios santo, pero ¿realmente...?

—Cállate.

—No se lo diré a nadie —prometió, rodeando el coche. Se subió rápidamente y arrancó el motor.

—Mejor —dijo Teresa, poniéndose las gafas para observar un paquete que De Carli le había dado. Su nombre estaba en él.

—La hija de Morandini lo ha dejado en la comisaría —le explicó.

Teresa lo abrió rasgando el papel: fotos de paisajes de montaña, algunas muy hermosas. Iban acompañadas de una nota escrita a mano.

Son las fotografías de mi padre, los únicos objetos personales que olvidé destruir.
Su visita ha reabierto heridas profundas. No vuelva a ponerse en contacto conmigo.

Teresa cogió un pañuelo y pasó revista a las fotografías, procurando no tocarlas más de lo necesario. En los paisajes, reconoció de inmediato Val Resia y sus aldeas.

Cam nunca se había alejado realmente de esos lugares. Se preguntó qué lo obsesionaba tanto.

Agarró el teléfono y llamo a la Central. Pidió que le pusieran con Parisi.

—Necesitamos un peritaje urgente de las fotos que nos ha dado la hija de Morandini. Avisa a los de la Científica, estaré allí enseguida —le ordenó—. Que busquen huellas para compararlas con la anónima encontrada en el cuadro. Y llama al fiscal: me hace falta una autorización del juez para investigar los bienes de Carlo Alberto Morandini.

Concluyó la llamada con el corazón en la garganta. Una mano corrió instintivamente hacia la correa del hombro, antes de que el cerebro le recordara que no encontraría lo que estaba buscando.

Su diario estaba en manos de quien había matado. De eso estaba segura. Teresa sintió que la estaban hojeando, página tras página de vida. El asesino la estaba leyendo. La estaba conociendo. Estaba descendiendo a su infierno.

Al final, lo sabía, era allí donde se encontrarían.

67.

El viento arrancaba las hojas más antiguas del álamo secular antes de tiempo. Creaba espacio para los jóvenes y limpiaba la planta del lastre acumulado. Como un peine, pasaba por la copa y la liberaba.

Algunas ráfagas descendían hacia el prado y sacudían al ras las corolas perfumadas. Hilos de hierba y tallos se doblaban dócilmente ante la ola fresca, seguían sus rápidos cambios de dirección en una danza sincronizada que recordaba la de las bandadas de vencejos que llegaban del sur del mundo. Era un reflejo del cielo en la tierra.

El viento hacía vibrar las páginas del diario. Parecía capaz de aliviar el dolor que las teñía de melancolía y angustia.

El *Tikô Wariö* estaba realizando un viaje por el sufrimiento que Teresa Battaglia había encarcelado en las palabras, con una escritura tan impetuosa como su espíritu. La policía pelirroja de lengua suelta no era tan dura como parecía y no era tan inquebrantable como daba a entender.

Guardaba en su interior un universo emocional complejo.

Guardaba un secreto y tenía miedo. Se preocupaba por alguien más que por sí misma: ese hombre joven que siempre tenía a su lado, como si tuviera que vigilarlo, inquieta por el instinto autodestructivo que amenazaba con acabar con él.

No era inquebrantable, pero fuerte sí. E inteligente. Sabía cómo lanzar la intuición a donde la racionalidad no podía llegar. De esta manera sabía ver donde otros solo vislumbraban oscuridad.

Teresa Battaglia era una cazadora formidable, pero ahora estaba del otro lado. Ahora su corazón había quedado al descubierto. Era vulnerable.

68.

Massimo se dio cuenta de que no sabía adónde ir. Había conducido movido por el impulso incontrolable de alejarse de Francesco y del sentimiento de culpa que emanaba, de Battaglia y de su mirada inquisitiva siempre descansando sobre él, ahora más que nunca.

No entendía por qué la comisaria seguía persiguiendo su secreto. Lo tenía ante sus propios ojos, escrito negro sobre blanco en el expediente que le atañía y que ella *sin duda* había recibido, que *sin duda* había leído. Massimo esperó esa confrontación desde el primer día, pero ella nunca le había hablado del asunto.

La tumba de su pasado, en todo caso, ahora había sido violada. La lápida que lo sellaba, hecha trizas. Sobre ella estaba escrito un nombre que Massimo no se permitía pronunciar desde hacía una eternidad.

Los últimos acontecimientos habían pasado por su vida, arrasándola: Elena y el hijo que estaban esperando, pero no solo eso. Parecía como si la *Ninfa durmiente* lo estuviera esperando, ella también, al igual que Teresa Battaglia, con un niño que no llegó a nacer.

Y luego la hija de Carlo Alberto Morandini: su desesperación por un padre que nunca la había amado lo había trastornado. Era como mirar su propio futuro y verse como un verdugo.

Para acabar, Francesco, que todavía se desgarraba por haber sido un instrumento de muerte inconsciente.

Sintió que le entraban náuseas y tuvo que detenerse. Soltó el embrague y el motor se apagó con una sacudida mientras los coches lo adelantaban entre bocinazos.

Apoyó la frente sobre las manos aferradas al volante. La piel estaba fría, húmeda de pánico.

Miró el móvil tirado en el asiento del pasajero. Las notificaciones parpadeaban. Quién sabe cuántos mensajes, cuántas llamadas perdidas. Sabía perfectamente de quién eran, pero no podía permitirle que siguiera escudriñando dentro de él y que lo viera como lo que realmente era. Teresa Battaglia le había parecido una cuerda que el destino le había arrojado en medio de la nada. Se había aferrado a ella con el corazón, pero ahora no podía arrastrarla a ella también a su abismo.

Cogió el teléfono. El número que compuso fue el de la única persona que compartía su secreto. Nunca resultaba fácil para él hablarle, se había alejado de las raíces porque necesitaba marcar distancias respecto al pasado y ella estaba hundida en ese pasado hasta el cuello. Se preguntó qué sentiría al mirarlo, recordando aquel día en que Massimo había dejado de ser un niño y se había convertido en otra cosa.

Cuando contestó, él no reconoció de inmediato su voz. Parecía más distante de lo habitual, más apagada.

—Mamá —se limitó a decir.

Hubo un instante de vacilación.

—¿Ha pasado algo? —le preguntó asustada. Dos sílabas amortiguadas habían sido suficientes para alertarla.

Massimo podría haber usado miles de palabras para explicarse, pero no había necesidad. Ella comprendía.

—Voy a ser padre y no puedo hacer nada —le susurró al micrófono.

En el silbido sutil de la línea telefónica captó un sollozo, como un latido vital solitario en un electrocardiograma plano. Su madre empezó a llorar y no eran lágrimas de alegría las suyas. Conocía bien al demonio que atormentaba a su hijo. Lo había visto cara a cara.

—Tengo miedo —susurró Massimo ante ese llanto de mujer distante—. Tengo miedo.

Mientras repetía la palabra para sus adentros, sintió que la rabia crecía como un hambre repentina. La necesitaba para aplastar el dolor.

Por fin sabía adónde ir.

69.

Teresa sabía que estaba soñando. Le sucedía a menudo, últimamente, eso de hundirse en el sueño y aferrarse, al mismo tiempo, a la realidad. Como una náufraga que permanece a flote, de la manera que sea.

Los pensamientos racionales rompían como olas contra los límites de la mente junto con otros incongruentes y extravagantes. Como por ejemplo: a propósito de naufragios al estilo *Titanic,* todos sabían que también había un lugar para Jack en esa puerta a la deriva en medio del océano. El trasero de Rose no era lo suficientemente grande como para ocupar todo el espacio. Tampoco el suyo lo habría sido.

La imagen de los dos jóvenes congelados tembló hasta devolverle dos caras nuevas a la escena: la suya y la de Marini. Ella en la improvisada balsa, él encogido en el agua, con un cristal de hielo colgando de una fosa nasal.

«Yo también podría salvarme», le estaba diciendo con esfuerzo, entre la música de los dientes que castañeteaban, «de no haberme comido todos esos caramelos».

Se vio a sí misma levantar la mano y hacer presión contra su cabeza hasta que se ahogó. Adiós, Jack, adiós, Marini, y jódete.

Teresa se despertó sobresaltada. Estaba convencida de haber gritado, con los labios apretados contra el cuero sintético del sofá, el sabor amargo del revestimiento en la boca. Estaba en la sala de reuniones de la comisaría. Alguien la había tapado con una manta de viaje. La apartó y se incorporó.

El reloj le dijo que había dormido algo más de un par de horas.

Se abrió la puerta despacio y Parisi asomó la cabeza.

—Estoy despierta —le dijo.

Él entró y dejó una carpeta en la mesita que estaba frente a ella.

—Han entregado este dosier para usted. Para la información que me ha pedido, aún me hace falta algo más de tiempo. ¿Un café?

—No, gracias. ¿Habéis descubierto qué ha pasado con Marini?

—No, comisaria, pero han llegado los resultados de las huellas parciales halladas en el rellano de su casa: calzado deportivo masculino, del cuarenta y tres. Pronto tendremos también la marca.

Teresa asintió, estirando la espalda.

—¿Habéis descansado, De Carli y tú? —preguntó.

El agente sonrió.

—A ratos, como usted. Ah, el comisario jefe estará fuera de la oficina hasta mañana.

—Excelente noticia.

—Por lo menos durante unas horas no nos tocará las pelotas, comisaria.

—Dios santo, Parisi, estás empezando a hablar como yo.

—Siento un arrebato de orgullo.

—Estoy conmovida, en efecto —Teresa se puso las gafas—. Ahora lárgate.

Al quedarse sola, Teresa tomó el dossier entre sus manos. El sobre sellado iba acompañado por una hoja escrita en el ordenador.

«Sé que lo emplearás para un buen fin. Ahora estamos en paz.»

El mensaje era anónimo, pero si hubiera llevado una firma, habría sido la del Guardián. Así se apodaba al responsable del Archivo de Menores, el único funcionario autorizado para acceder a la base de datos en la que se guardaban los documentos relacionados con los homicidios «particulares», que algunos llamaban no sin cierto morbo «el Mal en pañales». Casos tratados con absoluta confidencialidad, hasta el extremo de que no se incluían en ellos nombres completos. Los procedimientos seguían cursos diferentes, más rápidos y no dejaban rastro. En algunas circunstancias, se decretaba incluso que quedaran bajo secreto, porque nadie tenía que saberlo. Había que olvidar lo antes posible.

Teresa rompió el sello y abrió el expediente: la parte desclasificada y ya no accesible de los actos relativos a un niño llamado Massimo Marini.

Eran palabras que nunca hubiera querido leer y fotos en las que era doloroso posar la mirada.

Tuvo que detenerse, respirar profundamente, recuperar el coraje.

Cuando creyó que finalmente había llegado a la palabra «fin» del dosier, giró la página y encajó el golpe más desgarrador.

Lo tuvo que leer varias veces, porque el cerebro se negaba a ir al encuentro de la verdad. Podría haberse imaginado muchas cosas, pero *eso* no.

Ahora lo entendía. Ahora llevaba consigo el dolor de ese niño.

Estudió los informes y las transcripciones de los testimonios, verificó las impresiones de las fotografías, las comparó con los partes médicos. Todo encajaba, pero Teresa no se rindió, volvió a empezar desde el principio, una y otra vez. Sabía que estaba buscando un error para hacérselo llegar a ese niño: «Ahora puedes ser libre».

Pero no lo encontró. No lo encontró.

Al final, dejó caer los brazos a los costados. No iba a poder ayudarlo. Lo único que tenía para ofrecer eran palabras de consuelo que no habrían servido de nada. Aunque sinceras, convincentes y acaloradas, nunca habrían podido llegar a su inconsciente para barrer la podredumbre depositada en décadas de tormento.

Un gusanillo empezó a repiquetearle en la cabeza.

Tal vez no fuera la verdad lo que debía buscar. Miró el teléfono, lo cogió.

Si hago esta llamada, no habrá vuelta atrás.

Parri respondió al segundo timbrazo.

—Necesito tu ayuda y no puedo explicarte nada —dijo.

La risa de su amigo la alivió.

—Dime solo lo que necesitas.

Poco después, Parisi regresó con la información que esperaba. Teresa cerró el dosier y se pasó rápidamente la mano por los ojos, pero no estaba segura de si había sido lo suficientemente rápida. El agente no hizo comentarios. El tiempo de las ocurrencias había terminado. Le entregó una nota: el nombre de una mujer y la dirección de un hotel.

—También hemos encontrado a Marini, comisaria.

70.

Practicar la lucha cuerpo a cuerpo de las artes marciales mixtas era una de las muchas vías de escape que Massimo se había inventado para refrenar los efectos de su tara maldita: una suerte de violencia congénita, heredada de su padre. Una mancha en el alma que nunca le permitiría formar una familia, mantener a los que amaba a su lado.

Encerrado en la jaula, en un círculo de hombres vociferantes y rabiosos que los incitaban a su oponente y a él a golpear más fuerte, a hacer daño, se sentía liberado. Libre para ser lo que le ordenaba la naturaleza. Y golpeaba, golpeaba con cada fibra de su ser.

Bajo sus manos, el cuerpo de Christian Neri era una maraña de tendones, huesos duros y músculos tensos. Un cuerpo que no se dejaba atropellar, sino que devolvía, golpe por golpe, la violencia que recibía.

La rivalidad que siempre los enardecía en el gimnasio había encontrado por fin un campo de batalla, pero no era el joven carabinero quien Massimo tenía ante sus ojos en ese momento. Él nunca había sido el destinatario de su ira. Era su padre a quien intentaba derribar, o tal vez, solo a sí mismo.

Imágenes de Elena, de un niño aún no nacido, de él en el futuro —solo—, de una madre víctima que nunca lo había perdonado, se alternaban en su mente y obnubilaban su razón.

Por un segundo, solo uno, sus ojos se cruzaron con los de la multitud exultante, como alertados por una llamada silenciosa pero potente. Cuando divisó entre el público la mirada furiosa de Teresa Battaglia, Massimo se bloqueó.

Sintió algo que no sabía definir. «Vergüenza», fue la primera palabra que le bailó ante los ojos como un puño listo para estrellarse contra su rostro. «Alivio», fue la segunda. Había venido a salvarlo: un pensamiento incoherente al que, sin embargo, se aferró con toda su alma.

Recibió el golpe en su rostro, pero esta vez fue el de verdad. El del *knock-out*.

Massimo sintió cómo su cabeza rebotaba en la lona mientras estallaban en sus ojos fuegos artificiales y silbidos en los oídos que apagaron el mundo por un momento. Su cerebro le bailaba en la caja craneal.

Alguien contó los segundos. Tras el silencio siguió una ovación para el vencedor. Para Massimo, solo el frío del caucho bajo la mejilla y el sudor que ardía en sus heridas.

Lucius estaba a su lado, secándole la cara con una toalla y hablando rápidamente en su lengua materna. No parecían palabras empalagosas, las del bailarín combatiente. El olor de la pomada hemostática se anticipó apenas un momento a las manos que le tocaban la cara, como buscando algún hueso roto para volver a colocarlo de inmediato en su sitio. Massimo paladeó el sabor de la sangre en los labios: era liberador. Sentía paz. Había logrado castigarse a sí mismo.

Otras manos vinieron a sujetarle la cabeza: esta vez fue un toque suave, que chirriaba con la voz que lo sacudió.

—¿Qué coño crees que estás haciendo?

Era ella, Battaglia, que había subido al ring para ayudarlo, o tal vez para romperle esa cabeza que en los últimos tiempos ya no parecía funcionar.

El tono de su voz era diferente al habitual: un entretejido de rabia y preocupación amorosa. Los hilos de los sentimientos eran tan tupidos que no podía distinguirse ni su origen ni su final. Eran todo uno.

Era el tono de una madre sufriendo por su hijo.

71.

—Podría clausurar este sitio.

Marini abrió un ojo, el otro estaba cubierto con hielo seco. Lo habían acostado en un banco del vestuario.

—Comisaria, por favor... —dijo con voz ronca.

A su lado, sujetándole una pierna en alto, Teresa estaba furiosa.

—Eres un gilipollas —le apostrofó—. ¿Te lo he dicho alguna vez?

—Tres veces, comisaria.

Lo empujó a un lado y se puso de pie de un salto. Se lo hubiera comido.

—¡Ay!

—¿Te das cuenta de que lo estás tirando todo por la borda? —le gritó—. Estás tirando tu futuro a la basura.

Lo vio bajar la mirada y luego levantarla. Intentó sonreír, esconderse una vez más.

—Parece usted mi madre —le dijo en un tono de broma forzada.

Teresa lo dudaba. Su madre no estaba allí, porque su madre formaba parte del problema. Comprendió que tampoco ella podía seguir escondiéndose.

—Estoy al tanto de tu secreto —le dijo. Era solo un susurro, podría confundirse con un suspiro.

La expresión falsa se le congeló en el rostro como una máscara fría y rígida.

—No hay ningún secreto —contestó, seco—. Todo ha estado siempre escrito a las claras en mi expediente.

—Solo en parte —lo corrigió ella.

Marini se incorporó, lentamente. El hielo cayó al suelo. Sus manos se aferraron al banco. Su pecho subía y bajaba y Teresa se imaginó ese corazón herido de muerte, pero que aún latía, golpeando su costado hasta que sintió dolor. Habría hecho cualquier cosa para aliviarlo, pero primero tenía que desgarrarle el corazón para extirpar al monstruo que se alimentaba de él. Marini debía mirarlo a la cara. Tenía que darse cuenta de que bastaba con un soplo para aventar el fantasma que lo atormentaba. Bastaba con absolverlo.

Lo vio encogerse de hombros.

—Un hombre que pega a su mujer e hijo hace tiempo que no es noticia, comisaria —le dijo él—. No es el primero y no será el último. Conoce usted las estadísticas mejor que yo, ¿verdad?

Teresa se atrevió a dar un paso hacia él.

—No fuiste tú quien lo mató —le dijo.

Lo vio ofuscarse, arquear la espalda como si hubiera recibido otro golpe.

—Delira usted.

Teresa dio otro paso hacia el niño que había sido.

—No fuiste tú quien lo mató —repitió, más alto.

Marini sacudió la cabeza.

—Ya basta.

Teresa se lo repitió.

—¡Ya basta! —gritó entonces él, con una mano levantada como para detenerla, como para implorarle que no rompiera el precario equilibrio que con tanto esfuerzo intentaba apuntalar.

—Eras solo un niño, Massimo. No tienes ninguna culpa.

Él tembló bajo un poderoso escalofrío. Algo por dentro estaba a punto de estallar.

—Lo empujé —musitó—. Claro que fui yo.

—*No.* Fue él. Eras solo un niño de diez años contra un hombre de cuarenta. Estaba tan borracho que no se tenía en pie.

—¡He dicho que *ya basta*!

Teresa sacó algunos papeles de la bolsa: fotocopias de viejos informes de autopsias.

—Tu padre tenía una fractura preexistente a la muerte —empezó a decir mientras le enseñaba las notas escritas junto a la proyección posterior de un cráneo. En un punto justo encima de la línea nucal se notaba una especie de grieta, parcialmente calcificada—. El trauma de esa caída, tal como sucedió, no habría matado a nadie, pero el cráneo de tu padre era tan frágil como un fragmento de cerámica: la fractura preexistente le resultó fatal, y lo hubiera sido incluso si alguien le hubiese dado un golpecito.

Él levantó los ojos hacia ella. Podía verse en ellos la desesperada necesidad de creerla, pero el pasado aún oponía resistencia.

—¿Cómo ha conseguido estos documentos?

Teresa hizo caso omiso a la pregunta.

—Deberían habéroslo dicho de forma más clara a tu madre y a ti —dijo—, pero aparentemente no se consideró relevante: en cualquier caso, no eres culpable.

Él abrió la boca un par de veces antes de poder hablar.

—¿Que no era relevante? —balbuceó.

—Hablemos de incompetencia, diletantismo, indiferencia de quien debería haber investigado: lo que quieras, pero no de homicidio.

Se arrodilló a su lado.

—Es así —le susurró—. Tú no lo mataste —extendió los brazos—. Massimo, no eres un asesino. Solo te defendiste. Fue una tragedia. Deberían haberlo escrito negro sobre blanco, pero es evidente y ahora tienes los medios para entenderlo.

—¡Váyase!

Teresa pensó en las fotos de su expediente, en esa espalda infantil, delgada, cubierta de moratones. En esa madre incapaz de proteger a su hijo, como también había sido su caso. Repasó las indirectas con las que lo había atormentado en los últimos meses para descubrir qué lo había llevado a refugiarse en una ciudad de provincias, en el formidable autocontrol que había demostrado cuando trabajaron juntos en un caso de violencia contra menores.

Le puso el impreso ante los ojos y lo obligó a mirar.

—¡Deja de hacerte el niño traumatizado, compórtate como un policía y dime lo que ves!

Él recorrió esos claroscuros con una expresión desesperada, que al final se apaciguó hasta abarquillarse en un llanto liberador.

Teresa dejó caer los informes de un caso cerrado que no tenía nada que ver con el padre del niño que estaba frente a ella, y con ellos también cayó un pedazo de su integridad.

Lo soportaría, si servía para salvar a Massimo. Había elegido deliberadamente no transcribir ese recuerdo en su nuevo diario. Había descubierto que la enfermedad podía darle una libertad que su ética siempre le había negado: la de falsificar una prueba y seguir viviendo con serenidad. Pronto lo olvidaría: como si nunca hubiera sucedido. Lo abrazó con fuerza. Lo bloqueaba mientras él se agitaba y la rechazaba, al tiempo que la buscaba con la cara y se apoyaba en su hombro. La lucha se convirtió en un abrazo desesperado. Teresa hizo suyo ese dolor, lo absorbió como lo habría hecho con un veneno. Diluido y no letal ya, seguiría corriendo por sus venas mientras su corazón continuara latiendo.

Permanecieron en silencio largo rato, muy cerca el uno del otro, la cabeza de Marini descansando sobre el hombro de Teresa.

Si alguien que los conociera los hubiera visto, la situación le habría parecido cuando menos extravagante.

Ella esperó pacientemente a que Marini estuviera listo para hablar, como si no hubiera un asesino libre que podía estar atacando de nuevo en ese mismo momento. Teresa tenía que ocuparse de él antes que nada.

—Me he pasado toda la vida creyendo que tenía algo suyo dentro de mí. Algo enfermo —le oyó decir.

Teresa se imaginó vista desde fuera tan pequeña y, sin embargo era ella, ahora, quien sostenía a ese chico. Si se apartaba, aunque solo fuera un poco, si miraba hacia otro lado y no a su corazón, se derrumbaría.

—Y todavía lo crees —le dijo.

—El gen del mal. Lo he leído en algunos artículos psiquiátricos.

—Ah, teoría fascinante, pero que aún no se ha demostrado. Habrás leído esto también.

—¿No cree en ello?

—Creo que siempre es tranquilizador atribuir el mal a un factor que no podemos controlar, si además se trata de una tara genética, pues mucho mejor. Pero eso no te concierne, Marini.

—¿Ya hemos vuelto al apellido?

—En el origen de los crímenes atroces puede haber psicosis graves, de acuerdo, pero hablar de un «gen del mal» propiamente dicho me parece pura fantasía. La experiencia es determinante, el entorno es decisivo, como decenas de otras variables. Lo sabes muy bien.

—Tal vez me sentía contaminado por ese mal.

Teresa reprimió una caricia.

—Lo estás. Todos aquellos que han experimentado violencia en su piel lo están.

—Usted también.

—Yo también. Pero somos más fuertes. Tienes un temple excepcional.

Marini levantó la cara para mirarla.

—Creo que es la primera cosa agradable que me dice.

—¿En serio? Pues pongo remedio de inmediato: como luchador, das realmente pena. ¡Menuda paliza te ha dado!

Él se rio, sujetándose las costillas.

—Bueno, yo también le sacudí de lo lindo.

—¿Estás de broma? Ese podría correr una maratón ahora mismo.

Guardaron silencio por un momento.

—Si hubiera algo errado en ti, Marini —le dijo—, si me hubiera rozado la mínima sospecha, no estarías aquí. Nunca te habría dejado convertirte en policía.

—Mi madre nunca me ha perdonado —le confió—. A pesar de todo, siguió amándolo. Desde aquel día, jamás volvió a mirarme a la cara.

Teresa le sujetó la barbilla y buscó sus ojos.

—Estás equivocado. Ella no te mira porque el sentimiento de culpa que experimenta es demasiado grande. El miedo a reaccionar la convirtió en cómplice y tuviste que salvarte tú solo —apretó más fuerte cuando él trató de negar—. No te mira a los ojos porque está avergonzada.

Vio la esperanza relajarle las facciones.

—¿Alguna vez te he dicho gilipolleces? —le preguntó.

—Nunca.

—Entonces me parece que puedes fiarte de mí.

Teresa contó los pasos de la duda mientras lo abandonaba con el latido de sus pestañas.

—No debería decirlo, pero creo que es una injusticia que la vida no le haya dado un hijo —dijo él para terminar.

—Tengo un hijo —suspiró Teresa—. No llegó a nacer, pero lo tengo. Y luego os tengo a vosotros, los del equipo, que solo me dais preocupaciones. Paso más tiempo haciendo de madre que de comisaria.

Se levantó y señaló las duchas.

—Ahora ve a ducharte. Tenemos un caso que espera ser resuelto. Si te sientes capaz, podrías aportar tu inútil contribución habitual.

Marini se rio.

—Me siento capaz, comisaria.

Ella asintió seca.

—Parisi te llevará a casa. Mañana por la mañana hazme el favor de ser puntual.

—¿Mañana? ¿Por qué mañana?

Teresa se volvió, con una mano en el picaporte de la puerta.

—Tienes algo más importante que hacer ahora. Tienes que liberarla a ella también.

Lo vio tragar saliva.

—¿Cómo? —le preguntó.

—Dile que la perdonas. Tu madre no espera otra cosa para empezar a vivir de nuevo. Lo sé bien.

Él se puso de pie.

—Tengo que preguntárselo, comisaria. ¿Albert Lona es su exmarido?

Teresa se quedó sorprendida por la pregunta, pero sobre todo por su coraje. En otras circunstancias, en un momento equivocado, lo habría hecho trizas.

—No, no es mi exmarido.

Lo vio dudar. Marini todavía tenía una pregunta en la punta de la lengua. Sintió la tentación de disuadirlo de que la hiciera fulminándolo con una agudeza sarcástica, pero lo que habían compartido no se lo permitía. Tal vez nunca volvería a permitírselo.

—Albert Lona era un compañero mío. Misma edad, carácter y valores opuestos —le explicó—. Se dio cuenta de lo que me estaba pasando, de los moretones debajo del maquillaje, del miedo en mis ojos e incluso del embarazo. Me ofreció lo que creía que era una salida. No la acepté y esa misma noche perdí a mi hijo porque no fui capaz de defenderlo.

Teresa casi podía oír sus corazones latir sin coordinación en el silencio que siguió.

—¿Lona se ofreció a detenerlo? —preguntó Marini en un susurro.

Ella sonrió, con amargura.

—No. Dijo que me amaba.

336

72.

Matar había resultado fácil para *Tikô Wariö*. El miedo había guiado a toda prisa la cuchilla en el pecho marchito de Emmanuel. Se hundió en la carne con el canto de un tordo, entre el escarbar de una ardilla en busca de bellotas en el follaje. El viejo había caído como un árbol hueco y muerto hacía tiempo, con un suspiro que podría haberse confundido con el silbido leve del viento entre los fibrosos arbustos de arándanos.

Quedarse con su corazón se le antojó entonces un acto natural, un devorar para evitar ser devorado. Un acto bestial e inocente.

Matar había resultado fácil, pero había traído consecuencias que el ímpetu no había tomado en consideración.

Algo que se había hecho como protección tuvo como efecto que se filtrara el secreto.

Aunque tal vez fuera solo la necesidad de liberación lo que había movido la mano, lo que había puesto inconscientemente en marcha un mecanismo aterrador, si bien indispensable a esas alturas.

Las raíces se habían hundido tan profundamente que dolían. Se habían vuelto carnívoras y se alimentaban de la vida. Había lazos que lo eran todo y llevaban a la muerte. Había vínculos que nutrían a la vez que aniquilaban.

La cuchilla aún manchada de sangre brilló a la luz de la linterna. La tierra fue removida, la mano esquelética resurgió de la oscuridad en el bosque silencioso. El cuchillo fue colocado entre las falanges consumidas que habían sido dedos.

El mal se transmite. El amor era la culpa. El amor había matado.

El resto era tan solo devoción y sacrificio.

73.

El mal, acaso, no se transmitía de padre a hijo como una maldición lanzada por un dios airado y vengativo. Massimo, por primera vez, se permitía a sí mismo esperarlo. Se aferraba a las palabras de Teresa Battaglia para salir definitivamente de la cárcel del miedo. Ella lo había guiado trazando un camino con su propio dolor: le había mostrado el pasado que aún custodiaba en su corazón. No debía de haber sido fácil para ella, por cómo era, por el cargo que ocupaba. Le estaría siempre agradecido.

Se reunió con la comisaria en una dirección que le había enviado al móvil, pero antes de subir al piso, con la salida del sol, Massimo siguió su consejo.

Cuando su madre contestó el teléfono, Massimo ni siquiera le dio tiempo para saludarlo.

—Sé lo doloroso que es lo que voy a decirte —arrancó. Se la imaginó sentada en la butaquita al lado de la consola, con el teléfono entre los dedos carentes de anillos. Quizá estuvieran temblando.

—Cuando ocurrió aquello..., cuando él murió —prosiguió—, pensé que te había salvado, mamá. Por fin éramos libres. No entendía tu silencio, no entendía por qué ya no me mirabas a los ojos. Me sentía como un monstruo.

La voz se le quebró en la última palabra y del otro lado le llegó un sollozo atenuado.

—¿Pero ahora entiendes por qué lo hacía?

—Sí, eso creo.

—Dímelo, Massimo. Por favor.

—Te perdono, mamá.

El muro que los separaba empezó a disolverse en las lágrimas de su madre. No iba a ser fácil recuperar los años de malentendidos y de soledad recíproca. Algo de lo que se había roto nunca volvería a ser como antes, pero aún podía reconstruirse. La superficie de sus sentimientos quedaría desigual, como si una cicatriz surcara los ojos y las palabras, pero de alguna manera los uniría de nuevo.

—No fui capaz de protegerte —dijo después de haberse calmado—, pero tú eres diferente: de mí, de él, del desierto de sentimientos en el que creciste. Serás un padre fuerte y cariñoso. Es tu oportunidad de ser feliz.

Massimo no le dijo que ya había pagado un precio demasiado alto por su renacimiento: Elena se había marchado el día anterior.

Había estado fuera del hotel toda la noche, mirando el cielo negro entre las farolas, sentado en la acera. Había resistido el impulso de correr a la estación de tren, como si aún pudiera encontrarla esperándolo, protagonista de un cuento de hadas con un final feliz.

Elena no había contestado a sus llamadas, los papeles se habían invertido. Si Massimo no había montado en el coche para conducir durante horas y reunirse con ella, fue solo porque había un asesino suelto; fue solo porque alguien había embadurnado la puerta de su casa con pintura roja como la sangre, en un acto intimidante aún por aclarar. Fue solo porque, junto a él, ella no estaría a salvo, aunque por razones distintas a las que había imaginado hasta ese momento.

No podía traerla de nuevo allí, ni tampoco podía abandonar a Teresa Battaglia. A veces, hacer lo correcto es un acto que requiere frialdad, para el que hay que despojarse del ímpetu y revestirse de lejanía. Esa noche, sin embargo, fue la primera en la que Massimo fue capaz de apagar la luz. Ya no había monstruos.

Se despidió de su madre con la promesa de ir a verla pronto. Tenía la cara tibia a causa de los rosados rayos del sol y subió al piso en el que la comisaria Battaglia lo estaba esperando. Fue Blanca quien abrió.

—Hola —la saludó, poniendo una sonrisa sincera en su tono.

—Hola —dijo ella.

Massimo observó fascinado su habilidad para dirigir la mirada hacia sus ojos siguiendo el rastro de la voz. Una sola palabra le era suficiente para trazar el mapa facial de su interlocutor y encontrar su mirada. Probablemente no lo hacía por sí misma, sino para no hacer sentir incómodo a quien tenía delante.

Lo invitó a sentarse. La casa era espartana, humilde, y a Massimo se le encogió el estómago al pensar en lo desagradable que había sido su actitud hacia ella. Debería haber recibido con consideración y respeto a esa joven guerrera.

Smoky lo miraba con gesto de aflicción desde el sofá, con la cabeza entre las patas. Nunca lo había visto tan deprimido.

—¿Qué le pasa? —preguntó.

—Está castigado. Ha montado una buena.

Massimo olfateó el aire. Olía a caldo.

—He traído el desayuno —dijo, poniendo el paquete de bollos todavía calientes en sus manos—. Pero veo que ya estás preparando el almuerzo.

Blanca dio un respingo mientras les llegaba un golpe de tos que salía de la cocina.

El paquete cayó al suelo y ambos se inclinaron para recogerlo.

—Ya lo hago yo —se ofreció Massimo.

Blanca se había sonrojado y parecía incómoda. La ayudó a levantarse.

—¿Te encuentras bien? —le preguntó.

Por la puerta de la cocina se asomó la comisaria Battaglia.

—Está muy bien, gracias —zanjó rápidamente—. ¿Por qué no te sientas en el salón?

Massimo miró el sofá. Era el único lugar para sentarse y estaba ocupado por un perro que nunca había mostrado excesiva simpatía hacia él. Volvió a mirar a la comisaria.

—Prefiero la cocina.

—Pues en la cocina no puede ser.

El sonido de un objeto que se rompía señaló la presencia de alguien más en la casa. Teresa y Blanca desaparecieron, con una expresión preocupada que sorprendió a Massimo. Quizá fuera un pariente de la chica, pensó, pero entonces no se explicaba la intervención de la comisaria.

Al quedarse solo, miró a Smoky. Casi le dio pena, con esos ojos tristes y las orejas gachas.

Se acercó para intentar una caricia y apenas tuvo tiempo de retraer su mano antes de que un mordisco fulminante se cerrara en el aire.

—¡Lo sabía! —espetó—. Hay algo inquietante en ti, ¿lo sabes?

El animalillo había vuelto a su quietud e infelicidad.

Una olla en el fuego rezongó con rabia, la tapa de metal repiqueteó varias veces como un clavicordio enloquecido, mientras el agua chisporroteaba sobre la llama, extinguiéndola.

Massimo dejó el paquete sobre la mesa y se apresuró a cerrar el gas. El hornillo estaba recubierto de caldo pegajoso y de olor intenso.

—Adiós al almuerzo —susurró, levantando la tapa con un paño.

El grito se le escapó sin que pudiera reprimirlo, mientras daba un salto hacia atrás entre sillas que se volcaban y Smoky, que acudía ladrando.

—¡Cristo bendito!

El perro no pudo hincarle el diente en la pantorrilla, pero se ensañó con los pantalones furiosamente, tirando de la tela hasta desgarrarla. Era el último de los problemas de Massimo, porque en la olla, inmersa a medias en el caldo, una calavera lo estaba mirando con una expresión casi asombrada.

Sintió la rabia crecer dentro de él.

Ella. Ella lo sabía.

—¡Comisaria! —gritó, todavía luchando con Smoky.

Teresa Battaglia apareció con toda calma, apartó al perro y volvió a poner la tapa sobre la olla.

—Lo de dedicarte a tus asuntos no va contigo, ¿verdad, Marini? —rezongó.

Massimo no daba crédito. Ahora era culpa suya. Se puso de pie, sin comprobar siquiera los daños en sus pantalones, y señaló el hornillo con el dedo.

—Hay un cráneo humano ahí dentro —silabeó.

La comisaria no parecía afectada por su vehemencia.

—Ya lo sé, Marini.

—¿Y le parece normal? —replicó él, con la voz ahogada en la garganta.

—He tenido que esterilizarlo —le explicó Blanca. Había llegado en silencio y parecía consternada—. Smoky lo había robado, estaba jugando con él. Si no, no podría usarse para el entrenamiento, contaminado con su olor —se retorció los dedos, avergonzada—. Una pena, ¿no?

Massimo estaba atónito. Miró a Teresa y levantó las manos.

—No quiero saber nada —dijo, retrocediendo. Las señaló—. Estáis las dos igual de locas, por eso os entendéis tan bien.

Se volvió y no pudo dar un solo paso. Elena estaba delante de él. Parecía recién levantada, aún llevaba el pijama y tenía el pelo enmarañado.

—¿Qué haces tú aquí? —le preguntó después de un momento de extravío. Su corazón se había vuelto loco. Massimo se dio cuenta de que era la pregunta menos apropiada cuando la vio alzar una ceja.

—Teresa estaba preocupada por mí —respondió secamente—. Y Blanca ha tenido la amabilidad de ofrecerme su casa. Estaba buscando una coinquilina y yo no podía seguir alojándome en el hotel.

Él tragó saliva. Había sido un idiota.

—¿Qué tal estás? —le preguntó con dulzura.

Ella se tocó el vientre.

—Bien, pero las náuseas no me dan tregua.

No me extraña, pensó él. *Había una calavera hirviendo en la olla de la cocina.*

—Con este olor es normal —dijo.

Ella frunció el ceño.

—¿Qué olor?

Massimo se acordó del paquete con el que había entrado. Lo tomó y se lo ofreció.

—He traído el desayuno —dijo con todo el amor que sentía por ella.

Por ellos.

Pero Elena no sonrió como hubiera esperado. La vio llevarse una mano a la boca y palidecer antes de agacharse.

Pensó que efectivamente el embarazo era algo mágico. Un hechizo tan poderoso como para hacer que el olor a huesos humanos pareciera normal y el de azúcar y vainilla, repugnante.

Elena acababa de vomitarle en los zapatos.

74.

Teresa hundía los ojos en la historia de Alessio y Aniza. Una vez más, en casa del pintor, observaba el cuadro en el que Francesco, de niño, mataba su inocencia, con un fusil en sus pequeñas manos y el miedo en los ojos ante un gesto demasiado grande, que habría de enseñarle el significado de las palabras «remordimiento» y «culpa».

Admiró nuevamente la maestría con la que Alessio Andrian había pintado la cadena de emociones en los rostros de los personajes, la semejanza de Francesco con su hermana, que a diferencia de él tenía los ojos claros como el hielo de una tierra lejana, el dinamismo vivo y poderoso de sus cuerpos. Era un cuadro plástico, matérico, cuyos personajes daban incluso la impresión de estar en manos de quien lo contemplaba. A pesar de todo, en su amalgama de ceras y de colores acarreaba un ingrediente que la perturbaba desde la retaguardia de su inconsciente. Teresa no conseguía aún ponerle nombre.

—Todavía no le he dado las gracias. Siempre estaré en deuda con usted.

Se volvió hacia Marini. Las sombras del pasado habían dejado por fin de ensombrecer la cara de aquel chico. La tirita en la frente, su labio herido y una leve contusión en un pómulo parecían los últimos restos de una guerra ya ganada.

—¿Elena te ha perdonado? —le preguntó.

—No.

Teresa se quitó las gafas y se las limpió con una manga.

—Pues entonces no cantes victoria, puede que te reemplace pronto.

Él sonrió.

—Me lo merecería, comisaria.

—No puedo estar más de acuerdo.

Raffaello Andrian los llamó desde el pasillo. Su tío estaba listo para recibir visitas.

Alessio Andrian estaba tumbado en la cama, pero no dormía. Los cojines en los que apoyaba su espalda lo incorporaban lo suficiente como para no perder el contacto visual con el bosque que parecía obsesionarlo.

Teresa lo veía ahora con los ojos del pasado: se lo imaginaba de joven, un chico que intentaba sobrevivir a una guerra que, al igual que sus compañeros, no había deseado, ni entendido.

Un héroe romántico, a ojos de Aniza. La había protegido arriesgando su propia vida, durante la incursión de los invasores. Se imaginó sus encuentros clandestinos, los besos robados en la noche, el bosque como único testigo.

La *Ninfa durmiente* no era una obra aberrante pintada con la muerte, sino el retrato de un amor perdido para siempre, un acto desesperado para mantenerla a su lado.

Marini le pasó las fotos que aún no había incluido en el expediente de la investigación.

Una hora antes había llegado la confirmación de que la huella ajena encontrada en la *Ninfa durmiente* pertenecía a Carlo Alberto Morandini. El cotejo con las huellas dactilares halladas en las fotografías conservadas por su hija no dejaba lugar a dudas. El partisano violinista estaba al lado de Andrian cuando pintó el cuadro. Tal vez lo hubiera tocado tratando de disuadirlo de una locura, o tal vez quisiera quitarle también ese recuerdo de ella. Quería robársela, en todos los sentidos, a quien la amaba.

Dejó las fotos sobre la cama, al lado de las manos de Alessio. Representaban a Cam a los diecisiete años, poco antes de abandonar el conservatorio para echarse al monte y unirse a los partisanos.

Se sentó al lado del hombre.

—Sabemos que Cam estaba allí contigo y con Aniza la noche que ella murió —dijo—. Es a él al que ves cuando miras el bosque, ¿verdad?

Por primera vez desde que lo conocía, los ojos de Andrian abandonaron el bosque y se posaron en ese rostro del pasado.

Los dedos recorrieron con dificultad las fotografías, con una lentitud que mostraba cada gramo del peso de todos aquellos años que había pasado inmóvil. Al final se cerraron para apelotonar las imágenes.

Raffaello se acercó rápidamente.

—Tío, no —le rogó, pero Teresa le indicó que le dejara.

Acercó la cara a la de Andrian.

—¿Fue Cam quien la mató? ¿Cómo? —preguntó.

Andrian había vuelto a ser una estatua. Teresa intentó una y otra vez establecer contacto con él, pero el hombre se había refugiado en su mundo de recuerdos y silencio y había bloqueado el acceso.

Se levantó con un suspiro y se encaminó hacia la salida, cuando un marco de fotos cayó al suelo desde la mesita de noche. Teresa se dio la vuelta y la colocó en su sitio. Cuando estaba otra vez en la puerta, la foto cayó de nuevo.

Teresa miró a Marini y se dio cuenta de que él también había tenido la misma idea: había sido Andrian quien la había tirado al suelo, con un movimiento imperceptible del hombro.

La imagen era un retrato de su sobrino Raffaello.

75.

Cuando Parisi abrió la puerta y Blanca y Smoky salieron del vehículo de servicio, los ojos de todos estaban clavados en ellos. Habían llegado a la escena del asesinato de Emmanuel Turan para intentar una empresa temeraria: localizar el cuerpo de la víctima y demostrar a todos que ese perro trasquilado y la chiquilla que lo guiaba eran tan excepcionales como se decía. Teresa había tratado de sofocar la fama que los precedía, pero no le había quedado más remedio que facilitar cierta información. Los rastreadores de policía recibieron a la joven con un irritante paternalismo. Convencidos de haber ganado ya el ridículo desafío que según ellos representaba la iniciativa de Teresa.

—Hemos explorado de forma sistemática la mitad del bosque. Si aún no lo hemos encontrado, significa que el cuerpo no está aquí —le había dicho poco antes el responsable de la búsqueda.

Teresa estaba convencida de lo contrario, pero no había replicado: hubiera significado tachar de fracaso la labor de él y del equipo que dirigía. Quería responderle con hechos.

El murmullo divertido se apagó cuando Blanca apoyó su bastón para invidentes en el terreno. Dio sus primeros pasos en un silencio que gritaba «eres una discapacitada» y «este no es lugar para alguien como tú». El repiqueteo del palo, sin embargo, hablaba por ella: rápido y decidido. Definitivo, en cierto sentido.

Teresa la observó avanzar con un orgullo que no se molestó en ocultar.

—Se la van a comer viva —oyó decir a Marini. Estaba preocupado.

—No creo que ella se lo permita —respondió—, pero en cualquier caso aquí estamos nosotros.

El jefe del equipo de los rastreadores se acercó hasta ella con una expresión furiosa.

—¿Qué clase de broma es esta? —espetó.

—Carezco de sentido del humor, todo el mundo lo sabe —dijo Teresa, sin mirarlo siquiera.

—¡Esa chica es ciega!

—Pero mi perro ve perfectamente bien —replicó Blanca detrás de ella.

A Teresa se le escapó una sonrisa. Quién sabe cuánto esfuerzo le habría costado esa respuesta ocurrente.

El hombre se dio la vuelta, avergonzado. Frente a esa figura diminuta y pacífica, perdió toda su agresividad.

—Chica, no pretendo ser grosero, pero...

—Pues entonces no lo sea.

Él miró a Teresa. Con un gesto de asentimiento que podría haber significado cualquier cosa —un apoyo arrancado a última hora como una toma de distancia frente a la locura— se retiró entre las hileras que formaban sus hombres.

Los perros pastores alemanes de los rastreadores habían comenzado a mostrar signos de impaciencia, que se convirtieron en ladridos furiosos cuando Smoky orinó con calma ante sus narices. Él también había querido dejar las cosas claras.

Teresa se apartó con Blanca y Marini.

—¿Cómo te sientes? —le preguntó a ella.

—Lista.

La agarró del brazo suavemente.

—Tómate todo el tiempo que necesites —le dijo—. Y no te preocupes por nosotros.

La joven asintió.

—No tenemos ni idea de lo que el asesino ha podido hacer con el cuerpo —prosiguió Teresa—, pero estoy bastante segura de que está aquí, en alguna parte. Transportarlo a otro lugar no habría tenido sentido: sería demasiado arriesgado y supondría un gasto energético considerable.

Blanca levantó la vista, como buscando el viento. Parecía estar persiguiendo los rastros olfativos que pudieran guiar a Smoky hasta una tumba oculta. La reverberación del bosque, esa tonalidad particular de sombra y de luz que Francesco había definido como «laguna verde», se reflejaba en sus iris opacos y los iluminaba con sus reflejos.

—En estos bosques hay jabalíes, por todas partes: si no se recupera de inmediato o si no ha sido enterrado, es difícil encontrar un cadáver entero —le explicó.

—¿Por dónde quieres empezar? —le preguntó Marini.

Ella reflexionó, se subió la cremallera y la capucha de la sudadera. Se había levantado un viento que le removía el pelo sobre la cara, ondas azules que olían a flores.

—Por las orillas del río o donde haya agua —respondió muy segura—, porque los animales llevan y consumen el alimento donde también pueden calmar su sed. ¿Alguien tiene un mapa y puede verificarlo, por favor?

A su alrededor, los hombres se agitaban como caballeros serviciales, arrancándole una sonrisa a Teresa.

—Tenemos que subdividir el área en zonas de unos diez metros por diez —prosiguió Blanca—. Verificaremos que los perros olfateen por todas partes, en cada hoyo y en cada grieta. Los entierros se distinguen por una superficie diferente de la vegetación circundante. Más oscura, blanda, removida, con plantas cortadas o desgarradas. Si la vegetación, aunque solo sea un poco de hierba, ya ha vuelto a crecer, será más exuberante que la limítrofe.

Se aisló un área de interés en el mapa: un kilómetro cuadrado aproximadamente, desde donde Emmanuel Turan había sido asesinado hasta el lecho del Wöda. Empezarían por allí.

—¿Cuánto tiempo tenemos antes de que llegue Lona? —preguntó Marini en voz baja.

—Muy poco, en cualquier caso —respondió Teresa—. Preparémonos para lo peor.

—Ya no se nota el viento —dijo Blanca. Pidió que le acercaran una mochila y sacó un tarro. Marini se inclinó sobre la oreja de Teresa.

—¿*Polvos de talco?* —susurró.

—Chisss. Déjala actuar.

La joven se echó un poco de polvo perfumado en una palma y lo dejó deslizarse entre sus dedos. Era tan impalpable que indicó la presencia de una ligera brisa.

—¿De qué parte sopla? —preguntó.

—Noreste —respondió Marini.

Ella asintió y se acuclilló junto a Smoky. Teresa no pudo escuchar lo que dijo, se imaginó que las palabras eran solo un susurro.

Ánimos, confianza, afecto, unión, simbiosis eran solo algunos de los términos que cobraron forma en los pensamientos de la comisaria. Pensó que ese perro, para la joven, era mucho más que un compañero con el que conseguir que las dificultades cotidianas fueran más aceptables: era una extremidad viva de su propio ser, un sentido adicional para percibir el mundo. Sin duda alguna, una parte palpitante de su corazón.

—Empezar la búsqueda contra el viento ayuda a los perros —les explicó Blanca, poniéndose de pie—. Siguen el «cono de olor» hasta la fuente. Las moléculas olfativas llegarán incluso desde lejos, si tenemos suerte.

Dobló el bastón retráctil y se lo guardó en el bolsillo trasero de los vaqueros. Teresa trató de imaginarse cómo debía de ser el caminar en la oscuridad sobre el terreno accidentado de un bosque, el miedo constante a poner un pie en falso, la sensación desestabilizadora de no saber nunca quién o qué se tiene delante de los propios pasos, ya sea el vacío o un obstáculo capaz de lastimar. Blanca no corría ningún riesgo, Smoky y los demás operadores iban a estar con ella, pero quizá fuera ese el aspecto más difícil: confiar, lo suficiente como para entregarse a otra persona.

Teresa tenía una teoría sobre su renuncia al uso del bastón durante la búsqueda: Blanca quería hundir sus sentidos en el mundo que la rodeaba, profundizar tanto como para percibirlo con la desesperada claridad de quienes se ahogan en él. Durante las tardes que pasaban charlando, le había puesto un ejemplo palmario.

«¿Has intentado buscar alguna vez algo a tientas sin poder mirar?», le había preguntado. «Las llaves, un pañuelo en el bolso. Están allí, lo sabes, pero podrías pasar horas sin encontrarlos. En ese espacio estrecho, pasan entre tus dedos docenas de objetos que apenas puedes reconocer.»

Teresa había asentido. Le sucedía a menudo, con las prisas.

«Luego, basta con un vistazo rápido, unos segundos, y encuentras lo que estás buscando. Los sentidos han registrado las coordenadas y redibujado el mapa. ¿Sabes por qué?», le había preguntado. «Porque crees conocer lo que te rodea, pero en realidad lo único que tienes es una imagen, y ni siquiera muy precisa. Sabes muy poco o nada sobre la forma, las proporciones, el peso, la superficie. Lo entiendes cuando la imagen se oscurece y tu vista te abandona. Yo he tenido que aprender a ver con el tacto, con el oído y el olfato. Lo que percibo con los sentidos a muchos probablemente aún les está vedado.»

Para Teresa había resultado esclarecedor.

La observó buscar las correas del arnés de Smoky y adentrarse al paso con él hacia el bosque, siguiendo el límite ideal de la cuadrícula trazada en el mapa. Se habían tendido hilos entre los árboles pensando en ella, para que sus sentidos pudieran aferrarse a algo material. La cuerda dividía el área que había que rastrear en sectores, pero la muerte no seguía instrucciones y la esperanza era que los sentidos de los perros la identificaran dondequiera que estuviese, aunque solo a causa de una ráfaga que el viento trajera por unos instantes.

—Esto es un océano de zarzas y cavidades, de boscaje tupido y laderas que se desmoronan fácilmente —murmuró Marini al cabo de un rato—. Tendrán que ser los mejores de todos si quieren encontrarlo.

—Lo son —respondió Teresa.

—Tal vez no sea aquí donde tenemos que buscar.

—Yo, en cambio, no tengo la menor duda. La víctima era vieja y menuda, un cuerpo consumido, pero no dejaba de ser un adulto. El asesino no puede haberlo transportado durante kilómetros, ni siquiera creo que se lo haya llevado a otra parte del bosque: ¿por qué motivo? Aquí tenía a su disposición un escondite perfecto.

—Sobre eso no hay duda alguna, el fracaso de la búsqueda lo demuestra. Tal vez solo sea cuestión de tiempo.

—Es el único recurso que no tenemos.

Teresa se volvió para mirar hacia la carretera. Temía la llegada de Albert, la devastación de intenciones y motivaciones que traería consigo.

Marini pareció leerle el pensamiento.

—Entonces, Lona es así porque usted lo rechazó.

Teresa meneó la cabeza sin mirarlo.

—Es así porque así es su naturaleza. Pagué un precio muy alto por mi libertad. Él me ofrecía un atajo que en realidad me habría llevado exactamente a la situación de la que estaba tratando de escapar: era solo otro hombre hambriento de posesión. Todavía lo es. La suya es una violencia psicológica no menos repugnante que la física.

Cerró los ojos. Por un momento, el bosque había girado vertiginosamente a su alrededor. Quizá fuera el peso de los recuerdos, quizá el de la enfermedad. Los abrió de nuevo, pero la sensación de vértigo no había pasado. Tuvo que apoyarse contra el coche. Marini la sujetó de inmediato.

—¿Qué ocurre?

—Me he mareado.

La ayudó a sentarse y se arrodilló a su lado.

—Puede ser una bajada de tensión —dijo, tomándole el pulso.

—No es nada.

—Tiene los latidos acelerados.

Teresa retiró el brazo.

—Dios santo, no es nada.

—¿Se ha puesto la inyección de insulina?

Teresa no respondió.

—¿Comisaria?

No me acuerdo. No tengo la menor idea.

El malestar crecía, se había extendido a las manos, que temblaban visiblemente.

Agarró el móvil: la pantalla señalaba varios avisos automáticos de los que Teresa había hecho caso omiso. No había escuchado el tono de llamada y la hora de la inyección había pasado hacía un buen rato.

—Mierda —murmuró, luchando contra las náuseas que le surgían del estómago vacío. Buscó el lápiz de insulina en el fondo del bolso, rezando para que hubiera una de efecto rápido.

—Déjeme que la ayude —Marini la encontró en su lugar, pero Teresa se la quitó.

—Ya puedo yo —dijo. En ese momento el lápiz se le cayó de la mano. El temblor era incontrolable.

—¡Comisaria, hágame el favor de estarse quieta!

Teresa enmudeció. Le habría replicado con mucho gusto, si tan solo la lengua no hubiera comenzado a bailar el chachachá en el paladar. Tenía una seria hipoglucemia.

—Vamos, explíqueme qué he de hacer.

El tono de Marini era resuelto pero tranquilo. Teresa saboreó su calma, tan reconfortante. Se rindió a la evidencia: tenía necesidad de ayuda. Tenía necesidad de él.

Le dio las oportunas indicaciones, manteniendo la cara apartada, los ojos fijos en otra parte, en las flores del borde de la carretera, en una mariposa que descansaba sobre ella, en pensamientos hermosos pero forzados. No muy lejos de allí estaba la colina donde Andrian había pintado el cuadro que representaba al pequeño Francesco. Podía entrever su cima: la parte superior del tilo se balanceaba con un viento suave.

—No la está mirando nadie —le oyó decir.

Como si ese fuera el problema.

—Tú tienes ojos, si no me equivoco —respondió secamente.

Marini se rio en voz baja, levantándole el jersey mientras ella se bajaba el borde de los pantalones.

—Me apuesto algo a que me los sacaría de buena gana —contestó él—. Usted también sabía cosas sobre mí que hubiera preferido callar. *Do ut des.* Me parece un intercambio justo.

—¿El qué? ¿Mirarme el culo?

—Comisaria, si sus glúteos estuvieran aquí, tendría serios problemas.

No pudo evitar sonreír ella tampoco. Tal vez fuera solo un acto involuntario, una oposición instintiva a la conciencia de su piel desnuda y vieja bajo la mirada de él, de los rollitos de chicha en su vientre que a ese chico fuerte y entrenado debían de parecerle más horribles de lo que realmente eran. Teresa nunca se había sentido tan expuesta y frágil, tan decadente.

La insulina hizo su trabajo y él bajó el telón del cuerpo de Teresa.

—Existen dispositivos electrónicos que podrían mejorar su vida —dijo.

Teresa lo sabía, pero en los últimos tiempos había estado tan ocupada tratando de no perder sus recuerdos que la diabetes, las bombas de insulina y todo lo que implicaba habían sido degradadas al fondo de la lista de las cosas importantes por hacer.

—Gracias —resopló. Estaba enfadada consigo misma.

—De nada. ¿La acompaño a casa?

Teresa se levantó con cautela.

—De ninguna manera.

—¿Adónde cree que va?

—A mi sitio, que no está aquí en la retaguardia.

Parisi se unió a ellos.

—Comisaria, Francesco Di Lenardo ha llamado preguntando por usted. Tiene algo que contarle.

Teresa miró a Marini y luego otra vez a su compañero.

—¿Ha explicado la razón?

—No, pero parecía urgente. Estaba nervioso. Lo único que ha dicho es que no podía esperar.

La expresión de Marini se hizo más atenta.

—Krisnja nos dijo que Francesco vive atormentado —dijo—. ¿Y si fuera por los secretos?

76.

La casa de los Andrian lindaba con un bosque de llanura. Nada que ver con la majestuosidad de las florestas más septentrionales, donde la región se extendía más allá de la cuenca alpina y se separaba geográficamente de Italia para unirse a la cuenca hidrográfica del mar Negro. Una tierra tan cercana y tan lejana. En todos los sentidos.

Eran bosques suaves, los de llanura, que poco tenían de silvestre. Eran como el pelaje aterciopelado de un gato doméstico, en comparación con el manto hirsuto y grasiento de un lince salvaje: similares en apariencia, pero profundamente diferentes.

Con todo, eran lo suficientemente tupidos como para ocultar la sombra que no dejaba de observar al viejo pintor. Con paciencia, el *Tikô Wariö* llevaba ya un buen rato escrutando la máscara de vetusto livor que tenía como rostro Andrian. Igual que un viejo ciervo, el pintor había encanecido bajo el peso de la corona de cuernos que sostenía, soberano de un mundo perdido hacía tiempo. Sin embargo, no habría dudado en empujarla con fuerza contra el pecho de su oponente, si hubiera podido. Su mirada negra, incluso desde la distancia, era una declaración de guerra que seguía gritando desde hacía décadas.

El *Tikô Wariö* salió de la vegetación y se encaminó hacia él. A cada paso veía su expresión cambiar imperceptiblemente, como el cielo primaveral que se cernía sobre ellos: tan voluble en su estado de ánimo, tan violento en cada reacción.

La tumba viviente que Andrian había hecho de su propio cuerpo lo anclaba al mundo. El «feroz guardián» se preguntó si la inmovilidad amplificaría la percepción de la realidad y del peligro. Creía que sí.

Se acercó a la ventana con los ojos clavados en los suyos. Vio los del anciano dilatarse en su rostro demacrado, pálidos como el mármol de un sepulcro.

La boca de Andrian se abrió en un grito silencioso, y el *Tikô Wariö* lo imitó.

357

77.

No acabo de sentirme cómoda con este nuevo diario. Es como reemplazar a una persona a la que no encontramos: ¿es posible algo así? Seguimos buscándola. Enloquecemos por ella. Nos arranca la vida. Es su ausencia, paradójicamente, la que la vuelve siempre presente y tangible. Es el vacío lo que define su importancia, su llenarse de lágrimas, hasta el borde y más allá. Es una lluvia al revés, hacia el cielo.

Me pregunto qué sentirá el asesino leyendo acerca de él entre líneas. Si su mente psicótica se reconocerá y si sentirá piedad por sí mismo.

Quizá algún día lo entienda mirándolo a los ojos.

Francesco los miraba con resignación. Los había hecho pasar sin decir una palabra. Encorvado, demostraba de repente todos sus años.

El peso de la culpa, pensó Teresa. Lo afrontó sin tergiversaciones, decidido a no irse sin haber obtenido lo que había venido a conseguir: la verdad.

—Este es el momento de liberarse del peso —le dijo.

Él asintió.

—Por eso les he llamado. Estoy listo.

—El pacto que hicieron de niños escondía un secreto, ¿no es así? Un secreto que les ató hasta la muerte.

Francesco suspiró. Una larga expiación.

—Ese maldito día —dijo—, después de disparar al alemán, nos acercamos hasta él para ver si estaba muerto. Solo Ewa y yo, cogidos de la mano y temblando. El partisano, en cambio, permaneció escondido entre los árboles, diciéndonos que no lo hiciéramos, que podría haber otros. Él ya sabía cuál sería la terrible venganza del mando alemán.

Se interrumpió, pero Teresa no podía permitir que siguiera escondiéndose.

—¿Qué vieron? —preguntó instintivamente.

—Sangre, pero no tanta como me esperaba. Recuerdo haber pensado que no era suficiente para un hombre muerto. Más tarde comprendí que tenía razón: el soldado solo se había desmayado. Un fuerte golpe en la cabeza a causa de la caída y un rasguño en el brazo, donde la bala lo había rozado de rebote. Regresó para vengarse junto con sus compañeros, pero no era solo eso lo que vino buscando.

Teresa prestó mayor atención.

—¿Qué quiere decir? —preguntó.

Francesco sostuvo su mirada, pero estaba claro que le costaba un gran esfuerzo.

—Le robamos —confesó, con voz temblorosa—. Robamos a un hombre que creíamos muerto.

Teresa sintió compasión por él. Cuánto tormento, por una baladronada infantil.

—No eran más que unos críos —dijo—, no podían hacerse cargo de la guerra ni de la muerte.

Él se encogió de hombros, con los ojos brillantes.

—Tal vez, o tal vez solo nos comportamos mal, ¿quién puede decirlo a estas alturas?

—¿Recuperó el alemán lo que le había sido sustraído? —preguntó Marini.

—No, no le dio tiempo. La llegada de los partisanos, los disparos... Desapareció junto con sus compañeros y nunca más volvieron a las aldeas. La guerra estaba llegando a su fin, todos lo sabían ya. Los alemanes levantaron el campamento unos días después. En todo caso, él tampoco pudo revelar nuestro secreto, porque le habíamos robado a un ladrón.

Teresa se inclinó hacia él y lo animó con un gesto a continuar.

—Le encontramos encima, envuelto en una tela y pegado al pecho con una cinta, un icono —siguió contando Francesco—. Era la efigie de una Virgen, quién sabe en qué iglesia la habría robado. Una Virgen muy hermosa y reluciente. Recuerdo sus maravillosos rasgos, la plata y el oro que la hacían brillar al sol como una estrella en nuestras manos. ¡Dios mío, qué extraordinarias eran las alas desplegadas de los ángeles que la honraban! Nunca había habido algo así aquí en el valle. Nunca habíamos visto tanta belleza. Quedamos prendados.

—¿Y qué pasó después?

—Ewa la cogió y huyó. Emmanuel y yo la seguimos.

Teresa cruzó su mirada con la expresión de asombro de Marini.

—¿Emmanuel Turan? ¿Estaba con ustedes? —preguntó.

Francesco asintió

—Emmanuel nos seguía siempre. A veces le permitíamos quedarse con nosotros, otras lo espantábamos. Siempre había sido raro, diferente, y los niños pueden ser muy crueles.

—¿Volvieron a donde estaba Cam?

—¡No, no! Hicimos caso omiso a sus llamadas y nos refugiamos en el bosque. Nos había visto, sabía lo que habíamos hecho y quería el icono. Nos atormentó durante días. Nos seguía en secreto. Lo veíamos observándonos desde los árboles. Teníamos miedo, nos aterrorizaba. Por la noche tiraba piedras a la ventana de nuestra habitación. Ewa, sin embargo, se negaba a entregárselo. ¿Cómo podíamos poner esa virgencita en sus sucias manos?, decía. No podía ser. Juntos decidimos hacer lo único posible.

—¿Y eso fue? —le instó a continuar Marini.

Francesco levantó la mirada hacia él.

—Lanzamos el icono al río, justo ante sus ojos. Lo vimos zambullirse para recuperarlo, pero ya había desaparecido en la corriente. Lo dejamos allí, desesperado y solo, inmerso en el agua helada del Wöda. Desde entonces, no lo volvimos a ver.

Carlo Alberto Morandini jamás se dejó ver ante los niños, pero eso no significaba que se hubiera alejado, pensó Teresa. Había regresado, había seguido gravitando alrededor de ellos y del valle, como un planeta alrededor de un sol, prisionero de su fuerza. El icono tal vez fuera esa obsesión que nunca lo había abandonado. Teresa le preguntó a Francesco qué había sido de la pieza.

—Se perdió en la corriente, para siempre —respondió—. Forma parte de este valle, ahora, con sus gemas y sus incrustaciones de plata.

Exactamente igual que Aniza, pensó Teresa.

Marini se apartó para responder una llamada y poco después le hizo gestos de que se acercara a él.

—Tenemos malas noticias y un problema —le anunció, con expresión mucho más que seria—. Alessio Andrian ha sufrido un infarto, está grave.

Teresa se sintió desfallecer.

—¿Y el problema? —preguntó.

—Blanca. Está convencida de haber encontrado los restos... No son humanos, comisaria.

78.

—Salve, Gran Virgen, gloriosa Puerta del Cielo. El día está terminando y casi ha llegado la noche. El sol se pondrá pronto y las estrellas se levantarán. Este es el rito sagrado de la Noche, para que se cumpla el día de la luz.

La oscuridad se vio iluminada por llamas dóciles.

—Con el fósforo enciendo el fuego en el altar preparado para ti, oh, gloriosa. Arden las rubias lágrimas del incienso nocturno, para que mi alma pueda abrirse a tu misterio.

De la resina se levantaron espirales grises de un humo aromático.

El icono resplandecía ante los fulgores del fuego sagrado. El oro y la plata brillaban como fragmentos de astros caídos del cielo. La cara de la Virgen se entreveía apenas bajo el velo negro que la ocultaba. Era un reflejo que parecía seguir la mirada de quien la observaba. Su belleza era un compendio del universo.

—Llevo al *Tikô Wariö* dentro de mí. Estoy de guardia. Y llevo al *Tikô Bronô* dentro de mí. Te protejo. Tributo a ti las palabras inscritas en la mágica Pirámide de Unas, las palabras de los grandes místicos del pasado, las dulces canciones de Píndaro y Apuleyo.

Manos unidas y una cabeza inclinada la saludaron.

—Te llamo con tus Grandes Nombres, oh, Madre. Engendradora del Origen. Reina de los espíritus. Compasiva soberana de los desolados silencios de los Infiernos. Aquella a la que la noche cierra las puertas del mundo subterráneo. Gran hechicera que cura. *Regina Coeli.*

Las rodillas se doblaron, la frente tocó el suelo.

—El Cielo te honra y el Infierno te respeta. Las estrellas, las estaciones y los elementos te obedecen. A ti, que haces rotar los planetas e iluminas la Oscuridad. La Gentil. La Una secreta. *Hent. Heqet.*

Los labios besaron el polvo.

—Seguidor fiel, me inclino ante Ti, *Mater Dei.*

79.

Teresa se abrió paso entre la multitud de curiosos. La noticia de que la policía por fin había encontrado algo en el bosque ya se había filtrado. Ese algo, sin embargo, no era lo que Teresa se auguraba.

Cruzó la cinta que delimitaba el área prohibida a los civiles y se adentró en el bosque. A cada paso sentía la mano de Marini sosteniéndola por un codo. Se mordió la lengua y consintió en que lo hiciera, porque caerse rodando frente a esos hombres aguerridos y dispuestos a mofarse de ella no era una alternativa que pudiera tomar en consideración. No en esas circunstancias, cuando su autoridad tenía que ser más firme que nunca y proteger a los que confiaban en ella.

—Joder —imprecó Marini. Fue una de las pocas veces que lo escuchó maldecir.

Tenía buenas razones para ello, pudo darse cuenta cuando levantó la vista: Blanca estaba en mitad de una de las secciones en las que se había dividido el área de exploración. Frente a ella, el jefe de los rastreadores y el técnico zoólogo. Parisi y De Carli en medio de ellos, para separar los ánimos que parecían a punto de chocar. De hecho, ya lo estaban haciendo. El tono de las voces iba en aumento. La cara de Blanca estaba roja y contraída. Parecía a punto de llorar de rabia.

Pero era el hombre que se mantenía a unos pasos de allí el que había arrancado la imprecación a Marini y el que había dejado helada a Teresa. Como reclamado por sus pensamientos, Albert Lona la miró con expresión furiosa, pero con un toque de satisfacción: saboreaba de antemano el momento en que le haría pagar la iniciativa que lo había desautorizado.

Teresa se preparó para el choque, agudizó mentalmente sus armas, rezando a alguna divinidad de las de arriba para que la enfermedad no reapareciera en ese preciso momento. Ya podía verse tartamudeando palabras confusas, con la expresión alelada y la mirada en blanco. No, ahora no.

—No intervengas —le ordenó a Marini—. Por ninguna razón.

Teresa quería afrontar a Albert primero. Paso rápidamente junto a Blanca, tocándola con una caricia que sin duda ella entendería.

Pero el comisario jefe detuvo inmediatamente su avance.

—No digas nada —la conminó, con el tono sosegado que usaba cuando se preparaba para demoler.

Teresa fue asaltada por las protestas de los demás, que la obligaron en determinado momento a tener que levantar la voz para poner orden.

—Dejadme ver —ordenó, seca.

La fosa abierta estaba allí al lado. Una cavidad de apariencia natural que podría haber contenido un cuerpo humano acurrucado, pero de la que brotaban cuernos, largos y ramificados.

—Un cérvido anciano, a juzgar por las astas y los patrones de desgaste de los dientes —explicó el técnico zoólogo—. La invaginación del esmalte está ausente y la dentina es lisa. Creo que este ejemplar murió por causas naturales.

La carcasa afloraba entre el suelo y las hojas.

—La tierra a su alrededor está removida —notó Teresa.

—No, habrá sido depositada en la cavidad por las últimas lluvias.

Teresa miró a Blanca. La vio temblar bajo el peso de esa sentencia y no podía hacer nada por ella. Tenía sujeto a Smoky del peto. El perro estaba nervioso y seguía girando sobre sí mismo para señalar un cadáver que no estaba allí.

El jefe de los rastreadores tuvo la sensibilidad de llevarse a Teresa a un lado.

—Los perros están entrenados para no tener en cuenta los cadáveres de animales. *Deberían estarlo* —se corrigió a sí mismo—. Ese perro no es de fiar.

—¡No!

La protesta de Blanca les hizo darse la vuelta.

—Lo siento, señorita. Es una señalación falsa —reiteró el hombre.

Blanca extendió las manos, como una solicitud urgente a la que Teresa respondió de inmediato, tomándolas entre las suyas.

—Hay un cuerpo enterrado debajo —insistió la joven—. Smoky nunca se equivoca. Yo le creo.

Teresa trató de calmarla y, mientras tanto, se preguntaba frenéticamente cuál sería el próximo movimiento de Albert, de pie allí quieto observándola. Se preguntaba si ella también estaría dispuesta a tener la fe inquebrantable de Blanca.

Miró la fosa, los largos cuernos desollados por el tiempo y la intemperie. Parecían los de un dios caído y descuidado. Y miró nuevamente al perro, que aullaba y se torturaba.

¿Sientes la muerte humana? ¿Un olor tan repelente que no se puede ignorar?

Albert se unió a ellos.

—Sacad de aquí al perro y a la chica —ordenó.

Teresa se interpuso entre los hombres y Blanca. A su lado, Marini.

—Hablemos antes —se ofreció.

Albert la miró como si hubiera blasfemado.

—Aténgase a las órdenes, comisaria, y apártese. Su participación en esta investigación ya no es segura.

Teresa imprecó y lo hizo con fuerza.

—Si no tengo razón, me iré de inmediato —replicó, poniendo en el plato un bocado para el comisario jefe—. Pero, para determinarlo, debemos retirar la carcasa y reanudar la excavación.

Lo vio sopesar la oferta —la cabeza de Teresa contra un metro cúbico de tierra que levantar— y sabía que no resistiría la tentación de verla humillada en público.

Con un gesto de asentimiento, en efecto, Albert ordenó a los demás que reanudaran las excavaciones.

Marini agarró una pala y se unió a ellos.

Teresa se colocó al lado de Blanca, le hizo sentir su presencia sin hacer que su sintonía resultara demasiado evidente a ojos de Albert.

—Está ahí —la oyó susurrar. Smoky había dejado de agitarse: su tarea había terminado.

El sol desapareció detrás de unas nubes corvinas. Con la llegada de la sombra, se levantó el velo que cubría la muerte. Cuando los golpes de pala se detuvieron de repente, Teresa comprendió que de la tierra había brotado algo más.

—¡Comisaria! —la llamo Marini.

Se acercó rápidamente. En el agujero negro y húmedo, entre enredos de raíces, yacía el frágil cuerpo de un anciano.

Emmanuel Turan.

Teresa se acuclilló al borde de la tumba.

La posición fetal en la que el cuerpo había sido enterrado, con los brazos cruzados como para protegerse, no le impedía entrever su pecho abierto. En lugar del corazón, una flor pálida y tan marchita como él: una anémona salvaje.

—Restos humanos recientes enterrados bajo la vieja carcasa de un animal —murmuró Teresa. El alcance del descubrimiento arrojaba luz sobre la mente asesina a la que estaba dando caza.

—Un intento casi conseguido del asesino de despistar la búsqueda —murmuró Marini, incrédulo.

En su carrera, Teresa nunca había tenido que enfrentarse a una estratagema como esa.

Señaló la cavidad.

—Ha utilizado una depresión natural del terreno y la ha recubierto —dijo.

—Desde luego, conoce bien estos lugares.

Teresa apenas tuvo tiempo de mirar de reojo a Albert, de oírle susurrar en los labios una promesa de revancha, antes de que desapareciera.

Se puso de pie y le dio unas palmaditas al jefe de los rastreadores en el hombro. El hombre había perdido su arrogancia.

—La chica es ciega —le dijo, citando su primer comentario sobre Blanca—, pero por lo que parece ve mejor que todos vosotros juntos.

Se acercó a Blanca y le tomó la mano.

—Los has silenciado a todos —dijo—, ni yo misma he logrado nunca tanto.

La vio sonreír, finalmente relajada.

—A los hombres siempre les cuesta trabajo creer —respondió. Cuán cierto era.

Teresa miró por encima de la línea del bosque, donde la multitud de curiosos había aumentado. No conseguía distinguir sus caras, pero estaba segura de que muchas pertenecían a personas que conocía, y entre ellas, estaba convencida, también se encontraba la del asesino. Porque siempre había estado a su lado, a veces un paso por delante.

Nos está observando. Nunca se ha detenido. Incluso ahora, sus ojos están clavados en nosotros.

Smoky se movió entre sus piernas, nervioso. Teresa vio a Blanca fruncir el ceño.

—¿Qué pasa? —le preguntó.

—Quiere que lo suelte. Está olfateando otra pista.

80.

Marini encabezaba la marcha, asegurándose de que las ramas y raíces no hirieran a Blanca ni la hiciesen tropezar. Teresa los seguía unos pasos más atrás, junto con los técnicos de la Científica. Observaba a la joven dar tiempo al perro para trazar el mapa de olores del mundo desconocido que lo rodeaba, para recuperar la estela olfativa cuando parecía interrumpirse y todos contenían la respiración, hasta que lo veían continuar con más determinación.

Blanca le había dicho «yo lo leo a él y él me lee a mí»: la joven lo hacía con las manos, Smoky con los ojos, pero Teresa estaba convencida de que la conversación más importante tenía lugar en sus corazones.

A cierta distancia, en el camino de tierra, se desplegaba una procesión silenciosa de rostros contraídos: hombres de la policía local, rastreadores y, como cierre, Protección Civil. Nadie había tenido valor para contradecir las decisiones de Teresa, pero sobre todo nadie ponía en duda la pista que la chica y el perro estaban marcando.

No sabían lo que encontrarían al final de ese sendero invisible, pero lo que estaban siguiendo era el olor a sangre humana. Cada vez que Smoky detectaba un rastro hemático, se reclinaba en el terreno y emitía un breve aullido.

Había algo inquietante en ese canto animal, porque las notas de su música habían sido escritas por la mano del asesino: como en un cuento de hadas trágico y negro, había sembrado pequeñas gotas de sangre por el bosque. Para guiarlos, había esparcido lo que una vez fue la vida de Emmanuel.

Ante la insistencia de Teresa, y después de no pocos titubeos, la Científica había aceptado compartir anticipadamente las primeras impresiones de los exámenes que estaba realizando.

—Las trazas hemáticas son patrones de goteo pasivo: gotas que caen de un objeto por la fuerza de la gravedad —le explicó el técnico a regañadientes.

La forma habla. Indica el origen, la dinámica, la fuerza. La intención.

No se trataba de salpicaduras que hubieran alcanzado accidentalmente la vegetación circundante, sino de gotas simétricas caídas con trayectoria perpendicular en el centro del sendero.

Teresa no albergaba dudas: había sido un gesto voluntario. Un asesino que había sido hasta entonces tan metódico, tan inteligente y organizado hasta entonces no podía haber cometido un error tan burdo. Tan pronto como el perro hacía una señal y se levantaba de nuevo, los hombres con el mono blanco se inclinaban sobre la porción de bosque para aislar y catalogar lo que se convertirían en pruebas de la investigación. Por el momento eran cinco las gotas de sangre que habían encontrado.

—¿Qué le parece todo esto? —le preguntó Marini en determinado momento, acercándose a ella.

Teresa no respondió de inmediato. Buscó las palabras más adecuadas, que pudieran transmitir el pensamiento instintivo que se había apoderado de ella, pero que al mismo tiempo le permitieran sujetar con firmeza las riendas de la lógica. No pudo encontrarlas. La presión del inconsciente era demasiado fuerte y exigía ser escuchado.

Levantó la mirada hacia la bóveda de ramas frondosas. Oyó el lejano canto de un mochuelo que llegaba hasta ellos empujado por el viento. El aullido del perro se elevaba como una llamada. Pensó en el corazón negro colgado a la entrada de un mundo antiguo y misterioso, y en las gotas de sangre caídas en la tierra.

Cinco minúsculos guijarros carmesí que nuestro Pulgarcito ha dejado en el camino.

—A su manera, nos está contando un cuento de hadas —murmuró.

—Por lo general, los cuentos de hadas tienen un final feliz —respondió Marini.

—Para eso estamos aquí: para dárselo. Pero primero, como en cualquier cuento de hadas que se precie, alguien ha tenido que morir y alguien más ha sufrido de manera indescriptible.

—El rastro olfativo se detiene aquí —dijo Blanca, suspendiendo sus razonamientos. Se arrodilló junto a Smoky y empezó a acariciarlo—. Ya no siente nada.

—Por lo que parece, el cuento... —dijo Marini, pero no terminó la frase. Su expresión había cambiado. Señaló un punto preciso, entre la maleza, en el que se erguía una sombra aguda y torcida—. Hay algo ahí abajo —dijo, con seguridad.

Teresa siguió su mirada. Era un tejado.

—Por lo que parece, el cuento —continuó en su lugar— prosigue en una pequeña casa al final del bosque.

Las ruinas pertenecían a una antigua granja campesina que había caído en desuso desde hacía algunas décadas por lo menos, y que el bosque había reconquistado y triturado entre espirales de hiedra y madreselva. Las pocas piedras que quedaban en pie señalaban las tres habitaciones originales en la planta baja. Una galería de madera negra y podrida la conectaba con lo que quedaba de la primera. El techo se había derrumbado a medias y las vigas rotas asomaban por las aberturas que en su momento albergaron las ventanas.

La puerta de entrada seguía en pie: sobre el arquitrabe, con la cal blanca desvaída por el tiempo y la intemperie, una mano insegura había trazado las iniciales C + M + B.

—¿Qué significa eso? —preguntó Marini.

Nada que hubiera que temer, Teresa lo sabía perfectamente. El pasado de su familia se lo había enseñado. Rozó la madera agrisada con un guante.

—*Christus mansionem benedicat* —dijo—. Una tradición cristiana rural, que en realidad tiene orígenes paganos. Un poderoso talismán contra las fuerzas oscuras. El cabeza de familia lo escribía en la noche de la Epifanía en la puerta la casa y en la del establo, para proteger a sus moradores y a los animales. Las viviendas eran bendecidas con incienso.

Dejó caer la mano a un costado. Eran recuerdos que parecían fragmentos de la vida de otro.

—Entraré primero yo —dijo Marini.

Ella lo sujetó de la chaqueta y fue la primera en cruzar el umbral.

Ya no había nada que pudiera llamarse humano. *Solo* humano. Todo rastro se estaba disolviendo. Lo que quedaba de las paredes no era más que roca. Esculpida, eso sí, pero a punto de desmoronarse y de regresar a la tierra. Lo que había sido el antiguo hogar, alrededor del cual se reunía la familia por la noche, ahora era tan solo una superficie plana invadida por los escombros. Le pareció triste y formidable. La vida sobrevivía, conquistada bajo otras formas. Más silenciosa, más oculta, pero poderosa en cualquier caso.

Teresa abrió la boca, pero las palabras quedaron como semillas invisibles en el aliento.

Un detalle frente a ella interrumpió su germinación, como un invierno repentino y despiadado.

En un hueco excavado entre las piedras, alguien había pegado una hoja. Un pequeño rectángulo de papel que Teresa reconoció como habría reconocido una parte de sí misma.

En esa hoja estaba su escritura. Era una página de su diario.

Sintió que el frío reemplazaba a la sangre en sus venas y no se atrevió a dar un paso. El trozo de papel y los pensamientos que guardaba eran una prueba.

Si lo dejo donde está, todos sabrán lo que está escrito en él.

Si lo cojo y me lo guardo, estaré a salvo, pero mi integridad como persona y como policía se perderá para siempre.

—Cójalo rápido —dijo Marini, echando una ojeada a sus espaldas—. Cójalo y escóndalo.

Teresa se quedó inmóvil, con los ojos clavados en el rectángulo ligero contra la piedra.

No podía soportarlo. Nunca se habría perdonado un gesto como ese.

Marini dio los pasos que ella se había prohibido. Quitó rápidamente la hoja antes de que los demás se percataran y sin mirarla la dobló y se la guardó en el bolsillo.

Solo entonces Teresa se espabiló y lo agarró del brazo.

—¿Qué demonios estás haciendo? —preguntó.

Él puso una mano sobre la suya y la alejó suavemente.

—Encontraré una manera de analizarlo sin que se filtre su identidad —le aseguró—. Ni siquiera yo conoceré el contenido de estas líneas.

Lo había reconocido. Teresa se tragó el orgullo.

—¿Por qué lo haces? —logró preguntarle apenas.

Marini se encogió de hombros, como si fuera un gesto de poca importancia.

—Porque le debo una. Porque es lo correcto.

Teresa se tambaleó. Se sintió expuesta y vulnerable. Tuvo que marcharse, abrirse camino con la cabeza gacha entre los hombres que iban acercándose.

Frente a la oscuridad de una nueva tormenta que se acercaba, a la naturaleza amenazadora e inescrutable, el sentimiento se convirtió en un fuego furioso.

—¡No voy a dejar que nadie me intimide! —gritó al bosque.

Quienquiera que fuera el que le había robado su memoria de papel estaba allí en algún lugar, a la escucha.

81.

Massimo había llamado a Elena varias veces, sin que ella hubiera contestado. Al final, se había rendido y le había escrito un mensaje:

«Me gustaría estar ahí con vosotros.»

Había pasado más de una hora desde que lo había leído, pero no había habido respuesta.

No le había costado admitirlo, y no se trataba de un gesto adulador. Era la verdad. Pero él, mientras tanto, estaba en una casa derruida en medio de un bosque, cansado y sucio, esperando a que los de la Científica analizaran el área. La comisaria estaba hablando por teléfono con la Central, pero por su tono plano Massimo comprendió que no debía de haber novedades.

Cuando el móvil le vibró en la mano y el nombre de Elena apareció en el aviso, se apoyó instintivamente en lo que quedaba de pared, antes de leer.

«Dime.»

Tecleó la respuesta rápidamente.»

«Quería saber si estabais bien.»
«Dime lo que piensas, Massimo. Deja de huir.»
«Te echo de menos.»

Ella no respondió, así que él volvió a escribir.

«Necesitamos hablar.»
«No. ¡Dime lo que piensas!»

Respiró hondo.

«Tenía que perdonarme a mí mismo. Ya lo he hecho. Ahora no quiero perderos.»

Su respuesta no se hizo esperar.

«Ayuda a Teresa. Te estaremos esperando.»

Massimo notó que le brotaba una sonrisa. Sacó la página del diario de su bolsillo, la guardó en un sobre que había cogido poco antes de un maletín de la Científica y lo selló, estampando la solapa con su firma. Llamó a De Carli y cuando lo tuvo a su lado se lo entregó.

—Debe llegar al laboratorio lo antes posible —dijo—. Ya he avisado a Colle. Dáselo solo a él. Que no haga preguntas y se dé prisa.

De Carli lo giró entre sus manos.

—Supongo que saber de qué se trata es pedir demasiado —dijo.

Massimo puso el capuchón al bolígrafo y buscó con la mirada a la comisaria Battaglia.

—Lo que puedo decirte es que lo que estás haciendo es ilegal, inmoral y podría poner en peligro tu puesto de trabajo, pero que es por una buena causa. ¿Quieres saber algo más? —respondió.

De Carli no movió un músculo.

—Yo diría que es más que suficiente. Voy enseguida.

Ahora que la página del diario estaba a salvo y con la certeza de que no había otras dispersas en los alrededores, Massimo dejó que los de la Científica hicieran su trabajo y se alejó. Se sentó en el escalón desgastado de la casa en ruinas. Dio un toquecito a la comisaria con un codo. No tenía idea de lo que ese cuaderno representaba para ella, pero verla tan afectada le provocaba rabia y un instinto de protección que rara vez había sentido en su vida.

—Ya está todo bajo control —dijo.

Ella asintió, pero permaneció en silencio.

—Con eso me deja preocupado, comisaria: lo normal es que hubiera contestado que yo nunca tengo nada bajo control.

La vio contener una sonrisa, pero inmediatamente recuperó la seriedad.

—Creía que eras un maníaco a este respecto, pero me equivocaba —respondió, con las manos en los bolsillos y los ojos al frente—. Lo que acabas de hacer es una locura, algo propio de un sinvergüenza y potencialmente letal para tu carrera.

—¿Por qué tengo la impresión de que cuantas más gilipolleces hago más me gano su aprobación?

—Porque son gilipolleces hechas con el corazón.

Massimo le ofreció un caramelo. Teresa lo aceptó, mirándolo con asombro, mientras él desenvolvía el suyo.

—A la mierda el control —dijo.

—A la mierda el control.

Consumieron en silencio esa extraña ofrenda de un nuevo comienzo.

—¿Y ahora? —preguntó Massimo después.

La comisaria Battaglia reflexionó.

—Estamos cerca, lo noto —murmuró—, pero no lo suficiente como para ver su rostro. Todavía se me escapa la intención, la motivación profunda que lo mueve.

—No estamos ante un móvil simple, según usted.

Battaglia sacudió con fuerza la melena de color magma.

—Está muy lejos de ser simple, Marini. Percibo una incomodidad latente y estratificada, enterrada como los huesos escondidos en estos bosques. Me lo dice el poderoso simbolismo que emplea.

—El corazón. Nunca me había pasado nada como esto, ni remotamente.

—¿Qué pensaste nada más verlo? Vamos, responde sin pensar.

—En un ritual.

Ella asintió.

—Se mata principalmente por resentimiento, celos o cuestiones de dinero, pero no le sacas el corazón a nadie por estas razones, ni siquiera por la suma de todos.

—¿Y si nos halláramos ante más de un culpable? —preguntó Massimo.

—¿Estás pensando en una secta?

—Sí.

Ella pareció considerar la idea.

—En los años noventa hubo en los Estados Unidos una secta activa que realizaba ritos sacrificiales. Los adeptos se comían los corazones de sus víctimas. Fueron descubiertos: eran las clásicas personas por encima de toda sospecha y bien integradas en la sociedad. Algunos pagaron por los crímenes cometidos, de muchos otros nunca llegó a conocerse la identidad. La secta se disolvió y no volvió a saberse nada más de ella, pero es casi seguro que sigue viva de manera subterránea —se levantó y se sacudió los pantalones—. No creo, sin embargo, que sea este el caso, inspector. Nuestro asesino no se encubre con secretos: quiere comunicarse con nosotros.

También Massimo se puso de pie.

—¿Por desafío y deseo de autoafirmación? ¿O con el propósito de expiar sus culpas? —preguntó.

—No lo sé todavía, pero lo primero que has dicho no me convence. Tiene mucho más que decir que «mira lo bueno que soy». Dejando a un lado el posible perfil del asesino, ¿qué elementos tenemos, inspector? ¿Qué hemos descubierto?

—Una joven que desapareció hace setenta años, cuyo enamorado pintó el retrato sumergiendo los dedos en su corazón, antes de volverse loco. Un icono robado por los nazis, arrojado al río y nunca más hallado.

—Sigue.

—Un partisano violinista que tenía una auténtica obsesión por el valle y que presenció presumiblemente el asesinato de la joven. Andrian y él se conocían. Es posible que siguiera visitando estos lugares para recuperar el icono.

A medida que esas palabras salían de sus labios, sintió que todo se volvía más claro. Las conexiones eran obvias. Era como unir puntos luminosos en un cielo oscuro.

Ella le hizo señas para que continuara.

—Un pacto entre tres niños, culpables de haber disparado al soldado alemán que había robado el icono, desencadenando las represalias —concluyó—. Solo uno de ellos sigue vivo: Francesco. Emmanuel Turan fue asesinado hace dos días, y su corazón apareció colgado en las puertas de la aldea.

Teresa Battaglia dejó de repente de masticar el caramelo: había intuido algo.

—¿Cómo murió Ewa, la hermana de Francesco? —preguntó.

Massimo sintió que su corazón se aceleraba: tenían un nuevo punto de partida.

82.

—¿Es realmente necesario todo esto? —preguntó Marini, con los ojos clavados en la lápida.

Teresa estaba convencida. Había leído el certificado de defunción de Ewa Di Lenardo, que se remontaba a cinco años atrás. La muerte se achacaba a causas naturales. Lo que quería saber ahora era *qué* había sucedido antes de su último aliento. Siempre que *hubiera* sucedido algo. El juez Crespi estuvo de acuerdo con ella y le había concedido autorización para proceder incluso antes de formalizar la solicitud.

De los tres niños que sellaron el pacto, solo uno seguía aún vivo, se repetía a sí misma.

Emmanuel Turan había sido asesinado, y su corazón colgado a las puertas de la aldea, justo cuando empezábamos a acercarnos al secreto que lo unía a los demás.

—Ya no podemos confiar en las palabras —contestó, mientras levantaban la losa de la tumba. La tumba de la familia de los Di Lenardo se hallaba fuera del perímetro del cementerio municipal, en la colina que dominaba el camposanto. No era la única: la acusada pendiente albergaba otros mausoleos, los de las familias más antiguas del valle. Eran nichos simples y redondeados, encalados y parcialmente enterrados en la tierra. Despuntaban del césped, orientados hacia el este, como sepulturas de otros tiempos.

Alrededor de la tumba de los Di Lenardo, entre hebras de hierba de un verde robusto, crecían flores de color violeta, una corona de pétalos relucientes que adornaba el lecho de la muerte.

Teresa recogió uno. No olía a nada.

—Suelen florecer entre mayo y julio, pero este arranque de la primavera se empeña en parecer verano —dijo una voz a sus espaldas. Era Krisnja.

Teresa le sonrió, con un sentimiento de culpa en el alma, como cada vez que tenía que obligar a alguien a presenciar un rito tan inhumano como sacar a la luz los restos de un ser querido.

—Lo siento —se limitó a decirle, de nuevo sin palabras ante su cara.

La joven no pareció oír su manifestación de pesar. Ella también se inclinó para recoger una flor. Giró la corola entre los dedos.

—Son flores carnívoras, grasillas. ¿Habría dicho usted alguna vez que vivían en estos lugares? —murmuró, con un velo de tristeza ofuscándole la voz. Obtienen los nutrientes que necesitan digiriendo organismos vivos —fijó los ojos en los suyos. Estaban enrojecidos—. Es lo mismo que hacen los asesinos que ustedes cazan, ¿verdad? Alimentarse de otras vidas.

Teresa sintió que se le formaba un nudo a la altura del corazón. A su lado, Marini también parecía haberse puesto rígido.

—Algunos sí, es cierto —admitió—. Lo necesitan, como nosotros el respirar.

Krisnja miró a lo lejos, donde el viento soplaba impetuoso sobre los picos, levantando nubes como si fueran polvo. Un rayo blanqueó la roca desnuda y la hizo espectral.

—Entonces cree que alguien hizo daño a Aniza primero, luego a mi abuela Ewa...

—No tengo pruebas, en estos momentos, para afirmarlo.

—Pero estamos aquí porque las están buscando.

—Sí.

Los ojos de la joven brillaron y reflejaron los destellos del cielo.

—Si es así, entonces parece que alguien quiere acabar con mi linaje —la oyó decir—. ¿Me tocará a mí también?

Teresa desplazó la mirada por encima de sus hombros y vio a Francesco observándolos. Era difícil de decir cuál podía ser su estado de ánimo. Había intercambiado solo unas pocas palabras con ella, y no sin esfuerzo. Algo se había roto. La confianza, tal vez, o la máscara que había contenido el dolor durante casi toda una vida.

La lápida de la sepultura cayó de las manos de los sepultureros y se hizo añicos con un ruido sordo. Se extrajo el ataúd del nicho y se rompieron los sellos.

Teresa intercambió una mirada de entendimiento con Marini y este se acercó a Krisnja.

Ella, en cambio, dio unos pasos hacia el agujero negro abierto en el pasado. Miró la foto: Ewa tenía una mirada magnética, clara como el hielo. Era diferente de su hermano y de su nieta.

Teresa bajó la vista hacia el ataúd. El instinto ya le había advertido con un estremecimiento de lo que iba a encontrar allí.

Estaba vacío.

83.

—Le repito lo que está escrito en el certificado de defunción: el fallecimiento se debió a una enfermedad, un mal devastador. Cuando vino a verme, ya era demasiado tarde. Se había extendido por todas partes. Ewa era una sombra de sí misma.

El médico había abierto las puertas de su consulta a Teresa sin reticencias. Era él quien había firmado el acta de defunción de Ewa Di Lenardo.

—Su calvario empezó dos años antes —continuó—, con una operación para insertar una prótesis de rodilla. No salió bien y las intervenciones posteriores solo empeoraron la situación. Desde ese momento Ewa sufrió dolores insoportables. Sin embargo, no duró mucho: tres meses después le diagnosticaron un cáncer pancreático fulminante, para el que no se podía hacer nada. Le sugerí una terapia para el dolor, le hablé de la sedación profunda. No quiso saber nada del asunto. Continúo su vida como si nada hubiera pasado, en la medida que pudo, y logró hacerlo por más tiempo de lo que yo hubiera creído posible: casi diez meses. Le había dado un máximo de dos. Ewa murió en su cama, en su casa. No habría querido nada diferente.

La tarde había caído sobre el valle y la consulta estaba iluminada por una lámpara de neón que hacía las palabras aún más nítidas.

—Ha dicho que era la sombra de sí misma. ¿Puede estar realmente seguro de que el cuerpo que examinó era el de Ewa? —preguntó Teresa.

Lo vio vacilar, pero tal vez fuera solo lo extravagante de la pregunta lo que le había dejado sin habla por un instante.

—Comisaria, le confirmo sin ninguna duda que el cuerpo que vi fue el de Ewa Di Lenardo.

Teresa le dio las gracias, pero salió a la noche con la nítida sensación de que se le estaba escapando algo. Miró al cielo: por fin se había despejado y la luna llena era una esfera refulgente.

—No ha quedado usted satisfecha —dijo Marini.

Ella hizo una mueca.

—La *Ninfa durmiente* ha abierto una puerta a una historia más compleja de lo que hubiera esperado —resopló.

—Al menos el comisario jefe no podrá acusarla de habérselo saltado por enésima vez. Volver a abrir la tumba ha servido para descubrir que un cuerpo ha sido robado: una pena que el gesto no tenga sentido.

—*Ha de* tener un significado preciso, por más que aún no consigamos verlo —Teresa miró la hora—. Los curiosos ya se habrán ido a dormir. ¿Listo para el trabajo sucio?

—¿Qué trabajo sucio?

—No me gustan las tumbas, comisaria. Por la noche, menos aún.

—No le gustan a ningún ser vivo, Marini.

—¿No podíamos dejar que se encargaran los de la Científica?

—Mañana por la mañana. Ahora quiero verlo con mis propios ojos. Levanta esa linterna.

La luz azulada iluminó el rostro en blanco y negro de Ewa Di Lenardo.

—Tampoco me gusta esa foto —dijo Marini—. Parece como si nos estuviera mirando. No parece nada contenta con nuestra visita.

—¿Te refieres a un espíritu? No te hacía tan cobardica.

—*Cauteloso*. ¿Qué estamos buscando exactamente?

—Señales.

—¿De efracción?

—Eso y algo más.

Marini dirigió la linterna hacia su cara.

—¿Cree que alguien desenterró el cuerpo y se lo llevó? —preguntó, con voz quizá demasiado alta. Teresa le apartó el brazo de un manotazo.

—La verdad, inspector, o fue así, o Ewa salió de aquí por sus propios pies. En tu opinión, ¿qué hipótesis es la más plausible?

—Tal vez nunca llegara a ocupar su tumba.

—Tal vez.

—«Una vez descartado lo imposible, lo que queda, por improbable que sea, ha de ser la verdad.»

Teresa levantó la antorcha de su mano.

—Bien por mi Sherlock Holmes. Esa, sin embargo, es una frase sacada de una película.

—¿Por qué con usted me siento siempre bajo escrutinio?

—Porque lo estás, por supuesto. Pásame el rascador. Quiero eliminar esa capa de moho.

Teresa raspó pacientemente la pátina oscura que cubría la entrada al nicho. Satisfecha, dirigió la luz hacia la superficie del mármol y pasó los dedos por ella.

—Arañazos —dijo—, compatibles con los que deja una barra de metal que hace palanca en la superficie para levantar la losa.

Marini también aproximó el rostro para observar.

—De modo que la tumba no ha sido violada recientemente —dijo—. No tras nuestra llegada al valle, sino bastante tiempo antes.

Teresa asintió.

—Un año por lo menos, a juzgar por la capa de musgo y moho.

Ilumina el hueco. El interior de hormigón recién nivelado albergaba los esqueletos de ramos de flores depositados sobre el ataúd. El olor era mortífero. Algo más, sin embargo, atrajo su atención. Estiró un brazo, intentó asomarse, pero su corpulencia se lo impidió.

—Métete dentro —le ordenó a Marini—. Hay algo en el fondo que quiero ver más de cerca.

—No voy a meterme en ninguna parte.

Ella lo miró.

—¿Pero a qué le tienes miedo?

—No tengo miedo, pero no voy a entrar ahí.

—¡Dios santo, Marini! No hay nada muerto y los únicos vivos somos nosotros. ¿Qué problema tienes?

Él dio la impresión de estar removiendo esas palabras, como en busca de una respuesta adecuada o para ganar fuerzas. Al final, se quitó la chaqueta con gestos decididos.

—¿Se da cuenta, verdad, de que esto no es higiénico? —espetó, mientras se metía en el nicho.

Ella le pasó la linterna.

—Llevas guantes —le tranquilizó—. Al fondo.

—*Ya me lo ha dicho.*

—¿Lo ves?

—¿El qué exactamente? Hay flores secas y nada más.

—Una rata.

—¡Joder!

—Estate quieto. Era una broma.

—Usted no está bien de la cabeza... Tal vez sea eso lo que ha visto.

Se arrastró hacia fuera y abrió la mano.

—Parece un viejo nido, nada más —dijo.

En su palma sostenía una maraña de ramitas en las que se enhebraban cabellos y plumas. El entretejido, sin embargo, no parecía aleatorio.

Teresa lo tomó y lo olisqueó. Aunque llevaba allí cinco años por lo menos, conservaba un ligero aroma a tomillo.

—¿Qué cree usted que es esto? —preguntó Marini. Se había dado cuenta de que era mucho más de lo que parecía.

Teresa no se escondió.

—Un sello contra los espíritus malignos —dijo.

—¿Brujería?

A Teresa se le vino a la cabeza la cuna natural que preservaba la pureza de genealogías remotas, la antiquísima cultura intacta hasta ese día. El aislamiento, la memoria de los orígenes.

No dejaba de darle vueltas a un poder primitivo, casi tanto como el de dar la vida.

—No, no es brujería —contestó. Él miró a su alrededor. Los antepasados de esa gente los miraban con ojos orgullosos—. Necesitamos abrir otra tumba.

84.

Hanna. Un nombre que ahora tenía un peso en el alma de Teresa, leve como el de un pétalo, y sin embargo imposible de ignorar.

Hanna, hija de Ewa, madre de Krisnja. Descendiente, ella también, de la *Ninfa durmiente.* Muerta, ahora Teresa lo sabía, tan trágicamente como su antepasada.

Teresa había ordenado exhumar su cadáver, que ahora descansaba en una camilla del depósito. Parri lo estaba trasladando a la habitación donde ella esperaba junto con Marini. El forense acababa de terminar el examen preliminar de los restos. La empujó hasta dejarla bajo sus ojos.

Hanna estaba lejos de ser una figura humana. Era poco más que un capullo que podría encontrar acomodo entre sus brazos, pero del cual nunca brotaría una mariposa. El incendio en el que murió trece años antes la había consumido junto con el granero donde se encontraba esa noche.

Cuando Parri levantó la sábana que la cubría, Teresa no se sintió espeluznada, sino con ganas de envolverla nuevamente y protegerla de las miradas horrorizadas de aquellos que nunca podrían volver a ver en ella a un ser humano, sino solo espanto.

—Los restos están excepcionalmente bien conservados —les estaba explicando el médico—. Ya he realizado las extracciones obligadas.

Al lado de la camilla, en un recipiente de plástico transparente, Parri había doblado la mortaja con la que se había enterrado a la mujer. Cuando se abrió la sepultura y Teresa lo vio, pensó por un momento que se encontraban en otro lugar y en otro tiempo.

En la gasa ligera de algodón, alguien había pintado la cara de una mujer con un rojo ocre, como para devolver su apariencia a la dueña de esa tumba. Los ojos, la nariz, la boca, las líneas del pelo: rasgos esenciales que hacían brotar de la textura de la tela una idea de feminidad intemporal.

Ocre rojo. Un pigmento derivado de la hematita natural: una vez más, como con la Ninfa.

Parecía haber elementos recurrentes en esa historia.

Parri notó su mirada.

—El ajuar funerario incluía también flores de papel de colores —dijo, señalando un sobre que contenía material deteriorado—. Estaban colocadas alrededor de la cara, pero los procesos de transformación del cuerpo las corrompieron hasta hacerlas irreconocibles.

También la mortaja había sido embadurnada de la misma manera. Algunas manchas doblaban hacia abajo las líneas que representaban la boca, negando a Hanna incluso esa última sonrisa.

La madre de Krisnja había muerto durante un incendio que estalló en el granero de la casa que compartía con su madre y su hija. La niña tenía ocho años y dormía en casa con su abuela. El marido de Hanna se había marchado cuando Krisnja todavía estaba en el vientre de su madre. Los hombres parecían ausentes en esa familia, o relegados a un segundo plano, como Francesco.

—No podré ser más preciso sobre las causas de la muerte hasta que no haya recibido los resultados de los exámenes —dijo Parri—, pero de manera oficiosa ya puedo deciros que he encontrado fibras de madera carbonizadas dentro del cuerpo.

Teresa no estaba segura de haber interpretado correctamente sus palabras.

—¿*Dentro?* —repitió.

El médico forense asintió.

—Había una estaca clavada en su costado, antes de que el fuego los devorara a ambos. La madera no llegó a consumirse del todo: fragmentos del tizón carbonizado aún son visibles al microscopio —explicó señalando una sección de lo que debía haber sido el pecho.

—¿Me estás diciendo que la mataron?

—Me inclino a creer que ya estaba muerta cuando las llamas la alcanzaron. De todos modos, sí, eso es lo que digo: creo que la mataron, a menos que optemos por creer que se cayó por casualidad sobre una estaca afilada.

—De modo que tenemos a un asesino que parece atravesar el tiempo con un ardor sanguinario inmutado —reflexionó Marini.

—No estoy de acuerdo con la palabra «ardor» —murmuró Teresa.

—No puede ser la misma persona la que actúe a lo largo de un período de setenta años —dijo Parri.

Las palabras de Francesco se le vinieron a la cabeza a Teresa.

—A menos que un niño de nueve años sea capaz de matar —dijo, evitando mirar a Marini—. ¿Lo es?

Todos sabían que la respuesta era sí.

85.

La sombra de Francesco Di Lenardo se entremezclaba con las del valle desde el comienzo de la historia.

Él estaba presente cuando Aniza pisó las calles del pueblo por última vez, igual que cuando se encontró el corazón de Emmanuel. Estaba presente ahora que la tumba de su hermana Ewa había devuelto una inquietante ausencia. Estaba presente, en la preocupación de su sobrina Krisnja y en los dibujos de Andrian.

Teresa lo convocó en la comisaría. Había querido aislarlo de su entorno para afrontarlo, separarlo de lo que conocía —sus montañas, sus bosques, el valle—, para quitarle los puntos de referencia que lo hacían fuerte y lo inducían a esconderse detrás de verdades tácitas.

Teresa sabía por experiencia que la confesión a la que se había dejado llevar no significaba necesariamente que fuera inocente. Había visto a muchos asesinos colaborar con los investigadores antes de ser descubiertos.

Francesco ya le había mentido: no debía volver a ocurrir.

Teresa no tenía pruebas contra él, pero había demasiados elementos que levantaban su nombre como si fuera polvo que entraba en los ojos, cada vez que la atención de Teresa removía lo que lo estaba cubriendo.

—Comisaria, la información que estaba esperando.

—Gracias.

Teresa abrió el expediente que Parisi le entregó, el papel aún estaba caliente de la impresora. Leyó el informe oficioso que había logrado sonsacar con no poca insistencia a la Científica. El gráfico del ADN extrapolado del cabello encontrado en su casa era casi completamente superponible al de Francesco. Los porcentajes no daban lugar a interpretaciones: pertenecía a un pariente sanguíneo por línea directa desde ambas ramas. Una hermana.

Ewa.

Quien había entrado en su casa y le había robado el diario sabía dónde estaban escondidos los restos de la mujer.

O bien Ewa no estaba muerta.

Espantó ese último pensamiento, tan lejos de la racionalidad que se esforzaba por retener, a pesar de que todas las circunstancias trataran de arrebatársela.

Encontró a Marini en su despacho y lo llamó con un movimiento de cabeza.

—Empecemos —dijo.

Juntos se dirigieron a la sala donde Francesco llevaba esperándolos más de media hora, sin que nadie se molestara en darle explicaciones. Teresa confiaba en encontrarlo impaciente y listo para la confrontación. Quería hacerle perder el control y ver hasta dónde podía llegar si se sentía amenazado.

La persona que vio ante ella, sin embargo, no traicionó sus emociones cuando la vio entrar. Parecía decidido a resistir cualquier intento de asalto. Quedaba por entender cuál era la intención: ¿ocultar un crimen o defender su propia paz?

Teresa se sentó frente a él.

—Ya me ha mentido una vez —le dijo, sin andarse con circunloquios—. Si vuelve a suceder, me veré obligada a tomar medidas.

—¿Como una maestra con un escolar desobediente? —preguntó, con un matiz polémico.

—No. Como un funcionario público ante un testigo reticente.

Lo vio ponerse rígido por un momento.

—¿Desde cuándo me ha condenado? —le preguntó.

—Está usted presente en cada fotograma de esta historia —dijo Teresa, eludiendo la respuesta.

—¿Eso hace de mí un culpable?

«Sospechoso» fue la palabra que ella se guardó para sus adentros.

No tiene móvil, se recordó a sí misma. O por lo menos, ella no era capaz de divisarlo.

—¿Qué relaciones mantenía con su hermana Ewa? —le preguntó.

—De cariño, como es natural.

—¿Está al corriente de ciertas prácticas, creencias, que aún parecen perpetrarse en el valle?

—¿Disculpe?

Teresa cogió el sobre que contenía el tercer hallazgo extraído de la tumba de Hanna: el círculo de tomillo le parecía ahora un uróboros, arquetipo antiquísimo del tiempo cíclico.

—El eterno retorno —murmuró, colocándolo bajo sus ojos, y se permitió por fin a sí misma pronunciar las palabras que a esas alturas se arremolinaban en su cabeza—. Chamanismo. Chamanismo femenino.

Francesco no contestó. Parecía incapaz de apartar los ojos del contenido del sobre.

—¿Sabe qué es eso? —le preguntó Teresa.

—No.

—Pero se lo imagina.

No hubo respuesta.

—Es un símbolo muy antiguo, que parece haber cruzado inmutado épocas y culturas muy diferentes —prosiguió Teresa—. Un círculo sin principio ni fin, una serpiente o un dragón que se muerden la cola. Representa el andrógino primordial, la inmortalidad.

Él volvió a mirarla por fin.

—¿Hay algo malo en todo eso?

—No, si no fuera por el hecho de que lo encontramos en la tumba de una mujer asesinada con una estaca en su corazón y luego quemada, y en la de otra cuyo cuerpo se ha llevado alguien.

No era esa la forma con la que Teresa hubiera querido decírselo, pero lo que pretendía de Francesco, ahora, era una reacción.

—¿Hanna fue asesinada? —preguntó, con una voz plana como el filo de una espada.

—Sí.

—Y yo estoy aquí porque creen que soy el asesino.

—Usted está aquí para contarme lo que ocurrió esa noche en la que la hija de su hermana se abrasó en un granero a pocos cientos de metros de su casa.

Francesco se limitó a parpadear.

—No puedo decirles lo que pasó, porque estaba durmiendo. Trivial, ¿verdad? Hasta horrible si se quiere: mientras Hanna moría, yo estaba soñando.

A Teresa le pareció escalofriante. La seguridad de ese hombre la afectaba y la hacía preocuparse al mismo tiempo, pero en la mente humana pocas cosas son tan simples como parecen e incluso Francesco había tenido su pequeño derrumbe. Un ojo poco entrenado no habría notado la forma en que el lenguaje no verbal contradecía sus palabras: pequeños movimientos con la cabeza, de esos incontrolables, lanzados por su inconsciente hacia la superficie. Una parte de él, la irracional, no estaba de acuerdo con lo que estaba afirmando. Un oído no entrenado no habría notado la entonación hacia la zona alta de su voz en ciertos momentos, como si le costara domeñarla, como si, en lugar de respuestas, las suyas fueran preguntas: «¿Estoy diciendo las cosas correctas?».

Tal vez supiera más de lo que estaba dispuesto a confesar, o tal vez solo se estuviera protegiendo del remordimiento de no haber estado donde lo habían necesitado.

Teresa sabía que en el terreno del alma humana uno tiene que caminar mirando varias veces dónde pone los pies.

El Mal engaña, se dijo. Pero ya no la sorprendía. Era incapaz de manifestarse en nuevos arabescos de fantasía. Y eso suponía una ventaja.

Se inclinó hacia él.

—Tal vez durmiera usted esa noche —le dijo—. Tal vez no tenga nada que ver con su muerte. Tal vez. Ahora, sin embargo, y esto es seguro, tiene la oportunidad de ayudarme a aclarar lo que sucedió.

Él también se inclinó hacia ella y habló en el mismo tono.

—Yo les recibí en mi casa. Les hablé sobre mi gente y compartí los recuerdos más dolorosos para responder a sus preguntas, y ahora me tratan como si fuera el culpable. ¿Quieren la verdad? Pregunten a quién estuvo allí esa noche. Hubo muchas murmuraciones durante bastante tiempo a propósito de Matriona. Estaban juntas cuando Hanna murió. ¿Lo sabía? Estaba convencido de habérselo dicho.

Teresa acusó el golpe.

¿Me lo habrá dicho? ¿Estará fingiendo? ¿Lo habré olvidado? Tal vez lo haya apuntado en mi diario, o tal vez nunca ocurriera.

Francesco la miró intensamente, como si quisiera escudriñarla hasta el alma.

—La veo confusa, comisaria —dijo, como si estuviera al corriente de la enfermedad que atormentaba su mente.

Teresa se preguntó si sería él quien tenía su diario o si su enfermedad realmente empezaba a ser evidente incluso cuando estaba segura de poder mantenerla a raya. Tal vez su paranoia la estuviera llevando a recelar de todos. O tal vez fuera un gran actor.

Marini se acercó y le enseñó un mensaje que acababa de llegar a su teléfono móvil: era la confirmación de que en la página del diario encontrada en la casa en ruinas no había huellas digitales, excepto las de Teresa.

Miró a Francesco, pero su expresión era inescrutable.

Sintió que el peso de la ansiedad era tal que habría podido romperle los huesos.

Es como intentar dar caza a un fantasma, pensó, pero la frustración se convirtió pronto en una nueva determinación. Ahora sabía dónde buscar. Tenía a Matriona y tenía un fantasma, y los fantasmas por lo general no abandonan los lugares donde mueren.

86.

Krisnja se encogió en el jersey y apresuró el paso hacia el bosque. Desde la ventana de la cocina había visto al gato aventurarse por el sendero y desaparecer entre los árboles. No era seguro: hacía unos días que un zorro rondaba por el prado que rodeaba la casa.

El amanecer era un hormigueo de gotas que se deslizaban sobre la naturaleza, una luminosidad rosada y violeta que, cual polvillo frío, recubría el valle encaramándose hasta los picos. El bosque era un limbo incoloro. La niebla se levantaba de la maleza en espirales vivas, que se envolvían y se desenrollaban alrededor de sus pasos. El vapor se elevaba de los plácidos bancos que surcaban sin canto el manto de agujas y humus. A Krisnja le pareció inusual ese silencio amortiguado. El sueño del bosque, prolongado más allá de las horas de oscuridad, tenía algo de artificial.

Le pareció ver una cola deslizarse detrás de un arbusto, un poco más adelante.

—¡Orfeo! —lo llamó mientras lo seguía, y escuchó su propia voz resonando en la niebla.

Una pareja de cornejas se le cruzó por el sendero con vuelo rasante y le arrancó un grito de miedo.

Sobre el bosque volvió a posarse la quietud, pero la respiración jadeante de Krisnja la quebraba en fragmentos. Era un ir y venir de agitación en su interior, un reventar de pensamientos que la conturbaban.

Se sentía observada. Lo que había empezado como una sensación de incomodidad indefinible había asumido ahora los contornos de una presencia oculta.

Por primera vez, los lugares de su infancia la asustaban. La niebla se había pintado de matices oscuros, que habían comenzado a remolinear y a formar figuras familiares. Los rostros sombríos de Ewa, de su madre Hanna y de Aniza hervían en la niebla.

Krisnja se pasó una mano por los ojos. Cuando los abrió de nuevo, las caras habían desaparecido.

Miró el lugar por donde había venido, pero el sendero parecía disolverse en una pared de humo. Sin embargo, había algo no muy lejos de ella. Algo que caminaba; no, no caminaba. Lo que hacía, *cómo* lo hacía, no era definible en términos humanos. Krisnja podía oír el ruido de los huesos rompiéndose mientras lo que los movía iba acercándose a ella. Podía notar el gorgoteo de sus humores, el chasquido de los tendones. Su olor.

De su garganta salió un estertor que sus oídos nunca podrían olvidar. Huyó sin saber qué dirección tomaba. Se había hundido en un mundo nocturno y maléfico de cuyo vientre se elevó un grito bestial.

Krisnja se encontró en una prisión de espinas que le arrancaban la ropa, abriéndole la piel de la cara y de los brazos con su ejército de minúsculos arpones. Empujó con fuerza desesperada para escapar de ese abrazo, y el rojo de la sangre se mezcló con la blancura de la niebla. Con cada movimiento solo conseguía ceñir más en torno a ella los lazos de espinas. Se dio cuenta demasiado tarde de que aquella cosa horrible la había llevado exactamente a donde quería: a una trampa.

Su respiración se unió a otra. A su grito aterrorizado le hizo eco una risa gutural.

Krisnja era una mariposa atrapada en una telaraña: solo podía mover los ojos. Reunió valor para levantarlos, y perdió la palabra.

Frente a ella estaba *Warwar*, el guardián de quien su abuela Ewa le hablaba.

Sus nombres eran dos, como dúplice era su naturaleza.

Tikô Wariö: el que está de guardia.

Tikô Bronô: el que protege.

El «feroz guardián de las leyendas» tenía cuernos retorcidos y ojos de sangre. Y el rostro de una mujer.

87.

El tiempo se había detenido en el granero donde había muerto Hanna. La devastación había cristalizado en el carbón negro, en las vigas devoradas, en el pavimento que dejaba aflorar los cimientos.

Nadie había pensado en reconstruirlo, o tal vez no había querido. Se alzaba en la colina que dominaba el pueblo. Teresa se preguntó si era un monumento a algo que se le escapaba.

Todavía no había hablado con Krisnja sobre la noche en la que murió su madre. Había pasado a buscarla a su casa, pero la muchacha no estaba allí.

El único detalle que Francesco le había contado era que la niña había visto el fuego esa noche. Su abuela había corrido con ella en brazos para detener las llamas, pero nada pudo hacer. Sus gritos habían hecho que todo el pueblo acudiera.

El granero formaba parte de la casa en la que Krisnja vivía en aquella época con su madre y su abuela. La misma en la que ahora vivía sola y que Teresa observaba desde el prado. Un roble imponente crecía entre ambas construcciones. Un columpio de cuerda y madera, abandonado, colgaba de una rama. Se balanceaba al viento, como si una presencia invisible jugara perezosamente con él mientras observaba la actividad enérgica que estaba teniendo lugar en el granero.

Krisnja no era la única persona con la que Teresa tenía intención de hablar. Había enviado a Parisi y De Carli a vigilar la casa de Matriona, en la parte trasera de la posada. No tardaría en ir a verla, pero antes del careo con ella, Teresa quería buscar rastros del asesinato que había tenido lugar allí.

La muerte nunca deja este mundo intacto, pensó. Se mueve con los pies humanos, toca la realidad con las yemas de los dedos y la marca con huellas, se esparce a sí misma con saliva tibia. Como un fantasma, infesta y no abandona nunca el lugar del fallecimiento. El análisis del granero había comenzado hacía una hora y pronto, estaba segura, habrían removido la pátina que cubría su paso. Sabía lo que tenía que buscar y había dado indicaciones precisas al respecto.

—¿En qué está pensando? —le preguntó Marini.

Teresa mordisqueó las patillas de las gafas.

—En el fuego —respondió—. Devastador, hipnótico y furioso. Sagrado.

—No cree que el incendio fuera un accidente.

—No lo creo y te diré más: el objetivo no era borrar las huellas del asesinato. No solo eso.

—¿Un significado especial?

—Más de uno. No son muchos los que piensan en ello, pero matar con fuego es la fantasía más destructiva y violenta que la mente de un asesino puede concebir. Las llamas consumen y convierten en ceniza a un ser humano. No hay nada, nada, más aniquilador. De hecho, la piromanía en sujetos límite se considera un síntoma de la existencia de malestares muy profundos.

Un técnico de la Científica los llamó desde el otro lado del edificio. Cuando Teresa llegó hasta él, la miró como si se tratara de una adivina.

—Tenía razón —le dijo incrédulo—. Es exactamente como me dijo.

Se echó a un lado y les mostró una parte del piso, libre de escombros. Algunas incrustaciones estaban señaladas por las placas de identificación utilizadas para clasificar.

Teresa se acuclilló y Marini hizo lo mismo.

Con un guante ella las rozó. El técnico había raspado en parte la pátina negruzca que las cubría, revelando su corazón rojo.

—Cera —susurró Marini, asombrado.

Una media luna de velas rojas encendidas, pensó Teresa.

Eran los signos que estaba buscando. Después de diez años seguían estando allí.

Restos de un fuego ritual.

88.

—Está ocurriendo algo en esa casa, comisaria. Han venido muchas mujeres desde el pueblo. La cosa empezó al amanecer.

De Carli informó a Teresa de la misteriosa procesión, que tenía la casa de Matriona como eje.

Las mujeres de la cooperativa se habían unido a ella en un cortejo silencioso, una tras otra, a paso rápido. El único hombre, un joven a quien Teresa no había visto nunca, parecía estar vigilando el pasaje como un guardián nervioso y alerta. Cuando vio venir a Teresa y Marini, desapareció dentro de la casa. Poco después, salió Matriona.

La mujer fue a su encuentro con paso rápido y expresión contraída.

—No es un buen momento —dijo.

—¿Qué estaban haciendo en el granero? —Teresa no se anduvo con remilgos—. ¿Qué estaban haciendo Hanna y usted antes de que estallara el incendio?

La vio encajar el golpe con una mueca de dolor, como si hubiera sido real, no solo una sacudida emocional.

—Me ha llevado más de diez años convencer al pueblo de que dejara de murmurar acerca de mí, comisaria —respondió—, y otros tantos ganarme la confianza de Krisnja, que esa noche vio morir a su madre. No voy a revivir ese tormento.

—Dígame lo que ocurrió —repitió con dureza Teresa.

Una sonrisa triste brotó en el rostro de Matriona, pero su mirada seguía siendo dura.

—Se lo voy a enseñar —se quitó los mitones y los dejó caer. Retiró los vendajes que cubrían sus manos y le mostró el dorso a Teresa. La piel estaba licuada y coagulada. Les dio la vuelta, exponiendo sus palmas: las llagas abiertas dejaban entrever la carne viva.

—Nunca sanarán, no importa cuántos ungüentos use. Cuando creo que quizá sea posible, vuelven a abrirse. El dolor forma definitivamente parte de mi vida, desde esa noche.

Matriona recogió sus guantes y se los puso, sin apartar los ojos de Teresa.

—Llegué demasiado tarde para salvar a Hanna y no hay nada más que decir, excepto que las llamas ya se habían extendido. Como puede ver, intenté abrirme camino de todos modos, pero luego tuve que decidir si vivir o morir con ella. Cuando Ewa llegó corriendo al granero, con Krisnja llorando en sus brazos, no había nada que hacer. ¡Nada!

—¿Hanna la estaba esperando? —le preguntó Teresa.

—No, pero sabía que la encontraría allí.

—¿Por qué?

Matriona no respondió y Teresa decidió hacerlo por ella.

—La inspección ha sacado a la luz rastros de cera roja parcialmente quemada entre los restos del granero. ¿Un círculo esotérico? Sospecho que ustedes dos se perdieron en un juego demasiado grande y algo salió mal. Un juego que tiene un nombre concreto: chamanismo.

—No es un juego, comisaria.

—Casi suena como una amenaza. ¿Tengo algo que temer?

—No, si viene en paz.

—No habrá paz hasta que los muertos obtengan justicia. Hanna fue asesinada, pero tal vez eso ya lo sepa usted.

La vio apretar la mandíbula, notó cómo la sospecha reemplazaba la determinación en sus ojos.

—¿Y cree usted que fui yo?

—Usted estaba allí.

—Estaba allí porque en los últimos meses había encontrado rara a Hanna, cada vez más distante y sufriente. Yo quería estar con ella. Quería estar allí por ella. Llegué demasiado tarde, en todos los sentidos, y no pude salvarla. Por ello viviré con un remordimiento eterno. Si alguien la mató, ahora entiendo lo que la estaba oprimiendo: el miedo.

Teresa la observó en silencio.

—No se aleje del pueblo. Es probable que en las próximas horas tengamos que volver a tomarle declaración.

—Ahora parece usted la que me está amenazando.

—En absoluto. La supongo interesada también en aclarar esta historia de una vez por todas. ¿O me equivoco?

—Tengo que hablar con Krisnja —dijo la mujer, ampliando un paso la distancia entre ellas—. Los fantasmas no pueden volver a separarnos.

Teresa recuperó esos centímetros de terreno y agregó otros, con la intención de declarar abiertamente el desafío.

—No se acerque a la chica —dijo con calma—. Es un consejo que le conviene seguir, dadas las circunstancias.

—Ha sido Francesco quien se lo ha dicho, ¿verdad? Ha sido él una vez más quien ha sembrado sospechas contra mí —Matriona se estremeció de ira—. Siempre estuvo celoso de la familia exclusivamente de mujeres que Ewa tenía a su alrededor y de la que estaba excluido —un grito de mujer salió de la casa: angustiado y rabioso al mismo tiempo. Fue como una señal que liberaba el canto salmodiado de las mujeres y los redobles de los tambores que lo acompañaban en un ritmo creciente y obsesivo.

—¿Qué están haciendo ahí dentro? —preguntó Marini, alarmado.

Matriona los miró, primero a uno, luego al otro. Otra vez tranquila y altanera.

—Si quieren averiguarlo, les hará falta una orden judicial —dijo. Les dio la espalda y se alejó. Teresa oyó claramente cómo giraba la llave dos veces en la cerradura de la puerta.

El grito volvió a sentirse, esta vez sofocado, si bien no resultó menos doloroso escucharlo.

Marini buscó la funda debajo de la chaqueta, pero Teresa lo detuvo.

Algo, en ese grito, la había silenciado.

—¿Comisaria?

Ella le indicó con un gesto que mantuviera la calma.

—Las mujeres como ella tienen un nombre antiguo —murmuró, sorprendida ella misma con sus recuerdos—. *Doula*. Tienen tratos con la vida, pero también con la muerte. Desde la noche de los tiempos, son ellas quienes atienden los partos y practican los abortos en las aldeas. Escucha: no hay experiencia más mística.

En esa casa, en ese instante, en un círculo sin principio ni fin de brazos femeninos y de energía indefinible, estaba naciendo un niño.

89.

—De verdad que esa orden nos hace falta.

Massimo había sentido la necesidad de romper el silencio mientras conducía en dirección a la ciudad. En las últimas horas, Teresa Battaglia apenas había pronunciado unas cuantas palabras. El encuentro con Matriona y los sonidos del rito arcaico al que habían asistido parecían haberla proyectado hacia otra realidad. Ni Blanca siquiera había logrado atraer su atención. Habían ido a buscarla a ella y a Smoky al área de investigación, que para entonces se había extendido como una mancha de aceite en una superficie de agua: la intención era encontrar otro cuerpo enterrado en el bosque, el de Ewa, pero no tenían puntos de referencia desde los que arrancar. Blanca y Smoky habían empezado con paciencia las operaciones de búsqueda, que iban a ser largas y complejas.

—¿Comisaria? —la llamó Massimo, ante su silencio.

—Mmm.

—¿No tiene nada que decir?

—Déjala tranquila —bostezó Blanca, acurrucada con el perro en el asiento trasero.

—No tenemos tiempo para quedarnos tranquilos —murmuró él con un suspiro.

La comisaria Battaglia apartó por fin la vista del panorama.

—Debemos presentar al juez Crespi algo más que una intuición, si pretendemos obtener una orden judicial —dijo, con la voz entrecortada—. No se puede entrar en las casas de la gente porque tienes la sensación de que están ocultando algo.

—Pero esa mujer esconde algo.

—¿Y quién no?

—¿Es que ha cambiado de opinión acerca de ella?

—No, pero ya hubo una investigación sobre la muerte de Hanna y el incendio, y Matriona ni siquiera figura como sospechosa. Nadie asumirá la responsabilidad de reabrir el caso sin un motivo justificado, lo que traducido significa «indicios graves, ine-quívocos y concordantes».

—¿Cómo no se dieron cuenta de que había sido asesinada? —preguntó Blanca.

—Porque no se realizó autopsia. Las pistas estaban claras: el fuego empezó con las velas que la familia usaba en el granero. No tenían corriente eléctrica. No había ningún elemento que indujera a sospechar un asesinato —explicó el inspector.

—Pero ahora en cambio los tenemos —dijo Massimo—. El juez Crespi deberá tener eso en cuenta.

Teresa Battaglia suspiró.

—El juez Crespi no hará nada. En aquellos días era él el fiscal que llevaba la investigación.

Habían llegado a casa de Blanca.

—¿Vais a subir? —preguntó ella.

—Yo, sí —dijo Teresa. Se giró hacia él—. ¿Tú qué haces?

Massimo miró la ventana iluminada.

—Yo, tal vez —dijo, aferrándose al volante.

—Vamos, no te va a morder.

—¿Seguro?

Elena no tenía aspecto de ir a morderlo. Cuando abrió la puer-ta, a él le dio la impresión de que experimentaba alivio al verlo, como si no se hubiera creído del todo las palabras que le había escrito.

No puedo pretender su confianza sin más, se dijo Massimo. *He traicionado la suya.*

La comisaria y Blanca encontraron de inmediato una excusa para dejarlos solos, y era tan mala, tan obvia, que la situación resul-taba embarazosa.

Massimo estaba muy nervioso, como pocas veces le pasaba. Era como volver a empezar de nuevo. Como una primera cita, un primer beso. En equilibrio entre el paraíso y el rechazo.

—Hola —dijo, tachándose de idiota.

—Hola.

Estaba preciosa, con unas mallas y una simple camiseta estira-da sobre la tripa. Se la señaló.

—Ya está creciendo —dijo, asombrado.

Ella siguió su mirada y se tapó con los brazos rápidamente.

—Estoy hinchada. Es que comer parece el único antídoto contra las náuseas. Es una tortura...

—Lo siento. En todo caso, no quise decir que hubieras engordado.

—*¿Engordado?*

—Bueno, ¿y qué más da? Estás estupenda así también.

Los ojos de Elena se clavaron en los de él.

—¿Así cómo?

—Más redonda.

El silencio que siguió le provocó un cosquilleo en la base del cuello, una picazón que no se atrevió a aliviar: ella lo miraba como si estuviera a punto de saltarle a la yugular.

—¿Elena?

—No te creía tan gilipollas.

Massimo le agarró la mano antes de que pudiera irse.

—He sido un idiota, pero eso ya se ha acabado. Os quiero en mi vida —dijo rápidamente.

—Soy *yo* la que no está segura de quererte.

—Permíteme pasar el resto de mi vida haciéndote cambiar de opinión.

—¿Cómo?

—Cuenta con que me arrastraré si es necesario.

—Farolero.

Massimo se dejó caer sobre sus rodillas y le puso las manos en las caderas.

Elena se sonrojó.

—Tu jefa podría verte —dijo.

—Seguro que ya lleva un rato mirando.

—Massimo...

Él apoyó la cabeza sobre su vientre. Tomó su mano y rozó su anular con la punta de un dedo.

Cerró los ojos y en ese momento se le pasó por delante toda su existencia. El bien, el mal. El amor y el odio. La muerte y el renacer. Por primera vez, los veía como una parte necesaria de lo que él era.

Y por fin lo sintió, ese vínculo primordial y místico con la criatura que crecía dentro de ella. Una llamada poderosa para protegerla.

Elena se estaba preparando para convertirse en la puerta a través de la cual un ser humano llegaría a este mundo. Entregaba su cuerpo a una experiencia feroz y portentosa que Massimo, como hombre, solo podía considerar sobrehumana.

Volvió a pensar en el valle donde la feminidad sacra había sido preservada y transmitida junto con una antigua sabiduría. La Mujer había logrado protegerse a sí misma y a la Diosa en su interior. La divinidad femenina estaba custodiada en cada una de ellas, como en Aniza y en la representación de la *Ninfa durmiente*. Incluso en un icono de la Virgen que llegó a través de la muerte a manos de los niños del valle. Quién sabe qué impresión les habría causado, a ellos que estaban en contacto todos los días con ese poder arcano, el rostro brillante de la Señora de los Cielos.

Massimo volvió a abrir los ojos. Encerró en su mano la de Elena y retuvo la proposición que estaba a punto de hacerle. Se levantó.

—Si pudiera, os llevaría conmigo —dijo, besando sus labios—, pero no es seguro.

De mala gana, se apartó de ella.

—¿Adónde vas? —le preguntó Elena, desorientada por su retroceso.

Él le sonrió.

—A buscar el comienzo de una historia para poder escribir su final.

—¡No puedo creer que no se lo hayas pedido!

Massimo meneó la cabeza.

—Ya sabía yo que nos estaba escuchando —dijo.

—¿Cómo se te ocurre ponerte de rodillas y no decirle nada? Es como tomarle el pelo.

—Quiero que sea un momento perfecto para ella.

La comisaria soltó una maldición.

—No hay momentos perfectos, sino momentos inolvidables. Y ese podía haberlo sido.

—Habría podido hacerlo, si hubiéramos estado solos y no con usted espiándonos desde la puerta.

—Dale gracias a Dios por que no te haya pateado el culo. Yo lo hubiera hecho. Y luego vas y sales con esa frase propia del inspector Derrick. Dios santo, estabas pensando en el caso, ¿te das cuenta?

—Estaba pensando en nosotros, en nuestro hijo. Y en un asesino que todavía anda suelto y que ha llegado hasta la puerta de mi casa. Si me lo permite, lo considero un problema un pelín urgente de resolver, antes de devolver a Elena a mi vida. Hemos llegado.

—¿Estás de broma? —preguntó, ante la jefatura provincial de los carabineros.

—Ya me gustaría que lo fuera. ¿Se imagina la cara de Lona si nos viera pedirle ayuda al enemigo?

—Mierda. ¿Es eso lo que estamos haciendo?

—No. Aprovechándonos de ellos.

—Así suena mejor.

Fue Christian Neri quien los recibió en la entrada, y se dirigió de inmediato a Teresa Battaglia

—Comisaria, es un honor conocerla —le dijo, estrechándole la mano—. Soy el teniente Neri.

Ella lo miró de arriba abajo con interés.

—Creo haberle visto antes —dijo—. Medio desnudo y en un ring.

Christian sonrió.

—Bueno, sí. Espero que esa circunstancia no juegue en mi contra —respondió.

—No, teniente. Aprecio un cierto grado de rebelión contra las reglas.

—¿Ah, sí? —intervino Massimo—. No me ha dado esa impresión.

—Por aquí, por favor —les invitó Neri—. Le doy también la bienvenida de parte de la Brigada de tutela del patrimonio cultural. Nuestra actividad principal es la recuperación de obras de arte robadas, aunque no solo.

Massimo los vio caminar por el pasillo, charlando como si fueran dos viejos amigos.

—¿No había un nombre más pomposo? —preguntó con acidez, pero ninguno de los dos le prestó atención.

Christian los hizo pasar a su despacho.

—Seré sincero: el caso de la *Ninfa durmiente* tendría que habérsenos asignado a nosotros —dijo—, pero entiendo la elección del fiscal Gardini. Usted, comisaria, es una garantía de éxito.

Teresa respondió a su sonrisa.

—Tengo la suerte de dirigir un gran equipo —dijo.

—Y ahora nosotros tenemos la suerte de colaborar con usted.

Massimo ya no podía soportar más tanto intercambio de efusiones.

—«Colaborar» no es un término apropiado —lo interrumpió—. Como te dije por teléfono, esta reunión nunca ha tenido lugar.

Christian lo miró de pasada.

—Y como te dije yo, estaré encantado de echar una mano a la comisaria Battaglia.

—Chicos, me siento halagada por toda la testosterona que estáis exhibiendo en mi honor, pero tengo sesenta años y ya no es que me impresione mucho, así que... retraed vuestras grandes colas de pavo real y vayamos al grano. Os quedaría muy agradecida —los separó ella.

Christian no pudo reprimir una carcajada.

—Veo que lo que se dice sobre su franqueza es cierto, comisaria.

—No sabes hasta qué punto —cortó Massimo.

—Ponedme al día —continuó ella—. ¿Por qué estamos aquí?

—Por la base de datos de bienes culturales robados e ilícitamente exportados —respondió Christian—, única en su género y a disposición de toda la policía del mundo. Estamos muy orgullosos de ella. Cuenta con más de seis millones de obras de arte registradas, y para cada una de ellas hay una especie de tarjeta de identidad llamada *Object-ID*.

—Informé al teniente Neri acerca del icono robado por los nazis y luego perdido —dijo Massimo.

Neri escribió rápido en el teclado.

—Por desgracia, no me dijo nada nuevo. Durante la Segunda Guerra Mundial, los invasores robaron millones de obras de arte, recuperadas solo en parte. Fue Hermann Göring, el brazo derecho de Hitler, el inspirador de la iniciativa de expoliación del patrimonio artístico de los países ocupados. Estamos hablando, solo para poner un ejemplo, de todo el patrimonio polaco, sustraído en 1939.

También fue él, al año siguiente, el que desvió un tercio de las obras requisadas en el Louvre a su colección privada.

—Una enormidad —observó la comisaria.

—Impresionante, sí. Pero en este océano de cuadros y esculturas, creo haber identificado el icono del que me hablan.

Christian hizo una pausa, como dándoles tiempo para calibrar la importancia de sus palabras.

—En febrero de 1945, los alemanes irrumpieron en la iglesia del Santuario de Castelmonte, a pocos kilómetros del valle en cuestión, y robaron el retablo. Consistía en un pequeño tríptico en forma de libro, con serigrafía en oro, plata y gemas preciosas. Se estima que era de la época anterior al último período románico bizantino. Una obra paleocristiana de inestimable valor. Su rastro se localiza en los registros incautados al comando nazi cuya guarnición se hallaba a la entrada de Val Resia. El altar fue desmontado y los tres paneles se registraron por separado. El icono, según los libros, debería haber estado en un tren que iba a Viena, al que nunca llegó.

—Lo robó el soldado en cuyo poder lo encontraron —dijo Teresa.

Christian asintió.

—No era raro que, en aquellos últimos días de una guerra ya perdida, los soldados alemanes robaran obras de arte fácilmente transportables bajo los ojos de sus *Kommandant*. Esto hace que el trabajo de recuperarlos resulte infinitamente más complejo.

Massimo y Teresa se miraron. Habían agregado otra tesela a la historia.

—Gracias —dijo ella, poniéndose de pie—. No olvidaremos su cortesía.

Christian Neri los miró con asombro.

—¿No quieren verla?

Giró el monitor hacia ellos y la impresión que les causó la imagen los dejó sin palabras.

Era una Virgen inquietante, a decir poco.

90.

—Es una *Virgen Nigra:* una virgen negra o de piel oscura.

Anastasiu Constantin había observado con gran interés la impresión del icono que Christian Neri le había dado a Teresa. Fue el teniente quien le señaló el nombre del experto, que colaboraba a menudo con la Brigada para la evaluación de la autenticidad de las obras halladas.

Cuando entró en la tienda de antigüedades, entre ángeles barrocos tallados en ébano y candelabros de plata maciza, Teresa tuvo que agachar la mirada para encontrarse con la suya. Constantin sufría de enanismo.

—La virgen negra está presente en muchas culturas, en todo el mundo —continuó el anticuario, alisando el pañuelo de cachemir que le envolvía el cuello como una gorguera—, pero solo unas pocas guardan, por decirlo así, cierto secreto.

Sostuvo la fotografía original del icono entre sus dedos, adornado cada uno con un anillo de oro remachado y piedras preciosas. La foto original estaba en blanco y negro, pero para insertar la obra en el *Object-ID* de la base de datos había sido retocada para que exhibiera los colores señalados por los testigos y los registros que recogían sus vicisitudes.

—¿Qué secreto? —preguntó Teresa.

Constantin no respondió. Subió dos escalones y se sentó en un taburete. Colocó la fotografía sobre el escritorio de su estudio y dirigió el haz de luz de la lámpara hacia el rostro de la Virgen. Estaba oculto por un velo negro, que se transparentaba apenas para hacer emerger sus rasgos exóticos, los ojos marrones que parecían mirar siempre al observador, cualquiera que fuese su posición. Sin embargo, el cuello y las manos revelaban una tez oscura, al igual que la del niño Jesús que la Virgen estaba amamantando.

—En realidad, muy pocos ejemplares de vírgenes negras que lo sean de verdad —explicó—. El color se debe al humo de las velas votivas, que han manchado lienzos y paneles a lo largo de los siglos hasta fundirse con los materiales. Otras veces, en cambio, lo que ocurre es que se han pintado más tarde, para ocultar y proteger decoraciones particularmente valiosas. En otros casos, la piel oscura es un homenaje a los orígenes de la Virgen. El icono que estamos viendo en la fotografía, sin embargo, no tiene nada que ver con nada de eso.

—Antes hablaba de un misterio. ¿Se refiere a esto?

—Exactamente. Verán, en poquísimos casos, que pueden contarse con los dedos de una mano, la piel oscura de la Virgen es una indicación de su verdadera identidad. Miren este icono: están viendo la imagen misma de la blasfemia. Se aparta completamente de la iconografía mariana. Observen los dedos de la mano, están levantados para señalar el número tres, símbolo de la trinidad. Esta mujer nos está diciendo: «Yo formo parte de esa trinidad. No el hombre, sino la mujer». Su túnica es roja, como la de Cristo: no es un símbolo de la sangre derramada en la cruz, sino de la que toda mujer tributa cada mes a la tierra a través de su cuerpo. El manto es azul, como el cielo del que desciende. Esta representación es típica del Cristo Pantocrátor de la época bizantina.

Teresa comenzó a intuir el mensaje oculto escondido en la pintura.

—¿No les parece que una aureola tan perfectamente redonda se parece a un disco solar? ¿Esos ángeles con alas de halcón no son acaso los más extraños que han visto? Y qué decir del niño Jesús amamantado: a mí me parece que sus facciones son las de una niña.

Los miró complacido.

—¿Lo entienden? Este icono nos está diciendo que la deidad es femenina.

—Una diosa que genera diosas —murmuró Teresa.

—No una diosa cualquiera: Isis, la Gran Madre. Diosa de la fertilidad, de la maternidad y señora de la Noche. La que era conocida con el apodo de *Heket:* la Gran Maga. El halcón era su animal simbólico. El culto isíaco es misterioso, profundamente vinculado con el conocimiento esotérico. He ahí la razón de la piel oscura. Esta no es María, es Isis. Mírenla: una adolescente que encierra el mayor poder del mundo.

—Un culto pagano oculto bajo las facciones del cristianismo —murmuró Teresa—. En el santuario, durante siglos, los fieles se inclinaron ante Isis, convencidos de estar rezando a la Virgen María.

—¿Por qué el velo negro en la cara? ¿Es una señal de luto? —preguntó Marini.

—Oh, no. Plutarco nos lo explica, en su *De Iside et Osiride:* el gran biógrafo y filósofo recoge una inscripción vista en Menfis, en el templo dedicado a la diosa. Al pie de una estatua estaba escrito EGO SUM OMNE QUOD FUIT, QUOD EST, QUOD FUTURUM EST. VELUM MEUM NEMO MORTALIUM RILEVAVIT. Significa: «Soy todo lo que ha sido, lo que es, lo que será, y ningún mortal se ha atrevido nunca a levantar mi velo». Algunos traducen *velum* como «peplo» y asocian la expresión con la virginidad de la diosa. En realidad, levantar el velo de Isis significa tener acceso a su saber.

Teresa miró la fotografía del icono, el simbolismo de los colores.

Rojo: la sangre fértil.

Blanco: la luz de la vida recién nacida.

Azul: el contacto con lo divino.

Negro: el culto a los muertos.

Y luego el verde del fondo: la sabiduría vegetal. El conocimiento del mundo vegetal y sus poderes.

Eran los de las mujeres chamanas.

91.

«Quieren acabar con mi linaje», había dicho Krisnja.

Teresa no podía evitar pensar en la frase susurrada por la joven frente a la tumba de su abuela Ewa. Ahora que conocía el significado oculto del icono, esas palabras adquirían rasgos aún más inquietantes. Estaba convencida de que un poder oculto serpenteaba por el valle, guardado como un secreto que tenía algo de sagrado. Por algo sagrado era posible morir. Y era posible matar.

—Todavía está aquí —murmuró, observando el bosque, donde Blanca, Smoky y los rastreadores peinaban sin pausa el área que costeaba el río, buscando los restos de Ewa. No tardarían en desplazarse hacia el interior.

—¿A quién se refiere? —preguntó Marini.

—A la efigie de Isis. El icono no llegó a perderse nunca.

—¿Cree que Francesco ha mentido otra vez?

Teresa meneó la cabeza.

—No, dijo la verdad. Cree en su recuerdo. Pienso más bien que alguien lo encontró y aún sigue venerándolo aquí en el valle.

—¿Cam?

—Podría ser. Pero ha muerto.

—En esta historia, sin embargo, faltan demasiados cuerpos. ¿No deberíamos abrir su tumba también?

Teresa no respondió. Era una posibilidad que por ahora esperaba poder dejar de lado.

—Pero ¿por qué matar? —prosiguió Marini—. El culto a Isis es un credo de paz y hermandad.

—El cristianismo también.

—Sigo sin ver la conexión con el asesinato de Emmanuel Turan.

—Emmanuel *es* la conexión. Entre la muerte más antigua, Aniza, y hoy. Sin lugar a dudas, era un testigo. El testigo de un secreto.

El móvil de Marini vibró.

—Es De Carli —dijo. Tras escuchar brevemente, se le congeló la expresión de la cara. Colgó.

—Francesco ha denunciado la desaparición de Krisnja.

Al igual que su tía abuela Aniza, la joven había entrado en el bosque y no había regresado.

Esta vez, sin embargo, estamos aquí nosotros para buscarla. La encontraremos.

Teresa se lo había prometido a sí misma. Había convocado a todos los hombres involucrados en la investigación en la zona del último avistamiento.

—La vi desde la ventana de mi habitación —decía Francesco, agitado—. El sol ni siquiera había salido. Krisnja se encaminó por el sendero, vestida solo con un jersey encima del pijama. Y con zapatillas de deporte. Luego desapareció entre los árboles.

—¿No la llamó? —preguntó Marini.

—No. Sé que a veces va a buscar al gato por los alrededores: se pasa la vida por ahí y ella se preocupa. Nunca le quita ojo, porque los zorros suelen acercarse hasta las casas. Vestida como iba, supuse que solo estaría fuera unos minutos.

—¿Y no fue así?

—No, hace media hora fui a decirle una cosa. La puerta principal estaba abierta y la cafetera quemada sobre el hornillo encendido. Krisnja no ha regresado. Le ha pasado algo.

El pánico del hombre parecía auténtico.

Parisi se acercaba acompañando a Blanca y Smoky, que los precedía meneando la cola. La joven extendió una mano.

—¿Teresa? —llamó.

—Estoy aquí —se reunió con ella y la tomó del brazo. Se le acercó para que los demás no pudieran escuchar sus palabras.

—Krisnja ha desaparecido —dijo—. Tenéis que ayudarme a encontrarla.

Blanca acercó su rostro al de ella.

—Ya sabe que lo que nosotros seguimos es la sangre —le susurró. Era como preguntarle si Krisnja ya había muerto en sus pensamientos.

No podía descartarlo. Teresa tuvo que empujar para que salieran las palabras que le costaba trabajo pronunciar.

—Ayúdame a encontrar algo de ella.

Blanca asintió y llamó a Smoky a su lado.

—Llevadme hacia sus últimos pasos —dijo.

Marini le tomó la mano y la colocó sobre su brazo. Juntos bajaron la cuesta hasta el sendero. Cuando se adentraron en el bosque, también Francesco iba con ellos.

—Corrí hasta aquí, donde la vi desaparecer —les explicó, respirando con dificultad—, y continué durante un centenar de metros —se detuvo—. Entonces lo comprendí. Comprendí que no conseguiría encontrarla. Volví sobre mis pasos y les llamé —miró a Teresa. La comisaria sabía que le costaba confiar en ella, después de los desencuentros que habían tenido.

—Para mí es como revivir esa noche, la última de Aniza —murmuró el hombre.

Teresa sintió pena por él, aún clavado en aquel día de un pasado distante.

—Ahora sigo sola —dijo Blanca, soltando el brazo de Marini.

—Ten cuidado.

El inspector continuó siguiéndola de cerca, atento a cada uno de sus pasos.

Desde el principio, Smoky tomó una dirección diferente a la indicada inicialmente por Francesco.

—No puede haber ido por esta zona —protestó el hombre—. Krisnja nunca se aventuraría a entrar sola, a esas horas y en esas condiciones.

—Tal vez estuviera persiguiendo al gato, lo dijo usted mismo —señaló Teresa, evitando decir que lo que el perro olfateaba era el olor a sangre humana.

Él meneó con decisión la cabeza.

—Ese animal tiene más instinto de conservación que yo. Nunca se habría metido tanto en el bosque. Hay jabalíes, zorros. He visto búhos con una envergadura de alas de metro y medio: podrían capturarlo sin excesivo esfuerzo.

—Pasó por aquí —insistió Blanca, con dulzura pero firmemente.

—Te seguimos —la animó Teresa.

Parecía que Krisnja había abandonado pronto el sendero para adentrarse en la espesura. Al borde de un despeñadero recubierto de vegetación, Smoky se detuvo, mostrando signos de nerviosismo. Blanca trató de calmarlo, pero él se soltó del suave apretón de la joven y se lanzó al boscaje.

Blanca parecía perpleja y tal vez incluso asustada.

—Nunca hace eso. Es la primera vez que se aleja de mí —dijo.

Lo escucharon aullar, un poco más abajo.

Teresa llamó a Parisi.

—Quédate aquí con ella —le dijo, señalando a Blanca.

La bajada resultó dificultosa. Teresa tropezó varias veces y estuvo a punto de caerse, pero por nada del mundo se habría quedado esperando mientras Marini la precedía en la empresa. Él no le metía prisa, la esperaba y la sostenía en los tramos más intransitables.

Teresa sentía que Krisnja estaba allí abajo, en alguna parte, pero por encima de todo sentía que la historia estaba a punto de dar un giro que cambiaría para siempre el curso de los acontecimientos.

El aullido pareció acercarse. Teresa tomó la mano que Marini le ofrecía y superó una roca encaramada al desnivel.

Smoky estaba unos pasos más adelante. Se removía, mirando a un punto en los árboles.

La escena que se reveló ante sus ojos era escalofriante.

En una tupida espesura de zarzas, desfigurada y con la ropa hecha jirones, Krisnja parecía levantada del suelo en la posición de Cristo en la cruz. Inmóvil, aparentemente no parecía respirar. La sangre era tan copiosa que hacía difícil reconocerle la cara.

Marini maldijo, se quitó la chaqueta y se envolvió un brazo con ella. Intentó abrirse paso a través de la maraña de espinas, pero los tallos eran tan grandes y resistentes que formaban una barrera impenetrable que repelía todos sus empujones.

Tuvo que rendirse.

—Voy a pedir ayuda. Necesitamos podaderas.

Teresa se aproximó a aquella trampa natural. Las espiras puntiagudas tenían rastros de sangre. Se envolvían alrededor del cuerpo de la joven y sobre su cabeza. No podía haber caído allí dentro, el despeñadero estaba al otro lado del claro y a su alrededor solo había árboles de más de veinte metros de altura.

Krisnja había entrado por su propio pie en ese infierno.

Se preguntó qué podría haberla asustado tanto como para hacerle luchar contra esas puntas afiladas con la esperanza de poder escapar.

La máscara de sangre frente a ella tembló y sus párpados se abrieron de repente.

Krisnja la miraba con las pupilas dilatadas y parecía haber escuchado sus pensamientos.

—El diablo... —susurró.

Como si lo viera aún ante sus ojos, dejó escapar un grito que pareció vaciar su alma y resonó en el interior de Teresa.

Las sombras del bosque parecieron cobrar vida. Tenían un olor. Sonidos. Una voz baja que gruñía.

Cuando Marini regresó, Teresa estaba inmóvil y congelada, con los ojos fijos en un punto oscuro en el bosque, donde una figura negra parecía estar escondida. Todavía estaba allí y la miraba.

Su expresión debía de hablar por ella, porque el inspector se apresuró a comprobar qué veía. Cuando se volvió para mirarla, Teresa comprendió que no había nada en el barranco excepto la proyección de su mente.

Alucinaciones alimentadas por la sugestión, se dijo a sí misma, asombrada de que la enfermedad en esa situación fuera casi tranquilizadora, pues la alternativa resultaba impronunciable.

92.

—Ahora puede decírmelo. ¿Qué fue lo que vio en el bosque?

La pregunta acababa de susurrársela Marini en el pasillo de la sala de urgencias, a pocos pasos de la habitación en la que estaba ingresada Krisnja.

Teresa alzó la mirada hacia él. La escrutaba con excesiva atención.

—Estaba asustada, comisaria. Dígame lo que vio.

Teresa lo estaba de verdad. Creyó estar mirando a los ojos al infierno, pero era a sí misma a quien veía, a sí misma enferma. Su médico se lo había confirmado por teléfono, ni media hora antes.

«Las alucinaciones, visuales y auditivas, forman parte del curso de la enfermedad», le había dicho. «Se trata de alteraciones delirantes de la realidad. Podría ocurrir que un día sufras un *shock* al mirarte en el espejo, porque no te reconoces a ti misma o porque no entiendes que has envejecido. Podrías ver el reflejo de una cortina y creer que se trata de una persona.»

«¿Y de un fantasma?», preguntó ella.

«Sí, también. Las alucinaciones suelen ir acompañadas de delirios paranoicos: miedos, fobias, convicciones de naturaleza persecutoria.»

«¿Qué puedo hacer?»

«Por lo general, hablar ayuda. Siempre aconsejo a los familiares del paciente que los ayuden a razonar, a llegar por sí mismos a la conclusión de que se trata de una mala interpretación de la realidad. Hacer todos los esfuerzos posibles por mantener el cerebro ágil es fundamental.»

La pregunta sucesiva le había costado a Teresa una buena dosis de amor propio.

«¿Y qué pasa si no puedo hablar con nadie?»

«Entonces tienes que intentar aferrarte a tu racionalidad de la forma que puedas. Vuélvete aún más metódica, usa la lógica. Duda siempre y analiza cada hecho. Debes salvarte tú sola.»

Poca novedad. A eso ya estoy acostumbrada, pensó.

—He visto una sombra —respondió a Marini—. Nada más. ¿Que si he sentido miedo? Pues claro. Le hubiera pasado a cualquiera, allá abajo, sola.

Antonio Parri se unió a ellos a toda prisa. Había llegado al hospital tan pronto como Teresa le había dado la noticia y se había encargado de obtener de inmediato información acerca del estado de Krisnja. La joven estaba en *shock,* pero consciente. Teresa aún no había podido hablar con ella.

—Los ojos están a salvo, gracias a Dios —les dijo.

—¿Y la cara? —preguntó Teresa.

—Devastada. Alguna cicatriz le quedará.

Ella tuvo que apartar la mirada un momento.

—Se han encontrado dosis relevantes de escopolamina y atropina en la sangre de la chica —continuó Parri—. Son alcaloides alucinógenos.

—¿De qué origen? —preguntó ella.

—Natural. Se obtienen de las semillas y las hojas de una mala hierba muy común, la *Datura stramonium.* Se la conoce comúnmente como «azucena del diablo» o «mata del infierno».

Teresa y Marini se miraron.

—Es una planta psicotrópica, como el cánnabis, la mandrágora y el loto azul. En el pasado se usaba por sus propiedades medicinales, para aliviar el asma bronquial. Sin embargo, una dosis excesiva conduce a la parálisis de los músculos respiratorios y a una muerte tremenda debido a una lenta asfixia.

—Alguien drogó a la joven. Ese es el origen de sus alucinaciones —reflexionó Teresa.

—Sigue repitiendo que alguien quería borrar su rostro —dijo Parri—. Cuando lo dice, se refiere a una presencia maligna. Está verdaderamente convencida de haberse topado con el diablo. Los médicos quieren que descanse unas horas. Dije que estarías de acuerdo.

Teresa asintió, más postrada de lo que quería admitir.

Eran solo alucinaciones, se repitió con fuerza. *Las suyas y las mías. No había ninguna presencia.*

—La dosis con la que se activan los alcaloides alucinógenos está muy cercana al límite tóxico —explicó el médico—. Quien quiso drogarla sabía lo que se hacía.

—O quería matarla —murmuró Teresa.

Pensó en el saber femenino, en el arte de usar hierbas para curar la vida. O para arrebatarla.

93.

Había una vez dos pueblos, el de la Verdad y el de la Mentira. Quienes viven en ellos, por su propia naturaleza, no pueden sustraerse a la Regla: sinceridad incondicional o mentira absoluta. Un viajero está buscando el pueblo de la Verdad. Se cruza con un hombre en su camino, en la bifurcación de una encrucijada: sabe que viene de uno de los dos lugares.

¿Qué pregunta debe hacerle para que el desconocido no lo induzca a engaño?

Las órdenes de registro habían llegado por fin. A Teresa nunca le resultaba agradable entrar en la casa de la gente y rebuscar en sus vidas, ordenando a extraños que abrieran los cajones y las puertas de una intimidad que nunca volvería a ser la misma. Se olisqueaba el mal, estaban sacándolo a la fuerza del escondrijo en el que había encontrado refugio. Era, en cualquier caso, una acción cargada de agresividad quirúrgica e invasiva.

A veces se equivocaba. Abría la vida de una persona igual que un cuchillo metido entre las valvas de una ostra, cortando netamente el músculo, solo para descubrir que no había ninguna perla negra en su interior.

Teresa tenía ahora la sensación de sujetar esa hoja en sus manos, mientras cortaba los últimos hilos de la relación que podría haberla vinculado a Francesco.

El hombre no había vuelto a pronunciar una sola palabra desde que se presentaron en su casa con la orden del juez. Se hizo a un lado y les permitió invadir su espacio privado. Sentado ante la mesa de la cocina, se había acurrucado en su propio cuerpo, encorvado como para molestar lo menos posible. Sus ojos, sin embargo, ardían de rabia. Y esa rabia era por ella, Teresa lo sabía. Francesco probablemente nunca le perdonaría que hubiera llegado al valle como amiga y hubiese acabado siendo una amenaza para su equilibrio.

Se acercó a él, con los ojos fijos en los suyos. El hombre nunca había dejado de mirarla.

—Debería estar en el hospital —le dijo—, con Krisnja.

—No tardaremos mucho —le aseguró—. Solo quería decirle que, de haberme sido posible, lo habría evitado. Krisnja ha sido envenenada. Necesitamos entender cómo y cuándo.

—Busquen en su casa, entonces.

—Lo estamos haciendo.

—Aquí no encontrarán nada.

Eso espero, le hubiera gustado responder a Teresa, porque todavía necesitaba creer que ese hombre era tan límpido como su vida daba a entender. Que la pena que lo atormentaba no era ficción.

A pesar de su carácter hosco, como el suyo.

A pesar de las verdades ocultas, como las suyas.

Muy diferentes no eran, a fin de cuentas.

La respuesta al acertijo aún en suspenso se materializó en un temblor en los labios.

¿Qué pregunta debe hacerle para que el desconocido no lo induzca a engaño?

Señálame tu pueblo, debe preguntarle al viandante.

Si el desconocido viene del pueblo de la Verdad, entonces su respuesta será verdadera.

Si su pueblo es el de la Mentira, le indicará en todo caso el de la Verdad.

Teresa pensó que, a veces, para llegar a la verdad lo que había que hacer era simplemente olisquear la mentira y seguirla. Se preguntó si era el caso de Francesco. Marini la llamó para decirle una cosa.

—Los hombres están listos fuera de la casa de Matriona, pero aún no hemos podido encontrarla. Está ilocalizable desde hace horas, aunque su abogado se ha puesto en contacto con nosotros. Él también la está buscando —le dijo—. ¿Sigue decidida a continuar de todos modos?

Teresa no tenía dudas.

—Haz que conste en acta la urgencia y la imposibilidad de localizarla. Estamos buscando un alucinógeno: natural o no, para mí es una droga. La irrupción está justificada. Llamad al fiscal y notificádselo. Y decidle al abogado que tiene media hora para hacer acto de presencia. Adelante.

Después de casi cuarenta años de registros, para Teresa los lugares donde tal vez se haya cometido un crimen se dividían en dos clases. Aquellos que cuentan historias con mucha más efectividad que las palabras, hechos de ladrillos amalgamados con vidas que quedaron varadas y cemento de humores y esperanzas. Y aquellos que le quitaban el sueño y ya no se lo devolvían porque parecían tener conciencia, y sentidos a través de los cuales la sondeaban.

La casa de Matriona era uno de esos. Cada objeto parecía provenir del pasado, como si la propietaria lo hubiera recogido en el curso de una existencia que se extendía a lo largo de los siglos. Cerámicas pintadas, cuencos de cobre y ollas de bronce. No muchos muebles, recios y taraceados. El aroma de las hierbas que cultivaba y recogía se elevaba de canastas y sacos de algodón.

Un aspecto inofensivo, era lo primero que uno podía pensar, y sin embargo...

Y, sin embargo, no hay nada que espante más que la normalidad, cuando un detalle incorrecto la corrompe.

La risa de un niño, cuando el niño ya no está allí.

El repiqueteo de las patas de un perro, muerto hace tiempo.

Un crujido entre las mantas cuando no hay nadie a tu lado en la cama.

En esa casa, el flujo de la normalidad quedaba interrumpido por una vibración baja que se encaramaba sobre Teresa. La vivienda parecía viva y descontenta con la invasión.

Mantente lúcida.

Una fuerza desconocida, por el contrario, la invitaba a despojarse de toda precaución racional y ahondar en las profundidades. Si la secundaba, la hostilidad se extinguía como un viento cansado.

Era su inconsciente, que presionaba para servirle de guía.

Teresa se apartó del equipo. Buscó el silencio y la soledad en esas habitaciones. Los sonidos se confundieron y las imágenes de las tareas metódicas de inspección se desvanecieron.

En la parte de atrás de la casa había una habitación que tenía el aspecto de una vieja especiería, con jarrones de mayólica que contenían hierbas resecas y polvos. Posiblemente, al menos uno de ellos guardara semillas de *Datura stramonium,* pero Teresa no se entretuvo. Iba buscando otra cosa. Iba buscando lo que, en su interior, ya sabía que encontraría allí.

Se lo había susurrado el antiguo canto entonado por Matriona cuando el corazón colgado a las puertas del valle todavía goteaba ante sus ojos: le pareció un ritual y ella, una sacerdotisa.

Se lo habían dicho los jarrones rellenos con cenizas del *Babaz,* guardados en la posada: restos de incendios en los que se exorcizaba el pasado y se quemaba un fetiche masculino.

Se lo seguía repitiendo el viejo Emmanuel, fantasma en sus pensamientos, con una sima en el pecho y la mirada de quien conocía un secreto.

Detrás de un banco de trabajo en el que aún descansaban tallos de plantas desconocidas y un mortero, una puerta la estaba llamando. Teresa la empujó, abriéndola de par en par a la oscuridad.

El aliento de la habitación estaba impregnado de olores indefinibles. Los latidos de su corazón eran los de los tambores que había sentido vibrar cuando nació el niño.

Un haz de luz azulada se encendió a sus espaldas. Marini se había reunido con ella en silencio.

—Cierra la puerta. Que no entre nadie más, por ahora —le dijo.

No había interruptor de luz. En la pared, de enlucido irregular y pintada de oscuro, habían sido excavados unos nichos. Contenían cuencos llenos de cera.

Como si ya conociera ese lugar, Teresa restregó una cerilla y encendió las mechas una por una. Un resplandor parpadeante surgió como un amanecer rojo en la habitación.

Las paredes y el techo estaban pintados de rojo ocre. No había ventanas, excepto unos orificios de ventilación a un lado del cuarto. Teresa había visto otras similares en antiguas casas-cueva y tempranas iglesias rupestres cristianas.

—Qué claustrofóbico —murmuró Marini.

Un vientre, esa fue la imagen que estremeció a Teresa. El vientre de una mujer. Rojo, oscuro y tibio.

Posó la mirada en los tambores ahora silenciosos depositados en el suelo cubierto de esteras. Se agachó para observar uno.

—Sonidos de tambores y cantos salmodiados —murmuró, un pensamiento que iba tomando forma entre las palabras—. En la antigüedad se empleaban para alcanzar el trance durante las ceremonias.

—Sugestivo.

—La ciencia ha demostrado que ayudan a alcanzar un determinado estado mental correspondiente a las ondas *theta*, las de los primeros momentos del sueño REM. La actividad eléctrica del tejido nervioso se «sintoniza» y el estado de conciencia se hunde en las profundidades. Se ha demostrado que las antiguas sacerdotisas de Dendera tocaban el tambor durante el parto de mujeres embarazadas.

—¿En las profundidades para qué?

—Para reunirse con los espíritus. Las ondas *theta* inducen a estados hipnagógicos. Éxtasis reales.

—No creerá usted en eso, ¿verdad?

—Incluso el cristianismo temía sus efectos; de hecho, prohibió su uso.

Marini giró sobre sí mismo.

—¿Qué demonios es esta habitación? —se preguntó.

Teresa no tenía dudas.

—El lugar más sagrado, antes de que las grandes religiones monoteístas le concedieran todo el poder al varón, sofocando la divinidad femenina —murmuró levantándose de nuevo—. Es una *mammisi*. Una antigua sala de partos.

—¿Es una cuestión de guerra entre sexos?

—No seas idiota. Si te conviertes en padre de una niña, entonces lo entenderás.

—¿Entenderé el qué?

—La exigencia de ser su guardián.

Señaló algunos dibujos en una pared. Eran figuras humanas estilizadas, unas pocas líneas que mostraban glúteos exuberantes y senos hinchados. A lo largo de la columna vertebral, hasta la cabeza, aparecían punteadas de blanco.

—Matriona se toma muy en serio su papel de chamana —consideró Marini—. Parecen antiguas pinturas rupestres.

Teresa se puso las gafas y acercó la linterna.

—Estos dibujos hablan —murmuró.

—Sé que me sorprenderá. Veamos: ¿qué están diciendo?

—¿Ves esos puntitos blancos? Se encuentran en muchas representaciones prehistóricas, en diferentes culturas, distantes incluso en el tiempo y el espacio. Representan fosfenos.

—¿Y eso qué es?

—Esto.

Teresa le presionó un ojo con el pulgar.

—*¿Se ha vuelto loca?*

—¿Has visto destellos blancos?

—Sí.

—Pues ahí están, tus fosfenos: fenómenos visivos que consisten en la percepción de chispas o puntos luminosos en ausencia de luz.

Él se masajeó los ojos.

—No veo.

—Están causados por la presión en el globo ocular, la hiperventilación o el estrés físico. O bien por la ingestión de sustancias enteógenas. ¿Te vas enterando, inspector?

—¿Eso significa que Matriona y las mujeres de su círculo practican rituales chamánicos que prevén el uso de plantas alucinógenas?

—Pero qué listo.

—Hace un momento ha dicho que esta es una sala de partos.

—No hay acto más mágico y misterioso que el de traer al mundo a otro ser humano. A riesgo de la propia supervivencia, con una acción feroz de la naturaleza que quiebra el cuerpo, la mujer se convierte en el trámite de este pasaje. Madre y sierva de su propia especie.

Teresa sintió el estremecimiento de aquel hombre joven que estaba a punto de convertirse en padre. Estaba segura de que sus pensamientos se habían dirigido a su compañera y a la vida que le donaba a través de sí misma.

La comisaria se concentró en los otros objetos. Había muchos sobre las esteras y los estantes de madera. Algunos colgaban de las paredes. Observó una estatuilla de terracota: una mujer joven hilaba con una mano y sostenía en la otra el escudo de un guerrero.

—Hila la vida y la protege —dijo perpleja—. Es el símbolo de la comadrona, tan antiguo como la civilización humana. Por lo general, era una conocedora de las plantas sagradas o una arreglahuesos, una mujer fuerte y sabia que en épocas sucesivas sería acusada de brujería.

Marini estaba inspeccionando el otro lado de la habitación.

—No son objetos que se encuentren a la venta fácilmente —dijo.

Teresa volvió a percibir la energía que la había sacudido a su llegada a la casa: su inconsciente, una vez más, quería responder por ella.

—No son meros objetos —dijo. Le hacía falta concentrar sus pensamientos. El aire parecía tener manos, traía el olor de un mundo que se creía extinto, y que en cambio había sobrevivido allí.

Los vórtices, las espirales y los meandros pintados en jarrones de terracota no eran simples adornos abstractos, como había pensado, sino símbolos del agua sagrada íntimamente relacionados con el útero femenino y con la vida que generaba. Las estatuillas informes se le aparecieron como lo que realmente eran: venus esteatopigias, divinidades femeninas apenas esbozadas en piedra, o tal vez solo consumidas por el tiempo. Había docenas, un centenar tal vez.

Europa Antigua.

No se dio cuenta de que había pronunciado esas palabras hasta que oyó a Marini preguntarle de qué estaba hablando.

—Europa Antigua es una expresión que utiliza la antropología más reciente para definir una sociedad igualitaria que se supone que pudo prosperar en tierras balcánicas, a orillas del Danubio y en Anatolia, hasta las riberas del mar Caspio. Una sociedad matrilineal en la que la mujer era el centro de la vida espiritual y social de la comunidad, que nos ha legado casi intactas miles de estatuillas de la era neolítica que representan a la Gran Diosa.

—¿Estatuillas como estas copias?

Teresa no creía que fueran copias.

Le quitó de la mano un largo bastón de hueso de extremidades redondeadas y aspecto consumido, con un cuidado casi cariñoso. Era incapaz de creer en lo que estaba observando.

—Trece incisiones —dijo, pasando un dedo por los arañazos de la superficie—. Trece, como los períodos fértiles de una mujer y los meses sinódicos dentro de un año. Ambos se repiten cada veintiocho días.

—¿Qué significa eso?

—Que, al contrario de lo que se nos ha enseñado durante mucho tiempo, en las tribus primitivas el bastón de poder no pertenecía al hombre cazador, sino a la partera —le explicó, devolviendo el objeto artesanal a la vitrina que lo protegía—. Y que ni siquiera era un bastón de poder, como siempre se ha creído. Tienes bajo tus ojos un calendario lunar, inspector, para el cálculo de las fechas de los partos y de las celebraciones rituales en honor de alguna divinidad pagana. Probablemente la primera herramienta para medir el tiempo.

La expresión de Marini cambió poco a poco.

—¿Me está diciendo que estos objetos son originales? —preguntó, asombrado.

Ella abrazó la habitación con la mirada. Las llamas ardían en los nichos, sombras y luces temblaban en los rostros de las divinidades femeninas, en los vientres prominentes y en las espirales.

—¿No lo sientes? —dijo—. El olor de los siglos. De los milenios. El móvil que derivó en la muerte de Emmanuel está a nuestro alrededor: un sentido de pertenencia tan poderoso y abarcador que lleva a matar únicamente para preservarlo.

Permanecieron en silencio, ambos abrumados.

—Entonces hemos encontrado al asesino —dijo Marini—. Solo nos queda entender lo que une a Matriona con la muerte de la *Ninfa durmiente*. Me apuesto algo a que ya han encontrado la datura en la habitación de al lado.

—Encontrar las semillas de una planta y demostrar que son hermanas de las administradas de la manera que fuese a Krisnja son dos cosas muy diferentes —respondió pensativa Teresa.

Una señal acústica indicó que había recibido un mensaje en su teléfono móvil. Era una notificación de la comisaría con el resumen de los resultados de la investigación que había ordenado sobre los bienes de Carlo Alberto Morandini, el violinista partisano.

Cuando lo leyó, sintió la necesidad de cerrar los ojos por un momento.

—Comisaria, ¿se encuentra bien?

No se encontraba bien; no, en absoluto.

—Las cartas sobre la mesa acaban de cambiar, inspector —dijo—. Completamente.

94.

Hay vidas que nacen ya contaminadas. En ellas se ha deposi-
tado una semilla que se abrirá paso robándoselo al alma. Genera-
rá sueños que pertenecen a otros y miedos que pertenecen a otros.
Es un enraizamiento lento e imparable como una enferme-
dad degenerativa, una devastación sosegada.
Hay vidas que no son vidas: son solo la imagen, distorsiona-
da y ofuscada, de otras.

Alessandro era un amante de las montañas, hasta el extremo
de que había elegido pasar su vida allí, estudiarlas, prepararse para
una profesión que le permitiera ocuparse de ellas: la del técnico
forestal.

Alessandro amaba las montañas, o tal vez no. Probablemente
ni él mismo lo sabía.

Cuando lo conoció en el sendero de la montaña, el día en que
Francesco le habló sobre las misteriosas interconexiones del bosque, a Teresa le dio por pensar en lo alentadora que era la imagen
de ese joven pacífico y tímido, que se desfondaba por las laderas
soleadas solo para medir la circunferencia de centenares de árboles.
Parecía casi un cuento de hadas, el de una verdadera pasión.

No sabía que tenía ante ella al nieto de Carlo Alberto Morandini. No sabía que el novio de Krisnja era descendiente en línea
directa de Cam, el violinista partisano que, de alguna manera aún
por establecer, había sido testigo o autor de la muerte de la tía
abuela de la joven.

Alessandro había cortado los puentes con su madre y se había
entregado en cuerpo y alma a la misión de su abuelo, fuera esta la
que fuera.

—Siempre ha estado aquí —dijo Marini incrédulo, observando la casa del joven en la desembocadura del valle, recibida en herencia tras la muerte de su pariente.

—No podía irse —respondió Teresa—. Su sentido de devoción y lealtad no se lo habría permitido.

—Nunca podré entenderlo.

—Porque tú no has sufrido sus condicionamientos. La mente de un niño es arcilla en manos de un adulto. Y ese adulto puede darle forma a su propia imagen y semejanza, o según sus necesidades. Cam lo moldeó, lo sustrajo día tras día a la influencia de su madre, a la que a estas alturas creo que consideraba un impedimento, casi una amenaza. Importa poco que Alessandro sea un chico inteligente y educado: la jaula que su abuelo construyó alrededor de él no será fácil de derribar. Creo que podemos configurar una auténtica programación psicológica.

—Vive de mentiras.

—Antes que nada, se las cuenta a sí mismo. Está viviendo la vida de su abuelo.

Marini se volvió para mirarla.

—Tarde o temprano esa empatía le hará daño —le advirtió con preocupación.

Ella sonrió, cansada.

—Ya le hace daño.

La casa era una típica vivienda de montaña, que mostraba algunos signos de abandono como el claro que la rodeaba. A las contraventanas les hacía falta una capa de pintura y las canaletas estaban llenas de follaje muerto, depositado durante el invierno. La vegetación espontánea invadía lo que debieron ser parterres, pero que ahora no eran más que hileras desunidas de piedras que brotaban de los arbustos.

No le gusta este lugar, a pesar de lo mucho que se esfuerza por que así sea. Una violencia cotidiana.

Subieron los escalones que llevaban al patio.

—No está en casa —les advirtió Parisi—, pero su coche está detrás.

Teresa se lo imaginó recorriendo un sendero en el bosque. Buscando, acaso, un poco de paz.

—Esperaremos —dijo—. Mientras tanto, podéis comenzar a explorar el exterior.

—Hay un par de botas ahí abajo —dijo Marini.

Se acercaron a la leñera, él se puso los guantes y las recogió. Giró la suela hacia Teresa.

—Número cuarenta y tres, como las huellas encontradas en mi casa.

Ella asintió, en silencio. Si había sido Alessandro el autor del acto intimidatorio, Teresa lo habría clasificado como un intento desesperado, irracional y torpe de protegerse a sí mismo y la memoria de su abuelo.

Pero ¿y la psicosis? La psicosis que lleva a sajar el corazón de un hombre, ¿dónde está?

No acertaba a verla en esa vida que exudaba soledad y malestar. Había imaginado que el asesino poseía una personalidad con una excepcional fuerza de control.

En el perfil que había delineado, la pintura y la sangre humana no eran compatibles: era como comparar la bravuconería de un chiquillo con el sadismo quirúrgico de Jack el Destripador.

La idea que se había formado, y que aún no había compartido con el equipo, se basaba en que quien había embadurnado la puerta del apartamento de Marini no era la misma persona que había violado su casa y robado el diario. No era quien había matado a Emmanuel Turan. El asesino parecía usar la sombra de otros para ocultarse. A menos que ella hubiera cometido un error subestimando el trabajo de demolición y reconstrucción realizado en la mente de Alessandro.

—Habrá que confiscar la ropa y el calzado y comparar los patrones de las suelas con las huellas detectadas —dijo—. Si tenemos suerte, encontraremos también restos de pintura.

Y si me equivoco con él, encontraremos también mi diario.

Les dejó trabajar y se encaminó hacia la vivienda. Era como si la primavera se hubiera detenido a unos pasos de distancia. Los vestigios del invierno resistían en los colores umbríos y en los restos marcescentes de la vieja vegetación aún no digerida. La posición de la casa, en un claro que se abría hacia el norte y frente a una pared rocosa, hacía que el sol raramente la alcanzara.

Las contraventanas estaban abiertas de par en par y Teresa aprovechó para echar un vistazo dentro, con las manos en la frente. Lo que vio confirmó sus sospechas.

Las paredes del salón estaban cubiertas con papel pintado verde musgo y trofeos de caza. En esa rutina, fotografías de vistas del valle se alternaban con primeros planos de Krisnja. Ninguno de ellos era la imagen de un posado: parecían momentos robados.

Siempre ha estado a su lado, pensó Teresa. *No Alessandro, sino su abuelo Cam.*

En una vitrina de cristal junto a la chimenea ennegrecida, como una reliquia en un ostensorio, se exhibía un violín con su arco. Teresa sabía que era el mismo que había tocado *El trino del diablo,* mientras Aniza moría en los brazos de Alessio.

Sintió el abrazo de una tristeza dolorosa, que la hizo retroceder.

¿Cuánto de su propia obsesión había transmitido el abuelo a su nieto? Se preguntó también si Alessandro continuaría buscando el icono perdido y qué estaría dispuesto a hacer para conseguirlo.

Quizá ya lo haya encontrado y lo esté protegiendo.

Teresa caminó encorvada hacia el bosque. No se percató de la sombra que se movía entre los árboles hasta que oyó partirse una rama y levantó la mirada.

En ese mismo instante, Alessandro la vio. El chico no titubeó y se lanzó hacia la espesura.

Teresa corrió tras él en la medida que podía. Fue un gesto instintivo, dictado por la urgencia de alcanzar la verdad antes que los demás, de mirarlo a la cara y ver si realmente tenía los ojos de un asesino.

—¡Alto! —gritó, apartando con rabia el follaje que se estrellaba contra ella. Cansancio, rabia, sudor, aliento pesado. Detestaba ese lastre en el que se había convertido su cuerpo. Un obstáculo más que debía superar junto a otros muchos, físicos y mentales.

El avance se volvió a cada paso más lento y más pesado, hasta que Teresa tuvo que apoyarse contra un árbol, sin aliento, con el zumbido de sangre en sus oídos y la respiración jadeante.

Se dio cuenta de que estaba sola. En una situación de peligro potencial, se había alejado sin avisar a sus compañeros, rompiendo una estricta regla que ella misma había impuesto al equipo.

Sabía por qué lo había hecho: por un maldito instinto de protección hacia ese joven.

La invadió un sentimiento que a esas alturas conocía bien: el de perder todo punto de referencia. El vacío se estaba acercando.

Tengo que volver. Ponerme a salvo.

Se dio la vuelta y se encontró cara a cara con el chico al que había visto huir hacia el bosque. Estaba pálido y sudoroso a pesar del aire fresco.

Se acercó a ella hasta rozarla con el pecho.

—No soy un asesino —siseó. Estaba nervioso, tanto que se comía sus palabras.

—¿Quién ha dicho que lo seas? —preguntó, después de un momento de vacilación.

El joven sacudió la cabeza y la miró sin comprender.

—¡Me estáis persiguiendo por una culpa que no es mía! —le gritó, muy cerca de su cara, de modo que Teresa casi podía sentir la dureza de esos dientes contra ella. Los veía cerrarse y volver a abrirse como las púas metálicas de un cepo.

El chico alzó las manos temblorosas hasta su cuello.

—Mi abuelo estuvo buscando esa maldita Virgen toda su vida, pero no mató a Aniza —dijo, al borde del llanto histérico—. Me atormentó para que diera con el icono y lo decepcioné.

Ella no sabía qué responder.

—¿El icono? —balbuceó. No sabía de qué estaba hablando, ni quién era él.

El joven apretó las manos con más fuerza.

—No somos asesinos. Ninguno de los dos. No fue él quien la mató —repitió.

—*¿La mató? ¿A quién?*

Intentó alejar sus manos, pero era demasiado fuerte.

—Cuando llegó mi abuelo, la chica ya se estaba muriendo y ese pintor se había vuelto loco. Pintaba su retrato con sangre... Mi abuelo dijo que trató de quitárselo de las manos y hacer que se marchara, pero no lo consiguió. Parecía poseído.

—¿Quién? ¿Quién hizo daño a esa chica? —encontró fuerzas para preguntar.

El relato se volvió frenético, entre sollozos e imprecaciones furiosas.

—¡Espera! —le suplicó, logrando por fin zafarse de él.

Buscó el bolígrafo en el bolsillo, pero se dio cuenta de que no tenía ni siquiera un pedazo de papel a mano: había dejado caer el bolso del hombro en el ímpetu de la persecución.

—Sé que te parecerá una locura —le dijo, arremangándose hasta el codo—, pero ¿podrías escribirme en el brazo lo que acabas de decirme?

Él puso los ojos como platos.

—¿Está loca? ¡Tiene que decirle a los demás que no he sido yo!

Teresa tenía ganas de gritar. Se sentía incapaz de explicar la forma en la que había visto la realidad desaparecer bajo sus pies. De una cosa estaba segura: debía dejar rastros de lo que estaba viviendo en ese momento de oscuridad. Rastros que ella misma seguiría.

—Soy Teresa Battaglia. Soy Teresa Battaglia —repitió, pero solo porque estaba escrito en el brazalete de su muñeca.

—¡Comisaria!

Ambos se volvieron hacia el hombre que se acercaba. El joven trató de escapar, pero al cabo de unos metros el suelo estaba resbaladizo y su fuga se transformó en una caída por el barranco. Lo vio rodar cada vez más rápido entre las rocas que se desprendían, con los brazos doblados de forma antinatural, una pierna separada hasta rozarle la cabeza. Era un títere a merced de la gravedad. Al final, yacía roto en el fondo de la cresta.

Teresa sintió que la cabeza le daba vueltas. Cayó al suelo, con el bolígrafo aún en la mano. Sabía que tenía poco tiempo antes de que los recuerdos escaparan de su mente. Los nombres ya se habían ido con el viento. Quedaba la historia.

La escribió rápidamente en su piel.

El helicóptero de Emergencias se alzó en vuelo con un gran estrépito de hélices y motores.

Teresa lo siguió con la mirada, tan aturdida como solo podría sentirse después de haber resucitado de la muerte, abriendo su propia tumba a cabezazos.

—En su opinión, ¿ha dicho la verdad? —le preguntó Marini.

No tenía ni idea. Se las había apañado para decirle que las últimas palabras del chico habían sido de completa y sincera defensa, respecto a él y a su abuelo, pero todavía le costaba ordenar las frases, llamar a las cosas por su propio nombre. Incluso acordarse de él.

A riesgo de parecer obsesiva, lo había obligado a recapitular los puntos cruciales de la investigación varias veces, a repetir nombres y funciones hasta el agotamiento.

Lo que él creía un ejercicio de revisión era un aprendizaje vital para ella.

—¿Se puede confiar en una persona que está acostumbrada a mentir todos los días de su vida? —le preguntó en algún momento. No solo hablaba de Alessandro, sino también de sí misma.

Él la miró con una dulzura ardiente en el fondo de los ojos y solo en ese momento reapareció en ella el vago recuerdo de lo que había sido el secreto de ese hombre. Un secreto que ella había desvelado.

—Quizá no —respondió Marini—, pero a veces vale la pena intentarlo. Vale la pena entender el dolor del otro.

A veces merece la pena confiar.

Teresa se arremangó la chaqueta y extendió el brazo.

—No me preguntes *por qué* o *cómo* —susurró—. Y sobre todo, mantente lúcido.

95.

El fiscal Gardini había llegado al valle y había facilitado el comunicado oficial a la prensa, pero las preguntas proseguían con los micrófonos apagados. Hasta entonces, investigadores y residentes habían levantado un muro compacto contra el asalto de los medios, pero ya no resultaba posible continuar por la senda de la máxima reserva. Teresa se había mostrado favorable a la declaración, y llegó incluso a dictar tonos y contenido. Con esas palabras, Gardini no se dirigía a los periodistas, sino al asesino.

—No voy a preguntarle nada —dijo Marini, todavía con una mano en torno a su brazo—, pero debe decirme qué sustancias usa, porque parecen muy buenas. En serio: debería someterse a exámenes lo antes posible.

A Teresa le entraron ganas de sonreír, pero le dejó con la sospecha de que el aturdimiento que la había invadido dependía de que alguien la hubiera drogado. La sustancia estupefaciente que de vez en cuando la convertía en una extraña tenía un nombre clínico y un desarrollo predecible, pero estaba de acuerdo: alguien debería ilegalizarla y encontrar la manera de extirparla de su mente.

En el brazo que mantenía tenso bajo la mirada perpleja del inspector, unos símbolos arcanos danzaban en un círculo primordial.

Con todo, Teresa estaba fascinada: su cerebro había encontrado la manera de traducir a un lenguaje, misterioso por el momento, lo que en ese instante debió de parecerle incomprensible. Había recurrido a claves depositadas en el inconsciente, bajo capas de experiencias pasadas y aprendizajes recientes. Las pocas palabras que las acompañaban no parecían revelar nada.

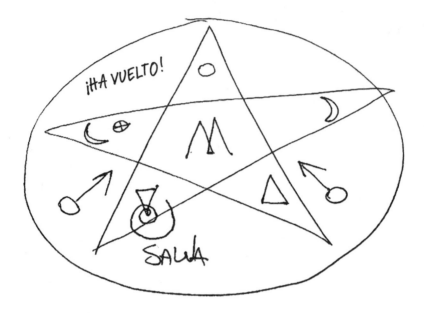

Marini sacó algunas fotos

—Es un mensaje de lo más inquietante —dijo.

—Mmm.

—Saber de lo que usted y Alessandro estaban hablando sería de ayuda...

No me acuerdo, Marini, y si a estas alturas no te has dado cuenta aún estás peor que yo.

—De su involucración en el asesinato de Emmanuel —*supongo*—. Y de la de su abuelo en la desaparición de Aniza —*probablemente.*

Él se restregó los ojos con una mano.

—El pentáculo es un símbolo esotérico.

—Lo sé.

—¿Tiene algo que ver el diablo con esto?

—No. Solo si estuviera al revés, pero este no lo está. Una vez más nos habla de un poder antiguo. Femenino.

Teresa pasó la mano sobre la figura.

—El pentagrama escrito en un círculo está formado por significados precisos —contó—, que en este caso han sido modificados parcialmente. Es la representación de la trinidad femenina, vinculada a las fases de la luna. Luna creciente: la Virgen. Luna llena: la Ninfa. Luna menguante: la Venerable Anciana.

—La Ninfa —susurró Marini—. ¿Y los dos triángulos?

—Símbolos alquímicos: punta dirigida hacia arriba para el fuego. Hacia abajo para el agua.

—Hay un remolino asociado con el agua. Ya lo había visto en el *mammisi* de Matriona.

—En los cántaros y las copas sagradas. He escrito «salva»: ¿agua para salvar de qué?

—Tenemos fuego: Hanna murió en un incendio. Tal vez el agua represente la salvación de alguien más.

—Es posible. Los dos símbolos idénticos y especulares son los astronómicos vinculados a Marte —continuó Teresa—, representan lo masculino. Escudo y flecha del dios del fuego y la guerra. Son una de las alteraciones de las que te hablaba: en su lugar, generalmente, se encuentran dos serpientes enfrentadas: el hombre y la mujer.

—En cambio, aquí tenemos dos hombres... —reflexionó Marini.

—Mira la flecha.

—Apunta hacia arriba.

—Apunta hacia la luna llena —lo corrigió—. Apunta hacia la Ninfa.

Marini levantó la mirada hacia ella

—¿Has entendido cuáles son los personajes de esta historia? —le preguntó Teresa.

—Tres mujeres. Krisnja, Aniza y Ewa. O bien Hanna, Aniza y Ewa.

—Hanna. El símbolo del fuego bajo la luna creciente me lleva a pensar en ella: murió en un incendio. Lo que sabemos es que la Venerable Anciana ha «vuelto». Ewa.

—¿Vuelto de dónde? ¿Para hacer qué?

—No tengo ni idea.

—Considerando que no hay rastro de su cuerpo, diría que una hipótesis de regreso es alarmante. ¿Qué significa la cruz dentro de un círculo al lado de la luna menguante?

—Es el único símbolo que no reconozco, pero está asociado sin duda con Ewa.

—Debería conocerlo: lo ha trazado usted.

Teresa meneó la cabeza. No recordaba haberlo visto nunca.

—En el centro, una M: ¿Matriona? —preguntó Marini.

—Podría ser.

—Este mensaje lo dice todo y nada al mismo tiempo.

Teresa observó el dibujo en silencio.

—¿Por qué no me habré limitado a escribir lo que estaba diciendo? —se preguntó frustrada.

Sabías que no tenías tiempo. Tienes una historia compleja ante tus ojos. Léela.

—Matriona era la única que no estaba presente en la época de los hechos —dijo, levantando el brazo para mirar mejor las líneas y las curvas.

—Pero podría ser el asesino que estamos buscando hoy —objetó Marini—. Además, el símbolo de la espiral se relaciona con ella.

—Sí, podría ser.

Teresa recorrió con un dedo la historia que se había dibujado en la piel.

—Al principio había una mujer, primera punta del pentáculo: Aniza. Luego vinieron dos más, sus descendientes: Ewa y Hanna. La fase lunar nos indica en sus puntas la edad y la posición de las dos. Ewa, en algún momento, vuelve. No sabemos de dónde, cómo o por qué, pero el elemento agua en este punto resulta fundamental. La salvación brota de un vórtice. El destino de Hanna, en cambio, está indicado en la punta que hay bajo su media luna: el fuego que consume. Hay dos hombres que se disputan a la Ninfa: no se enfrentan el uno contra el otro, sino que están girados hacia ella. Uno de ellos llega demasiado tarde: es Cam, que deja una huella en el retrato que Alessio pintó con sangre.

—No el uno contra el otro —repitió Marini.

—No creo que fuera Cam el que mató a Aniza. Cuando apareció, todo había ocurrido ya.

—Y entonces, ¿quién fue?

Teresa lo miró sin contestar. El acertijo aún no tenía solución.

Como compensación, a pocos metros de ellos una periodista, en conexión nacional en directo, estaba diciendo que la policía había encontrado nuevas pruebas y que la solución del caso *Ninfa durmiente* estaba cerca.

Había sido Teresa la que insistió para que la noticia llegase al público.

—Tal vez haya sido una apuesta arriesgada —consideró Marini.

Teresa también se lo temía, pero sabía que había llegado el momento de correr riesgos.

—El asesino atacó porque se siente amenazado —respondió—. Debemos hacerle sentir miedo.

—Podría intentar matar de nuevo.

—Esta vez estaremos listos.

Parisi los interrumpió.

—Comisaria, nos ha llegado un aviso. Una mujer ha llamado a la estación de policía después de ver la transmisión en directo. Dice que su hijo le ha contado que se tropezó con la mano de un esqueleto en estos bosques. Hace unos días la familia salió de excursión por el valle y el niño se perdió.

—¿Más detalles?

—No por ahora, pero la madre dice que cree al niño: a partir de ese día sufre pesadillas nocturnas. Algo le pasó, no cabe duda.

Teresa buscó con la mirada entre la multitud.

—Que les hagan venir aquí, para señalar la zona exacta —ordenó—. ¿Dónde está Blanca?

La entrevió en medio del trasiego de operadores de televisión, periodistas y agentes estacionados fuera de la casa de Alessandro Morandini. Estaba sentada aparte, las manos enterradas en los bolsillos de la sudadera y el hocico de Smoky apoyado en una rodilla.

Teresa observó el cielo y maldijo el paso del tiempo: estaba oscureciendo y tenía que pedirle un nuevo sacrificio.

Se acercó a ella, llamándola. Blanca siguió con la cara el sonido de su voz y sonrió. Tenía la barbilla sucia de tierra y un rasguño en una mejilla

Teresa se lo rozó.

—¡Parisi! ¿Tanto os cuesta mantenerla a salvo? —soltó.

—Es culpa mía —dijo la joven—. A veces voy demasiado rápido. Quería terminar antes del anochecer.

Teresa suspiró.

—Tengo que pedirte una cosa... —empezó a decir.

—Lo sé —la interrumpió ella—. Lo he oído. Estaré lista en cuanto lo esté el niño.

—Se está haciendo de noche —dijo Marini.

Blanca se levantó.

—Para mí siempre es de noche —les aseguró—. No supone diferencia alguna.

Teresa la tomó de la mano.

—Estamos cerca de la verdad —le dijo—, por eso no puedo esperar.

—Comisaria...

El tono de Marini la preocupó, por lo que se volvió instintivamente hacia donde él estaba mirando. Su mano soltó la de Blanca, sus piernas se movieron cada vez más rápido hasta correr hacia la mujer que se aproximaba del brazo de Francesco.

Krisnja la miraba a través de las vendas. Con los ojos relucientes y llenos de miedo.

Teresa se quitó la chaqueta y le cubrió la cabeza, Marini hizo lo mismo, sosteniéndola frente a la cara de la joven justo a tiempo, antes de que los flashes empezaran a brillar a su alrededor.

Teresa buscó a Parisi y De Carli con la mirada y les ordenó con un gesto que alejaran a los periodistas mientras ellos se llevaban de allí a Blanca, hacia la carretera.

—¿Qué demonios cree que está haciendo? —despotricó mirando a Francesco.

—Se lo he pedido yo —se apresuró a explicar Krisnja, con la voz rota—. Solo quería volver a mi casa. He firmado el alta.

—Hemos oído por la radio la noticia del accidente que ha tenido Sandro —dijo el hombre—. No podíamos dejar de venir.

Teresa no les dijo que Alessandro Morandini no solo había tenido un accidente. Había tratado de escapar de un oficial de policía, había admitido implícitamente formar parte de la historia de sangre que la *Ninfa durmiente* les estaba contando. Había mentido de manera cruel y en cierto modo morbosa a la chica que ahora estaba ante ella llorando.

Teresa se apartó un momento con la joven, lejos de su tío. Krisnja miró por encima de sus hombros.

—¿Dónde está Alessandro? —preguntó—. Quiero ir a verle.

Teresa la detuvo.

—Acaban de llevarlo al hospital. Donde deberías estar tú también.

Ella meneó la cabeza con firmeza.

—Estoy bien —le suplicó—. No son más que unos rasguños.

Rasguños que podrían haber dejado marcas permanentes en su rostro. Teresa se mordió la lengua, pero luego decidió que no podía evitar hacerle la pregunta que tenía en los labios.

—¿Alguna vez te habló Alessandro de un icono antiguo? —le preguntó.

Ella frunció el ceño.

—No. Pero Francesco sí.

Teresa y Marini se miraron.

—¿Qué te dijo?

—Yo era una niña. Me hablaba de un tesoro escondido en el valle: un icono de oro y gemas preciosas que nadie había conseguido encontrar nunca, ni él siquiera. Búhos y zorros lo custodiaban, y el espíritu del viejo ciervo. Era un cuento de hadas.

—No creo que fuera un cuento de hadas y creo que Alessandro también lo estaba buscando.

La mirada de Krisnja se alteró: había comprendido.

—¿No pensarán que él es el asesino?

Teresa no contestó. A pesar de sus dudas, la respuesta podría ser afirmativa, tanto para Alessandro como para Francesco. O para Matriona, aún ilocalizable. Le preguntó si sabía dónde encontrarla.

—No crea que ha huido —dijo Krisnja, seria, intuyendo sus sospechas—. Nunca lo haría, nunca. Se pasa días enteros en el bosque o en los altozanos, recolectando sus hierbas. Se habrá marchado al amanecer. Volverá pronto, antes de que anochezca.

—¿Hierbas como la *Datura stramonium*? —preguntó Teresa, sintiendo pena. Un día alguien le abriría los ojos sobre el círculo de mentiras que se cernía a su alrededor.

La joven no contestó.

—¿Estás al tanto de los rituales que celebra Matriona? —le preguntó después.

Ella la miró, sorprendida.

—Es una partera —dijo—. Ha ayudado a venir al mundo a muchos niños del valle. Todos lo saben.

Teresa no replicó.

—Haré que te acompañen a casa —dijo. No tenía intención de entregársela a Francesco. El cariño del hombre hacia ella parecía genuinamente sincero, la miraba con una preocupación que Teresa solía ver únicamente en los padres. Pero los padres también pueden encarnar el mal.

—Quédate con ella —le ordenó a Marini—, y no la dejes sola con nadie, ni siquiera con Francesco.

—¿Usted adónde va?

—A casa de Emmanuel, el único vínculo entre el presente y el pasado. Ese hombre fue ejecutado porque traicionó. Se ve que hay algo que hemos pasado por alto.

96.

La casa del viejo Emmanuel Turan era como el corazón de Teresa la recordaba: un eco de ausencias, ocultas bajo montones de objetos, tumbas en las que había sido enterrada la felicidad.

La corriente eléctrica seguía aún desconectada y probablemente permanecería así para siempre. Los rayos de luz azulada de las linternas eran espectros sobre los restos de un cadáver. La casa había muerto junto con su dueño.

Teresa se preguntó si el anciano habría sido consciente alguna vez del dolor que era su vida, si alguna vez habría deseado algo distinto: probablemente no, porque no conocía más existencia que esa. Pero cuando su mirada cayó en los recortes de periódico encajados en los marcos, se avergonzó de su propio olvido: esa desafortunada criatura sabía de qué estaba hecho el amor, lo deseaba en la intimidad de su propio nido.

Prosiguió con la inspección. Se dio cuenta de que se había vuelto más metódica, más atenta. El miedo a perder recuerdos la llevaba a observar el mundo con más cuidado.

Era como si al desteñirse la memoria, una inteligencia omnisciente y al mismo tiempo secreta ocupara su espacio: Teresa *sentía*. Era su cuerpo el que recordaba, no la mente. Cuando algo era diferente a como ella ya lo había visto, la impregnaba un sentimiento de incomodidad. Los puntos de referencia dibujados en el mapa del inconsciente saltaban y la sumían en la agitación.

También le sucedió en esa casa. Para entrar, había roto los sellos y, por lo tanto, debía ser la misma en la que había estado, y, sin embargo, era diferente. O tal vez fuera solo la oscuridad.

—Las fotos —le dijo a De Carli. El agente le pasó la tableta con las fotos tomadas durante el registro de la casa. Teresa las revisó cuidadosamente, caminando entre los deshechos de toda una vida.

Observaba y comparaba, sin hallar nada que justificara su desasosiego.

Se sentó en un taburete, la única porción de espacio despejado, colocó la linterna en su regazo y se resignó a tomar nota de los últimos pasos en un cuaderno que no había podido ocupar el lugar del diario robado: lo hacía con dificultad y hastío, y a menudo comenzaba las oraciones sin concluirlas.

—Así solo te estás haciendo daño —refunfuñó, poniéndose las gafas.

El bolígrafo cayó al suelo y rodó hasta la alfombra.

Teresa lo buscó con el cono de luz y se quedó mirándolo.

—¡De Carli! —llamó, sin agacharse para recogerlo—. El piso está inclinado.

El agente examinó los tablones consumidos.

—Es una vieja casa de montaña, comisaria —le dijo—. La estructura está hecha de madera, se comba en algunos lugares. Debajo hay un sótano. Ya lo hemos inspeccionado.

—La alfombra. La han movido.

Él se colocó detrás de ella para observar la foto que estaba mirando.

—A mí no me lo parece.

—Te digo que sí —Teresa se levantó—. No mucho, pero la han movido.

Se acercó, pero un crujido del suelo la hizo detenerse.

—Levantémosla.

La echaron a un lado, sujetándola por una esquina de cada lateral

—¡Maldita sea! —exclamó De Carli.

Alguien había quitado los tablones, serrándolos al tuntún. Podía distinguirse el entramado de las vigas subyacentes y luego la oscuridad.

Una trampa. Unos pasos más y Teresa podría haberse lastimado con los salientes de madera o caer abajo.

—Más luz.

Las linternas iluminaron un pequeño reino de caos construido durante décadas de enfermedad mental.

—Tenemos que bajar —dijo.

—Se entra desde el exterior.

Teresa se levantó con un mareo.

Todo lo que necesitas es dormir un poco, se tranquilizó a sí misma, pero en el porche se bloqueó. Tenía la sensación de haber salido cuando lo que quería era entrar. Estaba allí para registrar la casa. Bajó la manija y empujó la puerta.

—Comisaria, ¿adónde va?

—¿Tenemos fotografías del registro? —preguntó ella.

Le pareció que la respuesta de De Carli le salía con dificultad.

—Las tiene usted...

Teresa presionó el interruptor varias veces.

—No hay corriente —murmuró, entrando de todos modos y moviéndose con seguridad por la casa.

—Comisaria, ¡cuidado!

La sensación de vacío repentino bajo los pies fue un escalofrío en el vientre, en ese segundo cerebro dotado de un sistema nervioso extendido. Se propagó hasta su hermano superior, enclaustrándose, para explotar después, en la zona reptiliana. Fue una cadena, dentro de ella, de estímulos y reacciones. Aunque solo en la mente, porque el cuerpo permaneció inerte y Teresa levantó los brazos para encontrar un punto de apoyo solo cuando ya había aterrizado en la planta de abajo, hundiéndose en una pila de trapos y cartón.

—Comisaria, ¿está bien?

Emergió confundida. Era como si se moviera en un mundo de gravedad duplicada. Levantó la cara y la linterna la deslumbró.

—Estoy bien —respondió.

—Ya bajo.

—Sí, pero da la vuelta —suspiró, recogiendo su linterna. El cono de luz apuntó a la pared que estaba frente a ella.

Había una hoja pegada allí. Con una sensación de *déjà vu*, Teresa se acercó a esas palabras. Ya las había visto, ya las había escuchado. Eran suyas.

Estoy desarrollando un sexto sentido en relación con él, como el de una madre con un hijo. Una madre que necesita protegerlo, pero también criarlo rápidamente, antes de tener que abandonarlo.

No me sienta bien pensar en Marini de esta manera, me vuelve frágil, deja expuesto mi corazón. No es saludable vincularse a alguien justo ahora, cuando tengo que prepararme para decirle adiós. Y además... me pregunto, si tuviera que elegir en alguna circunstancia maldita entre salvarlo a él o a un inocente, ¿qué haría? Este sentimiento me hace susceptible de chantaje, socava mi integridad.

La hoja arrancada de su diario era una página de intimidad contaminada: violada por ojos con intenciones malévolas, manchada por una escritura extraña que había dejado un mensaje.

¿A quién elegirás?

Un círculo casi perfecto encarcelaba el nombre de Marini. Ella lo había alejado de la primera línea de esa investigación para mantenerlo a salvo. Estaba a punto de convertirse en padre y Teresa no quería situarlo demasiado cerca del asesino. Pero esa decisión, en cambio, lo había aislado del equipo.

Teresa se sintió desfallecer. Había caído en una trampa, justo cuando ella quería tender una, pero la trampa del asesino no estaba ciertamente en la trampilla del suelo.

He estado a punto de quitarle lo más preciado que tiene y ahora quiere quitármelo a mí.

Teresa pensó con horror en una mente capaz de prever sus pasos, de haberse movido hasta ese momento como un fantasma que no dejaba rastro y que había cambiado de repente su *modus operandi,* escribiendo el mensaje de su puño y letra. Eso significaba una cosa: no la temía, porque no tenía nada que perder.

Marini estaba en peligro.

97.

El café era demasiado largo, estaba demasiado caliente y demasiado azucarado, pero Massimo apenas se percató y se lo terminó en dos sorbos rápidos, con la mirada perdida más allá del reflejo de su rostro, en el cristal de la ventana. Iba a ser una noche muy larga.

La casa de Krisnja daba al bosque, que ahora no era más que una silueta negra que se doblaba con el viento. La luna hizo su aparición en ese instante desde el perfil de la cadena montañosa e iluminó el claro. Un poco más adelante, los restos carbonizados del granero emergieron de la noche como el esqueleto de un antiguo paquidermo. Un poco más allá, las luces de la casa de Francesco brillaban tenues.

Massimo aguzó la vista. Había una forma al lado del columpio que se balanceaba a medio camino entre las dos casas. Estaba distante, pero la reconoció: era Francesco. El hombre permanecía de pie, inmóvil en la noche y parecía observarlo.

Miró con disimulo a Krisnja: no se había dado cuenta de su inquietud, estaba trazando unos misteriosos dibujos con un dedo en la superficie de la mesa y parecía absorta.

Volvió a escrutar el claro: estaba desierto. Trató de distinguir a Francesco entre las sombras que se movían con el viento, pero parecía haberse disuelto en la oscuridad.

O tal vez simplemente se había acercado.

—Es mejor echar estas contraventanas también —dijo, cerrando el acceso. Era el único en la casa que aún no había atrancado.

Krisnja no le contestó y el silencio lo alarmó. La joven parecía estar esperando algo inevitable, con sus manos rojas de cicatrices y tintura desinfectante apoyadas sobre la mesa en una dolorosa rendición. Su rostro ya no era el de la *Ninfa durmiente*, sino una parrilla de dolor. Cuando se quitó los apósitos delante del espejo, Massimo hubiera querido detenerla, pero se quedó petrificado. No por lo que emergió de debajo de los vendajes, sino por la visión de esa criatura herida, que le había recordado a un animal perseguido. Con la misma expresión de estupor, de súplica, de ingenua esperanza, Krisnja se había mirado al espejo como a los ojos de un cazador.

—No quería asustarte —dijo Marini—. No pasará nada.

Krisnja cerró los ojos por un momento antes de responder.

—Pero tú estás aquí. Para defenderme de alguien.

Massimo trató de sonreír, preguntándose hasta qué punto debía de parecer tonto y hasta qué punto mentiroso.

—Si hubiera querido matarte, lo habría hecho en el bosque, cuando eras una presa fácil —le respondió.

—Pero, entonces, ¿qué es lo que quiere? ¿Qué mueve su mano?

Massimo abrió los brazos.

—Al principio, el miedo. El instinto de proteger su vida de un trastorno que amenazaba con arrollarlo psicológicamente. Un apego poco sano a algo que sintió que iban a robarle. Trató de protegerlo.

—¿A cualquier precio?

—A cualquier precio, incluso a costa de una vida humana.

Krisnja bajó los ojos. La luz del candelabro proyectaba la sombra de sus largas pestañas sobre las mejillas.

—Hablas como tu comisaria —le dijo—. Como alguien que siente pena.

Massimo no sabía si era realmente «pena» el término que describía lo que sentía, ni siquiera sabía si estaba próximo a la compasión. Tal vez fuera más identificación: sentía la necesidad de entenderlo, porque él también había sido un asesino. Todavía lo era.

No dejas nunca de serlo. Es como un bautizo.

—De esa forma, sin embargo, se ha dejado ver —prosiguió la muchacha, reclamando su atención.

Massimo dejó la taza vacía sobre la mesa. Vio que le temblaban las manos, a pesar de la firmeza de su voz.

—No creo que sean posibles muchos cálculos cuando el ímpetu te ciega y mueve tu mano dentro del pecho de alguien —dijo.

Los ojos de Krisnja se posaron sobre él, como para seguir una poderosa llamada.

—A veces me pregunto si es posible sentir los latidos del corazón, escuchar su último estremecimiento a través de la cuchilla que lo roza —le dijo—. Quizá fuera así en el caso de Aniza, y también en el de Emmanuel.

Se volvió bruscamente hacia el pasillo.

—¿Has oído eso? —le preguntó.

—¿El qué?

—¡Otra vez! ¡Ahí está!

Krisnja se levantó, dejando caer la silla.

—Cálmate —Massimo se acercó a ella—. Yo no he oído nada.

Ella se puso un dedo en los labios. Sus pupilas estaban dilatadas.

—Hay alguien ahí —susurró, con una voz irreconocible por el pánico.

Ahora lo oyó también Massimo: un ruido sordo.

Como una uña que rasca.

Le hizo gestos para que no se moviera.

Siguió el ruido, que ahora se había convertido en unos pasos renqueantes. Provenía del dormitorio al fondo del pasillo. Era el de Ewa, pero Massimo ya había estado en esa habitación, la había inspeccionado como todas las demás: Krisnja y él estaban solos.

Se acercó a la puerta cerrada y apoyó la oreja para escuchar.

Un golpe repentino contra la jamba casi le hizo soltar un grito.

Había alguien allí, en efecto, y ahora estaba musitando. Palabras incomprensibles que parecían salir de la cerradura. Un crujido recorrió la puerta como si al otro lado alguien pasara la mano por ella en una caricia lenta.

Massimo sacó la pistola de su funda y quitó el seguro. Su respiración se había vuelto pesada, la sangre le latía en las sienes. Se le pasaron ante los ojos todos sus apuntes sobre las teorías de la entrada táctica, los campos de tiro y la cobertura recíproca, que no tenía. Pensó en Krisnja, posible víctima de un fuego cruzado al que no quería llegar, pero que quizá fuera inevitable dentro de poco.

Tenía que pedir refuerzos, pero una voz conocida, que nunca pensó que volvería a oír, le hizo olvidar cualquier intento.

La luz pareció temblar cuando Massimo abrió de golpe la puerta.

El dormitorio era espartano y estaba equipado con escasos muebles antiguos: una cama, una cajonera y una cómoda. No parecía haber nadie, pero Massimo lo había oído.

Las sombras se movieron en círculo a su alrededor, antes de crecer y dar forma a una silueta masculina. En el rostro de humo se formó una boca que se abrió en un vórtice para pronunciar su nombre de nuevo.

Venía del infierno, ahora Massimo lo sabía y él acababa de cruzar el umbral.

Como procedente de otra dimensión, oyó sonar el timbre de la casa, pero, incluso esforzándose, ya no tenía la voluntad de gritarle a Krisnja que no abriera la puerta, fuera quien fuese el que estuviera al otro lado, porque la figura frente a él no era ya humana: tenía unos largos cuernos y lo llamaba con la voz de su padre.

98.

Los reflectores se encendieron. Blanca notó los clics de los interruptores y un repentino calor en el rostro. Nada más, excepto que el negro en sus ojos se volvió gris.

El llanto de un niño había surgido en el borde del bosque, entre los vehículos de la policía y de Protección Civil, como despertado por el resplandor de los satélites artificiales, lunas que creaban un pozo de luz en la oscuridad que Smoky y ella debían investigar.

Se había trazado el área a partir de tres puntos: aquel en el que se había visto al niño por última vez antes de que se perdiera, el sitio en el que se le encontró y donde había acampado la familia durante la excursión. A continuación, se trazó un círculo que inscribía ese triángulo: el área que había que rastrear. Habían pasado ya días y las lluvias podrían haber cubierto de nuevo lo que había salido a la superficie, pero la zona no era muy amplia: si allí en medio estaban los restos de un cadáver enterrado, Smoky los localizaría.

—Está aterrorizado —dijo Parisi sobre el pequeño testigo—. Ni siquiera quiere acercarse a los árboles.

—Me gustaría hablar con él —dijo Blanca—. A solas, por favor.

Se dejó guiar por el llanto, con el cuerpo cálido y suave de Smoky contra la pierna a cada paso y el repiqueteo del bastón que seguía el ritmo cardíaco, como una ramificación viva de sí misma. Cuando llegó al origen de ese canto de miedo, palpó hasta encontrar una base para sentarse a su lado.

—Me han dicho que fuiste tú quien encontró el esqueleto —le dijo, mientras oía cómo Parisi reclamaba la atención de sus padres—. ¡Menuda suerte tuviste!

El niño sorbió con la nariz.

—¿No le tienes miedo a los esqueletos? —le preguntó.

—No. Están muertos. Y son muy graciosos.

—¿De verdad?

No parecía convencido, se desprendía de su voz.

—Yo vivo con uno de ellos. Se llama el Flacucho.

Le oyó reír, con asombro y horror a la vez.

—¿Y para qué tienes un esqueleto en tu casa? —le preguntó.

—En realidad, es solo una calavera. Me ayuda a encontrar a otros como él.

Le oyó aspirar aire a causa del estupor.

—¿Y habla? —preguntó.

—Claro, a su manera. Pero hay que prestar mucha atención para escucharlo.

Blanca se inclinó hacia él.

—Lo único que quieren es que los encuentren —le confió—. A veces se pierden y ya no pueden volver a casa. En otras ocasiones, alguien les hace daño y los esconde para que nadie lo sepa.

—¿Están tristes?

—Sí, mucho.

—Entonces quizá esa mano solo quería llamarme.

—Estoy segura de eso. Estaba encantada de que hubieras llegado hasta ella.

—Me dio miedo.

Blanca sintió el calor de una lágrima cayendo con un tic en su mano.

—Es normal. Yo también tenía, al principio —lo tranquilizó.

—¿Y qué pasó luego?

Blanca nunca le había contado a nadie la razón por la que en determinado momento de su vida había sentido la necesidad de «buscar». De buscar cuerpos. Pero a ese niño que estaba llorando, a él sí que podía decírselo.

—¿Nos está escuchando alguien? —le preguntó.

—No. Hablan entre ellos.

—Estoy buscando uno que realmente me importa —le susurró entonces al oído—. Me está esperando en alguna parte.

—¿Lo quieres mucho?

—Lo querré siempre.

—¿Y quién es?

—Mi mamá.

—Tu mamá no puede asustarte —consideró el niño después de una pausa. Su voz había vuelto a florecer, casi no había rastro de terror.

—No, no puede. Pero los demás tampoco: ¿qué van a hacernos, tan resecos y andrajosos?

El niño volvió a reírse y Blanca supo que ya no lloraría por la experiencia vivida en el bosque. Él también le murmuró algo al oído.

—¿Seguro? —le preguntó, asombrada.

—¡Sí!

—¿Estás lista? —le preguntó Parisi suavemente, poniéndole una mano en el hombro.

Ahora que el aire había dejado de vibrar con el miedo infantil, lo estaba.

—Hemos tendido las cuerdas y no me apartaré de tu lado —le explicó—. Si te estorbo en algún momento, dímelo.

Blanca se puso de pie, buscando las correas de Smoky. El perro le daba coletazos en las piernas, excitado. No veía el momento de lanzarse al juego.

—Solo tengo una petición —murmuró, sin saber si podía hacerla.

—Lo que tú quieras.

—Me gustaría llevar al niño conmigo.

El mundo de Blanca no era una burbuja sombría y erizada de barreras como los demás se imaginaban. No solo. La realidad le hablaba con una lengua matérica, hecha de formas y proporciones, de densidad y vacío, distancias y texturas. Su aliento cálido o frío escribía letras en su piel, hechas de escalofríos o gotas de sudor. El equilibrio era una danza perpetua en pendientes repentinas y planos inclinados. Para otros, un camino puede ser recto o curvo. Para ella era mil veces diferente: oblicuo, ondulado, encrespado si el paso se acercaba demasiado al borde de la calzada, suave y casi pegajoso si el asfalto era reciente o el sol demasiado despiadado. Los pies distinguían la diferente consistencia de la pintura empleada para trazar un paso de peatones y la mente tocaba esas notas como teclas de piano. Por lo demás, el blanco y el negro eran los únicos colores que conseguía recordar. Su sentido del olfato podía reconocer una calle en el centro de otra en un suburbio, así como un horno de leña de uno eléctrico cuando pasaba frente a una panadería: era una cuestión de ingredientes, de espesantes y temperaturas.

El bosque era una realidad infinitamente más compleja, porque estaba vivo y palpitante.

—Aquí vi a mi hermana —le estaba contando Luca.

Blanca extendió la mano y acogió en su palma la ternura de las cosquillas de las hojas lanceoladas.

—No me acuerdo de dónde vine —dijo el niño—. Eché a correr.

Blanca levantó la cara para capturar una ráfaga más fresca en las mejillas, como si soplara de abajo hacia arriba, trayendo humedad. Había sentido el suelo inclinarse casi imperceptiblemente bajo sus pasos.

—Debe de haber una cuenca. Una hondonada —dijo.

El mapa que Parisi iba consultando crujió entre sus dedos. Había anotado en él las características de la zona.

—Sí —confirmó—. Empieza una docena de pasos por delante de nosotros.

—Dijiste que te habías caído —le dijo Blanca a Luca—. Tal vez ocurrió justo allí abajo.

—Es aproximadamente a mitad de camino desde el punto en el que desapareció —valoró Parisi.

Blanca asintió.

—Estamos cerca de la sepultura —lo sentía por la energía que emanaba de Smoky.

El niño se apretó contra ella.

—Está muy oscuro —murmuró—. No vayas.

Ella le acarició la cara y se liberó de su abrazo en las caderas.

—Yo vivo en la oscuridad —respondió.

—Quieta. ¿Adónde vas? —la bloqueó Parisi—. Ya bajo yo primero.

—Tenemos que dejar que Smoky actúe.

—Antes bajo yo.

Parisi llamó a dos colegas y les confió al niño.

—Espéranos aquí —le dijo. Había una sonrisa en el tono autoritario.

A Blanca le costó contener a Smoky. Sentía la emoción y la ansiedad vibrar en él. Imaginó su naturaleza resplandeciente de instintos primitivos, tan inmerso en el bosque nocturno. El lobo que todavía palpitaba en él quería correr. Parecía como si un poderoso hechizo lo hubiera despertado.

Los pasos de Parisi se alejaron. Las orejas de Blanca le oyeron descender por la hondonada.

El viento volvió a subir y trajo un olor nuevo. Smoky gruñó y aulló, y volvió a gruñir. Blanca inspiró profundamente. Le recordó algo que ya había vivido.

Hierro. Herrumbre. En un bosque.

Los gemidos de Smoky le confirmaron que no era nada bueno.

Hierro. Herrumbre. En un bosque.

Un año antes les había llamado la familia desesperada de un hombre que llevaba meses perdido en las montañas. Al menos querían poder llorar sobre su tumba.

Blanca los había contentado. Encontró el cuerpo, o lo que quedaba de él: todavía estaba atrapado en el cepo que estaba colocando. Era un cazador furtivo.

Hierro. Herrumbre. Muerte.

—¡Quieto! —le gritó a Parisi, pero dio un paso en falso y lo de arriba se volvió lo de abajo y otra vez lo de arriba, en un vórtice de cabriolas que levantaron tierra, ramas y piedras. Se detuvo al pie de la pendiente, con un remolino de tierra encima de ella, entre los ladridos asustados de Smoky.

Parisi se le acercó enseguida y liberó sus piernas de las piedras.

—¿Te has hecho daño? —le preguntó. Su voz ya no era perentoria, ni segura, ni amistosa. Era una voz asustada.

—Trampas —consiguió decir Blanca, todavía aturdida.

—No hay trampas —la tranquilizó él, pero cuando tiró una piedra, respondió el eco de una abrazadera de metal que se cerró de golpe.

—¡Joder!

—Un cazador furtivo —dijo Blanca, palpándose las piernas. No sentía dolor, solo un temblor difuso que la sacudía—. No creo que haya puesto solo una.

Se puso de pie y notó su mano apretándole el codo.

—Yo tampoco lo creo, pero no es obra de un cazador furtivo. Alguien quiere que nadie pase por aquí. Estamos cerca.

Blanca se puso de pie y Smoky aulló de una manera que la hizo estremecerse.

—No entiendo lo que le pasa —dijo, disculpándose—. No había tenido nunca un comportamiento así, ni durante el entrenamiento ni mucho menos durante una búsqueda.

El perro buscó su mano con su hocico y la levantó varias veces.

—Yo sí —dijo Parisi—. No te muevas. Entre tus pies hay una calavera que me está mirando.

99.

Desde el exterior de la casa de Krisnja no se apreciaban signos de emergencia. La noche era tranquila y los grillos más precoces cantaban. El coche que Marini había conducido hasta allí estaba aparcado en el camino, una imagen tranquilizadora.

Los postigos de la casa, sin embargo, todos cerrados, rodeaban la vivienda con un halo de oscuridad, una soledad que mascullaba. Como un puesto de avanzadilla, estaba cerrada al mundo.

Instintivamente, Teresa se preguntó si eso sería el comienzo de un asedio o el silencio mortal que lo seguía. Tenía miedo.

Había ordenado que los vehículos de la policía aparcaran lejos. Ella, como los demás, se había acercado caminando a la casa y ahora la miraba desde el otro lado de la carretera.

Solo tienes que entrar. No hay otra forma de entender lo que te espera más allá del umbral.

En cambio, se quedó donde estaba e hizo otra llamada al móvil de Marini. Unos segundos de silencio, luego lo oyó sonar, no solo en el altavoz de su dispositivo, sino también a través del aire que la separaba de la casa.

Estaba allí dentro y no podía contestar.

—El comisario jefe y Gardini vienen para acá —le informó De Carli.

Para Teresa no fue una noticia reconfortante. No podrían hacer mucho más que ella.

Tal vez solo tomar la decisión correcta.

—Voy a entrar —dijeron, sin haberse ordenado, el aliento y los labios.

—Comisaria, han dicho que esperemos.

Han dicho que esperemos, pensó ella con un gesto de rabia. *Imposible.*

El rugido de un motor les hizo darse la vuelta. Había llegado un jeep de Protección Civil: Parisi bajó rápidamente y ayudó a Blanca a hacer lo mismo. Se reunieron con ellos.

—Hemos encontrado los restos de Ewa —anunciaron, casi al unísono.

Teresa no esperaba el éxito en tan poco tiempo.

—¿Estás seguro de que es ella?

—La prótesis de rodilla izquierda lo confirma —respondió Parisi—. También encontramos algo más.

Le tendió un collar de plata, sucio de tierra y con algunos eslabones de la cadena aplastados. De ella pendía un colgante de lo más peculiar: un casquillo de bala, de unos cinco centímetros de largo. El acero todavía tenía rastros de laca verde oscuro. El fondo era plano y llevaba las coordenadas de su origen. A las seis, la letra B indicaba la fábrica, el Pirotécnico de Bolonia. El número de dos dígitos que le seguía, el año de producción: 1942.

—Un Mannlicher Carcano 6.5 —dijo Parisi.

Era el cartucho estándar en dotación al ejército italiano durante las dos guerras y hasta los años sesenta, pero para Teresa suponía mucho más. Era una pista que hablaba de la mente de quien lo había guardado hasta la muerte y más allá.

—Ewa todavía lo llevaba al cuello —dijo Blanca, dando voz a sus pensamientos.

Ese colgante era un amuleto, un tótem que la mujer siempre tenía en contacto con el corazón. Teresa imaginó el fusil en manos de Francesco escupiendo el cartucho cuando se le escapó el disparo que alcanzó al soldado alemán y vio a Ewa recogerlo y guardarlo como una reliquia, porque ese disparo había cambiado su vida, había marcado su encuentro con la virgen negra. Por fin comprendió cuál era el detalle, en el cuadro de Andrian que representaba a los dos niños, que le había llamado inconscientemente la atención. Era la mirada de la muchacha: no estaba asustada como había creído, sino *excitada*. Una mirada de maldad. La mirada de una niña malvada: una joven bruja que había aprendido temprano a defender su credo.

Teresa entendió el significado del símbolo en su brazo, diseñado junto al de Ewa. Una cruz inscrita en un círculo: una marca balística de la OTAN que caracterizaba los casquillos utilizados por los ejércitos de los países miembros. En el que tenía en sus manos no estaba presente, porque en ese momento la organización aún no había nacido, pero Teresa quiso mandarse un mensaje preciso a sí misma: fue Ewa quien disparó metafóricamente ese día, y no Francesco. Era la única explicación para ese símbolo trazado en la piel: Ewa tenía que saber que el arma estaba cargada y no le dijo nada a su hermano.

Cam se lo había contado a su sobrino Alessandro, quizás él también, como Francesco, devorado por los remordimientos.

Por fin pudo recordar Teresa lo que Alessandro le había relatado.

Ewa, aquel día de hace setenta años, había saboreado la sensación de omnipotencia que confiere el arrebatar la vida a otro ser humano. El mismo sabor que había probado la noche en que Aniza desapareció.

100.

20 de abril de 1945

El violín había dejado de tocar, pero la capa de opresión que había arrojado sobre el bosque no se eclipsó con las últimas notas.

Aniza no esperaba ver esa cara aparecer entre la vegetación. Miró a lo lejos, preocupada por el hecho de que Alessio pudiera aparecer de un momento a otro, revelando su secreto, pero todavía no había señales de él. Luego sonrió y le tendió la mano.

—¿Por qué estás aquí? —preguntó en el idioma de sus antepasados.

El abrazo fue tan fuerte que la dejó sin aliento. Tan fuerte como para hacerle daño.

Ewa se había arrojado sobre ella con un ímpetu diferente al infantil de costumbre, casi como para echársela a hombros. Algo en Aniza chirrió y la apartó para alejarse de su lado.

—No deberías venir al bosque por la noche —dijo.

La niña la desafió con el ceño fruncido.

—¡Ni tú tampoco! —respondió. Ante su expresión de asombro, se echó a reír.

—¿Para qué has venido? —le preguntó Aniza.

Ewa daba vueltas a su alrededor, con la falda levantada en las manos.

—Tengo una cita, como tú —contestó.

Aniza la sujetó del brazo e hizo que su baile se detuviera.

—¿Qué estás diciendo? ¿Con quién te vas a ver a estas horas?

El sonido del violín se elevó de nuevo en el bosque, más cerca. Aniza lo entendió todo y sintió que se le congelaba la sangre. La agarró con más fuerza.

—¡Estás loca! —musitó, pero la niña se soltó y le arañó la cara.

—¡Sé que tú también te ves en secreto con el partisano! —la acusó—. ¡Se lo voy a contar al abuelo!

—¡Cállate!

Aniza intentó calmarla, pero Ewa se le escapó de entre los brazos, riéndose. Se escondió detrás de un tronco, pasando los dedos de uñas sucias por el muñón puntiagudo de una rama quebrada.

Aniza se le acercó, le ofreció una mano y la niña la tomó, comenzando a esbozar unos pasos de baile que su tía siguió.

—Sé que quieres ser su amiga, Ewa, pero ese chico ya ha traído la desgracia a este valle —le dijo con dulzura—. Es culpa suya si Francesco ha quedado maldito para siempre por haber causado la muerte de un inocente. Os he oído hablar, he notado el tormento de tu hermano. Nunca se perdonará a sí mismo por haber disparado ese tiro. Conozco vuestro secreto.

Ewa se detuvo. Siguió sonriendo, pero algo en sus ojos permaneció frío.

Aniza lo entendió demasiado tarde.

—Fuiste tú —murmuró, devastada—. ¡Dime que no es culpa tuya!

La niña la empujó con fuerza y ella cayó hacia atrás.

No le dolió. Solo que Aniza no conseguía levantarse. Era como si alguien hubiera cortado los hilos invisibles que movían su cuerpo. Yacía inerte contra el tronco, con un espolón saliéndole del pecho.

Alzó la mirada hacia la niña, sus labios se movieron en silencio.

Su danza, hubiera querido decirle, era un baile de muerte, que había servido para hacerla caer justo donde ahora se encontraba.

Percibió el frío y el silencio, y el temblor del alma que se preparaba para realizar un viaje a un mundo desconocido.

Aniza sintió una lágrima correr por su mejilla.

Vio a Alessio. No oyó su grito.

Vio al chico con el violín detrás de él y al pequeño Emmanuel aparecer por el bosque.

Vio la sonrisa de Ewa.

Pero ella, a esas alturas, ya casi había dejado de estar ahí.

101.

—Vosotros quedaos aquí —ordenó Teresa y se encaminó hacia la casa, haciendo caso omiso de las protestas. Parisi y De Carli intentaron retenerla, pero el respeto que sentían por ella les impidió hacerlo de verdad. Solo Blanca se atrevió a bloquearle el paso, con Smoky saltando, contagiado por la agitación de su humana.

Teresa le sujetó la cara entre las manos.

—Volveré pronto —le prometió.

—¡No es verdad, no puedes saberlo!

Apoyó la frente en la suya.

—Tengo que ir y sacarlo —dijo.

—¿Es que no lo notas? —sollozó Blanca—. El olor.

Ninguno de ellos se había dado cuenta. Tuvieron que acercarse a pocos pasos desde la entrada para percibirlo.

El olor a gasolina era inconfundible. Salía por la puerta entrecerrada como un aliento listo para esparcir devastación.

—Llamad a los bomberos —dijo Teresa, con la voz alterada—, y que no vengan tocando la sirena.

—Comisaria, llevará tiempo.

Las palabras de De Carli habían expresado los pensamientos de todos. Teresa lo sabía, era lo primero en lo que había pensado: no tenían tiempo, por eso era necesario conseguir que se alejaran.

—Seguro que la escuela del pueblo y las oficinas del ayuntamiento tienen extintores en dotación —propuso Parisi—. Y los establecimientos comerciales también.

—¡Id a por ellos, moveos! —les instó, confiándoles a una Blanca recalcitrante.

La comisaria afrontó la casa.

En el umbral, abandonado en el suelo como un objeto perdido con las prisas, o como algo que nunca había sido realmente importante y repentinamente superfluo, el capazo con las cintas de Matriona contenía hierbas recién recolectadas, tallos y pétalos todavía túrgidos. Algunas flores estaban entrelazadas con fibras de madera. Las conocía: eran grasillas.

Flores que devoran otras vidas, pensó, y le pareció una imagen apropiada para describir a la mujer que había derramado sangre inocente en el valle.

Teresa temblaba tanto que oía cómo le castañeteaban los dientes.

Miró a sus espaldas. El automóvil con Parisi, De Carli y Blanca a bordo se alejó rápidamente y poco después desapareció de la vista, pero Teresa no se sintió aliviada, porque llegaron otros vehículos, como en un cambio sincronizado y ensayado mil veces, con las luces intermitentes encendidas. Albert Lona acababa de descender del coche sin distintivos que precedía a los demás y se estaba acercando a ella a paso rápido.

—¿Qué vas a hacer? —le oyó gritar.

Teresa fue a su encuentro, con las manos en alto como para mantenerlo alejado, o tal vez era una forma de rogarle que le permitiera actuar, que no le robara más instantes preciosos y la posibilidad de morir, si realmente era necesario, para hacer lo único que deseaba en ese momento.

—Tengo que entrar —dijo.

—Nadie da un paso. ¡Las órdenes son claras!

—Marini está ahí dentro.

La mirada de Albert se volvió acerada.

—Marini está ahí dentro porque tú se lo ordenaste. No tengo intención de arriesgar la vida de mis hombres.

—Creo que la persona responsable de la muerte de Emmanuel Turan está en esa casa y también creo que sé lo que quiere. Puedo llegar a su mente y sacarlos a todos sanos y salvos.

Albert imprecó.

—¿Es que no te oyes a ti misma? Ni siquiera puedes llamarlo asesino. Eres ridícula. Has desobedecido mis órdenes desde que llegué, pero tu insubordinación termina aquí.

Teresa respiró hondo. Todo estaba claro ahora dentro de ella.

—Tienes razón, esto termina aquí —dijo, quitándose la funda. Le entregó el arma de servicio—. Ya no estoy bajo tus órdenes.

La expresión de él se desvaneció. Rabia, ímpetu, urgencia, odio se recompusieron en sus facciones, estirándolas. Albert se había convertido una vez más en el ser gélido e inescrutable que Teresa estaba acostumbrada a ver.

—Ahora estás sola —le dijo después de un momento de silencio. Cogió la funda y volvió con sus hombres sin mirar atrás.

De la casa salió un grito, tan inhumano que resultaba desgarrador. Era Marini.

—¡Entro solo yo! —gritó Teresa, sin saber siquiera si era una advertencia para Albert y para los hombres que observaban la escena desde el otro lado de la carretera o un mensaje para la asesina que la estaba esperando detrás del umbral.

Poco antes había pensado frenéticamente sobre la táctica más idónea para entrar en la casa. Había contado los hombres a su disposición, tratando de imaginar el orden de las habitaciones. Como rezaban los manuales, se necesitaban al menos cuatro agentes para limpiar con seguridad cada habitación, y tres para bloquear toda sospecha. Cuentas que ya no le hacían ninguna falta.

Volvió sobre sus pasos, consciente de tener los ojos de Albert clavados en su espalda. Pinchaban como agudos alfileres de un ritual vudú que exigía su aniquilación.

Subió los escalones del porche y empujó suavemente la puerta: había una vela contra la puerta, apoyada en el suelo.

Teresa entró con extrema precaución y la apagó, arrojándola lejos, al césped. En el interior, el olor a combustible era aún más intenso. Las exhalaciones tóxicas le rasparon la garganta, haciéndola toser.

La casa estaba en penumbra, apenas iluminada por un parpadeante resplandor rojizo que provenía de una de las habitaciones. Teresa lo siguió como en trance.

La idea de que su vida terminara allí no la asustaba. Tampoco la idea del dolor la asustaba. Lo que la devastaba, en cambio, era el riesgo de perderlo a *él*.

Caminaba lentamente, sopesando cada paso cuando en cambio hubiera querido echar a correr. Sabía que se había metido en una trampa.

Cruzó el vestíbulo y el salón sintiéndose observada por las fotografías, alineadas en los estantes como soldaditos. Representaban todas a las mismas tres mujeres: Ewa, Hanna y Krisnja. Las dos adultas cambiaban en cada imagen, una envejecía y la otra se marchitaba. La niña iba creciendo. No había ninguna de después del incendio. En ese relato, la vida se había detenido trece años antes.

Una foto en particular le llamó la atención. Era como las demás, y al mismo tiempo terriblemente diferente. Ewa estaba de pie, con expresión orgullosa y seria. Delante de ella, Krisnja miraba al objetivo, con una muñeca en sus manos. Hanna, su madre, estaba a un lado. Era la única que no miraba hacia delante. Tenía los ojos fijos en Ewa, con unas ojeras oscuras que le marcaban la cara y un pliegue en sus labios que podría considerarse de preocupación.

Miedo, se corrigió Teresa. *No por mí misma. ¿Por quién?*

Llegó a la habitación iluminada con los ojos ardiendo por las exhalaciones y el sudor nervioso.

Lo que vio le provocó una contracción en el pecho.

Marini estaba en el suelo, fuertemente atado como un animal destinado al sacrificio. Se removía y llamaba a su padre, presa del terror. Cadavérico, sudoroso, con las pupilas dilatadas y sacudiéndose incontroladamente. Estaba drogado, pero la reconoció.

—¡Lléveselo de aquí! ¡Lléveselo de aquí! —le suplicó, con los ojos clavados en una esquina de la habitación donde no había nadie. A un par de metros de él, tumbada en el suelo, Krisnja estaba recobrando el sentido en ese momento. Tenía una mejilla manchada de sangre y las manos atadas a la espalda.

—¡No os mováis! —les advirtió Teresa.

Estaban rodeados por docenas de velas. Toda la habitación estaba repleta de ellas. El calor se levantaba en oleadas y la cera había empezado a lagrimear lentamente hacia el piso empapado de gasolina. Su diario estaba tan solo a unos pasos de distancia. El instinto de agarrarlo fue casi fatal. Se controló a tiempo, antes de arriesgarse a dejar caer una sola gota de cera incandescente.

Se inclinó hacia ellos, extendió los brazos para alcanzarlos por encima del círculo de llamas, pero luego los dejó caer.

El pensamiento que la invadió fue desalentador. No iba a lograrlo. No a tiempo. No para salvarlos a los dos.

Tengo que hacerlo.

Empezó a sofocar las velas con los dedos, mecha tras mecha, pero algunas se reavivaban, otras le quemaban. La cera se estaba volviendo transparente y ardía.

—Váyase, comisaria —oyó que le decía Marini, en un momento de lucidez—. No puede apagarlas todas.

Teresa se detuvo. De rodillas, con las yemas de los dedos reducidas a carne viva, la garganta reseca, los ojos inflamados.

No estoy aquí para eso, se dijo, *sino para elegir*. ¿A quién salvarás?, era la pregunta que le habían hecho.

Un ruido sordo procedente de otro cuarto llamó su atención.

Matriona.

—Se acabó —Krisnja lo dijo en un susurro, apoyando la frente sobre sus rodillas.

Sé lo que he de hacer. Lo sé.

Teresa seguía repitiéndoselo, pero permaneció inmóvil.

Lo sé.

No se acordaba. Había entrado allí con un plan claro en la cabeza. Ese plan se había desvanecido. Los nombres de quienes tenía ante ella se habían evaporado al calor de las llamas.

Teresa había pensado a menudo en su muerte en los últimos tiempos. Nunca se la hubiera imaginado *así*. Había cierto sarcasmo en el hecho de no poder recordar lo que tal vez podría haberla salvado.

Un incendio a punto de estallar, víctimas que aguardan a ser salvadas y ella allí quieta. Iba a morir como una inepta, con los brazos en los costados y el escudo bajado, después de haber vivido como una guerrera. Moriría sintiéndose una idiota.

Guerrera... Una agente de policía, si acaso. Una mujer de sesenta años, enferma, que trata de hacerse la heroína y que ni siquiera es capaz ya, en cambio, de dar un nombre a las cosas.

Su mente la había abandonado justo ahora, cuando más la necesitaba. La confusión que sentía volvía paradójica la situación, con esos ojos repletos de terror que la miraban implorantes y la veían hacer lo único que era capaz de hacer en ese momento: nada.

Podría tratar de adivinar, tal vez. Parecía que últimamente no era capaz de hacer otra cosa para sobrevivir.

Adivinar la dirección que debía tomar, hacia dónde mirar, las palabras que debía decir y la sombra de la que dudar.

Incluso su nombre, y el del asesino. Que estaba allí delante de ella, o tal vez en otra habitación.

¿Cuál de las víctimas sacrificiales era inocente y quién, en cambio, había tenido la fuerza devoradora necesaria para arrancar un corazón que aún latía en el pecho de un hombre?

¿A quién tengo que salvar?

Y además estaba *él,* que la miraba como el hijo que nunca tuvo. Lo único que le parecía recordar, pese a que su nombre fuera tan solo el instinto de un susurro en los labios. Un impulso visceral la unía a ese hombre. Lo percibía en su vientre, era ardor en una cicatriz, espuma roja que hervía en sus venas.

Y mientras tanto, las paredes de la casa empezaron a crepitar, como las voces que llevaban días atormentándola, susurros que se habían convertido en gritos: sus peores temores.

El nombre del asesino. El nombre del asesino...

En su caída al infierno, en presencia de la muerte, en lo único que piensa Teresa es en un acertijo, que oyó quién sabe dónde y quién sabe cuándo.

Él gritó. Un grito inhumano que la espabiló del letargo aterrorizado que la había aprisionado. Luego se calló de pronto.

—Lo hemos encontrado —le oyó musitar, como si de repente quisiera retener las palabras entre ellos. Tiene las pupilas dilatadas—. Hemos encontrado el Mal. Está aquí. Nos estaba esperando.

Había desgranado las palabras como perlas de un rosario diabólico. Levantó un dedo índice entre las cuerdas que lo aprisionaban y señaló hacia un rincón sin luz donde la oscuridad era un diafragma que se dilataba y se contraía con el aliento de su miedo.

—Lo hemos encontrado. *No es humano.*

Gritó de nuevo y hubo un estallido de espejos dentro de Teresa. Espejos que la habían confundido con reflejos distorsionados.

Recordó su nombre. Recordó la fuerza del amor. Pero una vez más el destino se mofaba de ella.

Porque era el momento de entender hasta dónde estaba dispuesta a llegar para salvar a una víctima inocente.

Era el momento de entender si para liberarla estaba dispuesta a matar a Massimo Marini, el hombre que la miraba como el hijo que nunca tuvo, el hombre que ahora temblaba como si allí, bailando en la oscuridad, estuviera el demonio.

La racionalidad y la lógica le imponían salvar a quien tenía más posibilidades de sobrevivir, y ese no era Marini.

Teresa levantó los ojos hacia el cielo, desesperada. No sabía si tendría fuerzas suficientes. Un cuadro con una Virgen replicaba su expresión, pero lo que sorprendió a Teresa fue el bordado en el pecho de la Virgen: el monograma mariano. *Mater*. Lo había visto antes, en ella misma. Se subió la manga y allí estaba, en medio del pentáculo: no la M de Matriona, como había creído, sino la de la Madre del Cielo.

Mater Dei. La Gran Madre. Isis.

El icono estaba en el centro de la historia y había condicionado las vidas de las tres mujeres.

Comprendió lo que tanto la había trastornado en la fotografía que las retrataba juntas.

La respuesta estaba en la figura de la niña. Entre sus cabellos oscuros, casi oculta, una mano rodeaba el delgado cuello de Krisnja. Era la mano de Ewa, el detalle equivocado que había llamado la atención de Teresa: mantenía a su nieta de la correa con esa mano grande y sin gracia, alejándola de su madre. No la abrazaba para protegerla, no entrelazaba sus dedos con los suyos para guiarla. La sujetaba por el cuello. La dominaba. Y de la misma manera, Krisnja aferraba la muñeca.

Amor y odio. Devoción y esclavitud.

Teresa tenía un vago recuerdo de las palabras pronunciadas durante esos frenéticos días. Imágenes que ahora volvían junto a retazos de razonamientos. Matriona, que confesaba su miedo por su amiga Hanna, cada vez más distante y preocupada. Francesco, perturbado por esa relación tan simbiótica entre las mujeres de su familia, un vínculo que lo excluía de la vida cotidiana de esa niña.

Teresa recorrió los signos en el pentáculo rápidamente, puntuó las palabras. Los había escrito en el lado izquierdo, el dominado por la luna menguante: Ewa.

Ewa. Había regresado. El triángulo del agua. Un torbellino.

—Salva —murmuró.

Los lamentos de Marini se acallaron. Krisnja levantó la cabeza. Ewa. Agua. Un torbellino.

—Ewa volvió sobre sus pasos —dijo Teresa, más segura. La efigie de Isis no había sido destruida. La niña nunca tuvo la intención de abandonarla. La había salvado de las aguas: el torbellino que brotaba de la punta del triángulo no se proponía simbolizar las representaciones sagradas halladas en la casa de la partera, sino el Gola, el meandro del Wöda en el que terminaba todo objeto ahogado. La niña debía de saberlo, razón por la cual montó la escena de la destrucción de la virgen negra.

Ya había caído en su hechizo. Sin saber aún su origen, sin conocer su nombre. Con el instinto la había reconocido por lo que realmente era. Ya se había consagrado a su culto.

Tal y como sus descendientes se verían obligadas a hacer. So pena de muerte.

Ewa estaba dispuesta a matar para proteger su secreto sagrado. Ya lo había hecho y Alessio Andrian había tratado de decírselo de la única manera que podía ahora: dejando caer la foto de Raffaello, la última vez que Teresa lo había visto. «Sobrino» era la palabra que quería sugerirle. Sabía que había sido Ewa quien mató a Aniza.

Teresa tenía que interrumpir la cadena de muerte que la virgen negra había llevado al valle. Se repitió el acertijo que no dejaba de darle vueltas en la cabeza.

Se cuenta de un gato que atrapó una vez a un ratón para comérselo, pero el ratón, chillando desesperado entre sus garras, le imploró:

—¡Oh, gato, concédeme una oportunidad!

Entonces el gato, divertido ante la agonía del animalejo, respondió:

—No te comeré, tierno ratoncito, a condición de que adivines lo que voy a hacer...

—Y el ratón contestó: me vas a comer —dijo. Esa era la única respuesta posible: una paradoja que dejaba la situación congelada.

Quien la había llevado hasta allí no lo había hecho para permitirle evitar el incendio y salvarlos a todos.

Lo había hecho para enfrentarla a sí misma, a los valores que siempre había creído tener.

En ningún caso le permitiría eludir esa prueba. Significaba que en cualquier momento una mano —la mano que ya había matado—, estaría lista para propagar el fuego y la muerte.

Esa mano era la única que podía optar por salvarlos.

Si quería que todos salieran vivos de allí, la única manera era dejarle la elección a la asesina.

Tenía que confiar en su capacidad para leer la mente humana, a pesar de su enfermedad, del cansancio, de los errores cometidos, y encontrar la forma de llegar hasta el grito de su alma dilacerada.

Fue así como estiró los brazos sobre las velas hasta tocar a Krisnja. Sus dedos rozaron la sangre que manchaba su sien carente de heridas.

Sintió que el cuerpo de la joven se ponía rígido ante su contacto. Las rodillas de Teresa avanzaron, ganando centímetros que robaban a las velas.

—Es hora de que te perdones a ti misma —susurró—. No podías hacer nada por tu madre.

Ewa había fagocitado la vida de su hija Hanna, que creció en el miedo, y había engullido también la vida de Krisnja, desgarrada entre el amor y los sentimientos de culpa, hasta el punto de llegar a ser capaz de matar a cualquiera que pudiera revelar el secreto de la *Virgen*. Un secreto sagrado, tan ramificado en ella que había adquirido la apariencia de una obsesión.

Un verdadero culto, con muros psicológicos tan altos como los de una prisión.

Sin embargo, el canto desesperado de la niña era también una petición de ayuda. Sacerdotisa y traidora del credo, eternamente desgarrada entre la defensa del secreto y su destrucción, quería ser liberada por fin.

Se lo estaba implorando con la sangre derramada, con la puesta en escena de llamas y sacrificios.

¿A quién salvarás?

Krisnja tenía la necesidad vital de que, ante esa pregunta, alguien respondiera pronunciando su nombre.

Los dedos de Teresa caminaron sobre sus brazos hasta llegar a sus hombros.

—No podías hacer nada por ella —repitió, aunque no estaba segura de que la mente manipulada de Krisnja pudiera llegar a comprender de verdad. Era una criatura que había llevado una vida secreta durante toda su existencia, que había visto morir a su madre, probablemente asesinada por su abuela a causa de su rebeldía ante el culto, o por su excesiva cercanía a la niña que Ewa quería solo para ella, para criarla como la adepta perfecta que Hanna no había conseguido ser.

—Te salvo a ti, Krisnja —murmuró Teresa—. Pero déjame salvarlos a ellos también.

La soltó. Ella levantó la cara. Las lágrimas cayeron sobre la retícula de heridas. Las manos se liberaron de los nudos falsos que apenas la retenían.

Krisnja se relajó con un suspiro, los brazos abiertos, los párpados cerrados, la cabeza inclinada como en el acto de un último abandono.

Fue un momento. Una gota de cera tocó el suelo y las llamas deflagraron. Teresa apenas tuvo tiempo para alejarla de un empujón y arrojarse sobre Marini.

El fuego le lamía los zapatos y consumía el oxígeno, el calor se volvió insoportable y le abrasaba la piel. Las llamas se encaramaban sobre los objetos, una línea que corría a su alrededor.

—¡Vete de aquí! —le gritó a Krisnja, pero la joven no se movió.

—Perdóname —le pareció oírle decir.

Algo golpeó con violencia no muy lejos y una corriente de aire fresco invadió la estancia. Las llamas crepitaron furiosas, fagocitando el nuevo oxígeno disponible. Crecieron y engulleron otra parte de la habitación. El cristal de la ventana explotó.

—¡Contra la pared! —gritó Teresa—. Tenemos que permanecer de pie.

Presionó contra Marini para darle su equilibrio. Los humos eran densos y venenosos y se condensaban en la parte baja. Respirarlos significaría entregarse a la muerte.

Llegados a ese punto, ¿qué diferencia había? Siempre mejor que morir quemado.

Teresa cerró los ojos, abrasados por el calor y los vapores corrosivos. No los volvió a abrir hasta notar que la agarraban con firmeza. Los hombres que entraron en la habitación se movieron rápidamente, usando extintores para trazar caminos de salvación. Reconoció a su equipo, junto con otros desconocidos.

—¡Hay una mujer en la otra habitación! —advirtió, entregando a Marini a los rescatadores.

Cuando vio su diario entre las llamas, Teresa trató de lanzarse para agarrarlo, pero Albert la tomó en sus brazos.

—¡Salgamos de aquí! —le gritó.

Teresa miró el cuaderno en llamas por última vez y se rindió. Se dejó llevar, mientras Parisi corría hacia fuera cargando con Matriona y los habitantes del valle ayudaban como podían a sofocar las llamas lo suficiente como para que pudieran salir.

Todo había terminado, estaban a salvo.

Su memoria de papel, sin embargo, ya era ceniza.

102.

Las llamas habían devorado la casa y la habían reducido a brasas negras jaspeadas de fuego. El humo se elevaba, arremolinándose hacia el cielo nocturno, y una lluvia de cenizas aún ardientes se mezclaba con los pétalos arrancados por el viento a los árboles en flor.

Teresa estaba sentada en el compartimento trasero de la ambulancia, con las puertas abiertas. Los paramédicos lidiaban con algunos casos leves de intoxicación por humo entre los habitantes que habían acudido a apagar el incendio y le tocaba a ella vigilar a Marini. El joven inspector se estaba recuperando de los efectos alucinógenos de la sustancia que Krisnja le había administrado, pero de vez en cuando todavía se resentía, con pesadillas que perturbaban su sueño: parecía dormir, tumbado en la camilla, pero de repente se incorporaba, deliraba y gritaba. En esos momentos era Teresa quien tenía que calmarlo y volver a reclinarlo, asegurándose de que no se le hubiera desprendido el gotero que poco a poco se le instilaba en la vena limpiando su sangre.

—Un minuto más de paciencia y nos vamos —le dijo un operador de Urgencias—. ¿Todo bajo control?

Teresa asintió, aunque no estaba muy segura. Sola de nuevo, alzó la vista hacia el cielo estrellado, con los pulmones llenos del olor a fuego cuyo regusto podría ser tan mágico y salvífico cuanto de condenación.

No podía dejar de pensar en Krisnja, a quien algunos colegas ya se habían llevado, en la niña subyugada que había sido, en la madre a la que había sido arrancada por quien se encargó luego de criarla, sembrando esas terribles sugestiones en su mente: Ewa, abuela y verdugo, que parecía haber maldecido a su propia descendencia, que volvía, en forma de demonio, en las alucinaciones de los viajes chamánicos que su nieta vivía tras consumir *datura*. Volvía porque era el origen de su condena, amada y odiada al mismo tiempo.

Krisnja solo había tratado de defenderse, de salvarse, pero pagaría para siempre el precio que Ewa había puesto como recompensa por su cabeza.

Marini se incorporó, con un brazo extendido frente a él como en un gesto para señalar algo. Farfulló palabras incomprensibles.

Teresa extendió una mano y lo empujó de nuevo en la camilla.

Sus pensamientos corrieron hacia Aniza, hacia la *Ninfa durmiente* que la había llevado hasta allí. Quién sabe si habría encontrado por fin la paz. Ella confiaba en que sí. Tal vez lo sintiera: ya no había melancolía en ella, solo silencio. Confió en que pudiera ser así también para Alessio Andrian.

Marini se espabiló.

—¿Ya es por la mañana? —preguntó, mirando confundido la aguja que tenía clavada en el brazo.

Ella escudriñó el mechón en lo alto de su cabeza. Parecía el de un gallo pelado.

—Buenos días, preciosidad —le dijo, conteniendo una carcajada: estaba desgreñado, sucio y tiznado. Si se hubiera mirado al espejo, con lo tiquismiquis que era, se habría quedado horrorizado.

Él se volvió de lado.

—Tengo ganas de vomitar.

Teresa se movió un poco hacia la salida y se encogió en su chaqueta. Ahora solo quería irse a casa y apagar sus pensamientos por lo menos hasta el amanecer.

Lo oyó murmurar algo. Vio que tenía una hojita de papel arrugada en las manos. Le parecía haberla visto antes. Se metió las manos en los bolsillos y se dio cuenta de que ya no tenía la página del diario encontrada en la casa de Emmanuel.

—¡Devuélvemela! —ordenó.

—Qué vergüenza, qué vergüenza, comisaria. ¿Estoy equivocado o esto debería estar entre las pruebas? —rezongó él. Para estar drogado la verdad es que veía muy bien.

—No es asunto tuyo, Marini.

—Claro que lo es. Habla de mí —la miró con los ojos muy abiertos—. *¿Hijo?*

—También hay hijos cabezas de chorlito —le espetó ella, incapaz de quitársela.

Él dobló la hoja y se la entregó, aunque haciendo un par de amagos de quedársela, como de broma. Parecía víctima de una borrachera colosal, en lugar de un envenenamiento.

—Perdóneme. No he podido resistirme —dijo, con un suspiro. Su voz era dulce, como la mirada, todavía un poco alucinada—. No se lo diré a nadie.

Ella se la arrancó de la mano.

—A propósito de hijos... —dijo Marini, tratando de levantarse—. Tengo uno al que he de ir a buscar, si es que su madre no ha decidido borrarme de su existencia.

—Haría bien.

—Lo sé.

Teresa lo miró.

—¿Estás seguro?

—Como nunca lo había estado en mi vida.

—Marini, menudo viaje el tuyo.

Él se sentó, se quitó la aguja de la vena quejumbroso y después de algunos intentos logró levantarse.

—¿Adónde crees que vas? —le preguntó Teresa—. Ni siquiera te tienes en pie.

Se las arregló para bajar y caminar unos metros mientras repetía las palabras del diario. Teresa se quitó un zapato requemado, apuntó y se lo arrojó, dando en el blanco. Marini cayó cara al suelo y allí se quedó. Un paramédico lo vio y con la ayuda de un compañero lo recogieron. Esta vez lo ataron a la cama con las correas, pero para entonces dormía de lo más sereno, con la boca abierta.

Teresa observaba a los bomberos y policías trabajar para domar las últimas llamas. Sus recuerdos habían sido destruidos, perdidos para siempre. Le dolía, pero esa noche al menos la muerte se había mantenido alejada.

Un hombre se le acercó. Le parecía no haberlo visto nunca, pero ya no se fiaba de sí misma.

—Comisaria Battaglia —la interpeló. No era una pregunta.

—¿Le conozco? —preguntó Teresa, demasiado exhausta para preocuparse por ocultar un posible colapso de su mente.

El hombre sonrió, cordial.

—No, no nos conocemos.

No tenía el acento de un habitante del valle. Solo entonces se percató de que su ropa olía a humo y de que tenía una marca negra de hollín en la mejilla. Instintivamente, miró los restos incinerados de la casa y luego otra vez al hombre.

Este sacó un objeto ennegrecido de su chaquetón.

—Quería darle las gracias —dijo, tendiéndoselo. Teresa cogió su diario entre las manos. Estaba deteriorado, con la cubierta carbonizada, pero las páginas del interior seguían casi intactas.

—¿Cómo lo ha hecho? —preguntó, hojeándolo. El hombre no respondió y ella sintió que su ansiedad crecía—. ¿Darme las gracias por qué? —preguntó entonces.

—Me ha ayudado a encontrar un tesoro que pensé que se había perdido para siempre.

Teresa entrevió un envoltorio metido en su chaqueta y un breve destello de oro bajo la luz que provenía de las últimas llamas moribundas.

La virgen negra. Siempre había estado escondida en la casa de Ewa y su descendencia.

—¿Quién es usted? —le preguntó.

La sonrisa del hombre se desvaneció.

—Un amigo que solo pretende advertirle: tenga cuidado, mucho cuidado. La *Madre de los Huesos* está lejos, pero no demasiado, y ahora que sabe que la *Virgen* ha sobrevivido no la dejará en paz.

Teresa quiso replicar, pero él se dio la vuelta y desapareció entre los vehículos de rescate, con rapidez. Intentó levantarse, pero volvió a caer en el asiento, con la respiración agitada y el corazón enloquecido.

De Carli y Parisi se reunieron con ella poco después, con su zapato en la mano. Blanca y Smoky se arrojaron a sus brazos.

De Carli había sacado un vídeo de Marini dormido y roncando, pero Teresa no tenía ánimo para regañarlo. A todos les hacía falta un poco de ligereza en esos momentos.

—¿A quién está mirando, comisaria? —preguntó Parisi, siguiendo su mirada en la oscuridad.

—A un desconocido —respondió absorta.

—¿Un desconocido? ¿Quién?

Teresa volvió a ponerse el zapato, se apoyó en las manos de Parisi y pudo ponerse de pie.

—Un hombre que ha encontrado algo que llevaba mucho tiempo buscando —murmuró y siguió mirando la oscuridad.

Pero esa era otra historia y ella ya no era comisaria.

—Lona me dijo que le diera esto —dijo De Carli—. Que debe de habérsele caído.

Era la funda con su pistola.

Teresa la miró, sin mover un dedo. Recogerla quería decir mucho más que recuperar su trabajo. Significaba empezar a esconderse de nuevo.

—Quédatela tú, por el momento —murmuró.

Buscó a Albert entre los socorredores. No muy lejos, él también se detuvo un momento para mirarla antes de montar en el coche.

Estaba cansado, o tal vez solo era el aspecto de alguien que acababa de escapar de la muerte. Se había arrojado al fuego después de prometerle venganza y soledad.

Se había arrojado al fuego por ella.

Teresa esbozó un gracias con los labios y la pareció que él asentía, antes de desaparecer tras las ventanas tintadas.

—¿Está bien, comisaria?

La voz de Parisi le llegó desde muy lejos. Teresa asintió distraídamente, con sus pensamientos ya acelerados, siguiendo otra pista.

A pesar del cansancio, la muerte a la que acababa de mirar a la cara, a pesar del temor de no poder completar el desafío que estaba a punto de aceptar, buscó un bolígrafo en el bolsillo y abrió su diario. Escribió algunas palabras, luego consultó sus notas de nuevo.

Madre de los Huesos. Ten cuidado.

Epílogo

El valle se tiñó de rosa. El cielo y la tierra se fundieron, inmersos en una bruma cobriza que parecía caer de la bóveda celeste o elevarse desde el abismo. Confundía los contornos, los mezclaba cual tonos pastosos en transparencias y polvos, capaces de iluminar las diminutas partículas de agua suspendidas en el aire con reflejos opalescentes. En aquella extensión de nubes terrenales, el Wöda parecía el cuerpo de un dragón plateado y estilizado, que se desplegaba sinuoso desde las cuevas kársticas hasta las llanuras del valle.

Teresa subió la colina lentamente, donde los hombres la esperaban. Marini, Francesco, Raffaello Andrian y su tío Alessio observaban el panorama sin hablar. Había sido un encuentro intenso entre el viejo pintor y el sobrino de la *Ninfa durmiente:* sin palabras, sin necesidad de explicaciones. Solo manos entrelazadas y una lágrima en la cara de Francesco.

Alessio Andrian se había recuperado del infarto, pero no había hablado. Nunca volvería a hablar. Teresa sospechaba que había sido Krisnja la misteriosa visitante que Raffaello había visto salir de su habitación a toda prisa, el día que se sintió mal. Se preguntó qué pudo haber experimentado al encontrársela frente a él. Tal vez por un momento pensó realmente que podía ser Aniza, o su fantasma. El músculo cardíaco no había resistido, pero su temperamento era tan vigoroso que Alessio había sido capaz de superar la muerte una vez más.

Estaba convencida de que sabía dónde descansaba la *Ninfa durmiente,* y estaba igualmente segura de que nunca lo revelaría. La mantendría a salvo, en un lugar en su corazón y en la tierra que le había dado la vida.

Teresa había regresado al valle en un espíritu de paz. Había encontrado una comunidad agradecida y unida alrededor de Francesco: él también quiso darle las gracias, pero Teresa se le adelantó, esquiva.

—No tuve más remedio que ser dura —le dijo, como para disculparse.

—Y yo fui bastante terco —había respondido él, buscando su mano.

El encuentro con Matriona y sus mujeres, tan especiales, fue el momento más extraño para Teresa. Pocas veces se veía asaltada por el sentimiento de no saber cómo manejar una relación.

La chamana la había recibido con una sonrisa y había disuelto cualquier duda en un abrazo que era mucho más que un gesto de reconciliación: era un nudo que unía dos extremos, un encuentro entre hermanas que eran al mismo tiempo madres e hijas. La mujer había deslizado una bolsita en la mano de Teresa.

—Semillas de comino negro, dos gramos al día. Reducen la glucosa en ayunas y la resistencia a la insulina —luego se inclinó, en un susurro—. Y para el otro problema, cúrcuma, hojas de ginkgo y huperzia.

Ante la expresión de asombro de Teresa, respondió con una sonrisa maliciosa.

—A la mente le sirve de gran ayuda una mayor capacidad vascular —le había dicho en un susurro—. Pregúnteselo a su médico si no se fía. Le dirá que estas plantas la ayudarán.

Teresa no había querido preguntar cómo había podido darse cuenta. La respuesta la habría desestabilizado, estaba segura. Había visto en esos ojos algo que iba más allá de la racionalidad, que venía de muy lejos. Un saber antiguo que partía del cuerpo y del alma para llegar a la mente.

Se reunió con los hombres en la colina. Andrian estaba clavado en la silla de ruedas y con el cuerpo más consumido que nunca, pero sus ojos ardían con dulzura, ahora que se encontraba más cerca de la mujer que amaba. Miraba un punto en el valle, abajo, en el bosque a sus pies, con una intensidad que conturbó a Teresa: Aniza tenía que estar allí, protegida por las montañas y adornada con flores. Descansaba bajo la cadena de los montes Musi, que dibujaban la silueta de una mujer dormida, con la cara vuelta hacia el cielo. Los habitantes del valle la llamaban «la Bella Durmiente».

Lo vio apretar en su regazo los zapatitos tejidos por Aniza para el hijo que no llegó a nacer y deslizarlos con un dedo hacia la mano de Marini, que estaba a su lado. El inspector se espabiló de sus propios pensamientos y por un momento pareció no entender. Cuando miró a Teresa, como para pedirle consejo, la emoción se reflejaba en su rostro.

Ella asintió con firmeza. Era algo justo. Era la vida que continuaba. Era la esperanza.

Tan pronto como Marini tomó el regalo en sus manos, el bosque se vio invadido por un frémito, la inmensa ola de un viento cálido que olía a corolas y brotes.

Teresa cerró los ojos y se dejó arrastrar, una emoción poderosa que inflamaba su alma.

No era creyente, la vida le había quitado la fe, pero habría jurado que allí mismo, en ese momento, había una presencia.

Una mujer que nunca había abandonado el valle, ni al hombre que seguía amando.

Aniza era ahora flor entre flores, tierra en la tierra. Seguía viviendo en otras criaturas, profunda interconexión de vida, pero una parte de ella, una parte intangible y poderosa, estaba allí, con su Alessio.

Siete meses después

Massimo siempre había pensado en un niño, al imaginarse a su hijo. Una parte de sí mismo que se reproducía a su imagen y semejanza.

No estaba preparado para la maravilla de esa diosa frágil e incontenible en sus brazos. Lo había convertido en su esclavo tan pronto como llegó al mundo. La perfección de las leyes del universo gravitaba en ella, una fuerza de atracción tan poderosa como para poner su voluntad de rodillas.

Aniza iba a ser su norte y su sur, el este y el oeste de su vida, hasta que el aliento calentara sus labios de padre.

Envolvió a la niña en la manta, sin cansarse de sentirla en el corazón.

Se la entregó a la mujer que estaba frente a él y la vio acogerla en sus brazos con un amor instintivo que siempre le sorprendería. Era un sentimiento que no tenía necesidad de memoria ni de experiencia.

Después de meses a su lado, estaba convencido de conocerla ya, pero cuando la mujer levantó la vista, todavía logró sorprenderlo por lo que pudo captar.

No recordaba quién había dicho una frase que en los últimos tiempos no lo abandonaba: hay una madre cada vez que se acoge una vida indefensa.

La prueba de ello la tenía ahora ante él.

A pesar del pasado. A pesar de la edad. Más allá de la vida que había escogido, más allá de lo que *no* había escogido, Teresa Battaglia era —y siempre lo sería— una Madre.

[...] Porque yo soy aquella que es primera y última,
soy aquella que es venerada y despreciada,
yo soy aquella que es prostituta y santa,
yo soy esposa y virgen,
yo soy madre e hija,
yo soy los brazos de mi madre,
yo soy estéril, aunque numerosos sean mis hijos,
yo soy la mujer casada y la soltera,
yo soy la que da a luz y la que jamás ha parido,
yo soy aquella que consuela de los dolores del parto,
yo soy esposa y esposo,
y mi hombre alimentó mi fertilidad,
yo soy Madre de mi padre,
yo soy hermana de mi marido,
y es él el hijo que rechacé [...]
[...] Respetadme siempre,
porque yo soy la que provoca escándalo y la que santifica [...]

Himno a Isis
El Trueno, mente perfecta. Códices de Nag i Hammâdi, VI, 2;
Egipto. Siglo III a. C.

Nota de la autora

La virgen negra, con sus historias entrelazadas y la Historia que le sirve de trasfondo, llevaba años acompañándome cuando, por casualidad, me topé con un artículo sobre Val Resia. No conocía los orígenes de sus habitantes, aunque el valle dista pocos kilómetros de donde vivo. Había oído decir que allí se hablaba una especie de dialecto ruso y que los resianos se parecían todos entre ellos. Con respecto al primer punto, suponía erróneamente que la invasión cosaca durante la Segunda Guerra Mundial había dejado su propia herencia cultural. En cuanto a la repetición de rasgos faciales característicos, creo que si alguna vez fue cierto se debió al aislamiento que tantas veces ha forjado a hombres, culturas y paisajes, mientras que ahora ese legado atávico se ha diluido en el flujo de las nuevas contribuciones genéticas que su apertura al mundo les ha dado. Sin embargo, no es así en lo que atañe a los orígenes escritos en su ADN, que nos hablan de un viaje a través de los siglos, hacia y desde lugares lejanos.

Si he podido contar la historia del pueblo resiano, o por lo menos una parte de ella, se lo debo a Gilberto Barbarino, memoria histórica del valle, quien con gran amabilidad y afecto me recibió en su casa, sirviéndome de maestro apasionado y compartiendo conmigo sus recuerdos de infancia. Uno de estos recuerdos se lo «robé» para convertirlo en un cuadro de la novela: Gilberto, siendo niño, estaba presente cuando el arma de un partisano disparó el tiro que alcanzó el arnés del caballo que llevaba a un soldado alemán al horno de San Giorgio. Afortunadamente, la represalia alemana no fue sangrienta: solo ráfagas de ametralladora entre las casas y gente aterrorizada.

No era mi intención adentrarme en los acontecimientos históricos y políticos que dividen a los resianos en la cuestión de sus orígenes. Escuché una voz, que es la voz de la mayoría, y la encontré sugerente como pocas. A los resianos, a todos, solo quiero decirles que no pierdan nunca la estima por su propia identidad — sea cual sea la que crean que es— porque el patrimonio cultural y natural que están llamados a proteger es extraordinario y todos lo admiramos. Pero ellos ya lo saben.

He llenado lugares reales con vicisitudes imaginarias, pero lo contrario también es cierto: hay muchas verdades, además de los orígenes de los resianos, contenidos entre las líneas de *La virgen negra*.

¿Cuáles?

En Friuli tenemos una virgen negra. Se conserva en el Santuario de la Beata Vergine di Castelmonte. Por supuesto, es muy diferente de la *Virgen Nigra* descrita en la novela y no oculta, hasta donde yo sé, ningún misterio. O, tal vez, aún no haya sido desvelado...

Blanca y Smoky son personas reales y se llaman Cristina e Ice: a ellos va mi más profunda gratitud por haberme hecho descubrir el fascinante mundo de los perros de detección de restos humanos. Todo lo que incluyo a tal propósito en *La virgen negra* es fiel a la verdad (hasta el punto de que al principio Cristina estaba un poco preocupada por la posibilidad de revelar secretos de instructores o instituciones) y en las explicaciones he tratado de recoger las palabras exactas de mi fuente. Cualquier desviación solo es atribuible a las necesidades narrativas o a mis defectos. Cuando escribo que todo es cierto, lo digo al pie de la letra: incluso el Flacucho y lo ocurrido con la olla (una olla a vapor comprada específicamente con los puntos de una cadena de supermercados).

Para delinear la figura profesional de Christian Neri, debo mucho a Cristian Copetti, un amigo que forma parte del Núcleo de los Carabineros para la tutela del patrimonio cultural de Udine: él fue quien me habló por primera vez, y con orgullo, de la base de datos del patrimonio cultural ilegalmente sustraído, que contiene las «tarjetas de identidad» de millones de obras de arte, disponibles para las fuerzas policiales de todo el mundo.

Cuando empiezo a escribir una historia que siento en mi corazón, no es raro que conozca a las personas adecuadas que, con sus experiencias de vida, tan generosamente relatadas, la enriquecen y la hacen preciosa: ese fue el caso de Gilberto, Cristina y Cristian.

Sin embargo, también hay personas que participan en la redacción de una novela de manera inconsciente, pero no menos fundamental: *La virgen negra* le debe mucho a autores como Daniele Zovi (su libro *Alberi sapienti antiche foreste,* UTET, 2018, sobre la sabiduría vegetal, me resultó iluminador), Marija Gimbutas (*Le dee viventi,* Edizioni Medusa, 2005, y muchos más. Sus teorías acerca de la Europa Antigua y la Gran Madre han sido una inspiración fundamental para esta novela), Morena Luciani (*Donne sciamane,* Venexia, 2012), Leda Bearne (*Le vergini arcaiche,* Edizioni della Terra di Mezzo, 2006), Massimo Recalcati (es suyo el maravilloso pensamiento de Massimo Marini: «Hay una madre, hay un encuentro con la madre, cada vez que la vida indefensa se topa con una acogida, se topa con un socorro»)... y Plutarco: extraordinario filósofo, escritor, sacerdote y biógrafo, que con sus testimonios sigue consiguiendo que viaje nuestro conocimiento —y mi imaginación— a través de los milenios, con descripciones tan vívidas como para encenderse en la mente en forma de imágenes brillantes.

Así nos cuenta, en su *De Iside et Osiris,* el mito del nacimiento de la diosa: «... Dicen que el Sol, cuando fue consciente de la unión carnal de Rea con Crono, lanzó contra ella la maldición de que no pariría hijo alguno durante ningún mes ni año; pero Hermes, enamorado de la diosa, tuvo trato con ella. Más tarde, jugando a los dados con la Luna le ganó la séptima parte de cada uno de sus períodos de iluminación y con todas las ganancias juntó cinco días y los intercaló como adición a los trescientos sesenta días».

En estos días de luz ganados por el amor, nació Osiris, y nació Isis, e «Isis y Osiris estaban ya enamorados y se unieron en la oscuridad del seno materno antes de nacer».

[Las citas de Plutarco proceden de *Isis y Osiris,* traducción de Francesc Gutiérrez (J. J. de Olañeta editor, Palma, 2013), pp. 39-40.]

Agradecimientos

Nunca me cansaré de repetir que escribir una historia es un acto íntimo y solitario, pero publicarla requiere del trabajo y el cuidado —a menudo, incluso de la paciencia— de muchas personas. Mi más profundo agradecimiento a todos ellos por haber amado *La virgen negra*.

A Stefano y Cristina Mauri, mucho más que editores, siempre presentes de corazón.

A Giuseppe Strazzeri, guía fuerte y amable, siempre capaz de calmarme en los momentos que el cansancio vuelve difíciles.

A Fabrizio Cocco, por la amistad y la extraordinaria profesionalidad que pone al servicio de mis historias, por el empeño que puso en que Teresa Battaglia llegara a los lectores y por seguir creyendo en ella y en mí. Y, sobre todo, gracias por, cito textualmente, «la habitual sobriedad expresiva» con la que sabe alentarme cuando más lo necesito.

A Viviana Vuscovich, quien ha hecho que Teresa viaje por todo lo largo y ancho de este mundo. Gracias por el cariño y la sensibilidad, y el entusiasmo contagioso. Una amiga.

A Elena Pavanetto, por el apoyo y las espléndidas palabras dedicadas a *Flores sobre el infierno* y *La virgen negra*.

A Raffaella Roncato, Tommaso Gobbi y Diana Volonte: un departamento de prensa excepcional, que logró hacerme superar límites que eran solo mentales.

A Antonio Moro: gracias por el meticuloso cuidado que reserva a mis historias.

A la extraordinaria Graziella Cerutti, a Giuseppe Somenzi y a todo su equipo, que creyeron desde el principio en *Flores sobre el infierno* y que ahora han otorgado el mismo entusiasmo —y afecto— a *La virgen negra*.

Gracias a todos los editores y editoras extranjeros que acogieron mis palabras y mis sueños al otro lado de la frontera, y a los traductores que me dieron sus voces.

Gracias de corazón a Gilberto Barbarino: hemos esperado mucho tiempo, ¡pero nuestra Ninfa por fin ha visto la luz!

A Cristina y a Ice, por la amabilidad, la disponibilidad, la simpatía y ahora también la emoción cara al lanzamiento de la novela. Espero haber reflejado una parte por lo menos de la relación especial que os une.

Gracias a Cristian Copetti, por agregar una pieza importante a la historia, a Gigino Di Biasio, verdadero custodio de las cenizas del *Babaz,* y a Tiziano Quaglia, por sus valiosos consejos sobre los términos en lengua resiana.

A Michele Scoppetta, siempre presente y dispuesto para despejar todas las dudas, y a todos los amigos que nunca se cansan de apoyarme.

¡Un agradecimiento lleno de afecto a mi familia por su apoyo emocional y, muy a menudo, también logístico!

Gracias a Jasmine y a Paolo, por su amor y paciencia, por acompañarme en esta extraordinaria aventura.

Finalmente, muchas gracias a los libreros, blogueros y lectores que hicieron todo esto posible.

Este libro se terminó
de imprimir en
Móstoles, Madrid,
en el mes de
mayo de 2021

«Para viajar lejos no hay mejor nave que un libro.»
EMILY DICKINSON

Gracias por tu lectura de este libro.

En **penguinlibros.club** encontrarás las mejores
recomendaciones de lectura.

Únete a nuestra comunidad y viaja con nosotros.

penguinlibros.club

Penguin
Random House
Grupo Editorial

 penguinlibros